LEVI HENRIKSEN

Wer die
Goldkehlchen stört

Roman

*Aus dem Norwegischen
von Gabriele Haefs*

btb

Die norwegische Originalausgabe erschien 2014 unter dem Titel
»Harpesang« bei Gyldendal Norsk Forlag AS, Oslo.

Die Übersetzung wurde von NORLA, Oslo, gefördert.
Der Verlag bedankt sich dafür.

Verlagsgruppe Random House FSC® N001967

2. Auflage
Deutsche Erstveröffentlichung September 2018
Copyright © Levi Henriksen 2014
Copyright © der deutschsprachigen Ausgabe 2018 by btb Verlag
in der Verlagsgruppe Random House GmbH,
Neumarkter Str. 28, 81673 München
Covergestaltung: semper smile, München
Covermotiv: © Dejan Patic/Getty Images
Satz: Uhl + Massopust, Aalen
Druck und Bindung: GGP Media GmbH, Pößneck
AH · Herstellung: sc
Printed in Germany
ISBN 978-3-442-71680-7

www.btb-verlag.de
www.facebook.com/btbverlag

Jim hat keinen Bock – keinen Bock auf Oslo, keinen Bock auf die furchtbare Musik, die er in den letzten Jahren als Tontechniker produziert hat. Er muss raus und strandet in seinem Heimatdorf, mitten im Nirgendwo in den endlosen Wäldern Norwegens. Bei einer Taufe hört er einen dreistimmigen Gesang – und ist wie verzaubert. Es sind drei Geschwister im Alter von 79 plus. Jim verspricht sich Großes von der Rentnertruppe. Schließlich sind seit dem Erfolg des Buena Vista Social Clubs alte Musiker in. Seine Versuche, Kontakt zu den Sängern aufzunehmen, scheitern zunächst allerdings kläglich. Da muss Jim einige Tricks anwenden, um das Vertrauen der verschrobenen Senioren zu gewinnen …

LEVI HENRIKSEN wurde 1964 in Kongsvinger/Norwegen geboren. Er ist Musiker, Journalist und Autor und gilt in seiner Heimat als der »Bob Dylan Norwegens«. Sein Debütroman wurde in Norwegen zum Lieblingsbuch des Jahres gewählt. Mit seinen schrägen Kurzgeschichten zur Weihnachtszeit ist er dort seit Jahren erfolgreich.

Für Leah, Elisabeth und Hermann

We are ugly but we have the music.

Leonard Cohen, »Chelsea Hotel # 2«

Kapitel 1

Ich sah die Geschwister Thorsen zum ersten Mal in der Kirche von Kongsvinger. Ich war in der Stadt, um bei einer Taufe Pate zu sein, und selten hat mich ein Sonntagmorgen so heftig und frontal getroffen. Der Vorabend hatte mit einem totalen Absturz geendet. Eine Bande von lokalen Musikern, die laut dem Vater des Täuflings wichtiger für die Modernisierung des Blues war als irgendeine andere norwegische Gruppe, hatte zu Hause ein Konzert abgehalten. Plattenproduzenten wie ich suchen allerdings etwas andere Qualitäten als halb betrunkene Kneipengäste, und dieser Versuch, Rootsmusik in neuer Verpackung zu bringen, hatte mich in den Suff getrieben. Und das Schlimmste war, dass er mich auch noch dazu getrieben hatte weiterzutrinken, obwohl ich braunen Schnaps noch nie vertragen konnte. Als ich am Sonntagmorgen meine Visage aus dem beschlagenen Badezimmerspiegel herauskratzte, kam es mir unmöglich vor, präsentabel genug zu wirken, um vor einem Taufbecken Aufstellung zu nehmen, ganz zu schweigen davon, die Pastorin lange genug anzuschauen und den Namen Hubert so auszusprechen, dass es nicht wie eine Verwünschung klang.

Ich versuchte, Stärke zu finden, indem ich mir das Gesicht des verstorbenen Gitarristen von Howlin' Wolf vorstellte, nach dem der Täufling benannt werden sollte, aber ich sah bloß einen schwarzen Mahlstrom, in den die ganze Welt hineingesaugt wurde. Zwei Kannen Kaffee später konnte ich mich immerhin zur Kirche schleppen, kam aber nur bis zur hintersten Bank und signalisierte den anderen von dort, dass ich mich zuerst ein wenig sammeln müsste, ehe ich nach vorn zu den für Paten und Verwandte reservierten Plätzen gehen könnte.

Ich bin nie besonders gläubig gewesen, aber ganz hinten in Gottes eigenem Tempel musste ich doch an eine Geschichte aus der Bibel denken, die mein Großvater immer gern erzählt hat. Die von Paulus, der auf der Straße nach Damaskus zu Boden geschlagen wird und blind werden muss, um zu sehen. Als ich aus der Kirche stürzte und die Abkürzung über mehrere Gräber nahm, um die Toilette zu erreichen, ehe die Katastrophe zur Tatsache würde, konnte ich mich gerade noch fragen, ob auch mir eine solche Prüfung bevorstand, ehe ich die Tür aufriss und vor dem Porzellanklo auf die Knie fiel.

In der Kirche gab ich mir dann alle Mühe, so wenig wie möglich zu schwanken, ließ mich in einer der ersten Bänke am Rand nieder und versuchte, andere nicht anzuhauchen, aber die neue Frau meines alten besten Freundes kniff die Augen stark zusammen. Ich setzte mich gerade, spannte meine Magenmuskeln an, doch die Schwerkraft machte mir auf eine noch nie erlebte Weise zu schaffen. Der Schweiß brannte mir in den Augen, und ein eisiges Gefühl kroch mein Rückgrat hinauf, wie der Zeigefinger des Todes. Mein Herz pochte doppelt so schnell.

An diesem Sonntag wurden drei Kinder getauft, und die Kirche war fast voll. Zuletzt sollte Hubert Malling in das seichte Becken vor dem Altar getunkt werden, und ich merkte schon, dass ich den Taufgottesdienst nicht bis zum Ende durchhalten könnte. Das Kirchenschiff hatte ein wenig Schlagseite, die groben Bodenbretter wirkten so einladend wie das Innere eines Sarges, und ich wollte gerade aufgeben, als ich von den Geschwistern Thorsen gerettet wurde. Später dachte ich an ihre Stimmen wie an die Hand, die dich packt, wenn du gerade zum dritten Mal untergehst. Ich kann es nur so erklären, dass die Geschwister Thorsen mein verhärtetes Produzentenherz auf eine Weise anrührten, wie das keiner anderen Stimme je gelungen war.

Anfangs wagte ich nicht, mich umzudrehen, aus Angst, die Schweißausbrüche und hämmernden Kopfschmerzen noch zu verstärken, aber als die dritte Strophe begann mit »Die rechten Wege wandle ich, solang ich leb auf Erden«, schaute ich doch nach hinten. Ich rechnete damit, auf die kreideweißen Gebisse großbusiger Gospelnebelhörner zu blicken, und musste zweimal hinsehen, um wirklich zu begreifen, wer da mit solcher Inbrunst sang. Der Mann war fast schon schwabbelig, und seine dünnen gelblich weißen Haare klebten an seinem Schädel wie die Breitengrade auf einem Globus. Die größere Frau hatte kohlschwarze Haare, und das Rouge betonte die Wangenknochen in dem schmalen Gesicht auf eine Weise, die mich an einen Vogel mit einem langen Schnabel denken ließ. Die andere Frau hatte ihre Haare unter einem altmodischen Hut verborgen – trotzdem sah ich, dass sie einmal eine gewesen war, für die Männer über Reklameschilder gestolpert oder gegen Laternenpfähle gelaufen waren. Wie sie da so Schulter an Schulter saßen, drei Reihen hinter mir und weit im Norden des Lebens, wies nur wenig darauf hin, dass dieses bejahrte Trio dieselben Vorfahren haben könnte, aber ihre Stimmen wurzelten in einer gemeinsamen musikalischen DNA, und ich musste einfach darüber staunen, mit welcher Autorität sie sangen. Obwohl in der Kirche vielleicht zweihundert Menschen anwesend waren und mindestens die Hälfte bei den Liedern mitsang, hörte ich die drei deutlich heraus, sie vermittelten jedes einzelne Wort wie ein kleines Stück Leben, das sie wirklich gelebt hatten. Ihr Gesang hatte etwas Schwereloses, einen langen Schweif von Bewegung, der alles um mich herum verschwimmen ließ. Er hob meinen gebrechlichen Leib aus dem Tal der Todesschatten und erfüllte mich mit Demut.

Während wir uns um das Taufbecken aufstellten, fühlte ich mich so lebendig, als ob ich gerade aus einem Autowrack herauskroch. Problemlos konnte ich mit klarer Stimme Huberts Namen verkünden, und angesichts der halbmondförmigen Tränen, die in die Augen des Vaters traten, musste ich den Kopf ehrfürchtig senken, weil ich etwas so nahe war, das im Leben eines anderen Menschen offenbar als reines, unverfälschtes Glück erlebt wurde.

Nachdem die Pastorin Hubert vor dem Altar hochgehoben hatte, damit die gesamte Gemeinde ihn willkommen heißen konnte, nahmen wir wieder in den Bänken Platz, und der Küster trug etwas aus dem Ersten Petrusbrief vor. Ich spürte, wie sich ein gesegneter Friede über mich senkte, und setzte mich bewusst möglichst unbequem hin, damit mir nicht die Augen zufielen. In Gedanken hatte ich schon die Hand nach dem ersten Budweiser auf dem Tauffest ausgestreckt, und als die Pastorin alle bat, sich im Gebet des Herrn zu vereinen, glaubte ich zuerst, das Trio sei in Zungensprache ausgebrochen, aber dann erkannte ich das Vaterunser. Nur klang es bei den dreien ganz anders als bei den gesenkten Köpfen in meiner Nähe.

»Was ist hier los?«, flüsterte ich Malling zu und bewegte meinen Kopf nach hinten.

»Sie demonstrieren gegen die Neufassung des Vaterunsers. Sie weigern sich, den heute eingeführten modernisierten Text zu verwenden«, flüsterte Malling zurück und starrte weiter auf seinen Bogen mit dem Text.

»Wer sind diese Leute?«

»Geschwister aus einem Dorf hier in der Nähe. Sie haben im vorigen Jahrtausend mehrere Platten veröffentlicht und waren ziemlich berühmt.«

»Was für Musik war das denn?«, flüsterte ich mit noch immer leiser Stimme.

»Sie gehören einer Pfingstgemeinde an, und sie haben christliche Lieder gesungen«, sagte Malling und versuchte, sich wieder auf sein Gebet zu konzentrieren.

Als ich mich umdrehte, hatten sich die drei Geschwister erhoben, und etwas an ihrer Haltung erinnerte mich an eines der schärfsten Rockfotos überhaupt. Dieses Bild war 1970 in Oakland, Kalifornien, entstanden und zeigt, wie Creedence Clearwater Revival auf dem Höhepunkt ihres Schaffens vom Publikum gefeiert wurden. Der Fotograf hinter der Bühne hatte das Bild über die wogende Menschenmenge hinweg aufgenommen. Zwischen den erregten Gesichtern, den ausgestreckten Händen und den eng gedrängten Körpern fallen drei Mädchen auf. Sie überragen alle um mehrere Haupteslängen, vermutlich haben sie bei anderen auf den Schultern gesessen, aber ich habe immer glauben wollen, dass sie von ihrer Fähigkeit getragen wurden, sich vollständig in der Musik versinken zu lassen. Die Geschwister Thorsen warfen nicht wollüstig den Kopf in den Nacken, aber ihre Gesichter strahlten ganz ähnlich. John Fogerty scheint sich in seiner Rolle absolut wohlzufühlen und hebt die linke Hand, wie um die Versammlung zu segnen, während die Pastorin in der Kirche von Vinger eher verlegen wirkte. Ihr Versuch, die Gemeinde durch die neue Version des Vaterunsers zu führen, gab mir das Gefühl, eine Fernsehsendung zu verfolgen, bei der Ton und Bild nicht synchronisiert waren. Die Lippen der Pastorin bewegten sich, aber was ich hörte, waren die Stimmen der drei Geschwister.

Nach der Taufe blieben wir vor dem Altar stehen, um zusammen mit der Pastorin fotografiert zu werden, und ich musste natürlich dem Abmarsch der drei singenden Geschwister zusehen. Zuerst war ich davon überrascht, dass sie aus der Ferne viel älter wirkten und dass der Mann einen Rollator benutzte. Dann ging mir auf, dass sie sich wie eine Rockgruppe bewegten, die seit Jahren die Bühne nach demselben eingeübten Muster verlässt, der Frontmann vorweg, dann die anderen in genau synchronisiertem Diagonalgang. Ich wollte Malling gerade weitere Fragen nach den Geschwistern stellen, als das Blitzlicht um uns herum losknisterte, und ich musste die nächsten Minuten lang meine Lippen zu meinem besten Popstarlächeln anspannen.

Auf dem Weg aus der Kirche hinaus begleitete ich die Pastorin. Ich dankte ihr für die schöne Predigt und fragte, wer sie seien, diese drei, die so schön gesungen hatten.

»Maria, Timoteus und Tulla Thorsen«, lautete die Antwort.

»Sie waren unglaublich überzeugend«, sagte ich und musste mich anstrengen, um nicht ungeduldig zu wirken, denn ich wollte noch einen letzten Blick auf die Geschwister werfen, ehe sie verschwanden.

»Die Wirkung haben sie immer schon auf andere gehabt«, sagte die Pastorin.

»Sie kennen die drei also?«

Sie zuckte mit den Schultern.

»Ich würde eher sagen, dass ich weiß, wer sie sind.«

»Ich dachte, die Angehörigen der Pfingstgemeinden gingen nicht in die Kirche«, sagte ich.

»Ihr Gebetshaus ist abgebrannt, aber ich habe keine Ahnung, wie oft sie dort waren. Auch vor dem Brand habe ich oft gehört, dass sie andere Gemeinden hier in der Stadt besucht haben.«

»Warum denn?«

Die Pastorin zuckte mit den Schultern.

»Vielleicht weil sie sehr genau zu wissen meinen, wie der Glaube ausgeübt werden sollte.«

»Also ziemlich konservativ?«, fragte ich.

»Nein, so würde ich das wirklich nicht nennen. In vieler Hinsicht sind sie voller Widersprüche, wenn es um die großen und nicht zuletzt die kleinen theologischen Fragen geht. Die eine Schwester ist übrigens fester Gast auf dem Friedhof, früher jedenfalls mehrmals pro Woche. Ich habe jahrelang versucht, sie zum Singen in der Kirche zu überreden. Dann haben sie einmal zugesagt, und es kamen mehr Menschen als zu Heiligabend. Ein Journalist, der anwesend war, meinte, die Geschwister könnten die Toten aus den Gräbern singen. Das ist kein Bild, das ich selbst benutzen würde, aber früher hat niemand in Hedmark so viele Schallplatten verkauft wie diese drei.«

Die Frühlingssonne schien mir Tränen in die Augen, als ich auf die Kirchentreppe hinaustrat, und wieder machte ich Bekanntschaft mit den Höllenqualen. Erst nachdem ich die Sonnenbrille aufgesetzt hatte, konnte ich den Blick über den Friedhof heben und sah die drei Geschwister bei einem Grabstein dicht vor der Friedhofsmauer. Noch immer musste ich Hände drücken und stellvertretend für Hubert gute Wünsche entgegennehmen, ehe ich mir einen Weg durch die Familienfotografen bahnen durfte. Die beiden Schwestern waren schon auf dem Parkplatz verschwunden, Timoteus aber konnte ich einholen, als er gerade den Friedhof verlassen wollte.

»Entschuldigung«, sagte ich, um ihn zum Anhalten zu bewegen. »Ich möchte ganz einfach sagen, dass es ein phantastisches Erlebnis war, Sie und Ihre Schwestern in der Kirche singen zu hören. Das war ... magisch.«

»Bist du betrunken?«, fragte er und starrte mich dermaßen an, dass ich die Augen niederschlagen musste.

»Entschuldigung?«, stammelte ich und merkte, dass meine Ohrläppchen heiß wurden.

»Bist du betrunken? Du stinkst nach Schnaps.«

»Ich hab gestern Abend ein paar Gläser gekippt«, sagte ich und schluckte.

»Du weißt doch, was über Alkohol gesagt wird?«, fragte er streng.

Ich schüttelte den Kopf.

»Das Badewasser des Teufels«, sagte er mit einer klaren und deutlichen Stimme, die einem zwanzig Jahre jüngeren Mann gehört haben könnte. Dann setzte er seinen Rollator in Bewegung und steuerte seine Schwestern an.

»Entschuldigung«, sagte ich noch einmal und legte die Hand auf den einen Handgriff. »Das eben kam mir von Herzen. Mir ist noch nie irgendein Gesang dermaßen unter die Haut gegangen.«

»Dann will ich doch hoffen, dass du eine dicke Haut hast«, sagte er.

»Ich bin Schallplattenproduzent«, sagte ich.

Zum ersten Mal hatte ich das Gefühl, dass er mich ansah und nicht einfach nur durch mich hindurch. Seine Augen funkelten wie die eines Tieres, das plötzlich eine überaus unwillkommene Witterung nimmt.

»Schallplattenproduzent?«, wiederholte er.

Ich nickte und lächelte.

»Wo schon die Rede vom Teufel ist, weißt du, was wir da, wo ich herkomme, über ihn sagen?«, fragte Timoteus.

Ich versuchte eine originelle Antwort zu finden, konnte aber nur den Kopf schütteln.

»Es lohnt sich nicht unbedingt, sich auf eine Schlägerei mit dem Teufel einzulassen. Selbst wenn du gewinnst, wirst du dich gewaltig verbrennen. Und jetzt warten meine Schwestern auf mich, nimm dich vor der Harley in Acht«, sagte er, und ich starrte ihn verständnislos an.

»Vor der Harley?«

Timoteus Thorsen gab keine Antwort, sondern fuhr mir mit dem Rollator über den Fuß.

»Entschuldigung«, rief ich hinter ihm her und suchte nach meiner Brieftasche.

»Du bittest häufiger um Entschuldigung als ein Quäker«, sagte er, schien aber nicht noch einmal stehen bleiben zu wollen.

»Darf ich Ihnen meine Telefonnummer geben? Ich würde gern mal mit Ihnen und Ihren Schwestern reden«, sagte ich und lief hinter ihm her, während ich mich darauf konzentrierte, aus meiner Brieftasche eine Visitenkarte zu fummeln.

Timoteus schien mich nicht gehört zu haben, er ging einfach weiter über den Parkplatz. Jetzt sah ich, dass die kleinere Schwester vor einem großen blauweißen Amerikaner auf ihn wartete. Die andere Schwester saß bereits hinter dem Lenkrad.

»Ich steck sie Ihnen einfach in die Tasche«, sagte ich, und als er noch immer keine Antwort gab, tat ich es dann.

»Okay. Schönen Sonntag noch«, fügte ich hinzu und zögerte. »Vielleicht ist es Ihnen ja lieber, wenn ich Sie anrufe. Haben Sie eine Telefonnummer, unter der ich Sie erreichen kann?«

Ich hatte nicht mit einer Antwort gerechnet und wollte schon kehrtmachen, als seine Stimme einige Zahlen herunterleierte. Fast hätte ich wieder um Entschuldigung gebeten, schaffte es aber, mich zu beherrschen.

»Könnten Sie das noch einmal sagen«, rief ich, und diesmal kritzelte ich seine Nummer in mein Notizbuch.

»Hervorragend. Vielen Dank und auf Wiedersehen«, sagte ich dann und schaute Timoteus hinterher, bis er bei dem Auto angekommen war. Seine Schwester klappte den Rollator zusammen, sie stiegen ein, und der blauweiße Amerikaner fuhr langsam über den Parkplatz, danach blinkte er und bog auf die Straße ab. Trotz der scharfen Sonne war es nicht besonders warm, und ich fand es waghalsig von Timoteus Thorsen, mit offenem Fenster zu fahren. Dann wurde etwas aus dem Auto geworfen. Ich wartete, bis der Amerikaner in Richtung Stadt verschwunden war, ging über den Asphalt, um zu sehen, was das war, und brauchte mich nicht zu bücken, um meine Visitenkarte zu erkennen.

Kapitel 2

Am Montag erwachte ich sehr früh in einer der frisch restaurierten ehemaligen Mietskasernen unten in der Altstadt von Kongsvinger. Ich musste erst am Donnerstag wieder nach Oslo, dann würde ich mit einer neuen Produktion beginnen, und ich hatte beschlossen, einige Tage bei Malling Zeit totzuschlagen. Man könnte meinen, ein Mann meines Alters lerne aus seinen Fehlern, aber als ich ins Badezimmer trottete, spürte ich deutlich, dass der Vorabend wieder ein reichlich feuchtes und heftiges Ende genommen hatte. Meine Form war jedoch spürbar besser als am Sonntagmorgen, ich schaffte beim Frühstück zwei Eier, und ich stand am Fenster und winkte Malling zu, der seine Frau und Hubert zur Kontrolle auf die Gesundheitsstation fuhr, ehe er sich selbst in sein Maklerbüro begab. Als ich Timoteus Thorsens Nummer hervorzog, hatte ich keine klare Vorstellung davon, was ich erwartete. Aber im Leben eines jeden Mannes gibt es eine klare Grenze dafür, wie viel 12-Takt-Blues er verdauen kann, und seit einiger Zeit spürte ich ein verzweifeltes Bedürfnis danach, mit Musik zu arbeiten, die nicht um jeden Preis in dieses Schema passen musste. Paradoxerweise sind die meisten europäischen Bluesmusiker konservativer als die, die über Generationen im Mississippidelta oder in den Sümpfen von Louisiana den Blues ererbt haben. Bei Blues geht es mehr als bei jeder anderen Musikform um Gefühle, aber wenn die Stücke ausnahmslos der einen Formel folgen, wird er rasch zu Mathematik. Deshalb setzte ich solche Hoffnungen in die

Band, die Malling mir begeistert empfohlen hatte. Ich vertraute ihm. Andererseits war sehr viel Blues ins Meer geflossen, seit wir zum ersten Mal zusammen Bukka White gehört hatten, und obwohl wir weiterhin gute Freunde waren, hatten wir uns unterschiedlich entwickelt. Als Zuhörer ging Malling fast kindlich an Musik heran, während meine Begeisterungsschwelle immer höher lag.

Ich nahm mir noch eine Tasse Kaffee und ließ mich in einen der abgenutzten Chesterfield-Sessel fallen, die Malling von seinem Vater geerbt hatte. Wenn ich am Vortag bei der Taufe nicht in so elender Form gewesen wäre, hätte mich dann der verletzliche Gesang der Geschwister Thorsen auf dieselbe Weise getroffen? Diese Frage ließ sich nicht beantworten, aber ich brauchte eine richtige Herausforderung. Ich musste die Behauptung zum Schweigen bringen, dass Jim Gystad seine besten Produktionen hinter sich habe und von keinem anderen Hunger getrieben werde als dem nach ausreichenden Mahlzeiten. Doch wenn man die ganze Zeit die volle Kontrolle hat, wird man zu einem langweiligen Produzenten.

Ich hatte schon seit Jahren nicht mehr das Gefühl gehabt, etwas riskieren zu können. Viel zu lange hatte ich mich in einer Art Shabby-chic-Landschaft aufgehalten, in der es darum ging, neue Musik alt klingen zu lassen. Bei den Geschwistern Thorsen würde es darum gehen, das Ursprüngliche in ihren Stimmen zu erhalten, sie durften nicht gesüßt oder verschönert werden. Ich musste den Mut haben, ihr Alter als Teil des künstlerischen Ausdrucks einzusetzen, statt es als Entschuldigung anzuführen.

In letzter Zeit war ich mir oft vorgekommen wie ein Zimmermann, der immer das gleiche Haus baut, weil das erwartet und bestellt wird. Vielleicht könnte ich mich da auch nach etwas ganz anderem umsehen? Möglicherweise anfangen, wieder Leitungen zu legen und Sicherheitskästen festzuschrauben? Ich war zweiundvierzig Jahre alt – mein Leben musste doch mehr bedeuten als einen langsamen Zeitvertreib.

Ich kritzelte zuerst einige Stichwörter auf einen Klebezettel, knüllte den dann aber zusammen und warf ihn in den Papierkorb. Etwas sagte mir, es habe wohl kaum Sinn, sich auf ein Gespräch mit Timoteus Thorsen vorzubereiten.

Ich wählte ohne weiteres Zögern die Nummer, und der Hörer wurde so schnell abgehoben, dass die Zeit nicht einmal zum Nervöswerden reichte. Ehe ich mich vorstellen konnte, fing eine Frauenstimme an zu reden.

»Äh, hallo. Hier ist Jim Gystad. Ich bin Timoteus Thorsen gestern nach dem Gottesdienst begegnet. Ich bin der Plattenproduzent. Ist er zu sprechen?«, fragte ich, ohne Atem zu holen, während die Frau die ganze Zeit unangefochten weiterredete.

»Ich stelle Sie durch«, sagte die Stimme.

Ich dachte, Timoteus wohne vielleicht in einem Pflegeheim, dann meldete sich eine neue Frau, auf Schwedisch, und diese klang viel freundlicher als die erste.

»Ja, hallo«, sagte ich. »Hier ist Jim Gystad. Könnte ich wohl mit Timoteus Thorsen sprechen?«

»Versuchen Sie's beim Schwulentelefon«, sagte die Schwedin um einiges weniger freundlich.

»Entschuldigung?«

»Das hier ist ein privates Chatforum für Heteros. Der Schwulenchat hat am Ende eine Neun.«

»Entschuldigung«, sagte ich und legte auf.

Jesus. Zum ersten Mal hatte ich nüchtern ein Sextelefon angerufen.

Ich sah nach, was ich in mein Notizbuch geschrieben hatte, und wählte die Nummer ein weiteres Mal.

»Hallo, willkommen beim Erotiktelefon. Dieser Dienst kostet bei der Verbindung einhundertneunundvierzig Kronen, und sowie Sie Antwort erhalten, pro Minute fünfzehn. Sie werden jetzt durchgestellt«, sagte dieselbe Stimme wie vorhin.

Halleluja. Ich hatte es geschafft, die falsche Nummer zu notieren. Die Rockgeschichte wimmelte zwar von legendären Fuck-ups, bei denen Bands den falschen Zug erwischt oder das Flugzeug verpasst oder sich aus purer Freude über einen Schallplattenvertrag dermaßen sinnlos betrunken hatten, dass sie nicht mehr wussten, mit wem sie wo verabredet waren. Und Dick Rowe bei Decca fiel mir ein, der mit der Begründung, Gitarrenbands seien nicht mehr aktuell, die Beatles abgelehnt hatte? Aber ein Sextelefon!

Ich wählte die Nummer der Auskunft und war erleichtert, als sich ein Mann meldete, der Norwegisch sprach.

»Ich suche die Nummer von Timoteus Thorsen im Bezirk Kongsvinger«, sagte ich.

Durch das Muschelrauschen im Mobiltelefon hörte ich fieberhaftes Tastenklappern, dann:

»Timoteus Thorsen in Kongsvinger habe ich nicht, nein«, sagte der Mann.

»Dann versuchen Sie es mit Maria. Maria Thorsen.«

Diesmal kam die Antwort schneller.

»Tut mir leid. Auch die kann ich nicht finden. Genauere Auskünfte haben Sie nicht?«

Ich schüttelte den Kopf, dann riss ich mich zusammen.

»Nein, aber können Sie es auch mit Tulla Thorsen versuchen, obwohl das sicher ein Kosename ist?«

Ohne Ergebnis.

Ich wählte Mallings Nummer.

»Die Geschwister Thorsen sind nicht über die Auskunft zu ermitteln. Weißt du vielleicht, wo die wohnen?«, fragte ich.

»Ich glaube, sie wohnen alle im selben Haus, aber sie haben sicher eine Geheimnummer. Ich kenne die genaue Adresse nicht, aber ich kann dir den Weg erklären, und dann musst du dich eben durchfragen.«

Ich ließ mich wieder in den Ohrensessel sinken, während ich meine Eindrücke vom Vortag sortierte. Versuchte, in Gedanken eine Projektbeschreibung zu erstellen, als wollte ich mich um einen Zuschuss zu den Aufnahmekosten bewerben, aber das gelang mir nicht. Noch nie war es mir weniger möglich gewesen, etwas Gescheites über Musik zu sagen, mit der ich arbeiten wollte. Die meisten Produzenten träumen davon, über einen Künstler oder eine Band zu stolpern, die dieses gewisse Etwas haben. Diesen Ausdruck, bei dem man sich sofort überlegt, wie man ihn im Studio veredelt und dem Publikum nahebringt, ohne das Künstlerische zu verwässern. Ich hatte meine Künstler in einer Kirche gefunden, und ich dachte daran, dass die Pastorin gesagt hatte, diese Geschwister könnten die Toten aus dem Grab singen. Ich hätte es etwas anders ausgedrückt, aber die Stimmen von Maria, Timoteus und Tulla waren fertig ausgeformt.

Es war ein strahlend schöner Tag. Das Licht hatte diese ungefilterte glasklare Schärfe, die man fast nur im Frühling findet, und am Ufer eines der Seen vor der Stadt standen die kahlen Laubbäume wie eine Schar von aufmarschierten windgebeutelten Soldaten. Einen Moment bereute ich, meinen Skizzenblock nicht mitgenommen zu haben. Es wäre ein perfekter Tag gewesen, sich an den Straßenrand zu setzen, ein neues Blatt aufzuschlagen und ausgiebig den Bleistift zu spitzen. Ich folgte Mallings Anweisungen und bog von der Hauptstraße ab, wäre aber aus irgendeinem Grund am liebsten weiter nach Schweden gefahren. Ich war hier zuletzt unterwegs gewesen, als ich mit sechzehn Motörhead im Eda Folkpark gesehen hatte, und plötzlich hätte ich zu gern gewusst, ob sich dieser seltsame winzige Ort Eda noch immer zwischen Zeltwarenhäusern, Pornoläden und Lebensmittelgeschäften anklammerte. Doch wenn es den Ort noch gab, würde er sicher auch am nächsten Tag dort liegen, deshalb fuhr ich vorbei am Schild eines Golfgeländes und um einige Haarnadelkurven, bis ich unten im Tal angelangt war.

Die erste Straße links führte zur Eisenbahn, und ich dachte, das könnte ein guter Ausgangspunkt sein. In der Rootsmusik gibt es viele Eisenbahnbezüge, aber etwas an diesem kleinen Bahnhof erinnerte an Aufbruch – oder daran, für immer und ewig zum Zurückbleiben verdammt zu sein. Die Plakette »167 MüM« klammerte sich zwar hartnäckig unter dem Dachvorsprung fest, und auf dem Bahnsteig stand eine verlassene Bank, doch das Schild mit dem Namen der Station war verschwunden, und die zerbrochenen Fensterscheiben und die vulgären Graffiti sangen ihre trostlosen Lieder über Verslumung und Stilllegung. Auf jeder Seite der Bahnlinie gab es Häuser, und ich stieg in der Hoffnung aus dem Auto, irgendwo ein Lebenszeichen zu entdecken. Überall hier herrschte eine drückende Sonntagsstille.

Ich bin eigentlich keiner, der an fremden Haustüren klingelt, und als ich deshalb eine Weile ruhig vor der Motorhaube gewartet hatte, setzte ich mich wieder ins Auto und fuhr zurück. Gleich nach einer Kiesgrube bei einem kraterförmigen See führte die Straße weiter an der Eisenbahnlinie entlang, ehe sie in die Gegenrichtung abbog. Ich näherte mich einem stillgelegten Laden. Auf der anderen Straßenseite standen zwei Männer auf einem riesigen Gerüst und hämmerten. Ich hielt am Straßenrand und hob, ohne so recht zu wissen, warum, die Hand, ehe ich etwas sagte.

»Hallo«, rief ich, als ich nahe genug gekommen war und die Männer den Hammer sinken ließen. »Kennen Sie sich hier aus?«

Der Jüngere nickte. Er hatte sich die Haare zu einem Pferdeschwanz gebunden, und über seine beiden Arme zogen sich farbenfrohe Tätowierungen.

»Ich bin unterwegs zu den Geschwistern Thorsen, und mir wurde gesagt, dass die irgendwo hier im Dorf wohnen«, sagte ich und lächelte.

»Sind Sie Journalist?«, fragte der Mann mit dem Pferdeschwanz.

Ich schüttelte den Kopf, wollte schon sagen, Produzent, riss mich aber zusammen. »Ich habe sie gestern fotografiert, da haben sie bei einer Taufe gesungen, aber als ich die Nummer anrufen wollte, die sie mir gegeben haben, kam ich nicht durch«, sagte ich und staunte darüber, wie leicht mir das Lügen fiel. Doch angesichts der Blicke, die die Männer jetzt tauschten, war ich mir nicht mehr sicher, ob meine Lüge gelungen war.

»Wurde viel gestöhnt?«, fragte der mit dem Pferdeschwanz, und der andere, der dünne rötliche Haare hatte, verdrehte die Augen.

»Entschuldigung?«, sagte ich.

»Sind Sie bei einem Sextelefon gelandet? Solche Nummern gibt Timoteus gern Leuten, mit denen er nicht reden will.«

»Ja«, sagte ich und spürte, wie meine Wangen glühten. Es musste an dieser engen, eingeschlossenen Siedlung liegen, dass alle, die hier wohnten, Fragen mit unangenehmen Fragen beantworteten. Ich drehte mich um, um zu meinem Auto zurückzugehen.

»Sie sind dran vorbeigefahren«, sagte der Langhaarige und zeigte in die Richtung, aus der ich gekommen war. »Das Thorsen-Haus liegt gleich oberhalb der Kiesgrube. Sie müssen auf die andere Seite der Bahnlinie. Es ist ihr Elternhaus, und es liegt an einer der schönsten Stellen im ganzen Dorf. Die Leute nennen es nur die Hallelujastraße.«

»Hallelujastraße?«, fragte ich.

Er nickte.

»Das stammt aus einem Lied«, sagte er.

»Danke für die Hilfe«, sagte ich und trat einen Schritt zurück.

»He, Moment noch«, sagte der Mann mit dem Pferdeschwanz. »Haben die drei wirklich gestern gesungen? Das tun sie in der Öffentlichkeit fast nie mehr. Wir hatten gehofft, sie herzubekommen, wenn das Haus fertig ist.«

»Es war kein Soloauftritt, falls Sie das meinen«, sagte ich. »Bauen Sie hier ein Gemeindehaus?«

»Nein. Gebetshaus. Das vorige ist vor zwei Jahren bei dem schweren Herbststurm abgebrannt. Eine Neueröffnung mit den Drei Singenden Geschwistern Thorsen wäre das Größte, aber sie verlangen dreißigtausend für einen Auftritt.«

»Dreißigtausend Kronen, um in einem Gebetshaus zu singen?«, fragte ich.

Beide Männer nickten.

»Viel Glück«, sagte ich und fuhr zurück zu Kiesgrube und See. Dreißigtausend Eier. Ich kannte so einige Künstler, die einen zu hohen Preis forderten, um sich vor Gigs zu drücken, die sie nicht haben wollten.

Nachdem ich einem Ziegenpfad durch die Kiesgrube und vorbei an einem gewaltigen Holzlager gefolgt war, erreichte ich eine Art Plateau, das zum Tal hin durch wie Palisaden stehende Tannen geschützt wurde. Der Boden wirkte hier grüner und üppiger als unten beim Bahnhof, und auf beiden Seiten der Straße zum Tor wuchsen Leberblümchen dicht an dicht.

Das rostrote geräumige Holzhaus lag gleich unter einem Hügelkamm zwischen üppigen Birken. Ein Bach schäumte den Hang herunter und unter der Straße hindurch, ehe er in Tannenwäldchen und Kiesgrube verschwand. Mitten auf diesem Plateau lag ein kleiner Teich, und als ich vorüberkam, flogen einige Enten vom Wasser auf. Nachdem ich angehalten und das Wagenfenster heruntergekurbelt hatte, erfüllte das Rauschen des Baches das Autoinnere. Nichts hallt so sehr wider wie das Geräusch der Stille.

Mir ging auf, dass das Haus vielleicht nicht hier errichtet worden war, um möglichst lange jeden Tag Sonne zu haben. Die Lage gab den Bewohnern ausreichend Zeit zu überlegen, ob sie Besuch wollten oder nicht. Sie brauchten sich nicht einmal zu beeilen, wenn sie sich in den Wald hinter dem Garten verdrücken wollten, falls ungebetene Gäste vor der Haustür auftauchten.

Als ich das Tor öffnete, quietschte es widerwillig, als ob es lange nicht mehr benutzt worden sei. Die beiden großen Fenster im ersten Stock starrten mich an wie blanke Glasaugen, und das halbmondförmige Geländer um die Eingangstür erinnerte an schiefstehende Zähne in einem Unterkiefer.

Ich weiß nicht so recht, ob ich erleichtert oder enttäuscht war, als ich sah, dass die Garagentüren offen waren und der riesige Amerikaner nicht dort stand. Einen Moment lang wusste ich nicht, was ich tun sollte. Dann hörte ich im Haus ein Geräusch. Musik? Ich konnte noch zwei Schritte weitergehen, schon begann ein Hund zu bellen, und ein weiterer stimmte ein. Wieder blieb ich stehen, diesmal jedoch nicht unschlüssig. Seit ich in der vierten Klasse von einem Schäferhund gebissen worden bin, habe ich eine wahnsinnige Angst vor Hunden.

Unendlich vorsichtig begann ich, mich rückwärtszubewegen, und als meine Hand gerade die Torklinke gefunden hatte, kamen zwei Elchhunde um die Hausecke getrottet. Zuerst war ich erleichtert, weil es keine Schäferhunde waren, aber als das Trotten in wilde Sprünge umschlug, riss ich das Tor auf und lief los. Mir war bereits klar, dass ich nicht die geringste Chance hatte, das Auto vor den Hunden zu erreichen, deshalb hielt ich auf das Wäldchen zu. Vielleicht würde ich es schaffen, auf einen Baum zu klettern, vielleicht etwas finden, um mich zu verteidigen, vielleicht wusste ich nicht, was ich hier tat. Meine Fußsohlen knallten unelegant auf den Boden auf, und ich rannte wie nie zuvor in meinem Leben. Ich konnte schon hören, wie meine Hose in Fetzen gerissen wurde, spürte die Zähne, die meine Haut zerreißen und sich durch Muskeln und Fleischfasern fressen würden, bis sie auf Knochen träfen.

Aber warum holten sie mich nicht ein?

Ich schaute mich kurz um und konnte gerade noch registrieren, dass ich einige Meter Vorsprung hatte, dann verschwand die Erde unter mir. Für einen Moment schwebte ich davon, dann landete ich auf den Knien in einer weichen Masse, kippte um und rollte willenlos und ruckartig abwärts. Jetzt sterbe ich, dachte ich, dann nahm alle Bewegung abrupt ein Ende. Ich blieb ganz still liegen und wartete darauf, schwerelos zu werden. Zu spüren, wie sich meine Seele einen Weg aufwärts und aus mir hinaus bahnte, während mein Körper am Boden zurückgehalten würde. Aber nichts passierte. Ich hob den Kopf und sah die beiden Elchhunde Schulter an Schulter stehen, unergründlich wie zwei Sphinxen oben am Rand der Kiesgrube. Als sie merkten, dass ich mich bewegte, hätte ich schwören können, dass sie einander ansahen wie zwei Rausschmeißer, zufrieden, weil sie gute Arbeit geleistet hatten. Dann verschwanden sie einfach.

Dort, wo ich über den Rand gestürzt war, war die Kiesgrube zum Talgrund hin abgeschrägt, und die Masse hatte eine fast goldbraune Farbe. Zum Bahnhof hinüber sah der Kies ganz anders aus, schien eher aus Erde zu bestehen als aus Sand. Die Farbschattierungen sahen aus wie ein geschichteter Kuchen oder wie ein Schaubild über den Aufbau des Erdinneren. Kruste, oberer Mantel, Mantel, äußerer und innerer Kern. Das wusste ich noch aus meiner Schulzeit, hatte immer Lust gehabt hineinzubeißen, um zu erfahren, wonach Norwegen wirklich schmeckt.

Ich drehte mich auf den Rücken und entdeckte eine Schar Uferschwalben, die bei ihren Nestern oben in der Kiesgrube aus- und einflogen. Die Löcher, allesamt gleich groß, waren in die Grubenwand gebohrt wie die Noten einer schicksalhaften Symphonie. Ich hatte mir beide Handflächen aufgeschrammt und fühlte mich wie gerädert, aber offenbar war nichts gebrochen. Dennoch schreckte ich davor zurück, mich aufzurichten. Fürchtete plötzlichen Schmerz und eine abrupte Erkenntnis, dass ich doch verletzt sei, denn nun hörte ich in meinem Kopf ein Geräusch. Etwas, das ich nicht bemerkt hatte, solange ich noch auf dem Bauch lag. Ein bohrendes Brummen. Hatte ich mir eine Gehirnerschütterung zugezogen? Ich merkte, dass der Boden unter mir bebte, und vermutete, dass dort ein Zug vorbeifuhr, aber die Vibrationen verschwanden nicht. Wie ein beharrlicher, primitiver Rhythmus drangen sie in mich ein und hinterließen in meinem ganzen Leib ein schwaches Wogen. Ich kniff die Augen zusammen, dachte, beim Sturz sei mir schwindlig geworden, aber das Geräusch wurde immer lauter. Es hatte etwas monoton Manipulierendes an sich, etwas rhythmisch Suggestives, mir fiel das Intro von »Telegram« von Nazareth ein, und nun konnte ich nicht mehr still liegenbleiben. Ich kam mühselig auf die Beine und spuckte Sand aus. Ging los mit einem Gefühl wie nach einem plötzlichen Druckverlust, und ich musste Extraschritte einlegen, um nicht zu fallen. Das Geräusch wurde weiter unten in der Kiesgrube noch stärker. Ich kam vorbei an einem gelben Bagger und überquerte verrostete Bahngleise.

Als ich um eine heruntergekommene Nissenhütte bog, erkannte ich, woher das Geräusch stammte. Kies strömte durch ein langes enges Gerät hinab auf ein Fließband und weiter zu etwas, das aussah wie ein metallenes Gestell zum Trocknen von Fischen. Das monotone Klirren erzeugten kleine Steine, die über Stahlsträngen hin- und hergeschüttelt wurden, um dann in das Innere eines Güterwaggons gefiltert zu werden. Das Geräusch wurde lauter und leiser, weil es unterschiedliche Phasen gab, während die kleinen Steine mit metronomischer Präzision gesiebt wurden. Das Geräusch schien sich aus der Erde herauszupressen, etwas Ursonisches, das mich an uralte Bluesmusiker in den Südstaaten erinnerte, wenn sie den Takt zu Liedern trampeln, die sie seit ihrer Geburt in sich tragen.

Ich kam noch ein wenig näher und sah, dass ein Mann mit Blaumann und Gehörschutz das Gerät bediente. Der Mann schaute auf, aber erst als ich so dicht an ihn herangetreten war, dass ich seine Schulter hätte berühren können, zeigte er durch ein kurzes Nicken, dass er meine Anwesenheit bemerkt hatte. Ich gab ihm ein Zeichen, den Gehörschutz abzunehmen.

»Hallo. Dieses Gerät finde ich faszinierend. Was macht es?«, fragte ich und merkte beim Lächeln, dass ich noch immer Kies im Mund hatte.

»Das Ding?«, fragte er. »Das sortiert Kies.«

»Faszinierend«, wiederholte ich. »Wie heißt es?«

Der Mann sah mich an und fischte eine Zigarette aus der Packung in seiner Jackentasche.

»Kiesharfe«, sagte er.

»Phantastischer Name.«

»Hatten Sie einen Unfall?«, fragte er und musterte meine zerschundenen Knie.

Ich schüttelte den Kopf und lächelte wieder.

»Bin nur gestolpert. Darf ich das Geräusch aufnehmen?«

»Aufnehmen?«, fragte er.

Ich nickte und hielt mein iPhone hoch.

»Warum das denn?«, fragte er.

Ich wusste nicht, was ich sagen sollte, denn es war nichts, das ich erklären konnte, wie ein Gedanke, den ich noch nicht gedacht hatte, aber die rhythmische Inständigkeit der Kiesharfe, das Organische und zugleich Maschinenhafte, erfüllte mich mit einer plötzlichen Erkenntnis, dass alles seinen eigenen Gesang hat.

»Das Geräusch gefällt mir«, sagte ich nur.

»Sind Sie aus der Stadt?«, fragte er.

»Kongsvinger? Nein, ich komme aus Oslo.«

»Das habe ich auch gemeint«, sagte der Mann. »Bitte sehr. Nehmen Sie auf, was Sie wollen.«

Eine Viertelstunde später überquerte ich die Bahnlinie ein weiteres Mal. Ich konnte noch immer aus der Ferne die Kiesharfe hören. Der fesselnde Rhythmus trug mich bis zum See hinunter, und erst dort überkam mich wieder die Unschlüssigkeit. Wie sollte ich das Auto holen, solange die beiden Hunde frei herumliefen? Es war zu früh, um Malling anzurufen, er war noch im Büro, außerdem wollte ich ihm nicht die Gelegenheit geben, sich auf meine Kosten zu amüsieren. Ich hatte mir fast schon eingeredet, dass die Hunde nicht an meinem Auto Wache standen, als ein Range Rover an den Straßenrand fuhr. Ich brauchte einen Moment, um den langhaarigen Zimmermann vom Gebetshaus zu erkennen.

»Haben Sie die Bilder abliefern können?«, fragte er, nachdem er das Fenster heruntergekurbelt hatte.

»Was? Ach, nein«, sagte ich und schüttelte so heftig den Kopf, dass mir Kies aus den Haaren rieselte.

»Waren sie nicht zu Hause?«

»Nein, oder doch, ich weiß nicht. Der Amerikaner war jedenfalls nicht da.«

»Der Amerikaner?«, fragte der Langhaarige und runzelte die Stirn.

»Das Auto. Mit dem sie gestern gefahren sind.«

»Sicher haben Sie sich geirrt, die fahren keinen Amerikaner«, sagte der Mann und sah aus, als hätte er lieber etwas anderes gesagt. »Das ist ein Opel Kapitän, Baujahr 1956. Der besterhaltene Oldtimer hier im Ort. Und niemand außer Maria darf ihn anrühren. Sie fährt ihn, seit sie ihn nach ihrer Rückkehr aus Amerika gekauft haben.«

»Rückkehr aus Amerika«, sagte ich. »Was haben sie da gemacht?«

»Die waren auf irgendeiner Tournee.«

Der Mann schaute auf die Uhr, dann fügte er hinzu:

»Auch wenn Maria weg ist, sind die beiden anderen doch zu Hause. Vielleicht haben die Ihr Klopfen nicht gehört?«

Ich antwortete nicht sofort. Starrte zu dem tintenschwarzen See hinüber, ehe ich den Blick des Mannes erwiderte.

»So weit kam ich gar nicht erst. Plötzlich rannten zwei wütende Hunde um das Haus herum, und ich mag Hunde nicht. Und danach bin ich in die Kiesgrube gefallen, und mein Wagen steht noch immer da oben.«

»Zwei Hunde? Zwei Elchhunde?«, fragte er.

Ich nickte.

Wieder schien er etwas anderes zu sagen, als was er wirklich gedacht hatte.

»Soll ich Sie kurz hochfahren?«, fragte er.

Ich nickte abermals.

Das Auto roch nach Farbe und Baumaterial, und der Mann fuhr so salopp, wie Handwerker eben fahren. Als wir vor dem Haus zum Stehen kamen, hatte er auf keines der mit Wasser gefüllten Schlaglöcher geachtet, denen ich vorher mit solcher Mühe ausgewichen war.

»Das war wirklich nett von Ihnen«, sagte ich und griff nach der Tür. Das Tor schien noch immer offenzustehen, aber die beiden Hunde konnte ich nicht entdecken.

»Nicht der Rede wert. Wollen Sie noch einen Versuch machen?«, fragte der Mann, und als ich zögerte, fügte er hinzu: »Sie können die Bilder doch einfach in den Briefkasten legen.«

»Gute Idee. Danke fürs Bringen«, sagte ich, hob zum Abschied die rechte Hand und lief eilig zu meinem eigenen Auto.

Einen Moment lang spielte ich mit dem Gedanken, dicht vor das Haus zu fahren und im Auto sitzen zu bleiben, bis irgendjemand meine Anwesenheit bemerkte. Aber ich hatte das Gefühl, dass ein solcher erster Auftritt – oder eher ein solcher Mangel an erstem Auftritt – es nicht leichter machen würde, in Kontakt zu Timoteus Thorsen zu treten. Es wäre sicher besser, mir seine Telefonnummer zu besorgen und anzurufen, um einen Termin zu vereinbaren.

Auf dem Weg nach unten schaute ich zu der Stelle hinüber, wo ich über den Rand gerutscht war. Etwas aus einem Lied, oder konnte es eine Bibelstelle sein, kam mir in den Kopf. Das Salz der Erde. Das Salz aus der Erde. Ihr seid das Salz auf der Erde. So ungefähr. Egal, es war ein guter Arbeitstitel.

Kapitel 3

Eine halbe Stunde später hielt ich beim Bahnhof von Kongsvinger. Bei meinem letzten Besuch hier in der Stadt hatte es am Ende des Bahnsteigs ein asiatisches Restaurant gegeben, aber das war jetzt stillgelegt, weshalb ich ein neues Lokal auf der anderen Straßenseite ansteuerte. Es hatte die italienische Flagge in seinem Logo, und in dem kleinen Straßencafé saßen einige verhuschte Seelen eng aneinandergedrängt und nach Cowboymanier mit dem Rücken zur Wand. Ich dachte, hier könnte ich sicher ebenso gut Kaffee trinken wie an jedem anderen Ort, und erst als ich die Straße überquerte, fiel mir ein Kellerlokal direkt neben dem Italiener auf. Die Fenster waren mit alten Singles beklebt. Finn Eriksen, Sandie Shaw, Evert Taube, die Rolling Stones und Mud. Dort hingen außerdem David Houstons Originalversion von »Almost Persuaded« und Abba-Benny, der sich mitsamt den restlichen Hep Stars auf dem Cover von »Sunny Girl« auf eine Parkbank quetschte. Unter etlichen weniger bekannten Künstlern entdeckte ich zudem die einzige EP, die die Young Lords vor ihrer Namensänderung veröffentlicht hatten, und verspürte ein erwartungsvolles Prickeln im Leib: Nach dieser Platte mit »Oh So Slow« und »5 Feet Heroes« suchte ich seit vielen Jahren.

Ich stieg die schmale Wendeltreppe hinab und wäre fast mit dem Kopf gegen das Türfenster gestoßen, als ich auf die Klinke drückte. Die Tür bewegte sich nicht. Ich legte mehr Gewicht in meine Bewegung, aber die Tür klemmte weiter. Also versuchte ich, einen Blick durch das Fenster zu werfen, doch ein riesiges Bob-Dylan-Plakat versperrte mir die Sicht. Mit vor Wut zitternden Buchstaben verkündete es: *Anybody who comes out for peace, is not for peace. Peace is the time it takes to reload your rifle.*

Als ich wieder auf der Straße stand, war mir die Lust auf Kaffee vergangen, und ich wollte schon ein weiteres Mal die Straße überqueren, als einer der Restaurantgäste etwas Unverständliches sagte.

»Entschuldigung?«, fragte ich.

»Hast du nicht angeklopft?«, fragte der Mann und schob sich seine langen strähnigen Haare hinter die Ohren.

»Angeklopft? Die Tür war zu«, sagte ich.

»Es ist sicher einfach *so* ein Tag. Wenn du anklopfst, lässt Jethro Tull dich bestimmt rein.«

»Jethro Tull?«

»Ja, so nennen wir den Typen, dem der Laden gehört. Er findet, alle müssten sich erst die Ehre verdienen, von ihm Platten kaufen zu dürfen«, sagte der Mann und trank einen Schluck aus seinem Glas.

»Das war jetzt aber ein Witz?«

»Überhaupt nicht. Klopf an, dann macht er auf. Aber starr ihm bloß nicht ins Auge. Sonst fängt er an zu singen.«

Ich blieb stehen und sah den Mann an.

»*Das* war ein Witz!«, sagte er und prostete mir zu.

Mit dem Gefühl, dass auf meine Kosten ein Witz gemacht worden war, stieg ich wieder die Treppe hinunter und hämmerte gegen die Tür. Zählte in Gedanken bis zehn und klopfte noch einmal. Keine Reaktion, und ich wollte gerade gehen, da drehte jemand innen einen Schlüssel um. Ich zögerte und hätte es eher als Einladung genommen, wenn die Tür geöffnet worden wäre, aber nichts passierte. Im Schaufenster mit den

EPs wurde ein grünes Licht eingeschaltet. Ich holte tief Luft und betrat den Laden.

Musik stapelte sich vom Boden bis zur Decke. Schellack, Vinyl, LPs, Singles, CDs, DVDs und Videokassetten häuften sich in Regalen, auf Bierkästen und auf langen Brettern, die sich zwischen Eingangstür und Tresen dahinzogen. Die an den Wänden noch vorhandenen freien Stellen waren bedeckt mit Plakaten und Zeitungsausschnitten, die annehmen ließen, dass Alvin Stardust hier eine Art Hausgott war.

»Ist geöffnet?«, fragte ich den Mann, der plötzlich neben einem Regal vor dem Tresen auftauchte. Die vielen Platten gaben meiner Stimme einen seltsam gedämpften Klang, und zuerst dachte ich, er habe mich nicht gehört. Dann glaubte ich, ein unmerklich winziges Nicken zu ahnen, aber er schaute noch immer nicht direkt in meine Richtung.

Sein Kopf wirkte zu groß für den restlichen Körper, und seine Schädelspitze ragte wie ein karger, unbewohnter Planet aus dem grauen wild wuchernden Unterholz hervor. Sein »My Coo Ca Choo«-T-Shirt war jedenfalls zwei Nummern zu klein, und Alvin Stardust darauf hätte der Originalverfilmung vom »Planet der Affen« entsprungen sein können. Die dünnen flatternden Haare des Verkäufers schienen mit dem Bart zusammenzuwachsen, und offenbar hatte ihm das den Spitznamen nach der englischen Band mit dem zerzausten Frontmann eingetragen.

Einen Moment lang überwältigte mich eine archäologische Mutlosigkeit, denn wo fängt man eigentlich an zu graben an einem Ort, wo die Platten in den Regalen so eng zusammengepfercht sind, dass man erst ein Dutzend davon herauszerren muss, um überhaupt die Titel durchblättern zu können. Mein Blick fiel auf die Vinylausgabe von »Take the Heat of Me« von Boney M. In einer Musikzeitschrift hatte ich gelesen, dass Frank Farian, der Produzent der Band, mit den Zähnen auf seinem Kugelschreiber gespielt hatte, um den richtigen Trommelsound für den Hit »Daddy Cool« herzustellen, und ich freute mich darauf, ihn Malling vorspielen zu können.

Ich klemmte mir das Album zwischen die Knie, während ich weiter durch die Titel blätterte, ohne etwas Interessantes zu finden.

»Ich leg die so lange hier hin, während ich noch weitersuche«, sagte ich und schob die Platte zu Jethro Tull, der jetzt hinter den Tresen getreten war.

»Mal von Peter Green gehört?«, fragte er, ohne aufzublicken. Vor ihm lag etwas, das aussah wie ein selbstgemachtes Sudoku.

»Entschuldigung?«, fragte ich.

»Peter Green, mal von dem gehört?«, wiederholte er und schrieb eine Zahl in eines der Kästchen auf dem Bogen.

»Äh. Ja, natürlich«, sagte ich und zögerte. »Peter Green's Fleetwood Mac. ›Albatross‹. ›End of the Game‹. Splinter Group und überhaupt.«

»Marty Stuart?«

»Der Countrymusiker? Der in der Band von Johnny Cash war?«

»Doll by Doll?«

»Wer?«

»Jackie Leven?«

»Von dem hab ich zwei Platten, ja.«

»Dann brauchst du die hier nicht«, sagte Jethro Tull und legte das Album von Boney M. in ein Regalfach unter dem Tresen.

Was sollte ich sagen? Ich hielt das für einen Witz, aber bei Menschen, deren Blick man nicht einfangen kann, weiß man schließlich nie.

»Boney M. ist für Leute, die nicht wissen, was Musik ist«, sagte er und schrieb eine neue Zahl auf sein Papier.

Ich blieb ziemlich ratlos vor dem Tresen stehen und dachte, dass das der Mann im Straßencafé gemeint hatte: Man müsse sich die Ehre verdienen, hier Platten kaufen zu dürfen.

»Ich habe gesehen, dass du im Fenster die EP der Young Lords hast. Die suche ich schon lange. Ist die zu verkaufen?«, fragte ich.

»Natürlich. Alles im Laden ist zu verkaufen«, sagte er.

Ich beschloss, ihm nicht zu widersprechen, ging zum Fenster und reckte mich gerade, um nach der Platte zu greifen, als er sich lautstark räusperte. Plötzlich hielt er in der ausgestreckten Hand ein Paar Latexhandschuhe, und ich starrte ihn fragend an.

»Zieh die hier an, ehe du die alten Singles anfasst«, sagte er.

Im Laden roch es nach modrigem Zelt. Auf dem Boden unter den Regalen hausten mehrere Generationen Wollmäuse, und das graue Linoleum war in neuem Zustand sicher um etliche Nuancen heller gewesen. Aber ich gehorchte.

Die Handschuhe spannten um meine Handgelenke wie Gummibänder, als ich die Young Lords aus dem Gestell löste und dabei zufällig außerdem »Sunny Girl« erwischte.

»Die Hep Stars nehm ich auch mit«, sagte ich, streifte die Handschuhe ab und legte die Platten vor ihm auf den Tresen, leicht unsicher, ob ich jetzt nicht übermütig wäre.

»›Sunny Girl‹ wurde in Kongsvinger geschrieben«, sagte er und zog unter dem Tresen eine Tüte hervor.

»Red keinen Scheiß.« Ich lachte.

»Ich hab seit dem Tod von Marc Bolan keinen Scheiß mehr geredet«, sagte er und steckte die Platten in die Tüte. »Benny Andersson hat das Lied 1966 im Vinger Hotell geschrieben. Er hat eine Viertelstunde für die Melodie gebraucht und dann noch eine Viertelstunde für den Text. Wie du natürlich weißt, wurde das Lied sofort Nr. 1 in den schwedischen Charts.«

Ich nickte und fand den Tausender in meinem Notizbuch, dort, wo ich die von Timoteus genannte Telefonnummer notiert hatte. »Übrigens. Du hast nicht zufällig Aufnahmen von drei christlichen Geschwistern namens Thorsen?«, fragte ich.

Jethro Tull hielt mitten in der Summe inne, die er gerade in die Kasse eingeben wollte. Zum ersten Mal trafen sich unsere Blicke, und sein scharfblauer wirkte in dem bleichen Gesicht seltsam fehl am Platze. Diesmal war er es, der mich um Wiederholung bat.

»Ich habe gestern in der Kirche die Thorsens singen hören«, sagte ich, »und es hieß, dieses Trio habe einige Platten veröffentlicht, jedenfalls mehrere Singles. Weißt du, ob die sich irgendwo auftreiben lassen?«, fragte ich.

Ohne zu antworten, verschwand er in seinem kleinen Hinterzimmer und kehrte zurück mit einem Karton, den er vor mir auf den Tresen stellte.

»Das sind die meisten von ihren Aufnahmen«, sagte er. »Timoteus, Maria und Tamar Thorsen.«

»Tamara?«, fragte ich.

»Nein, zum Henker. Das wäre doch ein russischer Name. Hier«, sagte er, hob die erste Platte heraus und tippte mit dem Zeigefinger auf das weiße Kleid von Tulla Thorsen, die zwischen ihren älteren Geschwistern stand.

»Das ist Tamar Thorsen, und das ist eine ihrer besten Veröffentlichungen.«

»Entschuldigung. Ich habe nie einen anderen Namen gehört als Tulla«, sagte ich und streckte die Hand nach der Single aus. Jethro Tull räusperte sich, nickte zu den Handschuhen auf dem Tresen hinüber und wartete, bis ich sie wieder übergestreift hatte, ehe ich die Platte anfassen durfte.

Das Bild der Drei Singenden Geschwister Thorsen war vor einen gelben Hintergrund montiert und zeigte das Trio an einem ungestrichenen Holzzaun, umgeben von einigen zerzausten Laubbüschen. Das Foto hätte eher in ein Familienalbum gehört als auf eine Schallplattenhülle. Dennoch hatte das Bild etwas an sich, das die Blicke anzog. Das sommerliche Motiv bildete einen scharfen Kontrast zu dem Titel: »Die Stunde vor der Morgendämmerung ist immer die finsterste.«

Timoteus Thorsen hatte sich die welligen Haare zurückgekämmt und trug einen schwarzen Anzug mit passendem Hemd. In der rechten Hand hielt er eine Sunburst-F-Style Gibson-Mandoline, deren Hals er nach unten zeigen ließ. Wie er mit dem lässig vor seiner Hüfte hängenden Instrument dastand, erinnerte er an einen Revolvermann in einem Westernfilm, der einen Vorwand sucht, um den Colt aus dem Holster zu ziehen. Sein Blick verstärkte diesen Eindruck noch. Ich war nie ein Experte für Gebetshausmusik, aber wie sich seine Augen in mich hineinbohrten, lag mehrere Unwetterhimmel weit entfernt von den christlich-positiven Gospelsängern, die ich einige Male im Studio gehabt hatte.

Maria hatte sich die dunklen Haare im Nacken schneiden lassen. Auch sie starrte mit ernster Miene in die Kamera, jedoch ohne dass ihr Blick so durchdringend war wie der ihres Bruders. Sie trug ein anthrazitgraues Kleid, und das bildete einen seltsam nüchternen Kontrast zu der roten Hagström, die sie um den Hals hängen hatte. So wie sie die Unterarme auf der Gitarre ruhen ließ, wirkten ihre Schultern burschikos, sie verbreitete eine Aura der Ernsthaftigkeit. Ihr völlig ungeschminktes Gesicht war porzellanblass.

Nur Tulla hielt kein Instrument. Sie hatte die Hände um eine Bibel geschlossen und sah aus wie kurz vor der Konfirmation. Die unschuldsreine Farbe ihres Kleides und die züchtigen Ärmel, die sich bis zu den Handgelenken hinzogen, waren jedoch nicht das, was vor allem meine Blicke lenkte. Tulla Thorsen besaß eine üppige Figur mit Wespentaille, die es den Männern im Gebetshaus ab und zu schwergemacht haben musste, sich auf die Lieder über das uralte Kreuz und den wundervollen Erlöser zu konzentrieren. Sie war auch die Einzige unter den Geschwistern, die in die Kamera lächelte, und durch ihre Lachgrübchen wirkte sie um einiges jünger als die anderen.

»Phantastisch«, sagte ich und blätterte durch die übrigen Platten im Karton. Die meisten waren EPs und enthielten Titel wie »Pilgerlieder«, »Kommst du mit, wenn der Zug aufbricht«, »Unter dem Kreuz ist auch für dich Platz«, »Am Mond vorbei zum Perlentor«, »Dreißig Silberlinge auf Vaters Bibel«, »Dies Kreuz muss ich nun tragen« und »Wo warst du, als unser Erlöser ans Kreuz geschlagen wurde?«. Auf den ältesten Covern trugen beide Schwestern einen Hut und eine weite Strickjacke, und auf zweien posierte Timoteus lächelnd in einem weißen Anzug. Während Maria und Tulla ihre Hüte ablegten und sich legerer kleideten, wurde der Bruder immer düsterer und ernster. Auf der neuesten Aufnahme schaute er aus dem Bild hinaus, wie um sich von der sommerleichten Erscheinung seiner Schwestern zu distanzieren. Die Platte war auch die einzige, die keinen eigenen Namen hatte und nur zwei Lieder enthielt. Unter den Liedertiteln stand mit großen weißen Buchstaben vor schwarzem Hintergrund: »Text: Was siehst du in mir?«

»Text? Wie ist das denn gemeint?«, fragte ich und hielt die Platte vor Jethro Tull hoch.

»Du weißt doch wohl, was Text bedeutet«, sagte er mit spitzer Stimme.

»Auf einer Musikplatte?«

»Timoteus war eigentlich zum Prediger berufen, aber es

kam nicht so wie geplant. Das heißt, zusammen mit seinen Schwestern gehörte er einige Zeit lang zu den besten Gesangsevangelisten hierzulande, aber er war auch ein gottbegnadeter – entschuldige den Ausdruck – Mandolinenspieler. Als Musiker hat er wohl die konkrete Verkündigung bei den Gebetstreffen als eine Art Zwangsjacke empfunden, etwas, das er tun musste, das für ihn aber nicht natürlich war. Vielleicht haben die Geschwister deshalb ab und zu ganze Plattenseiten zum Textvortrag benutzt.«

»Das klingt doch total unsinnig«, sagte ich. »Wenn Timoteus nicht predigen wollte, warum hat er es dann auf Schallplatten getan?«

»Es gibt vieles an Timoteus – und an den Schwestern –, was du mit gutem Gewissen unsinnig nennen kannst«, erwiderte Jethro Tull.

Ich nickte und legte die Platten vor mich auf den Tresen.

»Ich nehme alle«, sagte ich und war total überrascht, als seine Schultern losbebten.

»Entschuldigung. Ich bin ja schon froh, wenn ich nur eine haben darf«, sagte ich und trat automatisch einen Schritt zurück, um nicht aufdringlich zu wirken.

»Nein, nein. Darum geht es nicht. Nimm so viele, wie du willst«, sagte er, schluckte energisch und fuhr sich mit dem Handrücken über die Augen, danach wischte er mit einer aus dem Sudokuheft gerissenen Seite über die Plattenhülle. »Tut mir leid«, sagte er. »Wie viele Lieder haben sie gestern vorgetragen?«

»Es war kein Konzert. Ich war Pate bei einer Taufe, wo auch die Geschwister Thorsen anwesend waren, und als ich sie singen hörte, war ich einfach hin und weg.«

»Tut mir leid«, sagte er wieder und hob erneut den Handrücken. »Ich habe sie nur einmal live gehört. Das war eine

Woche nachdem ich meine Mutter begraben hatte. Damals hatten sie ein Konzert in der Kirche, und so etwas Starkes habe ich kaum je erlebt. Ich musste nach zehn Liedern gehen, weil ich Angst hatte, sonst fromm zu werden«, fügte er hinzu, griff zu »Dreißig Silberlinge auf Vaters Bibel« und zog einen zusammengefalteten Zeitungsausschnitt hervor, der ins Cover gesteckt worden war.

»Hier, sieh dir das mal an, während ich mich kurz zurechtmache«, sagte er und verschwand wieder in dem kleinen Hinterzimmer. Diesmal schloss er die Tür, aber ich konnte deutlich hören, wie Jethro Tull lange, tubaartige Geräusche ausstieß.

In dem Cover hatte nicht nur ein Artikel gesteckt, sondern zwei. Beide stammten aus einer Zeitschrift namens »Der Sieg des Kreuzes« und handelten von der Rolle der Musik in der Pfingstbewegung.

Der eine Artikel, »Vom Lobgesang zur Saitenmusik«, schilderte die Entwicklung während des 20. Jahrhunderts. Eine der wichtigsten Gestalten in der Hauptgemeinde Filadelfia in Oslo, Emanuel Kaspersen, betonte in einem Interview, wie wichtig es sei, dass die Musik in der Versammlung keine leichtsinnige Stimmung hervorrufe und dass sie die Gemeinde auf keinen Fall an einen Tanzboden erinnern dürfe.

Nach Kaspersens Ansicht war die Saitenmusik der Hauptgrund dafür, dass sich bei den Andachten ein Tanzelement eingeschlichen hatte. »Die Gitarre ist ein typisches Rhythmusinstrument, wenn sie so gespielt wird, wie wir sie gemeinhin hören, deshalb muss man um jeden Preis halsbrecherische Tonleiterübungen und Teufelstöne verhindern, die eher zu wollüstigem Hüftschwung verlocken denn zu Lobgesang«, erklärte Kaspersen und fügte hinzu: »Bei der Mandoline muss der Rhythmus dominieren, nicht das Zupfen an den Saiten, das die Aufmerksamkeit von der Botschaft ablenkt. Auch das Akkordeon ist bei den Versammlungen in Mode gekommen, und es scheint schwer zu sein, es so zu benutzen, dass es nicht klingt, als solle zum Tanz aufgespielt werden. Wenn man noch dazu ein Saxophon hat, das auf leidenschaftliche Weise gespielt wird, und ein Klavier, das den Rhythmus sogar verstärkt, ist es kein Wunder, dass man ab und zu die Augen schließen und sich einbilden kann, vor dem Radio zu sitzen und Tanzmusik zu hören.«

Zum Abschluss erzählte er von einem beängstigenden Erlebnis in einer Gemeinde in Ostnorwegen, nahe der schwedischen Grenze, und ich bildete mir ein, Kongsvinger sei gemeint. »Ein Slowfox wurde so echt gespielt, dass es mir wirklich kalt den Rücken hinunterlief«, sagte Kaspersen. »Hier war der ganze Apparat in Bewegung gesetzt worden: Rhythmus, Melodie, Mehrstimmigkeit, alles war Slowfox. Leider stellte sich heraus, dass es unter den Zuhörern einige gab, denen das gefiel. Aber liebe Brüder, es kann doch nicht so schwer zu verstehen sein, dass so etwas verwerflich ist, sowohl von einem ästhetischen als auch von einem ethischen, psychologischen, evangelikalen oder egal von welchem Standpunkt aus man diese Frage betrachten will.«

Im zweiten Artikel ging es um die Plattenfirma Klango, und erst jetzt sah ich, dass alle Platten der Drei Singenden Geschwister Thorsen deren Logo auf dem Cover hatten. Die Plattenfirma war 1959 gegründet worden und hatte hundertneunzig Tonträger veröffentlicht, als sie zweiunddreißig Jahre später aufgelöst wurde. »Wo warst du, als unser Erlöser ans Kreuz geschlagen wurde?« war die erste Veröffentlichung und der meistverkaufte Titel von Klango überhaupt. Der Artikel lieferte auch eine kurze Vorstellung von Klangos bekanntesten Künstlern. Kommerziell konnte niemand den Geschwistern

Thorsen das Wasser reichen, denn die hatten 275.000 Platten abgesetzt. Der Artikel endete mit einem Verweis auf die USA-Tournee des Trios in den Jahren 1961 und '62. Sie hatten damals von Brooklyn aus ganz Nordamerika bereist. Ein Farbbild zeigte sie auf der Vorderbank eines weißen und himmelblauen Amerikaners mit riesigen spitzen Heckflossen. Maria saß hinter dem Lenkrad, die kleine Schwester neben sich, während Timoteus auf der Fahrerseite am Auto lehnte wie ein Polizist. Das Bild schien oben in einem verschneiten Gebirgspass aufgenommen worden zu sein, und es war das einzige bisher, auf dem alle drei Geschwister in die Kamera lächelten und aussahen, als seien sie zum selben Ort unterwegs.

Ich konnte hören, dass in dem kleinen Hinterzimmer die Toilettenspülung betätigt wurde, und als Jethro Tull wieder hinter dem Tresen in Stellung ging, hatte er sich die Haarsträhnen an den Schädel geklatscht.

»Du weißt schon«, sagte er, und der Schatten eines Lächelns huschte über sein Gesicht. »Timoteus Thorsen war eine bemerkenswerte Gestalt. Oder ist eine bemerkenswerte Gestalt. Er war immer ein Mann, der den ganzen Weg einnimmt, wenn er geht.«

»Wie meinst du das?«

»Seine Deutung davon, den schmalen Weg zu gehen, wich wohl ziemlich von der ab, die die Gemeinden in den sechziger Jahren vertreten haben, jedenfalls offiziell.«

»Frauengeschichten?«, fragte ich.

»Auf jeden Fall. Außerdem war er kein fanatischer Antialkoholiker, um es vorsichtig auszudrücken. In der Bibel steht etwas darüber, dass man Zöllnern und Sündern die Erlösung verkünden soll. Im Fall von Timoteus behaupteten geistreiche oder eher kritische Zungen, dass er sich nicht damit begnügte, zu Zöllnern und Sündern zu gehen, sondern dass er selber einer wurde.«

»Und die Schwestern?«

»Über die wurde ebenfalls geredet. Eine war verheiratet, und eine bekam ein Kind, aber ich weiß nicht, ob das dieselbe Schwester war. Ist mir auch egal. Das Privatleben der Künstler, die ich gern höre, hat mich noch nie interessiert. Für mich ging es immer schon darum, was sie auf der Bühne leisten, und die Geschwister Thorsen waren da von einer fast beängstigenden Präsenz«, sagte Jethro Tull, ließ die Schultern sinken und stieß durch Mund und Nase pfeifend den Atem aus, als fühle er sich erleichtert wie nach einer ausgiebigen Beichte.

Ich nickte, und Jethro Tull gab die Endsumme in die Kasse ein.

»Ich verstehe, was du meinst«, sagte ich, legte das Geld auf den Tresen und fügte hinzu: »Übrigens, bist du hier online?«

Jethro Tull nickte.

»Kannst du etwas für mich nachsehen?«

Wieder nickte er.

»Ich glaube, das ist aus der Bibel. Etwas über das Salz der Erde«, sagte ich.

Ohne eine Frage zu stellen, zog er einen Laptop unter dem Tresen hervor, klappte ihn auf und ließ die Finger über die Tastatur tanzen.

»Matthäus«, sagte er. »Kapitel 5, Vers 13. Die Bergpredigt: *Ihr seid das Salz der Erde. Wenn nun das Salz nicht mehr salzt, womit soll man salzen? Es ist zu nichts mehr nütze, als dass man es wegschüttet und lässt es von den Leuten zertreten.*«

Kapitel 4

Ich fuhr über die Miniaturausgabe der Golden Gate Bridge zum Festungsufer hinüber und hatte schon bei der Schule geblinkt, um in Mallings Straße abzubiegen, als ich den Wagen der Geschwister Thorsen vor der Kirchenmauer stehen sah.

Ich hielt neben dem alten Opel Kapitän und staunte wieder darüber, wie sehr der einem Amerikaner ähnelte. Für einen Mann mit meinen oberflächlichen Autokenntnissen hätte es sich durchaus um dasselbe Fahrzeug handeln können, das ich auf dem Foto aus den USA gesehen hatte.

Der Wagen zeigte noch immer innen und außen einen fabrikneuen Glanz. Auf der Beifahrerseite lag ein Paar roter Damenhandschuhe und auf dem Rücksitz eine sorgfältig zusammengerollte Wolldecke. Erst als ich mich weiter zum Seitenfenster vorbeugte, um zu sehen, was das Bild auf der Reisedecke darstellte, fiel mir auf, dass die Ledersitze doch nicht so gut erhalten waren. Sie warfen überall feine Risse, und an mehreren Stellen schien das Leder kurz vor dem Platzen zu stehen.

»Solche Schlitten sieht man nicht mehr so häufig«, sagte hinter mir eine Stimme, und ich fuhr zusammen, als wäre ich auf frischer Tat bei einem Einbruch ertappt worden. Aber es war nicht Maria Thorsen, sondern eine rundliche ältere Dame mit preiselbeerfarbenen Lippen und tiefblauem Lidschatten. In jeder Hand hielt sie eine Papiertüte voller Blumen.

»Nein«, sagte ich und rang mir ein Lächeln ab. »Man sieht nicht oft dermaßen gut erhaltene alte Autos.«

»Da sage ich Amen. Maria, die, die den Opel fährt, hat nicht einmal das Plastik von den Sitzen genommen«, sagte die Frau und warf den Kopf auf eine Weise in den Nacken, die alles Weiche an ihrem Körper wogen ließ.

»Himmel«, sagte ich und vertiefte mich demonstrativ wieder in das Wageninnere. Sie hatte recht: Es war die Plastikfolie, die die Ledersitze so rissig aussehen ließ. Jetzt erkannte ich auch, dass auf der Wolldecke das Antlitz Jesu prangte.

»Hat sie nie überlegt, das Plastik zu entfernen?«, fragte ich und starrte weiterhin durch das Autofenster.

»Doch«, sagte die Frau und trat einen Schritt näher.

»Wann denn?«, fragte ich, fast besiegt von dem überwältigenden Parfümgeruch. Ich trat einen Schritt zur Seite, und der Seitenspiegel bohrte sich mir in den Rücken.

»Maria sagt, sie braucht eine besondere Gelegenheit. Ich hoffe, Gott behüte, dass sie nicht ihre Beerdigung oder die ihrer Geschwister meint«, sagte die Frau und nickte voller Besorgnis.

»Okay, vielen Dank für die Auskünfte«, sagte ich und entfernte mich vom Auto. »Ich wollte hier ein Grab auf dem Friedhof schmücken«, fügte ich hinzu.

»Womit denn?«, fragte die Frau.

»Entschuldigung?«

»Womit wollen Sie schmücken?«, fragte sie und nickte in Richtung meiner Hände, die plötzlich überaus hilflos an meiner Seite hingen.

»Mit Blumen natürlich«, sagte ich.

Dazu sagte sie nichts, sie starrte mich nur an.

»Die liegen schon beim Grab«, sagte ich und ging auf das Tor zu.

»Wir sehen uns«, rief sie hinter mir her.

Ich hatte damit gerechnet, Maria Thorsen bei der Mauer zu finden, wo ich am Vortag die Geschwister gesehen hatte, aber dieser Teil des Friedhofs war menschenleer. Als ich um die Ecke bei der Kirche bog, sah ich, dass die redselige Frau mich mit zielbewussten Schritten verfolgte. Vor der einen Querwand der Kirche stand an einem Grabstein eine Vase mit weißen Lilien, und plötzlich hielt ich den Strauß in der Hand. Die üppige Dame war jetzt hinter der Kirchenecke verschwunden. Nochmals streckte ich die Hände nach Blumen aus.

Ich lief rasch auf die Rückseite der Kirche, wo die meisten Gräber lagen. Auch hier sah ich keine Menschen, und ich ging weiter über den Kiesweg, um mich in Sicherheit zu bringen. Ich steuerte gerade einen Weg an, der in Richtung Fluss abbog, als ich aus dem Augenwinkel heraus eine Bewegung wahrnahm. Zuerst glaubte ich, jemand habe einen aufgespannten Regenschirm abgelegt, aber dann erkannte ich deutlich, dass es Maria Thorsen war, die kniete und einen schwarzen breitkrempigen Hut trug. Ich bog in einen Weg ab, der zwei Gräberreihen weiter entlangführte, und ging hinter dem größten Grabstein, den ich finden konnte, in die Hocke.

Auf dem Kiesweg stieß die redselige Dame einen begeisterten Ruf aus, als sie Maria entdeckte. Ich versuchte mich noch kleiner zu machen und legte den Lilienstrauß und die Topfblume vor mir auf das Grab.

»Holla«, sagte die Dame, vielleicht war es auch hoppla. Sie ließ die Papiertüten mit den Blumen fallen, als ob sie ganz plötzlich keinen einzigen Schritt mehr machen könnte.

»Ingrid. Denk dran, es geht auch ein bisschen ruhiger. Harald beschwert sich nicht, wenn du eine halbe Stunde später kommst«, sagte Maria und erhob sich mit einiger Mühe.

»Ruhiger!«, sagte Ingrid. »Das hier ist doch die einzige Bewegung, die ich abkriege.«

»Ich habe gesagt, dass ich dich abholen kann«, sagte Maria.

»Ja, ich weiß, Himmel, und vielen Dank auch. Aber es ist für Frauen in unserem Alter wichtig, in Form zu bleiben, damit wir unsere Kleider nicht allzu oft zum Bersten bringen.«

Ich lugte wieder verstohlen zwischen den Grabsteinen hindurch und konnte Maria Thorsens Profil sehen. Möglicherweise lag es daran, dass der große Hut das Licht anders über ihre Haut fallen ließ, aber ihre ganze Erscheinung kam mir weniger angespannt vor als gestern. Ihr Gesicht wirkte jünger und runder, ihr Kleid dagegen etwas zu weit.

»Bis dann. Ich muss jetzt erst mal nach Harald sehen«, sagte Ingrid, sammelte ihre Tüten auf und ging in Richtung Krematorium weiter.

Ehe ich wieder hinter dem Grabstein in Deckung gehen konnte, drehte Maria sich zu mir um, und für einige Herzschläge verhakten sich unsere Blicke ineinander. Ihre Augen hatten etwas Brüchiges, wie Risse im ersten Herbsteis, und Tränen liefen über ihre Wangen. Zum zweiten Mal innerhalb einer Stunde sah ich, wie jemand den Handrücken als Taschentuch nahm, und musste an die burschikose Weise denken, in der Maria auf dem einen Plattencover die Gitarre gehalten hatte. Durch diese Bewegung schien sie die Kontrolle über ihre Gefühle zurückzugewinnen, aber ich war dennoch total verblüfft, als sie danach auf mich zukam.

»Entschuldigung, haben Sie Feuer?«, fragte sie, und ich wusste nicht, ob ich mich aufrichten oder in der Hocke verharren sollte. Ich entschied mich für Letzteres und klopfte mir die Taschen ab, obwohl ich keinen Grund hatte, Feuerzeug oder Streichhölzer dabeizuhaben, ich hatte ja vor vierzehn Jahren mit dem Rauchen aufgehört.

»Tut mir leid«, sagte ich. »Wollen Sie eine Kerze anzünden?«

Sie schüttelte den Kopf und zeigte auf den Grabstein, vor dem ich hockte.

»Sind das Ihre Verwandten? Ich habe noch nie jemanden bei diesem Grab gesehen.«

Erst jetzt bemerkte ich die Namen, die eingemeißelt waren. Klavdivia Nikolajevna Thomassen, geborene Pononorava, geboren 1896 im sibirischen Tomsk, und Tatjana Michailovna Pononorava, geboren 1865 in Tiumen, Sibirien. Beide mit vier Jahren Abstand in Kongsvinger verstorben.

»Nein«, sagte ich und schluckte. »Das sind keine Verwandten von mir. Soviel ich weiß.«

Maria Thorsen musterte mich und nickte, sagte jedoch nichts. Als ich mich aufrichtete, waren wir gleich groß, aber ich kam mir nun noch kleiner vor als in der Hocke.

»Das verstehen Sie doch sicher«, sagte ich und hob die Hände, als müsste ich die Wörter formen, ehe ich sie aussprechen konnte. »Ich interessiere mich für Geschichte und finde, solche Namen haben Blumen verdient.«

Maria Thorsen trat einen Schritt vor und streichelte ganz kurz meine Hand. Ich weiß nicht, was mich verlegener machte, die unerwartete Berührung oder dass sie wieder den Handrücken an die Augen drückte.

»Sie scheinen mir ein reizender junger Mann zu sein. Ich habe auch schon mit dem Gedanken gespielt, Blumen auf dieses Grab zu legen, aber das habe ich nie geschafft. Sie wissen, die Zeit vergeht, und ich besuche ja erst seit fünfzig Jahren diesen Friedhof.«

Sie ließ sich Zeit für ein kleines Lachen, dann fügte sie hinzu: »Das Grab war schon alt, als ich zum ersten Mal hergekommen bin.«

Ich nickte nur.

»Mir hat noch nie irgendwer etwas über diese beiden Russinnen erzählen können. Wahrscheinlich waren sie Mutter und Tochter. Und dann ist es zutiefst tragisch, dass die Jüngere zuerst heimbefohlen wurde, finden Sie nicht?«

»Doch«, sagte ich. »Gerade das hat mich ja fasziniert.«

»Ich habe die Namen neulich gegoogelt, aber habe nichts gefunden«, sagte Maria Thorsen und zuckte mit den Schultern.

»Gegoogelt?«, fragte ich.

»Ja, Sie wissen schon, im Internet gesucht. Oder eigentlich hat mir der Enkel meiner Schwester dabei geholfen, aber wir haben nichts gefunden. Abgesehen davon, dass bei Tschechow eine Klavdivia Nikolajevna vorkommt.«

»Bei wem?«

»Anton Tschechow. Dem Schriftsteller.«

»Ach so«, sagte ich und fragte mich, wie ich das Gespräch auf Musik überleiten sollte. Ob sie mich am Vortag wohl bemerkt hatte? Ich glaubte das nicht, denn sie hatte bereits im Auto gesessen, als ich ihren Bruder angesprochen hatte.

»Wollen Sie eine Vase leihen?«, fragte Maria.

Ich schaute die weißen Lilien an, die schon ein wenig entseelt wirkten.

»Ja, bitte«, sagte ich.

»Und einen kleinen Spaten, damit Sie Ihre Geranie einpflanzen können?«

Ich nickte und räusperte mich.

»Das war ein etwas spontaner Einfall.«

»Die Menschen sind viel zu wenig spontan«, sagte sie, ging zu dem Grab, das sie eben noch geschmückt hatte, und kehrte mit einer blauen Vase und einem kleinen Spaten in derselben Farbe zurück. Wortlos zeigte sie auf Gießkannen, die an der Mauer zur Straße unter einem Wasserhahn standen.

»Sie haben sich die richtigen Blumen für ein Grab von Menschen ausgesucht, die Sie nicht kennen«, sagte sie, als ich zurückkam. »Ich habe anfangs meistens Eisbegonien genommen, aber damit habe ich aufgehört.«

Ich nickte und fing an, in dem ungepflegten Grab vor dem Stein ein Loch auszuheben.

»Ich finde Eisbegonien noch immer schön, und es ist auch schön zuzusehen, wie sie sich als dicke rote Teppiche ausbreiten. Aber gerade solche Blumen bedeuten ja oft, dass man die Grabpflege nicht mehr so wichtig nimmt. Es gibt ein Konto, wo man Geld einzahlen kann, um die Gräber nicht selbst pflegen zu müssen, und dann werden robuste Begonien gepflanzt. Wussten Sie das?«, fragte sie.

»Nein«, sagte ich, schüttelte den Kopf und versuchte, die Pflanze in das Loch zu pressen.

»Warten Sie, pflanzen Sie die noch nicht«, sagte sie, lief zu ihrem eigenen Grabstein und kehrte mit einer grünen Plastikflasche zurück. »Wir nehmen zuerst ein bisschen Dünger.«

Sie kippte einen guten Schuss in das Loch, drückte die Erde fest und goss ein wenig Wasser aus der Gießkanne darüber. Die Lilien stellte sie dicht vor den Stein auf die rechte Seite.

»Da«, sagte sie. »Jetzt sieht es aus, als hätten sie jemanden, dem sie wichtig sind.«

»Danke«, sagte ich.

Als ich mich bückte, um den Spaten aufzuheben, bemerkte ich, dass jemand auf dem Nachbargrab ein Feuerzeug vergessen hatte.

»Vielleicht funktioniert das noch«, sagte ich und hob es hoch.

»Vielen Dank«, sagte sie und ließ das Feuerzeug zum Leben erwachen. »Heute sind Sie mein barmherziger Samariter. Möchten Sie mit zu mir kommen?«

Mein Herz schlug schneller, und ich wollte schon nach den Hunden fragen, da begriff ich, dass sie nicht von ihrem Haus gesprochen hatte.

»Ich muss mich ein bisschen setzen«, fügte sie hinzu, dann ging sie zu dem Grab, an dem sie gearbeitet hatte, und stellte einen Klappstuhl auf. Ihr Gesicht wurde glatt, als sie sich auf den Stuhl sinken ließ.

»Wissen Sie, ich habe für mehrere Leben genug gestanden, und ausstrecken kann ich mich noch früh genug«, sagte sie und klopfte sich auf die Manteltaschen.

Der Grabstein war aus schwarzem Marmor, und die vergoldeten Buchstaben zeigten, dass sie mehrmals aufgefrischt worden waren. Andreas und Gullborg Thorsen. Geboren kurz vor und nach der Jahrhundertwende, im Abstand von vierzehn Tagen gestorben. Unter den Namen las ich: »Vater trug das Licht in die Welt hinaus. Mutter stand in der Küche und hielt das Leben zusammen.«

»Eine rührende Inschrift. Waren das Ihre Eltern?«, fragte ich und sah erst jetzt, dass heute Andreas Thorsens Todestag war.

Maria nickte und fand endlich das, was sie in den Taschen gesucht hatte.

»Möchten Sie eine?«, fragte sie und hielt mir eine Packung Lucky Strike hin.

Ich wollte schon den Kopf schütteln, aber meine Hand schien die Signale meines Gehirns zu ignorieren, und plötzlich hatte ich eine Zigarette zwischen den Lippen.

Maria hob ihre eigene Zigarette an den Mund, nahm zwei lange Züge, dann steckte sie die Zigarette zwischen die Blumen auf dem Grab und schüttelte eine neue aus der Packung. Ich schaute mich verstohlen um, etwas unsicher, ob Maria Thorsens Verhältnis zur Wirklichkeit stärker von ihrem Alter geprägt war, als ich zuerst gedacht hatte.

»Keine Panik«, sagte sie und machte eine Handbewegung, als wolle sie eine Fliege verscheuchen. »Hier ist Rauchen nicht verboten. Uns kann nichts Schlimmeres passieren als ein paar böse Blicke des Popelinemanteladels, und die gehen mir sonst wo vorbei. Ich kümmere mich schon lange nicht mehr darum, was andere über mich denken.«

»Popelinemanteladel?«, fragte ich.

»So nennt mein Bruder die älteren Frauen, die auf dem Friedhof regieren. Für ihn sind das nur alte Weibsen mit verkniffenem Mund. Es ist vielleicht die größte Begabung meines Bruders, mehr oder weniger treffende Charakteristiken von den Leuten zu geben, die er verachtet. Also von fast allen«, sagte Maria. Sie zeigte auf meine Hand.

»Sie müssen wissen, mein Vater war Spielmann, ehe er fromm wurde, und es ist unser kleines Geheimnis, dass er danach noch immer heimlich geraucht hat. Deshalb rauche ich an seinem Todestag eine mit ihm zusammen. Dann erzähle ich ihm, wie das Jahr verlaufen ist«, sagte Maria, und als wolle sie ihre Aussage betonen, ließ sie eine Serie von Rauchringen aufsteigen.

Meine Gedanken stoben in alle Richtungen auseinander. In gewisser Weise hatte ich das Gefühl, etwas Privates zu belauschen, das Menschen doch für sich behalten sollten. Zugleich musste ich auch denken, dass das hier meine Chance war. Die Möglichkeit, das Gespräch auf die Musik überzuleiten. Der Vater, der Spielmann gewesen war, die Platten, die in meinem Auto lagen, die Lieder, die ich am Vortag bei der Taufe gehört hatte. Aber ehe ich irgendetwas unternehmen konnte, schloss Maria die Augen und schüttelte ihre Hände auf eine Weise, bei der mir nicht klar war, ob sie weitere Tränen oder mögliche Fragen verhindern wollte.

»Wissen Sie, es gibt einen Indianerstamm, der meint, solange über Menschen gesprochen wird, so lange sterben sie nicht, egal seit wann sie schon in der Erde liegen. Wenn Sie sich also wirklich für Geschichte interessieren, dann würde ich Ihnen gern von meinem Vater erzählen. Ich habe schon lange mit niemandem unter siebzig mehr über ihn gesprochen.«

»Ich möchte das gern hören«, sagte ich.

Gleich wechselte ihre Stimme zu einer tieferen Tonlage, so als ob sie ein Gedicht aufsagte, und das Repetitive darin rührte mich auf dieselbe Weise wie früher, wenn mir als Kind vorgelesen worden war.

»Ich bin eine alte Frau, und nach der Prophezeiung meines Vaters wäre ich eine alte Jungfer geworden. Eigentlich wünschte ich, er hätte recht behalten. Er nannte mich immer das Frauenzimmer, das gegen den Strom schwimmt. Mein Vater fehlt mir. Zugleich ist er mir so nah. In gewisser Weise sind wir jetzt gleichaltrig. Ich glaube, das fühlen die meisten, wenn sie alt werden. Man holt seine Eltern ein. Die Zeitkraft wirkt anders. Wie die Schwerkraft im Weltraum. Ich habe gelesen, dass ein vollbeladener Astronaut auf dem Mond nur dreißig Kilo wiegt, hier unten aber hundertachtzig. So geht es mir auch. Obwohl mein Körper schwerer ist als in meiner Jugend, wiegt alles in mir weniger, viel weniger.«

Sie öffnete die Augen, wie um sich davon zu überzeugen, dass ich noch immer da war, und ich nickte bloß. Oben bei den Wasserhähnen wurde mit dem Deckel einer Mülltonne geknallt, und ich setzte mich auf den Boden, um weniger aufzufallen.

»Er war ein guter Mann, mein Vater. Ein lieber Mann. Ich wüsste nicht, dass er mir gegenüber jemals laut geworden ist, dass er jemals wütend wegen etwas war, das ich getan hatte. Für mich war er die Sonne, und seine Aufgabe war es, nur auf mich zu leuchten. Als ich klein war, konnte ich es nicht einmal ertragen, wenn andere neben meinem Vater saßen. Ich war fast wie eine Verlängerung seines Schattens. Unser Nachbar nannte mich nur so. ›Guten Tag, Andreas‹, sagte er immer. ›Ziehst mal wieder deinen Schatten hinter dir her?‹«

Maria sog den Zigarettenrauch tief in die Lunge und hielt ihn dort fest.

»Es ist eine meiner schönsten Kindheitserinnerungen, wie er und meine Onkel und einige Nachbarn Heu auf die Reuter hängten. Als die Sonne ganz hoch stand, setzten sie sich in den Schatten einiger hoher Birken, und meine Mutter brachte ihnen Wasser und Rhabarbersuppe, die im Keller zum Abkühlen gelagert hatte. Ich schmiegte mich in Vaters Armbeuge und legte ihm den Kopf auf die Brust, und als er anfing zu trinken, hörte ich das Gluckern in seinem Hals und seiner Brust. Am Vorabend hatte er vom Bahnhofsvorsteher im Ort erzählt, der mit einem Loch im Herzen geboren worden war.

›Aber Maria, was ist denn los?‹, fragte er und versuchte, mich festzuhalten, damit ich mich beruhigte.

›Du läufst‹, weinte ich.

›Ich laufe?‹

›Da ist ein Loch. Ich höre, wie es läuft. Dein Herz läuft aus.‹ Die Wörter blieben mir im Hals stecken. Meine Augen brannten.

Vater hätte lachen können. Er hätte sagen können, ich solle den Unsinn lassen. Aber er knöpfte sein Hemd auf und zog es aus der Hose.

›Hier‹, sagte er, nahm meine Hand und legte sie sich auf die Brust. ›Siehst du da ein Loch? Hörst du, ob da noch etwas anderes läuft als Schweiß?‹

Sein Brustkasten hatte fast die gleiche Farbe wie die Salzsteine, wenn die Kühe einen ganzen Sommer lang daran geleckt hatten, und kleine Schweißperlen sammelten sich in den schwarzen Haaren.

Ich streifte das Kopftuch ab, das Mutter mir umgebunden hatte, und begann, seine Brust abzutrocknen. War besonders gründlich an dem Fleck, an dem ich das Herz vermutete. Ich fand kein Loch. Keine Stelle, wo das, was in ihm war, hervorsickerte.

›Nein‹, sagte ich und lachte ihn an. ›Ich kann nicht sehen, wo du ausläufst. Aber das Geräusch hat sich angehört, als ob du in dir ein Loch bekommen hättest.‹

Dann bohrte ich wieder den Kopf in seine Armbeuge, und so blieben wir sitzen, im Schatten, auch als seine Brüder schon wieder beim Heuen waren. Als ich an diesem Abend einschlief, hatte ich das Kopftuch unter dem Kopfkissen liegen. Es roch noch immer nach Vaters Schweiß, es war der gute Geruch, den Schweiß hat, ehe er sich in den Kleidern festsetzt. Ich habe später nie wieder solchen Schweiß gerochen. Dieser Geruch fehlt mir.«

Marias Zigarette war längst heruntergebrannt, aber sie schien nicht zu bemerken, wie die Asche über ihre Fingerspitzen rieselte. Als sie den Filter wegwarf, zog sie gleichzeitig eine neue Zigarette aus der Tasche. Ihre Augen huschten über mein Gesicht, dann nahm sie ihre Geschichte wieder auf.

»Er war ein attraktiver Mann, mein Vater. Gegen Ende lief er wirklich aus. In der letzten Nacht, in der ich seine Hand hielt, wog er nur noch vierzig Kilo. Am Morgen ließen wir einander zum letzten Mal los, und als ich mich zu Mutter umdrehte, sah ich, dass sie ihm schon entgegenging. Vierzehn Tage später war sie tot.«

Wieder nickte ich. Die ruhige Art, in der die Geschichte erzählt wurde, erinnerte mich daran, wie wirklich gute Musiker einem Lied Sinn geben können, indem sie es nur andeuten. Die Musiker, die das meiste zu sagen haben, machen am wenigsten von sich her.

»Möchten Sie einen Schluck?«, fragte sie und zog eine Art brauner Medizinflasche aus der Manteltasche.

»Was ist das? Hustensaft?«, fragte ich.

»Das war Dr. Sands Mixtur, jetzt ist es Herzenssaft. Stoßen Sie mit mir an?«

Der vergangene Abend mit dem darauffolgenden Morgen hatte meinen Alkoholdrang für die nächsten Wochen beträchtlich gedämpft, aber mit jeder Minute, in der ich Maria Thorsens Aufmerksamkeit festhalten konnte, kam ich ihr und ihren Geschwistern näher. Ich streckte die Hand aus und drehte den Verschluss von der Flasche.

»Löffel?«, fragte Maria, ehe ich kosten konnte.

»Was?«

»Sie haben vielleicht kein Enthaltsamkeitsgelübde abgelegt?« Ich schüttelte den Kopf.

»Vor einigen Jahren schlug mir ein Arzt vor, jeden Abend dem Kreislauf zuliebe einen kleinen Cognac zu trinken. Und das war ein großes Problem für mich, weil ich doch ein Enthaltsamkeitsgelübde abgelegt hatte. Also schrieb ich an Bondevik und fragte, was ich tun sollte.«

»Den Ministerpräsidenten?«, fragte ich.

»Nein, sind Sie verrückt? Den echten Bondevik. Seinen Onkel. Er antwortete, ich sollte den Cognac mit dem Löffel nehmen, dann wäre es Medizin. Und diesen Rat habe ich seither immer beherzigt.«

Ich nickte und trank einen Schluck. Ich hatte zwar nach allem, was sie gesagt hatte, Cognac erwartet, aber das hier war süß. Vielleicht ein mit Schnaps angereicherter Apfelsinenlikör.

Maria nahm die Flasche wieder und goss einen guten Schluck auf das Grab.

»Prost, Vater«, sagte sie, dann führte sie sich rasch hintereinander vier Löffel zu Gemüte.

Mein Zahnfleisch tat noch immer weh, als ich die Zigarette an meiner Schuhsohle ausdrückte und den Stummel in meine Jackentasche fallen ließ. Über der Festung ballten sich jetzt die Wolken zusammen und schoben den klaren blauen Tag vor sich her in Richtung Schweden. Ein plötzliches Rascheln in den die Kirche umstehenden Bäumen veranlasste Maria, sich Handschuhe überzustreifen, und bei dieser Bewegung warf sie einen Blick auf die Armbanduhr an ihrem rechten Handgelenk.

»Ich hatte eben ein seltsames Erlebnis in einem Trödelladen auf der anderen Seite der Stadt«, fing ich an, aber dann fing ein Hund an zu bellen, und Maria erhob sich von ihrem Klappstuhl.

»Mein Bruder«, sagte sie zur Erklärung, zog ein Mobiltelefon hervor und kehrte mir den Rücken zu. Wenn sie überhaupt in das Handy sprach, dann so leise, dass ich es nicht hören konnte, aber ich sah sie mehrmals nicken, als ob sie telepathisch mit ihrem Bruder kommunizierte. Noch immer mit dem Rücken zu mir beendete sie das Gespräch und ließ das Telefon in ihre Tasche gleiten, ehe sie sich wieder zu mir umdrehte. Der abwesende Ausdruck, den ihre Augen gehabt hatten, als sie über ihren Vater sprach, war etwas Scharfem, frisch Geschliffenem gewichen. Wortlos fing sie an, ihre Sachen zusammenzusuchen.

»Es war nett, mit Ihnen zu reden. Jetzt muss ich machen, dass ich nach Hause komme«, sagte sie.

»Es ist doch hoffentlich niemand krank geworden«, sagte ich und reichte ihr Dünger und Spaten.

Maria antwortete nicht sofort, sondern nahm sich die Zeit, mein Gesicht zu betrachten, ehe sie den Kopf schüttelte.

»Nein«, sagte sie. »Niemand ist krank geworden. Mein Bruder ist außer sich, weil wir unser Elternhaus verkaufen müssen.«

Ich wartete darauf, dass sie noch mehr sagte, dass ich die Möglichkeit hätte, die Hände zu heben, den Kopf zu schütteln oder etwas anderes auszudrücken, das an Verständnis oder Trost erinnern könnte, aber dieser Moment kam einfach nicht. Maria Thorsen goss noch einen Schuss aus der Medizinflasche über dem Grab aus, klappte den Stuhl zusammen und sagte der Erde ebenso schnell wie mir auf Wiedersehen.

»Ich hoffe, wir treffen uns mal wieder«, sagte ich zu ihrem Hinterteil, und dann starrte ich ein weiteres Mal dem Rücken eines der Geschwister Thorsen nach, während es den Friedhof verließ. Für einen kurzen Moment überkam mich dieses Gefühl, als würde ich jemanden zum Zug bringen, aber dann registrierte ich aus dem Augenwinkel heraus eine Bewegung. Ingrid kam vom Krematorium her angestampft und winkte begeistert. Wollte sie unseren Plausch fortsetzen? Ich bewegte kurz die Hand zum Gruß und lief zur Kirche hoch.

Wenn Friedhöfe so wie Städte oft einen besseren Teil haben, liegt der von Kongsvinger zweifellos auf der Ostseite der Kirche. Hier waren sie errichtet worden, die monumentalen Gedenksteine, die die Taten der Toten noch immer vergrößerten, nachdem die sterblichen Überreste längst zu Staub und Mulch zerfallen waren. *Der Menschenfreund und Mann der Liebe. – Gestorben im Exil. – Selig sind die, die reinen Herzens sind. Kraftvolle Tätigkeit und Fleiß gewannen ihm Bürgerrecht und Ehren. Wohltaten und Edelmut schenkten ihm die besten Freuden des Lebens. – Beweint von den Untergebenen.* Elegant in Stein gehauene Lobpreisungen, die Schwedenkriege, Weltkriege und Befreiung überlebt hatten.

Ehe ich das Tor erreichte, fiel mir ein, dass sich die Geschwister Thorsen um ein Grab ganz hinten bei der Mauer versammelt hatten. Nachdem ich die Inschriften auf den nächststehenden Steinen überflogen hatte, erkannte ich schließlich einen Namen wieder. Ganz oben auf dem Stein stand Jenga Njoroge, geboren 1934 in Kiambu, Kenia, gestorben 1972 in Kongsvinger, Norwegen. Darunter ein weiterer afrikanischer Name, Thiongo Njoroge, 1964–1985, zusammen mit einem Vers in einer Sprache, die ich nicht verstand. Die Buchstaben waren vergoldet und in einer anderen Type gemeißelt als die übrigen auf diesem Stein, und ich zog mein Telefon hervor, um ein Bild zu machen. Trotz des Verses und der beiden afrikanischen Namen hielt ich beim mittleren Namen inne: Tamar Njoroge, 1934–. Ohne weitere Ziffern, nur ein weißer Gedankenstrich, wie eine in die Ewigkeit ausgestreckte Hand, hinter dem Jahr, das Tulla Thorsens Geburtsjahr sein musste.

Kapitel 5

In Mallings Kellerhöhle sortierte ich die Platten der Geschwister Thorsen nach dem Jahr, in dem sie eingespielt worden waren, und setzte die Nadel auf den Anfang ihres Debüts von 1959: »Wo warst du, als unser Erlöser ans Kreuz geschlagen wurde.« Dann ließ ich mich im Sessel zurücksinken und schloss die Augen.

Timoteus lieferte den Auftakt. Vier zitternde Mandolinentöne durchschnitten mich wie elektrische Impulse und brachten die Bildspur hinter meinen Augen zum Glühen. Marias Gitarre legte sich in einem lokomotivenhaften Rhythmus über die Mandoline. Nach einer halben Strophe kamen zwei weitere Gitarren dazu, die auf Gebetshausweise gestimmt wie eine zwölfsaitige über das gesamte Klangbild jingelten und jangelten. Gitarre und Mandoline führten und begleiteten abwechselnd, und ein Tamburin betonte beim Refrain den Takt. Trotz der suggestiven Art, in der die Instrumente die Melodie vorantrugen, wurde das Lied zum vollen Haus, als der Gesang einsetzte. Erst eine helle Frauenstimme – und ich wusste einfach, dass es Tullas sein musste –, die für das Haus nun noch die Wände herbeisang, dann übernahm Marias Stimme, und Tulla stimmte in die letzten Wörter jeder Zeile ein. Beim Refrain kam Timoteus dazu, und die drei fanden einander in einer perfekten Harmonie, die mich auf eine Weise umschloss, wie ich sie nur selten erlebt hatte. Oder, es ist nicht richtig zu sagen, Timoteus sei »dazugekommen«. Seine Stimme hob sich einfach immer weiter, vom Keller im

Menschen nach oben, bis sie über den Stimmen von Tulla und Maria schwebte.

Ich versuchte mich dazu zu zwingen, nicht zu denken, sondern kindlich mit allen Sinnen offen dazusitzen und das Lied einfach in mich aufzunehmen. Als alle Gitarren, mit einer Ausnahme, bei der letzten Strophe verstummten und Timoteus den Text aufsagte, während er präzise Mandolinentöne zuschnitt, verspürte ich in mir ein Ziehen wie von einem Fieber kurz vor dem Ausbrechen.

Wo warst du, als der Erlöser ans Kreuz geschlagen wurde?
Wo warst du, als im Tempel der Vorhang zerriss?
Wo warst du, als Petrus Ihn verleugnete?
Wo warst du am längsten Tag des Erlösers?
Wo wirst du sein, wenn der Erlöser vor deiner Tür steht?

Am Ende des Liedes hüpfte die Nadel in der Rille, ich aber blieb einfach sitzen. Plötzlich hörte ich, dass an die Tür geklopft wurde, vielleicht schon seit einer Weile. Da ich keine Antwort gab, wurde auf die Klinke gedrückt, und Malling steckte vorsichtig den Kopf herein. Er sah meine Hände an, als ob er erwartete, dass ich etwas darin hielte, dann schaute er zum Tisch hinüber und schließlich auf den Boden.

»Ich dachte, du hättest dich schon über den Whisky hergemacht«, sagte er, lockerte seinen Schlips und hob die Nadel aus der Rille.

Weil ich noch immer nicht reagierte, setzte er sich auf das Ledersofa, gleich unter den Holzschnitt von Wilko Johnson.

»Es klang, als wärst du versunken in einer Pink-Floyd-Psychose. Ich war sicher, dass du den Anfang von ›Dark Side of the Moon‹ hörtest, aber jetzt ist mir ja klar, dass es nur ein Sprung in der Platte war.«

»Sprung in der Platte, nachdem das Lied, das ich gehört habe, zu Ende war«, sagte ich.

»Natürlich, wichtige Korrektur«, sagte er und ließ den Schlips neben sich auf das Sofa fallen. »Übrigens«, fügte er hinzu. »Irgendwer hat hier sein Handy unter den Tisch geworfen.«

»Das war bestimmt ich«, sagte ich.

»Ich merke, dass du bei der Wahl des Verbs zustimmst.«

»Ich habe mich geärgert und das Telefon weggeworfen, und dann war ich erleichtert. Sehr erleichtert.«

Malling nickte abwartend.

»Die Vorproduktion, mit der ich am Donnerstag anfangen sollte, ist abgeblasen worden, zugleich hat die Plattenfirma mir zwanzigtausend angeboten für Aufnahme, Mischung und Fertigstellung des Albums. Sechzig Prozent weniger als vereinbart. Ich habe dankend abgelehnt.«

»Kein Wunder, dass du erleichtert bist«, sagte Malling und ahmte ein verständnisvolles Nicken nach.

»Die Plattenbranche in Norwegen ist ein toter Gaul, und ich hab's satt, ihm Leben einzupeitschen«, sagte ich.

»Wie meinst du das?«

Ich gab keine Antwort, sondern hielt die Hülle der Debütaufnahme der Geschwister Thorsen hoch.

Malling runzelte die Stirn.

»Wenn du aus der Plattenbranche aussteigen willst, dann hast du dich bestimmt richtig entschieden. Die Geschwister sind doch wohl schon über achtzig.«

»B. B. King wird bald neunzig«, sagte ich. »John Lee Hooker war achtzig, als er ›Don't look back‹ herausgebracht hat.«

»So alt wie meine Oma«, sagte Malling.

Ich nickte nur und erzählte ihm von den Hunden und der Kiesharfe, danach von der Zigarette und dem Likör, die ich mit Maria Thorsen geteilt hatte.

»Du erinnerst dich doch an das gute Gefühl früher, wenn wir etwas zum ersten Mal erlebt haben? Zum ersten Mal einen neuen Künstler gehört, ein Buch gelesen, einen Film gesehen oder eine Frau geküsst? Wann hattest du zuletzt dieses große Gefühl vom ersten Mal?«

Malling zuckte mit den Schultern.

»Ich weiß es auch nicht mehr«, sagte ich und legte die Plattenhülle zurück auf den Tisch.

»Jim«, sagte Malling. »In einzelnen Bereichen hast du dich immer schon auf der Grenze zum Autismus bewegt. Ich kenne niemanden, der so besessen sein kann wie du.«

»Vielleicht hast du recht«, sagte ich. »Ich war oft besessen, aber das hat mich auch davor zurückgehalten, total und durch und durch verrückt zu werden.«

Malling hob die Hände, wie um zu zeigen, dass er mir da wirklich nicht widersprechen mochte.

»Das hier ist ein Erfolg, der nur darauf wartet, geschaffen oder jedenfalls noch einmal geschaffen zu werden. Die Geschwister, die Stimmen, die Geschichte. Alles ist da. Was kann sich ein Produzent wie ich sonst noch wünschen?«, fragte ich.

»Mir fällt da einiges ein, aber erst einmal muss der Künstler überhaupt an einer Zusammenarbeit interessiert sein«, sagte er und hob mein Handy auf.

Und da fiel es mir ein.

»Ich habe den Namen der jüngsten Schwester hier auf dem Friedhof auf einem Grabstein gesehen, und auf dem Stein stand ein Vers in einer Sprache, die ich nicht kenne«, sagte ich und fing an, in meinem Telefon das Foto zu suchen.

»Die jüngste Schwester? Gab es denn noch mehr von denen?«, fragte Malling.

»Nein, nein. Ich meine Tulla – oder Tamar, wie sie eigentlich heißt. Sie hat ihren Namen und ihr Geburtsjahr unter die Daten ihres Ehemanns einmeißeln lassen. So etwas habe ich noch nie gesehen. Es eröffnet sozusagen eine neue Dimension von ›Dein bis in den Tod‹. Dann stand da noch ein dritter Name. Und eben dieser Vers«, sagte ich und zeigte Malling das Bild.

»Thiongo«, sagte er. »An den Namen erinnere ich mich. Er war auch Musiker. Sah aus wie Jimi Hendrix und sang wie Marvin Gaye, wenn er denn sang. Ich habe seine Band einmal im Jugendzentrum gehört, da gab er sich alle Mühe, aber klang trotzdem nach einer Schmirgelmaschine. Die letzten beiden Lieder musste der Schlagzeuger singen.«

»Was ist aus ihm geworden?«, fragte ich.

»Er erkrankte an Leukämie. War nach einem halben Jahr verschwunden. Ich wusste nicht, dass er der Sohn einer Thorsen-Schwester war. Nach seinem Tod hieß es, seine Mutter wandere wie eine Heimgesuchte auf dem Friedhof umher und sage ihm jeden Abend gute Nacht.«

Malling zuckte mit den Schultern, als könne er die Wahrheit dieser Geschichte nicht garantieren.

»Und der Vater oder Ehemann, weißt du etwas über den?«

Malling sah sich noch einmal die Namen an.

»Ich glaube, er ist Heiligabend gestorben.«

»Was?«

»Er muss es gewesen sein. Ich weiß noch, dass von einem Autounfall die Rede war, bei dem Thiongos Vater angeblich umgekommen ist, und ich bin über diese Geschichte gestolpert, als ich hier in der Bibliothek in der Lokalzeitung nach altem Musikstoff gesucht habe. Die Überschrift hat mich tief beeindruckt: Negerprediger spielten sich am Heiligabend in den Tod.«

»Was?«, fragte ich. »Waren das mehrere? Und was heißt hier spielten?«

»Thiongos Vater hatte in Oslo drei Prediger aus Kenia vom Flughafen abgeholt. Sie sollten Andachten für die Pfingstgemeinden in der Umgebung abhalten, aber in Skarnes geriet der Wagen unmittelbar vor einer Brücke außer Kontrolle, und sie landeten in der Glomma. Alle vier ertranken. In der Zeitung stand, das Auto habe nur Sommerreifen gehabt, und sie hätten deshalb mit ihrem Leben gespielt. Später stellte sich heraus, dass das nicht stimmte, aber da blieb doch dieser unangenehme Beigeschmack, dass sie es nicht besser verdient hatten, wo sie sich so einfach auf norwegische Winterstraßen gewagt hatten. Die Bildersprache in dem Artikel war ungewöhnlich stark. Auf einem der Fotos vom Flussufer konnte man deutlich sehen, dass eine der zugedeckten Leichen beide Schuhe verloren hatte.«

Ich bekam eine Gänsehaut, Mallings Geschichte erinnerte mich an Bilder, die ich von Lynchaktionen in den Südstaaten der USA kannte. Weiße Mobs, die in die Kamera lächelten und begeistert auf die toten Farbigen zeigten, die sie aufgehängt hatten. Auf allen solchen Bildern waren die Toten barfuß gewesen. »Strange Fruit.« Billie Holiday. *Southern trees bear a strange fruit, blood on the leaves and blood at the root, black bodies swinging in the Southern breeze, strange fruit hanging from the poplar trees.* Große Kunst über ein düsteres Kapitel der amerikanischen Geschichte, mit einem plötzlichen seltsamen Bezug zu etwas, das an einem verschneiten Wintertag ein halbes Jahrhundert später eine halbe Welt entfernt geschehen war.

»Wurde Tulla in dem Artikel erwähnt, oder stand da etwas darüber, was …« Ich musste den Namen noch einmal nachsehen. »Jenga Njoroge nach Norwegen verschlagen hatte?«

Malling schüttelte den Kopf.

Ich vergrößerte das Bild in meinem Display, bis die Inschrift zu lesen war.

»Hast du eine Ahnung, welche Sprache das sein kann?«, fragte ich.

Malling schüttelte wieder den Kopf.

»Hast du es mit Google Translator probiert?«

»Daran hab ich gar nicht gedacht.«

Malling klappte seinen Laptop auf und betrachtete noch einmal das Bild auf meinem Display.

»Woher wissen wir, aus welcher Sprache wir übersetzen?«, fragte ich.

»Das müsste das Programm eigentlich erkennen«, sagte Malling, gab die beiden ersten Wörter ein und drückte auf Enter.

»Swahili entdeckt«, sagte er dann und tippte mit dem Zeigefinger gegen den Bildschirm, korrigierte einige grammatische Patzer und deklamierte danach laut.

Wer sieht, dass die Sonne weint,
besitzt eine seltene Gabe.
Er sieht das, was sonst niemand sieht,
sieht das, was den andern entgeht.
Wenn du siehst, dass die Sonne weint,
besitzt du eine seltene Gabe.

»Unglaublich«, sagte ich. »Das ist dieselbe Technik wie bei ›Wo warst du, als unser Erlöser ans Kreuz geschlagen wurde‹. In der letzten Zeile wird die Perspektive geändert. Wenn du die ganze Strophe googelst, kannst du feststellen, woher sie stammt?«

Malling versuchte es und schüttelte dann den Kopf.

»Und auf Swahili?«

Malling wiederholte die Operation, blieb aber weiterhin ohne Ergebnis.

»Die Wahrscheinlichkeit ist ja groß, dass das ursprünglich ein Gedicht war. Druckst du es bitte aus? Wäre doch toll, wenn die Geschwister es vertonen könnten, oder vielleicht gibt es ja schon eine Melodie«, sagte ich.

Malling ließ das Blatt erst durch den Drucker wandern, ehe er antwortete.

»Jim, hältst du es für eine gute Idee, sie etwas von einem Grabstein singen zu lassen? Wenn du wirklich mit ihnen arbeiten willst, solltest du meiner Ansicht nach nicht gerade diese Karte ausspielen. Du weißt doch nicht, welche Geschichte sich hinter einer Strophe versteckt.«

»Da hast du recht. Aber die Leute lieben Sänger, die sozusagen am Rand des Grabes noch mal aufstehen. Wenn man alte Künstler dazu bringen kann, dem Tod ebenso trotzig ins Auge zu blicken wie dem Leben, dann finden die Leute das ermutigend. Und wenn die Geschwister Thorsen etwas gut machen, dann eben das.«

»Der Tod lässt sich prima verkaufen?«, fragte Malling und wirkte plötzlich unergründlich, was ebenso Tadel wie Anerkennung bedeuten konnte.

Ich antwortete nicht sofort, und als ich es endlich tat, kamen meine Worte langsam.

»Weißt du«, sagte ich. »Ich hab das Gefühl satt, etwas Totes zum Leben erwecken zu wollen. Sehr oft ist es nicht einmal tot, weil es eben nie gelebt hat. Ich kann es nicht ertragen, dass Menschen, die keine Gitarre stimmen könnten, selbst wenn ihr Leben davon abhinge, mir erzählen, worauf es bei einem Lied ankommt.«

»Die meisten Musiker können ja wohl ihre Gitarre stimmen«, widersprach Malling.

»Ich rede nicht über Musiker«, sagte ich. »Sondern über die Leute in ihrer Umgebung. Karriereratten. Nachäffer. Alle, die keine Chance auf einen Job im Supermarkt hätten – aber weil sie gekokst oder mit den richtigen Leuten geschlafen haben, enden sie in Positionen, wo sie Strategien und Promopläne verkünden können wie ein Glaubensbekenntnis.«

»Plötzlich schmeckt der Whisky salzig, und plötzlich hörst du dich an wie ein verbitterter Greis«, sagte Malling und lieferte eine Grimasse von einem Lächeln.

»Ich glaube nicht, dass ich verbittert bin, ich weiß nur, dass ich es satthabe. Wenn man Musik vor allem als Produkt betrachten soll, dann will ich damit nichts mehr zu tun haben.«

»Elvis ist auch ein Produkt.«

»Anfangs war er das nicht. Da hatte er dieses Unvorhersagbare, dieses Zügellose, welches das, was er machte, zur Kunst werden ließ.«

»Ist es nicht ein bisschen übertrieben, der ganzen Musikbranche den Rücken zu kehren, wenn du nicht mit ein paar Achtzigjährigen arbeiten kannst? Das riecht nach einer weit fortgeschrittenen Midlife-Crisis.«

»So kannst du das natürlich ausdrücken«, sagte ich. »Aber war es bei dir nicht ähnlich? Nach zwanzig Jahren oder so hast du deine Frau verlassen, hast dir eine gesucht, die fast halb so alt ist wie du, und mit einer neuen Garnitur Kinder angefangen, durch die du noch hoch in den Sechzigern der Vater von Teenagern sein wirst?«

»Touché«, sagte Malling und presste sich die Hände aufs Herz.

»Übrigens«, sagte ich. »Ich brauche deine Hilfe. Zu etwas, bei dem wirklich dein Fachwissen gefragt ist.«

Malling ließ den Blick über die Platten auf dem Tisch schweifen und schnaubte dann.

»Nein, ich meine nicht, dass du dir die Platten anhören sollst, aber Maria behauptet, sie müssten ihr Elternhaus verkaufen. Kannst du mir helfen, mehr darüber herauszufinden?«, fragte ich.

»Natürlich«, sagte Malling und lächelte erleichtert.

Er ging zu dem kleinen Coca-Cola-Kühlschrank und zog zwei langhalsige Flaschen Miller heraus.

»Ob du's glaubst oder nicht: Selbst Menschen mit meinem phantastischen Fachwissen schauen jeden Tag bei finn.no vorbei«, sagte Malling, reichte mir das eine Bier und loggte sich ein.

»Würdest du das Haus wiedererkennen?«, fragte er dann.

Ich nickte und stellte mich hinter ihm auf wie ein Lehrer. Zweiundzwanzig Häuser später hatte ich noch immer keines gesehen, das Ähnlichkeit hatte.

»Was kann das bedeuten?«, fragte ich. »Es klang nach einem unmittelbar bevorstehenden Verkauf, warum ist es also im Netz nicht zu finden?«

Malling zuckte mit den Schultern und wechselte zu einer Website namens *Grundstückswert*. Neue Bilder und zwei kleine Höfe, die ich durchaus gern besessen hätte, aber keine Spur von dem rostroten Haus, vor dem ich früher an diesem Tag gestanden hatte.

»Vielleicht habe ich das falsch gehört. Vielleicht soll es nur vermietet werden?«, überlegte ich.

Malling klickte rasch auf einige Menüpunkte, aber auch bei den zu vermietenden Grundstücken sah ich nichts, was an das Haus der Geschwister Thorsen erinnert hätte. Trotzdem ließ ich mir zwei Objektbeschreibungen ausdrucken.

»Warum?«, fragte Malling.

»Auch Elektriker müssen irgendwo wohnen. In Oslo ist alles dreimal so teuer.«

»Please remind me«, sagte Malling. »Wann hast du zuletzt als Elektriker gearbeitet?«

»So lange ist das gar nicht her. John Lee Hooker war noch am Leben.«

Malling schüttelte nur den Kopf, tat mir aber den Gefallen.

»Ist es nicht seltsam, dass das Haus nirgends auftaucht?«, fragte ich.

»Vielleicht ist es schon verkauft oder soll privat innerhalb der Familie verkauft werden«, sagte Malling und leerte seine Bierflasche.

»Maria hat einen Enkel von Tulla erwähnt, das müsste dann Thiongos Sohn sein. Gibt es sonst nichts mehr, wo du suchen kannst?«, fragte ich.

Malling sah auf die Uhr.

»Doch, eins«, sagte er, wählte mit seinem Handy eine Nummer, und erst nachdem er die Namen der Geschwister und am Ende Tullas afrikanischen Nachnamen genannt hatte, erhielt er das Gewünschte und notierte es auf einem Zettel.

»Ist es zu verkaufen?«, fragte ich, als er auflegte.

»Weiß nicht, aber jetzt habe ich Hof- und Betriebsnummer.«

»Und?«

»Dann kann ich im Grundbuch nachsehen.«

»Und?«, fragte ich noch einmal.

Malling gab keine Antwort, sondern tippte Hof- und Betriebsnummer in das Suchfeld ein. Eine schraffierte Karte erschien auf dem Bildschirm, und er öffnete die Arme zu einer theatralischen Zauberergeste.

»Was ist das? Das sagt mir nichts«, beschwerte ich mich ungeduldig.

»Die Geschwister Thorsen wohnen unmittelbar oberhalb einer Kiesgrube.«

Ich sah ihn an und trank ausgiebig an meiner Bierflasche. Ich hatte noch immer das Gefühl, dass Sand zwischen meinen Zähnen knirschte.

»Davon habe ich mich heute schon mit eigenen Augen überzeugt. Wir hätten keinen Computer gebraucht, um das herauszukriegen«, sagte ich.

»Jim. Ich glaube, du verstehst das nicht. Das erklärt vielleicht, warum das Grundstück nicht zum Verkauf ausgeschrieben ist. Ich kann mich an einen ähnlichen Fall vom vorigen Jahr aus diesem Dorf erinnern. Das Haus mit den Nebengebäuden wurde auf eine knappe Million taxiert.«

Ich zuckte mit den Schultern.

»Aber das Grundstück und nicht zuletzt das, was im Boden lag, waren fünfmal so viel wert.«

Ich sah ihn verständnislos an.

»Kies gilt quasi als das Öl der Waldbewohner. Ich weiß nicht, ob das Grundstück deshalb nicht zum Verkauf ausgeschrieben ist, aber die Geschwister Thorsen sitzen auf einer kleinen Goldgrube.«

»Ich kann mir das nicht so ganz vorstellen. Die Geschwister protestieren lautstark gegen die neue Fassung des Vaterunsers, und im nächsten Augenblick wollen sie ihr Grundstück an eine Kiesgrube verkaufen. Das kommt mir nicht so besonders christlich vor«, sagte ich und schüttelte den Kopf.

»Gut essen macht Freude, Wein trinken macht lustig, und Geld macht beides möglich«, sagte Malling und zuckte mit den Schultern.

»Was?«, fragte ich. »Stammt das aus Fredmans Episteln?«

»Aus der Bibel«, sagte Malling.

Kapitel 6

Drei Wochen nach der Taufe zog ich in das Dorf, in dem die Geschwister Thorsen wohnten, und als ich mich in dem gemieteten kleinen Holzhaus einlogiert hatte, musste ich an einen alten Bluesgitarristen aus Mississippi denken, den ich einige Tage zuvor in einer englischen Fernsehaufzeichnung gesehen hatte. Mit schmalen Augen schaute er in die untergehende Deltasonne und sagte, wenn man sich lange genug an einem Ort aufhielte, stiegen nach und nach die Lieder aus der Landschaft empor. Ich schloss die Augen und versuchte mir vorzustellen, dass es wirklich so wäre, und wenn ich die Geschwister Thorsen herholen könnte, würde die Umgebung die Musik in sich aufnehmen.

Vielleicht war der Fluss daran schuld, die Strömung, die sich träge und schwerfällig bewegte, oder es lag daran, dass der Windbruch einfach an dem überwucherten Hang liegen geblieben war, jedenfalls hatte ich das Gefühl, an den perfekten Ort gezogen zu sein, um einen Schritt zurück zu machen, während man sich einzureden versucht, dass man doch nur einen neuen Anlauf nehmen will.

Ich hatte mit der Firma Hagen Elektriske etwas abgemacht, um genug für die Miete zu verdienen, und das Beste von allem war, dass ich nicht jeden Tag arbeiten müsste. Ich könnte auch auf mein Bankkonto zurückgreifen, wenn sich das als nötig erweisen sollte.

Das kleine Holzhaus lag genau an der Biegung des Bak-lengselv, und wenn ich auf der schmalen Veranda zum Fluss hin saß, sah ich von den Nachbarhäusern nichts. Mir gefiel dieses Gefühl, abgeschirmt zu sein, von der Welt und allem, was ich verlassen hatte.

Der Vermieter hatte erzählt, dass hier früher die Pfingstge-meinden ihre Freilufttaufen abgehalten hatten, als das noch üblich gewesen war. Schulter an Schulter hatten sie am Fluss-ufer Aufstellung genommen, um sich dann ins Wasser sinken und sich mit und unter dem Wasser zu Gott führen zu lassen. Ich sah die drei Geschwister vor mir, die sich der Reihe nach im Namen des Vaters, des Sohnes und des Heiligen Geistes taufen ließen.

Der Mann hatte mich seltsam angeschaut, als ich durch das Wohnzimmer ging, den Kopf schräg legte und in die Hände klatschte, aber ich erklärte, mir sei der Klang wichtig und ich wolle hier vielleicht einiges aufnehmen.

Im einsetzenden Sonnenuntergang saß ich auf der Veranda, zog mein Handy hervor und wählte den Mitschnitt aus, den ich von der Kiesharfe gemacht hatte. Dann griff ich zur Gitarre, die zusammen mit zwei Romanen und meinem Skizzenblock das einzige Persönliche war, was ich aus Oslo mitgebracht hatte. Meine Gitarrenfähigkeiten zeigten deutlich, warum ich Produzent und nicht Musiker geworden war, aber ich habe immer schon gut Stimmungen schaffen können. Während die Kiesharfe den Takt vorgab, wiederholte ich immer wieder vier Töne auf den E- und A-Saiten, bis sie zu etwas wurden, das ganz natürlich dort an das Flussufer gehörte. Eine Reflexion der rieselnden Bewegung in dem engen Flusslauf, ein Echo des Hügelkamms auf dem anderen Ufer, ein Pulsschlag der Menschen, die hier gewohnt hatten, ein Widerhall des Lebens, das gegen die Strömung und mit ihr geführt worden war. Die Kiesharfe würde optimal als Rhythmusspur für die Geschwister Thorsen fungieren. Es war dieser Grundbeat, mit dem wir Raum um Raum die Lieder aufbauen könnten, und ich dachte, dass der alte Bluesgitarrist vom Mississippi recht hatte. Die Musik drang wirklich aus der Landschaft um uns herum. Einfach indem ich auf der Veranda saß, war mir die spannendste musikalische Idee seit ewigen Zeiten gekommen.

In letzter Zeit hatte ich keine anderen Platten gehört als die der Geschwister Thorsen und mir bereits mehrere Lieder ausgesucht, die ich gern neu einspielen würde. Zusammen mit einer Handvoll neuer Stücke könnten sie einen guten Albumkern ergeben.

Rhythmusspur. Grundbeat. Albumkern. Ich hörte auf zu spielen und schaltete die Aufnahmefunktion meines iPhones aus. Wen wollte ich hier eigentlich an der Nase herumführen? Glaubte ich wirklich, es würde mich den Geschwistern näherbringen, hier im Dorf ein Haus zu mieten und mit Kneifzange und Schraubenzieher durch die Gegend zu fahren? Hatte Malling den Nagel glockenrein auf den Kopf getroffen mit seiner Bemerkung, ich hätte mich immer schon an der Grenze zum Autismus bewegt? Ging es eher um Segen und Verdammnis darin, sich dem vollständig hinzugeben, was in den Augen anderer bestenfalls als fixe Idee erschien, oder wollte ich einfach eine wichtige Entscheidung aufschieben? Von meiner letzten Plattenproduktion waren zweihundertsiebenunddreißig Stück verkauft worden, und mein Stundenlohn hatte gewaltige vierzehn Kronen betragen. Ich legte die Gitarre weg und holte mir aus dem Kühlschrank ein Bier. Ich hatte das Haus vorerst für ein halbes Jahr gemietet, so lange, wie ich mir gegeben hatte, um zu entscheiden, was ich mit meinem Studio anfangen wollte.

Ich zog eine Art Freizeitkleidung an und nahm ein Fernglas vom Haken auf dem Gang. Die Sonne wärmte noch immer ein wenig, aber der Waldweg zum Gebetshaus war glitschig, und hinter den frischen Kätzchen von Birken und Espen funkelten kleine Wasserperlen. Die Zimmerleute hatten Feierabend gemacht, das Holzskelett hatte jetzt Dachplatten und eine Wandtäfelung.

Beim See schlug ich den Weg durch die Kiesgrube ein, doch auf dem Plateau ging ich dann in den Wald, um mich dem Haus der Geschwister Thorsen von oben zu nähern. Ich war über vierzig, verhielt mich aber wie ein liebeskranker Teenie, der einem Mädchen hinterherspioniert, das er nicht anzusprechen wagt. Der Zweifel war gerade dabei, meinen Eifer zu besiegen, als ich ein Auto näher kommen hörte. Ich machte einige lange Sprünge den Hang hoch und versteckte mich hinter einem Windbruch.

Ehe ich das Fernglas richtig einstellen konnte, hielt ein weißer Metallic BMW SUV oben beim Tor, ein junger Mann in heller Kleidung stieg aus und ging mit zielbewussten Schritten zum Haus hoch.

Von dort aus, wo ich lag, erinnerte das Haus an eine altmodische Pension. Ein Haus, wo einen mit Schürzen und Kopftüchern bekleidete Mägde eingehüllt in den Duft frischgebackenen Brotes auf der Treppe erwarteten. Die Birken vor der Querwand wogten träge im Wind, und die Fassade war sorgfältiger ausgearbeitet, als es mir bei meinem ersten Besuch aufgefallen war. Die Fensterrahmen waren gelb, die Sprossen der hohen alten Fenster grün gestrichen. Die Ecken hatten dieselbe Farbe wie die Fensterrahmen, doch trotz dieser Farbenpracht hatte das Gebäude etwas Blasses, wie ein Foto, das zu lange in greller Sonne an der Wand gehangen hat.

Ich konnte die Hunde zum Glück nicht sehen, entdeckte

aber auch keinen Zwinger und ging deshalb davon aus, dass die Tiere im Haus untergebracht waren. Am Vorabend hatte ich noch lange draußen auf der Veranda gesessen und versucht, mir eine Möglichkeit zu überlegen, an den Hunden vorbeizuschleichen. Meine einzige Idee war gewesen, ihnen etwas Fleisch zu geben, und ich versuchte zu beschließen, dieses Fleisch mit einem Beruhigungsmittel anzureichern. Plötzlich wurde die Haustür geöffnet. Nachdem ich das Fernglas eingestellt hatte, konnte ich sehen, wie der junge Mann versuchte, sich von Tulla loszureißen. Hinter der kleinen Schwester tauchten in der Türöffnung die anderen Geschwister auf. Beide fuchtelten mit den Armen und redeten fieberhaft, aber es war unmöglich zu erfassen, ob sie miteinander sprachen oder eine Diskussion führten, an der alle vier beteiligt waren. Als der Mann die Treppe hinunterstieg und sich in meine Richtung drehte, begriff ich, dass ich Tullas Enkel vor mir haben musste. Den Sohn von Thiongo, den Malling erwähnt hatte. Der Mann lief zu seinem Auto und verschwand in Richtung Dorf. Maria und Timoteus verließen die Türöffnung, während Tulla stehen blieb und noch die Straße hinunterstarrte, obwohl das wütende Geräusch des Motors längst dem Rascheln des Windes im Blattwerk gewichen war.

Kapitel 7

Es war elf Uhr am nächsten Tag, als ich mich wieder dem Haus der Geschwister Thorsen näherte. Auf dem Weg durch die Kiesgrube konzentrierte ich mich darauf, ruhig durch die Nase ein- und durch den Mund auszuatmen, in dem Bemühen, meine Angst vor den Hunden zu vertreiben. Oben auf dem Plateau hatte ich mich davon überzeugt, dass alles gutgehen würde, denn jetzt war ich ein Mann mit einem Plan. Getrieben von dieser Gewissheit versuchte ich, auf die schleichenden Heckenschützenschritte zu verzichten und mit soldatischem Selbstbewusstsein dahinzuschreiten, doch mit jedem Schritt, der mich dichter an das Haus herantrug, kam etwas Verzagteres in meinen Gang. Als ich das Tor erreichte, konnte ich sehen, dass die Garagentür offen stand und der Kapitän verschwunden war, aber das sollte mich nicht davon abhalten, an die Tür zu klopfen. Möglicherweise wäre es ja ein Vorteil, dass die eine Schwester, mit der ich ein wirkliches Gespräch geführt hatte, fehlte. Vielleicht war Tulla mit ihr gefahren. Ich bildete mir ein, dass Timoteus dann weniger misstrauisch sein würde.

Wieder wollte etwas in mir kehrtmachen, mir einreden, dass keines der Geschwister zu Hause sei, dass es der Mühe nicht wert sei, an die Tür zu klopfen. Ich versetzte dem Drahttor einen vorsichtigen Tritt, um die Aufmerksamkeit der Hunde zu erregen, falls die frei herumliefen. Nichts passierte. Ich drückte langsam auf die Klinke und ließ sie ganz schnell los, so dass ein schrappendes metallisches Geräusch entstand.

»Hallo«, sagte ich mit normaler Stimme, hörte aber kein Geräusch, das auf freilaufende Hunde hingewiesen hätte.

Ich schob das Tor auf und ließ es hinter mir zuknallen. Konnte gerade einen Schritt machen, dann fing erst der eine, dann der andere Hund an zu bellen, und gleichzeitig tauchten sie bei der Hausecke auf. Ich zwang mich dazu, ganz ruhig zu stehen, während ich in Gedanken, als Beschwörung so sehr wie als Gebet, darum flehte, dass die Hunde nicht wieder auf mich zustürmen sollten. Für einen Moment schien mein Wunsch in Erfüllung zu gehen. Ich konnte gerade noch denken, dass die Hunde mich beim vorigen Mal sicher deshalb verfolgt hatten, weil ich ihren Jagdinstinkt gereizt hatte, als der kleinere von beiden auch schon losjagte und einige Schritte Vorsprung gewann, bis der andere sich in Bewegung setzte. Mein Herz hämmerte dermaßen, dass ich es bis in die Fingerspitzen spürte, aber ich blieb ruhig stehen, bis die Hunde ungefähr fünf Meter von mir entfernt waren, dann warf ich die blutigen Stücke Elchfleisch, so weit ich nur konnte. Die Pfoten des ersten Hundes bohrten sich in den Kies bei dem Versuch abzubremsen, und er konnte gerade noch den Kopf in Richtung der Fleischstücke drehen, da knallte der zweite Hund von hinten gegen ihn. Beide Elchhunde blieben auf dem Rücken liegen und schnappten nacheinander, dann kamen sie auf die Beine und jagten am Zaun entlang.

Mit steifen Schritten ging ich über den Hofplatz, die Treppe hoch und klopfte an die Tür, viel härter als geplant. Die Geräusche der Hunde, die das Elchfleisch verschlangen, erinnerten mich an einen Häcksler, der feuchten Essensabfall zermahlt, und ich klopfte noch einmal an.

»Ist jemand zu Hause!«, rief ich, und ich weiß nicht, ob etwas an meiner Stimme auf die Hunde appetitanregend wirkte oder ob sie wirklich schon fertig gegessen hatten, jedenfalls wurde es hinter mir für einen Moment ganz still, ehe die Hunde ihre Aufmerksamkeit wieder auf den ungebetenen Gast konzentrierten. Ich fand es viel bedrohlicher, dass sie nicht bellten, als dass ich ihre Krallen deutlich im Kies hören konnte.

Ein klebriger Kupfergeschmack füllte meinen Mund. Die Hunde waren hinter mir, die Hunde waren neben mir, die Hunde waren um mich herum, und ich weiß nicht, ob ich stolperte, ob ich stürzte oder ob meine Beine einfach unter mir nachgaben, aber als ich mich gegen die Tür lehnen wollte, ging sie auf, und ich fiel ins Haus. Ich registrierte gerade noch Tulla Thorsens erschrockene Miene, dann riss ich einen Regenschirmständer mit und blieb mit den Armen unter mir liegen wie eine umgekippte Statue. Schon waren die Hunde über mir. Ich konnte meine Arme befreien und mein Gesicht mit den Händen schützen, während ich bemerkte, dass die Zähne im Unterkiefer länger waren als die oben. Wenn ich hätte schreien können, dann hätte ich es getan, doch ich brachte nur ein trockenes Husten zustande. Die Raubtierrachen waren jetzt so nah, dass ich den Gestank rohen Fleisches wahrnahm, aber was meine Handflächen fand, waren keine Hauzähne, sondern raue Hundezungen, die mit ausgehungertem Eifer über meine Haut strichen. Danach suchten die feuchten Schnauzen den Weg zu meiner Jackentasche, in der ich das Fleisch aufbewahrt hatte.

Tulla Thorsen schrie etwas, das ich nicht verstehen konnte, die Hunde verzichteten auf die Leibesvisitation und blieben schwanzwedelnd neben mir sitzen.

»Entschuldigen Sie bitte. Ich habe die Hunde lange nicht mehr so froh gesehen. Sind Sie der Tierarzt?«, fragte sie.

Alles, was ich mir zurechtgelegt hatte, die langsame Annäherung, die ich am Vorabend eingeübt hatte, die Argumente, die Empfehlungen – nichts war noch da. Ich schüttelte den Kopf.

»Ich bin nicht so sehr an Hunde gewöhnt«, nur das brachte ich heraus, als ich mühsam auf die Beine kam.

»Ruth. Esther«, sagte sie im Befehlston, schnippte mit den Fingern und zeigte auf das, was wohl ein Wohnzimmer war. »Platz.«

Die Hunde verschwanden gehorsam.

»Ruth und Esther. Das sind ja außergewöhnliche Hundenamen«, rutschte es mir heraus.

»Ich weiß ja, was Sie meinen, aber meine Schwester hatte immer schon ihre eigenen Vorstellungen.«

Tulla Thorsen breitete fast verlegen die Arme aus.

Ich nickte und versuchte, dem Impuls zu widerstehen, mir den Hundespeichel von der Hose zu wischen.

»Es gibt durchaus Leute, die es provoziert, dass wir unsere Hunde nach den beiden einzigen Büchern der Bibel benannt haben, die den Namen von Frauen tragen, aber Maria ist eben so«, sagte sie.

»Ein bisschen Toleranz muss ja wohl drin sein«, sagte ich und brachte eine Art Lachen zustande.

»Sind Sie Zeuge?«, fragte sie.

»Ob ich was bin?«, fragte ich.

»Entschuldigung. Ich wollte nicht so herablassend klingen. Kommen Sie von den Zeugen Jehovas?«, fragte sie und lächelte ein wenig unsicher. Sie hatte sich die Haare zu einem aschgrauen dicken Zopf geflochten, der ihr über die halbe Brust reichte, und sie trug ein unter einer Schürze teilweise verborgenes rotgeblümtes Kleid.

»Ich heiße Jim Gystad«, sagte ich.

Tulla trat einen Schritt zurück, so dicht an die Wand, dass ein ovales, gerahmtes Schwarzweißbild eines jungen Paares in altmodischer Kleidung verschoben wurde.

»Ach ja?«, sagte sie fragend.

Ehe ich noch mehr sagen konnte, erbrach sich jemand im Wohnzimmer.

»Gütiger Jesus, die Hunde«, sagte Tulla. »Es geht ihnen schon wieder schlechter«, fügte sie hinzu und rannte dem Geräusch hinterher.

Die Haustür war noch immer offen, und ich nahm den Luftzug als stille Einladung wahr, das Haus zu verlassen, widerstand jedoch der Versuchung und folgte Tulla Thorsen ins Wohnzimmer.

Der größere Hund stand vornübergebeugt da und rang um Atem. Der kleinere erbrach sich keuchend und torkelte dabei hin und her, als ob seine Beine ihn nicht mehr tragen könnten. Tulla kniete zwischen den beiden wie in Gebetshaltung.

»Was ist denn los?«, rief ich.

»Wir haben bei beiden Knubbel auf dem Bauch gefunden, und meine Geschwister sind zum Tierarzt gefahren, um Rat zu holen. Es ist offenbar ernster, als wir gedacht hatten«, sagte Tulla und öffnete das Halsband des größeren Hundes.

»Sicher haben sie etwas gegessen, das sie nicht vertragen«, sagte ich und versuchte, einen tröstenden Tonfall zu finden.

»Nein, Ruth und Esther fasten, für den Fall, dass sie eine Narkose brauchen. Ich hoffe, es ist keine Magendrehung. Der letzte Elchhund meines Bruders ist daran gestorben«, sagte Tulla, und die Sorge grub tiefe Furchen in ihre Stirn.

Ich blieb unschlüssig mitten im Zimmer stehen.

»Können Sie mir helfen? Beim letzten Mal hat es nur wenige Stunden gedauert«, sagte Tulla flehend, und ich ließ mich neben sie auf die Knie fallen.

»Ich weiß nicht, was ich tun soll«, sagte ich.

Tulla legte dem kleineren Hund die Arme um die Brust und zog ihn an sich.

»Versuchen Sie festzustellen, ob der Bauch angespannt ist und sich vergrößert hat.«

Ich hatte noch nie einen Hundebauch abgetastet und keine Ahnung, woher ich wissen sollte, ob er angespannt war, ganz zu schweigen davon, ob der Bauchumfang sich vergrößert hatte, aber ich tat es. Strich hin und her. Fand nichts.

»Ich habe nicht den Eindruck, dass etwas nicht stimmt«, flüsterte ich.

Tulla sagte nichts, sie griff nur nach dem anderen Hund, und jetzt brauchte sie mir nicht zu sagen, was ich tun sollte. Ich fühlte auch diesmal keinen angespannten oder aufgequollenen Bauch.

»Ich finde nichts«, sagte ich, und Tulla wurde ein wenig ruhiger.

»Sie müssen etwas gegessen haben, was sie nicht vertragen, aber jetzt dürften eigentlich keine vergifteten Köder ausgelegt worden sein. Ich versteh das nicht. Wir müssen sie zum Atmen bringen.«

Ich starrte sie nur an. Kürzlich hatte ich eine Fernsehsendung gesehen, in der ein Hundeflüsterer eine Mund-zu-Mund-Beatmung durchführte. Die Übelkeit schoss in mir hoch. Zähe Speichelfäden hingen aus Esthers oder Ruths Mund, und die lila Zunge wies einen gelben Belag auf. Ich stellte einen Fuß auf jede Seite des Hundes, bückte mich und tastete in der Gegend, wo sich bei diesem Tier wohl der Solarplexus befand.

»Was machen Sie da?«, rief Tulla.

»Das Heimlich-Manöver«, antwortete ich, ballte die linke Hand zur Faust und presste sie auf die Brust des Hundes.

»Nein, bitte, Sie brechen ihr die Rippen. Können Sie Salz aus der Küche holen? Ein Teelöffel auf die Zunge, dann übergeben sie sich«, sagte Tulla und zeigte auf die Tür.

Nachdem Tulla den Hunden Salz eingeflößt hatte, erbrachen sie sich fast sofort, und meine Augen füllten sich mit Tränen bei dem Versuch, meinen Würgereiz zu unterdrücken. Ich half Tulla, das Fleisch in einen Putzeimer zu schaufeln.

»Sie sollten wohl kurz mit grüner Seife über den Boden wischen«, sagte ich, doch ehe Tulla antworten konnte, knallte die Haustür gegen die Wand. Timoteus Thorsen, wie aus tiefem Meer gezogen. Sein Gesicht war hummerrot, die Haare standen tentakelartig von der rechten Seite seines Kopfes ab, und die verkrümmte Anstrengung, den Rollator durch die Tür zu bugsieren, ließ ihn aussehen wie eine Flutwelle. Hinter ihm schob seine große Schwester ihn an, doch sie erstarrte mitten in der Bewegung, als sie mich sah. Die Hunde nutzten die Gelegenheit, um sich an ihnen vorbei und aus der Tür zu drängen.

»Was ist denn hier los?«, rief sie.

»Ruth und Esther ist schlecht geworden. Ich dachte schon, es wäre Magendrehung, aber sie haben offenbar etwas gefressen, das sie nicht vertragen. Zum Glück hatte ich Hilfe von, ja, wie heißen Sie noch gleich?«, fragte Tulla und sah mir ins Gesicht.

»Jim«, sagte ich. »Jim Gystad.«

»Ja, der hat mir geholfen. Jetzt haben wir gerade die Kotze aufgewischt. Was hat der Tierarzt gesagt?«

»Der Tierarzt«, fauchte Timoteus und schob sich mit seinem Rollator weiter ins Wohnzimmer hinein. Er richtete einen zitternden Zeigefinger auf mich.

»Du! Was hast du in unserem Haus zu suchen?«, fauchte er.

»Ja, was hast du da noch gesagt?«, fragte Tulla.

Ich öffnete den Mund. Nichts kam heraus.

Maria drängte sich an ihrem Bruder vorbei und wandte sich an ihre Schwester.

»Glaubst du wirklich, wir hätten es zum Tierarzt geschafft? Dein Bruder hat sich quergestellt, als wir in dem neuen Laden einkaufen wollten, oder genauer gesagt, er hat sich schon vorher quergestellt«, sagte sie und machte eine resignierte Handbewegung.

»Lidl«, schnaubte Timoteus. »Du glaubst doch wohl nicht, dass ich auch nur einen Fuß in einen Laden setze, der dem deutschen Herrenvolk gehört. Hast du den Krieg vergessen und wie wir gegen die Besatzungsmacht mobilisiert haben? Sollen wir alle Prinzipien fahren lassen, um billigen Fischpudding zu kaufen?«

»Wir!«, sagte Maria und verdrehte die Augen. »Bei Kriegsbeginn warst du acht!«

»Lassen wir den Krieg wenigstens jetzt zu Ende sein«, schlug Tulla vor. »Was machen wir mit Ruth und Esther? Wolltet ihr nicht mit dem Tierarzt sprechen?«

»Wir können doch anrufen und einen Termin vereinbaren. Ich hab ja gleich gesagt, dass wir das tun sollten. Aber dein Bruder muss ja die Leute immer erst sehen, um zu entscheiden, ob man ihnen vertrauen kann«, sagte Maria und warf einen Blick zu mir herüber.

Natürlich hatte sie mich erkannt.

»Er ist auch dein Bruder«, sagte Tulla.

»Ja, und dafür Dank und Amen«, sagte Maria und schaute in den Putzeimer, in dem die Fleischstücke im Wasser schwammen. »Was hast du ihnen denn gegeben?«

»Gar nichts. Sie kamen zusammen mit Jim herein und fingen an, sich zu erbrechen«, sagte Tulla und hielt dem Blick ihrer Schwester stand.

»Die Hunde hatten nicht zufällig das Pech, dich zu beißen?«, fragte Timoteus und sah mir in die Augen.

»Nein«, sagte ich und ließ die Schultern ein wenig sinken.

»Gott sei Dank. Obwohl wir dann wüssten, was sie krank gemacht hat«, sagte er ohne auch nur die Andeutung eines Lächelns.

»Timoteus. Was redest du da nur?«, fragte Tulla und boxte ihren Bruder gegen den Oberarm, worauf er seine Stellung hinter dem Rollator ändern musste.

»Weißt du noch, dass ich dir nach dem Gottesdienst von diesem Plattenproduzenten erzählt habe? Na, und jetzt steht er hier mitten in meinem Wohnzimmer.«

»Unserem Wohnzimmer«, sagte Maria.

Timoteus gab keine Antwort, sondern beugte sich über den Eimer, fischte ein Stück Fleisch heraus, trocknete es ab und hielt es sich vor das Gesicht. Einen Moment lang sah es aus, als ob er hineinbeißen wollte.

»Das ist Fleisch. Wenn ich mich nicht sehr irre, stammt es von einem Elch. Wie sind Ruth und Esther darangekommen?«

»Ich habe ihnen nur Wasser gegeben, seit ihr gefahren seid, ich habe also keine Ahnung«, sagte Tulla und richtete sich ganz gerade auf, wie um ein Gegengewicht zu den Worten ihres Bruders zu bilden.

Timoteus antwortete nicht sofort, sondern ließ seinen Blick zwischen Tulla und mir hin- und herwandern.

»Ich will keinen Plattenproduzenten in meinem Haus haben«, sagte er und zeigte auf die Tür.

»Das ist noch immer unser Haus«, sagte Maria.

»Ja, entschuldige«, sagte Timoteus aufgesetzt höflich. »Für einen kurzen Moment ist es unser Haus, und ich sehe keinen Grund, dass es dabei von solchen wie dem da bevölkert wird.«

»Es tut mir leid. Ich wollte nicht stören. Vielleicht kann ich zu einem passenden Zeitpunkt wiederkommen«, sagte ich und fing an, rückwärts das Zimmer zu verlassen.

»Unbedingt«, sagte Timoteus. »Der Tag, an dem es in der Hölle schneit, wäre passend. Oder wenn der Erlöser uns heimholt. Aber dann gehen wir ja in entgegengesetzte Richtungen. Falls es im Himmel Plattenproduzenten gibt, werde ich die Ewigkeit nicht dort verbringen.«

Diesmal war es Maria, die die Hand gegen ihren Bruder erhob, und ob sie nun größere Stärke in ihren Schlag legte oder ob sie treffsicherer war, jedenfalls geriet Timoteus ins Schwanken und hätte fast seinen Rollator umgeworfen.

»Einen schönen Tag noch«, sagte ich zu Tulla, nickte Maria zu, ging hinaus auf den Gang und stieß die Haustür auf. Ruth und Esther schnüffelten draußen fieberhaft an der Stelle herum, wohin ich das Fleisch geworfen hatte, und beide wedelten mit dem Schwanz, als sie mich sahen. Ich hatte gerade zwei Schritte von der Treppe weg gemacht, als hinter mir die Tür aufging.

»Warten Sie«, sagte Tulla, und als ich mich umdrehte, stahl sich auch Maria durch die Tür, dann zog sie diese hinter sich und ihrer Schwester zu.

»Was wollen Sie eigentlich?«, fragte die ältere Schwester, und ehe ich antworten konnte, fügte sie hinzu: »Diese Begegnung auf dem Friedhof. Haben Sie mich da verfolgt? Müssen wir Angst haben?«

Ich schaute zu Boden, bohrte die Hände in die Hosentaschen und merkte, dass mein Gesicht heiß wurde.

»Es tut mir wirklich leid, falls ich Ihnen Angst gemacht habe. Das war absolut nicht mein Ziel. Als ich Ihr Auto vor dem Friedhof gesehen habe, musste ich einfach versuchen, ins Gespräch zu kommen, aber ich habe es nicht geschafft zu sagen, was ich eigentlich will.«

»Und was wollen Sie?«, fragte Maria tonlos.

»Diese Taufe in der Kirche von Vinger. Ich bin nicht mehr ich selbst, seit ich Ihnen zugehört habe«, sagte ich.

Und dann fing ich an zu erzählen. Sagte Dinge, die ich eigentlich nie gedacht hatte, ohne dass sie deshalb weniger stimmten. Ich erzählte von der abgesagten Plattenproduktion und dem Gefühl der Erschöpfung, das mich in den vergangenen Jahren immer häufiger überkommen hatte. Dann versuchte ich mit der Präzision eines Handwerkers, kleine Wörter zu finden, um die Größe dessen zu beschreiben, was ich in ihrer Musik sah. Ich wollte schon die Kiesharfe erwähnen, riss mich aber zusammen. Es hätte auch keine Rolle gespielt. Die Gesichter der Schwestern waren ebenso ausdruckslos wie die von Schaufensterpuppen, als ich verstummte.

Ich blieb ganz ruhig stehen, bis die Stille fast ohrenbetäubend geworden war, aber weder Maria noch Tulla schienen etwas sagen zu wollen.

»Ich könnte mir einfach vorstellen, mit Ihnen zu arbeiten«, sagte ich schließlich.

»Mit uns zu arbeiten, also, Platten aufzunehmen?«, fragte Tulla.

Ich nickte.

»Wir sind alle um die achtzig«, sagte Maria.

»Das ist mir bekannt«, sagte ich und nickte. »Darum geht es mir doch. Ich bin ganz sicher, dass es sehr gut werden wird.«

Die Schwestern sahen einander an, und wenn sie sich auf irgendetwas einigten, dann durch kleine Zeichen, die ich nicht begriff. Maria räusperte sich.

»Danke für das Angebot, junger Mann. Ich fand es schön, auf dem Friedhof mit Ihnen zu reden, aber wir haben unsere letzte Schallplatte längst aufgenommen – und zwar vor geraumer Zeit. Machen Sie's gut«, sagte sie und dann, direkt an ihre Schwester gewandt: »Kommst du?«

»Ja, ich will mich nur wegen der Hunde bei ihm bedanken«, sagte Tulla.

Doch als die Haustür hinter ihrer Schwester zufiel, kam ich ihr zuvor und hielt ihr den Vers von dem Grabstein hin, den ich ausgedruckt hatte.

»Haben Sie das geschrieben?«, fragte ich.

Tulla Thorsen nahm das Blatt und hielt es so weit von sich weg, dass ich schon Angst hatte, sie werde nicht lesen können, was dort stand. Dann sah ich die Tränen in ihren Augen.

Sie nickte und räusperte sich, ehe sie antwortete.

»Woher haben Sie die norwegische Übersetzung? Ich habe Hilfe gebraucht, um es ins Swahili zu übersetzen«, sagte sie.

»Ich habe ein Übersetzungsprogramm benutzt. Haben Sie auch eine Melodie zu diesem Vers?«

Tulla Thorsen nickte.

»Glauben Sie, ich könnte die irgendwann mal hören?«, fragte ich und gab mir alle Mühe, langsam zu sprechen.

Wieder ließ sie sich Zeit mit der Antwort. Ihre Augen waren blank.

»Ja«, sagte sie dann. »Wenn Sie wollen.«

»Ich will sehr gern«, sagte ich und zog meine Visitenkarte hervor. »Würden Sie mich anrufen, wenn Sie in der richtigen Stimmung sind?«

Tulla Thorsen nickte ein weiteres Mal. Ich hob zum Abschied die Hand und drehte mich zum Gehen.

»Moment«, sagte sie. »Bitte entschuldigen Sie meine Geschwister. Sie sind derzeit so außer sich, weil wir das Haus verkaufen müssen.«

Sie legte eine kleine Pause ein und schaute sich um.

»Angeblich hat das hier früher einmal alles unter Wasser gelegen. Das Meer hat bis hierher gereicht. Als ich klein war, habe ich oft oben im Haus gesessen und mir eingebildet, das sei die Arche Noah, umgeben von einem gewaltigen wogenden Nichts. Dann habe ich nach den Lichtern unten im Dorf

Ausschau gehalten, wie nach Land. Ich träumte davon, dort zu wohnen, bei den Menschen, und ab und zu faltete ich die Hände und betete, dass wir umziehen sollten. Aber jetzt ...«

Sie zitterte, als ob ihr gerade aufgegangen sei, wie dünn sie angezogen war.

»Jetzt wünschte ich, ich brauchte diesen Tag nicht zu erleben«, sagte sie und tippte sich aufs Herz.

Kapitel 8

An diesem Abend rief eine kleine Plattenfirma an und bat mich, ein Album eines neuen vielversprechenden Künstlers zu produzieren, aber ich lehnte dankend ab, verspürte eine tiefe Unlust bei der Aussicht darauf, mich wieder in einem Studio in Oslo zu vergraben. Außerdem wusste ich nicht mehr, wann eine Plattengesellschaft und ich zuletzt einer Meinung darüber gewesen waren, was einen Künstler wirklich vielversprechend macht.

Die ganze Nacht hindurch hatte ich nur freundliche Träume, und als ich aufwachte, spürte ich, wie mich der neue Tag erfasste wie ein Segel und in Richtung Kongsvinger davontrug. Aber noch ehe ich mich ins Auto gesetzt hatte, schlug der Wind um. Ich packte das Lenkrad mit beiden Händen und fragte mich, ob das hier wirklich mein Schicksal sein sollte: den Namen, den ich mir in den letzten Jahren aufgebaut hatte, für etwas wegzuwerfen, das sich als fixe Idee entpuppen könnte. Aber wenn es so war, dann war es eben so. Bei allem gibt es etwas, das richtig ist, und auch etwas, das falsch ist, das Leben besteht niemals aus Entweder-oder. Mag sein, dass die Realisten die Straßen und Brücken auf dieser Welt bauen, aber sie sind es nicht, die die Menschen veranlassen hinüberzugehen.

Mein erster Auftrag als Elektriker führte mich zu einem der alten Häuser unten beim Bahnhof, und ich hatte den neuen Sicherungskasten fast schon fertig montiert, als mein Handy klingelte. Die riesige Wanduhr im Wohnzimmer hatte gerade zwölfmal geschlagen, und ich war auf dem Weg zu meinem Auto, um etwas zu Mittag zu essen.

»Hallo«, sagte ich mit der förmlichen Stimme, die ich immer verwende, wenn im Display keine Nummer auftaucht.

»Jim Gystad?«, fragte eine Frauenstimme.

»Ja?«

»Hier ist Tamar Thorsen oder eigentlich Njoroge, von gestern. Das Lied, Sie wissen schon, vom Friedhof, vom Grabstein, Sie wollten es gern hören. Ich habe mich gefragt, ob das wirklich Ihr Ernst war.«

Ihre Worte klangen abgehackt, als stünde sie am Rand eines Funklochs.

»Ach, hallo«, sagte ich und hätte fast eine blöde Floskel folgen lassen. »Das war absolut mein Ernst. Wirklich. Ich würde das Lied sehr gern hören. Absolut. Aber wo, und sind Sie dann zu dritt, oder kommen Sie allein?«

Ich musste mich zusammenreißen, um nicht endlos weiterzureden. Ich hatte schon Angst, mein Wortstrom könne sie verscheucht haben, denn am anderen Ende der Leitung herrschte tiefe Stille.

»Hallo?«, fragte ich.

»Ich bin hier«, sagte sie. »Ich hatte mir das wohl nicht richtig überlegt. Es ist doch nur ein kleines Lied. Ich glaube nicht, dass es hörenswert ist. Entschuldigen Sie die Störung.«

»Wie geht es den Hunden? Vielleicht kann ich helfen, sie zum Tierarzt zu bringen«, sagte ich und versuchte fieberhaft, sie vom Auflegen abzuhalten.

Diesmal zögerte sie nicht mit ihrer Antwort.

»Das geht schon. Wir haben jetzt einen Termin und bringen sie selbst hin, aber vielen Dank.«

Ich biss mir auf die Lippe. Wie sollte ich sie eigentlich ansprechen? Mit Frau? Und wie sollte ich sie nennen? Sollte ich ihren echten Vornamen oder den Kosenamen nehmen? Den alten oder den neuen Nachnamen?

»Entschuldigen Sie, dass ich einfach drauflosplappere. Ich fand das einfach alles so aufregend. Ich würde Sie zu gern singen hören. Ihre Musik ist wie das Erdreich hier, organisch und lebendig.«

Ich hörte selbst, dass das pompös und dumm klang.

»Ich wollte sagen, Ihre Stimmen sind wie eine Urkraft. Etwas mit tiefen Wurzeln in der Landschaft. Sie drei singen zu hören ist brutal und schön auf einmal.«

Ich schüttelte über mich selbst den Kopf. Fragte mich, ob ich jemals lernen würde, die Klappe zu halten.

»Frau Thorsen, entschuldigen Sie, dass ich so viel Unsinn rede. Ich könnte tausend Wörter benutzen, um Ihre Musik zu beschreiben, aber ich möchte mich mit einem einzigen begnügen: unverfälscht. Es wäre ein Traum für mich, mit Ihnen zu arbeiten, aber wir könnten doch damit anfangen, dass ich Ihr Lied hören darf. Darauf freue ich mich«, sagte ich und schluckte »wie ein kleines Kind« gerade noch hinunter.

Neue Pause, aber diesmal wartete ich ihre Antwort ab.

»Schaden wird das ja wohl nicht«, sagte sie leise. »Von einer Platte kann wohl nicht die Rede sein, aber ich singe es Ihnen gern vor. Wo treffen wir uns?«

»Ich wohne nicht weit entfernt. Habe ein Haus gleich unterhalb von Neben Neser gemietet«, sagte ich.

Wieder wurde es ganz still. Dann lachte sie vorsichtig.

»Meinen Sie Eben Ezer?«

»Ja, das Gebetshaus, unten am Fluss«, sagte ich, während meine Wangen heiß wurden und mich das Gefühl überkam, bei meinen Gesprächen mit den Geschwistern Thorsen in immer neue Fettnäpfchen zu treten.

»Ich weiß, wo das Haus liegt. Als Sie bei uns oben waren, ist

Ihnen vielleicht ein Holzlager gleich oberhalb der Kiesgrube aufgefallen?«

»Ja?«

»Da bin ich um drei.«

Ich kam eine halbe Stunde, ehe ich Tulla treffen sollte, nach Hause. Öffnete das Fenster, fuhr mit einem feuchten Mopp über den Boden, stimmte eilig meine Gitarre und stöpselte mein bestes Tischmikrofon in den Mac ein. Nahm mir die Zeit, meine Arbeitskleidung abzustreifen, zog ein sauberes Hemd und ein Sakko an und saß schon im Auto, als ich mir alles noch einmal anders überlegte. Es war wichtig, nicht zu steif zu sein, aber auch nicht zu lässig. Ich suchte mir die alte Lederjacke heraus, die ich in Austin gekauft hatte, aber auch die erschien mir nicht passend für diesen Anlass, und am Ende griff ich zu einer schwarzen Windjacke. Die machte mich äußerlich zu einer Mischung aus einem Vokalisten in einer Shoegazer-Band und einem Fernsehreporter auf Gebirgstour.

Oben bei der Kiesgrube hatten sich die Buschwindröschen ausgebreitet wie ein weißer Teppich. Das Licht wurde von den kreidehellen Birkenstämmen so intensiv reflektiert, dass mir die Tränen in die Augen traten.

Ich fuhr im Rückwärtsgang zwischen die Holzstapel, und plötzlich war Tulla da, ohne dass ich sie vorher gesehen hatte.

Ich hob die Hand zu einem Gruß, doch ehe ich aussteigen konnte, hatte sie schon die Tür geöffnet und war mit einer Leichtigkeit eingestiegen, die so gar nicht zu dem schleppenden Gang passen wollte, den ich in der Kirche bemerkt hatte. Ehe ich wieder hinter das Lenkrad rutschen konnte, hatte sie bereits den Sicherheitsgurt geschlossen. Sie schien auf eine Weise an Autos gewöhnt zu sein, die bei älteren Menschen nur selten zu beobachten ist.

»Was für ein schöner Tag. Der Frühling ist auf dem Dorf anders als in der Stadt, deutlicher sozusagen«, sagte ich und bog auf den Kiesweg ab.

Tulla begnügte sich mit einem Nicken als Antwort.

Ich hatte es schon lange nicht mehr verspürt, dieses nervöse, ein wenig unterlegene Gefühl, nichts sagen zu können, was nicht konstruiert klang. Dass sich Tulla Thorsen hinter einer der größten Sonnenbrillen versteckte, die ich je gesehen hatte, machte es nicht unbedingt leichter, ein ungezwungenes Gespräch zu führen. Ihre Brillengläser waren bullig wie Fahrradlampen, und außerdem hatte sie sich einen dunklen Schal um die Haare gewickelt. Für einen Moment hatte ich den Eindruck, sie sei für eine Beerdigung gekleidet. Das Bild ihres Mannes am Heiligabend, schuhlos und tot im Schneegestöber am Flussufer, machte mir eine Gänsehaut, und ich sagte das Erstbeste, was mir überhaupt einfiel:

»Geht es Ihren Geschwistern besser?«

»Besser?«, fragte sie und schaute sich zu mir um.

»Ja, gestern haben Sie erwähnt, dass Ihre Geschwister außer sich sind, weil Sie das Haus verkaufen müssen.«

Sie schob sich die Sonnenbrille dicht vor die Augen, ehe sie antwortete.

»Wir hatten immer schon unterschiedliche Einstellungen zu den Dingen, die uns das Leben in den Weg wirft, und so ist es auch jetzt. Maria kommt es fast vor, als wollten wir Vater ausgraben und anderswo noch einmal verscharren, wenn wir das Haus verkaufen, während Timoteus prinzipiell gegen alles ist, was an eine Veränderung erinnern könnte. Ich selbst versuche, das alles mehr praktisch zu betrachten.«

»Aber warum müssen Sie denn verkaufen?«, fragte ich, als wir die Straße durch die Kiesgrube erreicht hatten.

Tulla Thorsen gab keine Antwort, sondern hielt die Handflächen auf eine Weise hoch, die ich im Fernsehen von Gospelchristen gesehen hatte.

»Gott?«, fragte ich.

»Kies«, antwortete sie.

»Kies«, sagte ich und verspürte eine winzige Enttäuschung, weil Malling recht gehabt hatte. Immer geht es um Geld.

Sie nickte.

»Ein Umzug wäre vielleicht gar nicht so schlecht?«, fragte ich mit tonloser Stimme.

»Es könnte schlimmer sein.«

»Wo werden Sie dann wohnen? Unten im Dorf?«

Tulla Thorsen zuckte mit den Schultern.

»Haben Sie das Haus verkauft, ehe Sie eine neue Wohnung gefunden haben?«, fragte ich überrascht.

»Meine Geschwister und ich konnten nie ein Familienleben führen, wie wir uns das wünschten. Teilweise ist das unsere Schuld, teilweise liegt es an Dingen im Leben, auf die wir keinen Einfluss haben. Und wir haben ohnehin nur einen Nachkommen – insgesamt. Wenn mein Enkel Seiltänzer geworden wäre, könnten wir dieses Gespräch nicht führen, denn dann wäre er tot«, sagte sie.

Ich verzog die Lippen zu einem unsicheren Lächeln und dachte, hier verstecke sich eine Form von Humor, die ich nicht verstand, aber Tulla Thorsen war tiefernst.

»Ich kannte dieses Wort nicht einmal, Finanzakrobat, ehe ich es über ihn in der Zeitung gelesen habe. Und nun kann man wohl getrost sagen, dass er dabei ist, die letzte seiner allerletzten Chancen zu verbrauchen. Deshalb wollen wir verkaufen.«

»Warum können Sie nicht weiterhin in dem Haus wohnen? Es dauert doch sicher noch viele Jahre, bis die Kiesgrube vor Ihrer Türschwelle angekommen ist.«

Wir hatten den See und die asphaltierte Straße erreicht, und ich suchte nach einer Möglichkeit, das Gespräch auf das Thema Musik zu lenken. Ich war total unvorbereitet darauf, dass sie plötzlich zu singen anfing.

Ihrer Stimme fehlte die Klarheit der alten Schallplatten der Geschwister Thorsen, aber ihre vibrierende gedämpfte Stimmlage füllte das Wageninnere mit einer heimatlosen Sehnsucht, bei der ich eher an ein Lagerfeuer bei fahrendem Volk denken musste als an christliche Andachten.

Der kluge Mann baute sein Haus auf Stein,
der kluge Mann baute sein Haus auf Stein,
der kluge Mann baute sein Haus auf Stein,
und plötzlich fiel der Regen.

Ich holte tief Luft, aber ehe ich etwas sagen konnte, sang sie auch schon weiter.

Und der Regen fiel, und es stieg die Flut,
und der Regen fiel, und es stieg die Flut,
ja, der Regen fiel, und es stieg die Flut,
doch fest stand das Haus auf Stein.

Tulla Thorsen hob die Hände und senkte sie wieder.

Der dumme Mann baute sein Haus auf Sand,
der dumme Mann baute sein Haus auf Sand,
der dumme Mann baute sein Haus auf Sand,
und plötzlich fiel der Regen.

Wieder hob sie die Hände, mit den Handflächen nach oben, und bewegte die Finger, während sie die Arme vom Körper auf eine Weise wegbewegte, die Wasser und noch mehr Wasser darstellen sollte, das zu einer Welle wurde.

Und der Regen fiel, und es stieg die Flut,
und der Regen fiel, und es stieg die Flut,
ja, der Regen fiel, und es stieg die Flut,
und das Haus auf Sand trieb davon.

Dann hörte sie einfach auf zu singen, und das Summen der Räder auf dem Asphalt füllte das Wageninnere mit einem Tonbandrauschen, wie dann, wenn der Gesang auf einer Kassette plötzlich zu Ende ist.

»Das«, sagte sie und drehte mir ihr Gesicht zu, »war ein Kinderlied, das unser Vater uns zum Einschlafen vorgesungen hat.«

Ich wusste nicht, was ich antworten sollte, ob von mir überhaupt eine Antwort erwartet wurde, deshalb bewegte ich nur vorsichtig den Kopf auf und nieder.

»Dieses Lied hat ganz plötzlich einen neuen Inhalt bekommen«, fügte sie hinzu. »Denn obwohl mein Vater unser Haus so gebaut hat, dass es Regen und Flut standhalten kann, so wird es jetzt doch bald davongetrieben werden. Wenn die Bagger kommen, reißen sie das Haus als Erstes weg. So ist es abgemacht, alles oder nichts, wie Frimann gesagt hat.«

»Frimann?«, fragte ich. »Ihr Enkel?«

»Ja«, sagte sie. »Mein Enkel.«

Wir näherten uns der Ausfahrt zum Gebetshaus, und auf dem Parkplatz stand der braune Range Rover des langhaarigen Zimmermannes.

»Können Sie hier anhalten?«, fragte sie, und ich nickte. Bog von der Straße ab und wollte den Motor ausschalten, aber sie legte mir die Hand auf den Arm.

»Wir brauchen nicht auszusteigen. Ich kann das auch vom Wagen aus sehen.«

»Es ist abgebrannt, habe ich gehört«, sagte ich.

»Ja«, sagte sie und schwieg eine Weile. »Hier sind wir zum ersten Mal öffentlich aufgetreten. Wir wurden auf das Podium gebeten, um vor den anderen zu singen, und erst als ich dort oben stand, wurde ich so nervös, dass ich mich setzen musste. Und da beschloss ich, nie mehr vor einer Gemeinde zu stehen und zu singen.«

»Zum Glück ist es dann anders gekommen«, sagte ich.

»Ich weiß nicht, ob zum Glück der richtige Ausdruck ist«, sagte sie. »Jetzt bauen sie das Haus wieder auf, in dem es angefangen hat. Vielleicht hätten sie es lassen sollen. Alles hat seine Zeit, und Eben Ezer hat seine gehabt. Es geht ja kaum noch jemand zu den Andachten, aber früher, bei den Pfingsttreffen, kamen so viele, dass vor dem Haus oft mehr Menschen standen als drinnen. Die Türen wurden sperrangelweit aufgerissen, und die Menschen hingen wie Schiffbrüchige aus den Fenstern. Dieses Haus zog das ganze Dorf an, magnetisch. Nicht nur die Gläubigen, sondern auch viele von denen, die sich große Mühe gaben, nicht zu glauben. Unten am Baklengselv saßen immer zwei alte Seeleute, spielen Karten und tranken schwarzgebrannten Schnaps. In einem Jahr hatte einer von ihnen eine Vision und glaubte, er könne auf dem Wasser wandeln. Er war ein ziemlich kräftiger Bursche, und als er kopfüber in den tiefsten Kolk fiel, musste sein Zechkumpan ins Eben Ezer laufen und Hilfe holen. Vier der stärksten Ältesten Brüder waren nötig, um den Mann zu retten, und der hielt noch immer die Flasche in der Hand, als er ans Ufer gezogen wurde. Ich glaube, ich habe niemals einen glücklicheren Menschen gesehen als seinen Kumpel. Er schlug die Hände zusammen und rief in tiefer Inbrunst: Gott sei gepriesen, der Herr sei gelobt von nun an bis in alle Ewigkeit. Ich frage mich noch heute, ob der Anblick der Flasche oder die Tatsache, dass sein Freund nicht ertrunken war, diesen Freudenausbruch verursacht hatte.«

Sie wandte mir die riesige Sonnenbrille zu, und ich bildete mir ein, in ihren Augen ein munteres und zugleich trauriges Funkeln zu sehen.

»Es war genauso, als im folgenden Herbst meine beste Freundin und ich getauft werden sollten«, sagte sie nun, »aber der Zeitpunkt war schlecht gewählt, denn als wir zusammen mit der übrigen Gemeinde zum Flussufer hinuntergingen, lag schon Eis auf dem Wasser. Die Taufe sollte jetzt im Saal stattfinden, und alle verfügbaren Gefäße, sogar die Kaffeekessel, wurden benutzt, um das Wasser im Taufbecken anzuwärmen. Damals war ich ganz sicher, dass ich in Wasser, das nach Kaffee schmeckte, ertrinken würde, lange, ehe ich getauft wäre.«

»Das klingt nach einer erlebnisreichen Zeit«, sagte ich.

»Es war eine reiche Zeit, aber als die Erweckungsbewegung ein Ende genommen hatte, war das Tor weder hoch noch weit. Bei unserer Rückkehr aus Amerika herrschte in Eben Ezer keine Freude mehr, sondern Angst, das Gefühl der Befreiung war durch Zwang ersetzt worden. Timoteus mit seiner Mandoline wurde fast als Volksverführer dargestellt, und weil Maria und ich uns die Haare abgeschnitten hatten, meinten die Pharisäer der Gemeinde, wir seien vom Glauben abgefallen.«

»Das verstehe ich jetzt nicht«, sagte ich.

»Sie wissen doch, was es bedeutet, vom Glauben abzufallen?«

»Dass man den Glauben verliert?«

Sie nickte, ehe sie weiterredete.

»Früher mussten alle Frauen ihr Haupt verhüllen, und wir durften uns die Haare nicht abschneiden. Maria und ich konnten in der Bibel keinen Beleg dafür finden, und bei der ersten Andacht, nachdem wir beim Friseur gewesen waren, mussten wir zwischen den anderen Frauen der Gemeinde Spießruten laufen. Eine Dirne wäre besser aufgenommen worden, denn eine Dirne hätten sie vielleicht unterwerfen und in ihrem eigenen Sinne formen können. Wir hatten nicht nur kurze Haare, wir trugen außerdem lange Hosen. Ich weiß noch, dass eine Frau sagte, es sei dem Herrn ein Gräuel, wenn Frauen Männerkleidung trügen. Worauf Maria erwiderte: ›Und Jesus? Was hatte der denn an? Lange Kittel. Sind das keine Frauenkleider? Da hat er gegen den Vater im Himmel gefrevelt!‹ Ich war nie so stolz auf meine Schwester wie damals, und die anderen Frauen verstummten, hörten aber nie auf, über uns zu reden. Sie haben nie aufgehört, über uns zu reden.«

Tulla schüttelte den Kopf und schaute zu Boden.

Die Tür des Gebetshauses wurde geöffnet, und der kleinere Zimmermann trat hinaus auf die Treppe, Tulla schien ihn aber nicht zu beachten.

»Es steht geschrieben, das Größte von allem sei die Liebe – leider hatten zu diesem Bibelvers viele in der Gemeinde kein Verhältnis. Alles war Sünde. Alles war eine Abkürzung auf dem Weg in die Verdammnis. Sie machten den Glauben zu einer Vorführung von Selbstverleugnung, an der Grenze zur Selbstverachtung. Jesus ist ein Befreier, aber hier in dieser Gemeinde wurde er zum Kerkermeister ernannt.«

Der Mann auf der Treppe bemerkte uns jetzt und beugte sich ein wenig vor, um besser sehen zu können, wer im Auto saß.

»Einigen der Frauen mit den längsten Zeigefingern ging es allerdings nicht so gut. Eine fing heimlich an zu trinken, nachdem ihr Mann mit einer der Vorsängerinnen aus einer Nachbargemeinde durchgebrannt war, und eine andere unterschlug einen Teil der Kollekte, um die Spielschulden ihres Sohnes zu bezahlen.«

»Rache ist süß«, sagte ich.

»Nein, das würde ich nicht behaupten«, sagte Tulla Thorsen, nahm die Sonnenbrille ab und erwiderte meinen Blick. »Rache ist eine faule Form der Trauer.«

Der Mann auf der Gebetshaustreppe hob eine Hand, als wären wir alte Freunde, und jetzt erst fiel Tulla auf, dass dort jemand stand.

»Fahren Sie«, sagte sie und setzte die Sonnenbrille wieder auf. »Bitte, fahren Sie.«

Kapitel 9

Das beste Album der US-kanadischen Gruppe The Band wurde in einem rosa Haus in West Saugerties im Staat New York eingespielt, und ich habe mir immer vorgestellt, dass die Musik ganz anders klingen würde, wenn sich die Bandmitglieder in einem normalen Studio zusammengedrängt hätten. Das vielleicht Beste an der Platte ist alles, was die Musiker *nicht* spielen, alles, was sie auszulassen wagen. Ich erlebte etwas Ähnliches, als Tulla Thorsen in meinem Wohnzimmer zur Gitarre griff, mit Daumen und Mittelfinger ein Gebetshaus-G anschlug und ohne weitere Einleitung oder Erklärung einfach der Musik ihre Freiheit schenkte. Wie sie eine Art e-Moll spielte, indem sie einfach auf eine Saite drückte, und darauf einen mit zwei Fingern gespielten C-Akkord folgen ließ, gab der Melodie einen reichen Klang, fast den einer Zither. So wie sie zwischen einem und zwei Fingern wechselte, wenn sie bei D war, öffnete das Lied, ich hörte Stimmen und Töne, die eigentlich gar nicht vorhanden waren. Etwas in ihrer Vorführung hatte dieselbe Wirkung wie Mondschein, der ein Zimmer erhellt und alles, was man nicht sieht, viel deutlicher hervortreten lässt.

Sie hatte Schuhe und Socken ausgezogen, ehe sie zu singen anfing, und erklärte, das gebe ihr einen besseren Kontakt zu dem Lied. Ich hatte erwartet, dass sie das auch mit Sonnenbrille und Schal machen würde, aber die behielt sie die ganze Zeit an. Das lag vielleicht an einer Unsicherheit darüber, etwas zu spielen, was nicht denselben gen Himmel gerichteten Blick aufwies wie die anderen Lieder der Geschwister Thorsen, die ich gehört hatte. Die meisten ihrer Stücke hatten mittleres oder schnelles Tempo und schienen mit ihrer Botschaft die Zuhörer erheben zu wollen.

Tulla Thorsen allein in meinem Wohnzimmer war etwas anderes.

Die Melodie hatte den Klangboden alter Volkslieder oder Küchenlieder und walzte langsam dahin. Tulla sang einen Ton nach dem anderen und wiederholte dieselbe Zeile dreimal. Ihre Phrasierung und die Art, wie sie jeden Satz betonte, gab jeder Zeile eine leicht abweichende Bedeutung. Satz für Satz baute sie die Stimmung des Liedes auf, bis das Wehe in ihrer Stimme mich mit demselben behaglichen Schmerz erfüllte wie dann, wenn man dem Drang nicht widerstehen kann, die Kruste von einer Wunde zu pflücken. Die ganze Zeit trat sie mit dem rechten Fuß den Takt, und ihre nackte Fußsohle auf dem Bretterboden erzeugte ein dumpfes, organisches Geräusch.

Das Mikrofon lag zwischen uns auf dem Couchtisch, und alles in mir brannte danach, den Aufnahmeknopf zu drücken. Diesen Augenblick, jedenfalls etwas davon, für die Nachwelt zu bewahren, damit ich etwas hätte, mit dem ich weiterarbeiten könnte. Aber ich brachte es nicht über mich. Es war wie am Sterbebett meiner Mutter. Ich hatte sie gebeten, einige der Gedichte zu sprechen, die sie am meisten liebte, und ich hatte gedacht, ihre Stimme aufzunehmen wäre eine schöne Möglichkeit, einen Teil von ihr für die Nachwelt zu sichern. Zugleich spürte ich das Unvermeidliche daran, dass es so endgültig sein würde. Es würde ihr den letzten Rest Leben rauben. Den letzten Rest Hoffnung, nicht ihrer Hoffnung, sondern meiner. Deshalb beschloss ich, mir die besondere Intonation eines Menschen ganz am Ende des Lebens einzuprägen, als sie einen ihrer letzten Sätze sprach: *Deinen Namen flüsterte ich in die tiefe Nacht.*

Diesmal war es anders, dennoch hatte Tulla Thorsens Gesang etwas von dieser Prägung durch Leben und Tod. Ich hätte etwas gestohlen, das nur sie verschenken könnte, wenn ich heimlich ihr Lied aufnähme, ehe sie dazu bereit wäre.

Das Ende kam so unvermittelt, als ob sie die Stopptaste eines CD-Players gedrückt hätte. Keine Saite klang noch, kein Ton blieb in der Luft hängen, es gab keine abschließende Gebärde. Tulla Thorsen war einfach fertig mit Spielen, und ehe ich applaudieren, lächeln oder sonst irgendeine Rückmeldung geben konnte, hob sie abwehrend die Hand. In dieser Bewegung hätte sie ebenso eine unsichere junge Musikerin sein können wie eine erfahrene Liedermacherin, der niemand zu bestätigen brauchte, dass sie das Grundgestein in den Menschen berührte.

»Das jetzt haben Sie schon mal gehört«, sagte sie nur, nahm Sonnenbrille und Schal ab und schüttelte den Zopf aus dem Kragen ihrer Jacke heraus. Sie spielte ein wenig an der Gitarre herum, dann begleitete sie sich zum Lied über den dummen und den klugen Mann. Durch die Gitarre bekam das Lied noch mehr vom repetitiven Muster des Blues, hatte aber auch etwas Fröhliches, das mich sofort meinen Oberschenkel als Trommel benutzen ließ. Ich griff zum iPhone und fand die Aufnahme der Kiesharfe. Drehte den Ton langsam höher, da das Tempo fast mit dem von Tulla Thorsen identisch war. Sie sah mich an, hörte aber nicht auf zu spielen, regulierte nur das Tempo, als wäre es absolut alltäglich für sie, auf primitive Rhythmusspuren zu reagieren.

»Was haben Sie da gespielt?«, fragte sie, als das Lied zu Ende war. Ich erzählte ihr von meinem Sprung in die Kiesgrube, den Uferschwalben und der Kiesharfe.

»Eine grandiose Idee. Maria wäre begeistert«, sagte sie und lächelte. »Sie hat sich immer für Motoren und Mechanik interessiert. Ja, nicht zuletzt dafür, alles etwas anders zu machen.

Als wir in Amerika waren, haben wir einmal eine Aufnahme mit Schlagzeug gemacht. Das wurde vielleicht unsere beste Platte.«

»Haben Sie wirklich in den USA eine Platte aufgenommen?«, fragte ich.

Sie nickte.

»Wir haben sie selbst finanziert. Haben eine EP gepresst und dort bei den Andachten verkauft.«

»Die würde ich gern hören«, sagte ich.

»Die sind wir alle losgeworden. Wir haben kein Exemplar mit nach Hause gebracht, aber die Lieder waren sehr schön. Sogar Timoteus musste das widerstrebend zugeben, auch wenn er sich zuerst weigerte, unsere Lieder in Negermusik verwandeln zu lassen, wie er das nannte.«

»Wegen der Trommeln?«, fragte ich.

Sie nickte.

»Maria konnte ihn überreden, immer schon, solange ich mich erinnere. Als wir klein waren, hat sie ihn in den Keller eingesperrt, bis er tat, was sie wollte. Später hat sie eher zur Psychologie gegriffen, und als wir in Amerika ins Studio gingen, zum Teufel.«

»Hat sie ihm mit dem Teufel gedroht?«, fragte ich.

»Nein, das konnte Timoteus immer sehr gut selbst, aber sie hat ihn an unseren Großvater erinnert, der als einer der Ersten im Dorf eine Geige hatte, und obwohl er vor allem Choräle gespielt hat, wurde er beschuldigt, für Satan Seelen gewinnen zu wollen. Eines Sonntags wurde er von anderen in der Gemeinde überwältigt, und sie warfen die Geige in den Heizofen. Als die Geige zerbarst, machten die Saiten ein hohes, singendes Geräusch, und das nahmen die anderen als den endgültigen Beweis dafür, dass der Teufel wirklich in dem Instrument gehaust hatte.«

»War die Geige bei der Aufnahme aus Amerika dabei?«

»Darum geht es nicht. Maria hat die Trommeln mit der Geige verglichen und eine Geschichte aus South Carolina erzählt. Dort wurden die Trommeln erstmals verwendet, um Sklaven massenhaft zum Angriff auf die Weißen aufzuwiegeln. Die Revolte endete natürlich mit einem Blutbad, und der Besitz von Trommeln wurde verboten. Nachdem Maria Timoteus diese Geschichte erzählt hatte, hätten ihn alle Plagen Ägyptens nicht aus dem Studio fernhalten können. Sie hatte das Geheimnis entdeckt, wie sie ihm ihren Willen aufzwingen konnte: Sie musste an seinen Trotz appellieren, an sein innerstes Bild von sich als dem Einen gegen die Vielen.«

»Das ist mit den Jahren doch sicher besser geworden?«, fragte ich.

»Besser?« Tulla Thorsen schüttelte den Kopf.

»Ich habe die Hoffnung aufgegeben, dass er irgendwann erwachsen wird. Und das gilt eigentlich auch für Maria. Nach unserem letzten gemeinsamen Auftritt haben die beiden eine Woche lang nicht miteinander gesprochen, weil sie sich nicht einigen konnten, wer den meisten Applaus bekommen hat.«

Ihr leicht resignierter Tonfall sorgte dafür, dass ich ein Lächeln nicht unterdrücken konnte.

»Ich weiß, was Sie denken«, sagte Tulla Thorsen, und zum ersten Mal hörte ich sie lachen. Kein heftiges Gelächter füllte den Raum, aber ich nahm es doch als Zeichen dafür, dass sie in meiner Gesellschaft nicht mehr so angespannt war.

»Darf ich Ihnen eine Frage stellen?«, fragte ich.

»Ja«, sagte sie und sah mir ins Gesicht.

»Tulla, könnten wir versuchen, eine Aufnahme zu machen, einfach um zu hören, wie die ausfällt?«

Ich sah das Lächeln langsam aus ihrem Gesicht gleiten und

dachte, dass ich mich wieder einmal übereilt hatte, aber dann nickte sie.

»Sie können das letzte Lied aufnehmen. Das andere ist noch nicht fertig.«

Später, als der Kaffee fertig war, stand ich vor dem Kühlschrank und wippte auf den Fußsohlen hin und her. Was ich anzubieten hatte, waren zwei Rosinenbrötchen, die ich an der Tankstelle gekauft hatte.

»Essen Sie gern Rosinenbrötchen?«, fragte ich.

»Ich esse alles, abgesehen von Nägeln und alten Farbeimern«, sagte sie.

Draußen war der Tag ein wenig in sich zusammengekrochen, aber noch immer war es zu hell, um die kleinen Lampen im Wohnzimmer einzuschalten. Der Fluss strömte fast spiegelglatt vorbei, und die Hügel auf der anderen Seite spiegelten sich in der Wasseroberfläche wie ein grob gepinseltes Bild.

Ich setzte mich an den Couchtisch. Das Lied, das Tulla Thorsen eben gesungen hatte, blieb in mir haften wie etwas mehr als ein unter einem alten Kindervers verstecktes Glaubensbekenntnis. Es wurde zu einem Lied über eine angekündigte Trennung. Mir traten Tränen in die Augen.

»Sind Sie traurig?«, fragte Tulla, und ein Hauch von Besorgnis schlich sich in ihre Stimme.

Ich schüttelte den Kopf.

»Ich habe noch nie am Fluss gewohnt. Es macht etwas mit mir, so nah am Wasser zu wohnen«, sagte ich.

»Wissen Sie, mein Großvater hat behauptet, dass irgendwann einmal eine Gruppe Wikinger von der Glomma her diesen Fluss hochgekommen und in Richtung Schweden weitergezogen ist. Er behauptete, hier habe es schon eine alte

Siedlung gegeben, als sich die ersten Finnen hier niedergelassen haben. An den Wochenenden grub er am Flussufer nach Spuren, um seine Theorie zu beweisen.«

»Hat er etwas gefunden?«, fragte ich.

»In seiner Kommode hatte er einen verrosteten Gegenstand, den er als Messer aus der Wikingerzeit bezeichnete, aber für mich hätte es auch ein Dosenöffner sein können. Außerdem hatte er etwas Schwertähnliches an der Wand hängen.«

»Was?«, fragte ich. »Er hat doch sicher den Landeskonservator informiert oder wer immer für solche Fundstücke zuständig ist.«

Tulla Thorsen schüttelte den Kopf.

»Das nicht. Ich glaube, für ihn lag Bestätigung genug darin, dass er diese Dinge gefunden hat. Er brauchte sie niemandem zu zeigen.«

»Befinden sich die Gegenstände noch im Familienbesitz?«

»Nein. Sie sind unmittelbar vor seinem Tod verschwunden. Mein Vater glaubte, mein Großvater habe sie wieder vergraben.«

»Unglaublich!«

»Das ist lange her«, sagte sie und zeigte zu den Hügeln hinüber. »Wissen Sie, wie die Häuser dort oben genannt werden?«

»Nein«, sagte ich. »Das habe ich nie gehört.«

»Patentstadt«, sagte sie und lachte wieder dieses kleine Lachen, bei dem ich denken musste, dass sie sich ihr ganzes Leben lang daran gewöhnt hatte, zwischen ihren Geschwistern wenig Platz einzunehmen. »Fragen Sie mich nicht, warum«, fügte sie hinzu. »Aber die Leute auf der anderen Seite des Tales konnten ihre Probleme immer schon auf ihre eigene Weise lösen. Sie stauten einen Bach und hatten ein kleines Kraftwerk. Sie hatten mehrere Jahre vor den Leuten auf unserer Seite elektrisches Licht, und mein Großvater hat mir erzählt, dass er sich danach sehnte, der Rest der Welt möge auch seinen Teil des Tales erreichen. Er weinte, als er in seinem Haus zum ersten Mal Radio hörte. Wir haben dieses Radio noch immer. Der Klang ist unverändert gut. Das Haus meines Großvaters ist verschwunden, unseres ist das letzte im Familienbesitz, das noch existiert. Bald wird es so sein, als ob die Familie Thorsen niemals in diesem Dorf gelebt hätte.«

Sie bückte sich nach der Kaffeetasse, und ich suchte nach einer Bemerkung, die keine Bekräftigung des Offenkundigen wäre, aber sie kam mir zuvor.

»Reden wir über etwas anderes. Ich wollte Sie schließlich nicht als Beichtvater benutzen. *Wie deine Tage sind, so ist auch deine Kraft.*«

»Tulla, können wir über die USA sprechen?«

Sie nickte.

»Warum seid ihr nach Hause zurückgekommen?«

»Jetzt erinnern Sie mich an Maria«, sagte sie. »Sie liest immer den letzten Satz in einem Buch zuerst, damit sie keine Zeit an etwas zu verschwenden braucht, das ihr nicht gefällt.«

»So war das nicht gemeint«, sagte ich und fing an zu gestikulieren, als ob das das Verständnis erleichtern könnte.

»Ist mir schon klar. Das hier war nur der Versuch einer alten Frau, witzig zu sein. Ich kann von Amerika erzählen, wenn Sie mir einen Gefallen tun.«

»Natürlich«, sagte ich und nickte.

»Dann nennen Sie mich bitte nicht Tulla.«

Kapitel 10

»Was uns nach Amerika geführt hat, waren die rätselhaften Wege der Liebe, und die haben uns auch nach Hause gebracht«, sagte Tamar Thorsen und streckte wieder die Hand nach der Kaffeetasse aus. Diesmal ließ sie sich Zeit beim Trinken, und ich saß da und schaute zu.

»Sie wirken plötzlich so weit weg«, sagte sie dann.

»Nein, nein«, erwiderte ich und lächelte. »Erzählen Sie mehr über die USA. Sie können doch nach dem Intro nicht aufhören.«

»Seien Sie vorsichtig mit Ihren Fragen«, sagte sie und spitzte den Mund. »Wenn man eine so alte Frau bittet, von ihrem Leben zu erzählen, dann dauert das seine Zeit, und in der Regel ist es ebenso interessant, wie die Erklärungen in einem Fotoalbum von jemandem zu lesen, den man nicht besonders gut kennt.«

»Ich habe immer schon gern Alben angesehen«, sagte ich.

»Ich wollte eigentlich zu Hause sein, wenn Maria und Timoteus mit Ruth und Esther vom Tierarzt kommen«, sagte sie und schaute auf die Uhr. »Aber ab und zu tut es ihnen nur gut, nicht zu wissen, wo ich bin.«

Etwas in ihrer Stimme wurde anders, als sie anfing zu erzählen, nicht tiefer, wie bei ihrer Schwester, sondern intensiver.

»Timoteus wollte heiraten, aber einige Monate vor der Hochzeit wurde die Verlobung gelöst. Er war mit Thina Hval verlobt, der Erbin eines der größten Waldbesitzer im Dorf. Ihr Vater, ein Rechtsanwalt, war gelinde gesagt wenig begeistert, und ich weiß noch immer nicht genau, was damals passiert ist, vielleicht ging es darum, woher wir kamen, wer wir waren, oder möglicherweise um altes Geld gegen gar kein Geld. Timoteus nahm es jedenfalls sehr schwer. Er hörte auf zu essen und fing an, sich im Wald herumzutreiben. Am Ende war er überzeugt davon, Gott wolle, dass wir eine Tournee durch Norwegisch-Amerika machten. Da unsere Platten sich immer besser verkauften, hatten wir schon mehrere Angebote abgelehnt, aber jetzt wurde das für Timoteus fast zur Besessenheit. Drüben war Maria dann diejenige, die heiratete, während ich Jenga kennenlernte, der in Philadelphia die Bibelschule besuchte. Er war der erste Neger, mit dem ich nicht nur Höflichkeitsphrasen austauschte«, sagte sie, und vielleicht sorgte dieses Wort dafür, dass ich mich in meinem Sessel ein bisschen gerader setzte, jedenfalls legte Tamar eine kleine Pause ein, ehe sie weiterredete.

»Wissen Sie, ich habe immer Neger gesagt, und ich kann darin nichts Negatives sehen. Als unser Sohn Thiongo eingeschult wurde, wollte er von zwei Jungen in der Klasse erzählen, die den gleichen Vornamen hatten. ›Der weiße und der schwarze Thomas, genau wie du und ich‹, sagte er zu seinem Vater, um zu erklären, wer wer war. Einer meiner Lieblingsverse aus der Bibel ist Markus 10, 15: Wahrlich, ich sage euch, wer das Wort Gottes nicht annimmt wie ein Kind, der wird nicht hineinkommen.«

»Ich verstehe, was Sie meinen«, sagte ich.

»Hier zu Hause hatten wir die meisten Probleme nicht mit denen, die Jenga Neger nannten. Sondern eher mit denen, die meinten, ›obwohl‹ Jenga Neger sei, könne er doch ›fast‹ so sein wie du und ich. Ohne Humor wäre es schwer zu ertragen gewesen, dass wir eine der ersten Mischehen hier in der Gegend bildeten.«

»Ich nehme keinen Anstoß daran, dass Sie Neger sagen«, sagte ich.

»Gut zu hören«, sagte sie und lachte, und diesmal lag in ihrem Lachen eine größere Fülle. »Jetzt wissen Sie, worauf Sie sich eingelassen haben. Die Abschweifungen werden schon lang, und ich bin ja noch nicht einmal bei Amerika angekommen.«

»Ich habe Zeit. Brauch morgen erst um halb eins zu arbeiten«, sagte ich.

»Bis dahin müsste einiges geschafft sein«, sagte sie, und dann fing sie an, mir die große Reise auszumalen.

»Als sich die Stavangerfjord kurz vor Weihnachten dem Hafen von New York näherte, standen wir drei am Bug wie verirrte Galionsfiguren. Timoteus hatte während der ganzen Überfahrt gesagt, er wolle bei der Ankunft ›Selig, wer mit Gott darf wandern‹ spielen. Ich weiß nicht mehr, ob er das wirklich gemacht hat. Wir waren jedenfalls allesamt total hingerissen vom Anblick der Wolkenkratzer, die aus dem Schneegestöber aufragten. Ich weiß noch, dass ich den Mund öffnete und die Schneeflocken auf meiner Zunge schmelzen ließ. Noch heute bin ich sicher, dass sie nach Puderzucker schmeckten.

Wir wurden in der Seemannskirche untergebracht, und in der ersten Nacht wurde ich mehrmals wach. Immer saß Timoteus mit der Mandoline auf dem Schoß am Fenster. Er zupfte nicht an den Saiten, sondern machte allerlei Griffe, während seine rechte Hand den Takt in der Luft markierte. Ich habe immer gedacht, dass mein Bruder nie ein Kind sein durfte, aber in jener Nacht sah er da hinten am Fenster aus wie ein Junge.

Es war der kälteste und schneereichste Winter seit Menschengedenken – obwohl sie das vielleicht jedes Jahr behaupten. Jedenfalls spielten sich die ersten Monate vor allem schwarzweiß ab, und ich werde nie unseren ersten Spaziergang durch den Central Park vergessen. Die verschneiten Bäume mit ihren verkrüppelten Zweigen waren wie Holzschnitte, und um uns herum zeichneten sich überall die Umrisse der Stadt ab, die zackigen Formen der Wolkenkratzer. Zugleich war das Licht wie ein Hoffnungsschimmer, wie ein versunkener Heiligenschein, der sich im Eis unter den Brücken widerspiegelte. Und dann der Geruch. Der Park war gehüllt in den Duft von gebrannten Mandeln und Kastanien, Kümmelkohl und Würstchen, und für mich ist das seit damals der wahre Geruch von Amerika. Überall standen Holzbänke, und ich weiß noch immer, was es für ein Gefühl war, dort im Winter in Schnee gehüllt zu sitzen, während ich mich fragte, wie es in einer so großen Stadt so still sein konnte.

Auf den Straßen um den Park wurden die bekanntesten Gebäude zu Grenzpfählen, sie markierten den Bereich, in dem wir uns zu bewegen wagten. Das Pan Am Building stand da wie ein stählerner Bienenkorb, das Chrysler ragte frisch gekrönt und silbern schimmernd auf, das Fuller erinnerte vor allem an ein riesiges hochkant gestelltes Bügeleisen, während das Empire State sich wie der Turm von Babel in den Himmel reckte und Timoteus auf den Rücken kippte, als er zum ersten Mal versuchte, bis zur Spitze hochzuschauen. Im Ameisengewimmel der Straßen wurde das Schwarzweiße weniger deutlich, sogar im Winter. Die Reklameplakate an den Wänden waren höher als die Häuser bei uns und lockten mit den neuesten Filmen, Theaterstücken und Konzerten. Die verhuschten Musiker an den Straßenecken, die Heilsarmee, die für unser Seelenheil sang, die Jazzmusiker, die ihren Hut aufstellten, die Betrunkenen, die mit dem Leben an sich um die Wette jammten.

Maria wollte keinen der ramponierten Busse nehmen, die die Avenues hoch- und runterschepperten. Deshalb wanderten wir durch die Straßen, während der Frostrauch von East River und Hudson ganz Manhattan wie ein undurchdringliches Bollwerk umgab. Das Gedränge zu Feierabend, die Verkehrspolizisten, die Kakophonie aus mechanischen Geräuschen, die lauten Stimmen, die einander in ihren babelschen Zungen anschrien. Die gelben Taxis, die Tag und Nacht durch die Straßen jagten, der Uringestank in der U-Bahn. Nach einem halben Jahr endete ich übrigens als Kandidatin für Meet Miss Subways.«

»Miss Subway?«, fragte ich.

Tamar schüttelte den Kopf.

»Meet Miss Subways«, sagte sie mit deutlicher Betonung des letzten s und ignorierte das Handy, das mit dem gleichen Klingelton losplärrte wie Marias, als ihr Bruder sie auf dem Friedhof angerufen hatte.

»Eines Tages kamen meine Schwester und ich da, wo wir wohnten, aus der U-Bahn, und ich wurde von einem jungen Mann angesprochen, der fragte, ob er mich fotografieren dürfte. Wenn Timoteus dabei gewesen wäre, hätte ich nicht einmal überlegt, aber nun sagte ich, ohne nachzudenken, zu. Im nächsten Monat war ich eine von sieben Kandidatinnen, die die Miss Subways für den Juni werden wollten.«

»Und haben Sie gewonnen?«, fragte ich.

Sie zuckte mit den Schultern, und ich dachte an Tamars Erscheinung auf den Plattenhüllen vor der Überfahrt nach Amerika. Sie sah immer aus, als stehe sie in der Sonne, selbst auf den Bildern mit bewölktem Himmel. Jetzt waren ihre Lachgrübchen zu einem Teil des Netzes aus feinen Falten in ihrem Gesicht geworden, aber noch immer war ihre Schönheit in ihrem ganzen Wesen zu ahnen, wie das so oft ist bei Frauen, die sich nie besonders für ihr Äußeres interessiert haben.

»Das glaube ich nicht, wir waren schon unterwegs nach

Minnesota, ehe das Ergebnis verkündet wurde, und zum Glück hat Timoteus nie von der Nominierung erfahren. Wenn ich gewonnen hätte, wäre mein Gesicht vielleicht auf einer Seifenschachtel oder so geendet, und Sie wissen ja, was geschrieben steht: Anmut schwindet, und Schönheit vergeht, aber eine Frau, die den Herrn fürchtet, wird immer gepriesen.«

Tamar erlaubte sich ein weiteres Lachen, während ihr Handy wieder laut wurde, diesmal mit einem anderen Klingelton. Es war das Klavierriff, das ich benutzte, um den Steuerberater gleich herauszuhören.

»Das ist nur Maria. Ich brauche jetzt nicht mit ihr zu sprechen«, sagte Tamar und ignorierte den Anruf.

»Okay«, sagte ich und nickte. »Und haben Sie Ihren Mann dann in New York kennengelernt?«

»Nein, aber Maria ihren. Einen notorischen Heiratsschwindler mit fast ebenso vielen Namen, wie es da drüben Staaten gibt. Gegenüber Maria behauptete er, Bibelverkäufer zu sein, und als wir New York verließen, hatte meine Schwester plötzlich einen neuen Nachnamen, und wir hatten den Kofferraum voller Bibeln. Dachten wir. Dass unsere Reisekasse um einiges geschrumpft war, fanden wir erst später heraus.«

»Und dann sind Sie nach Philadelphia gefahren?«

Tamar schüttelte den Kopf.

»Wir waren auf dem Weg nach Minnesota, zu den Twin Cities, St. Paul und Minneapolis, und Maria und Timoteus hörten in Toledo, Ohio, auf, miteinander zu reden. Selbst wenn der Herr lenkt, wird das eine lange Fahrt. Zuerst stellten wir fest, dass der Großteil unseres Geldes verschwunden war, dann, dass die Kartons statt Bibeln ausrangierte erotische Literatur enthielten, und am Ende, dass Dennis Wilson wohl kaum Dennis Wilson hieß und jedenfalls nicht vorhatte, uns in Cleveland zu treffen.«

»Dennis Wilson?«, sagte ich und musste mir auf die Unterlippe beißen. »Hat er sich so genannt?«

Sie nickte.

»Ja, warum?«

»Es gab einen bekannten Schlagzeuger mit diesem Namen«, sagte ich und winkte ihr weiterzuerzählen.

»Es stellte sich heraus, dass Mr. Wilson, oder wie immer er nun heißen mochte, auch in Kansas, Wisconsin, Wyoming und dem Staat Washington je eine Ehefrau und nicht weniger als zwei in Rhode Island hatte. Die Ehe wurde also für ungültig erklärt, und seither hat Maria den Namen Thorsen nie wieder aufgegeben. Sie hing extrem an unserem Vater, und was ihr am meisten zu schaffen machte, war nicht der Verlust des Geldes, sondern der des Nachnamens. Eine Zeitlang verbiss sie sich total in Markus 14.«

»Markus 14?«, fragte ich.

»Das ist das Kapitel, in dem Petrus Jesus dreimal verleugnet, ehe der Hahn kräht. Maria war immer die Vernünftige, die Verständige, die alle Entscheidungen traf. Wenn Jesus nicht ihr Herz gepackt hätte, wäre sie eine hervorragende Politikerin geworden. Aber jedenfalls, als wir heranwuchsen, zeigte sie niemals Interesse an Männern, bei dem Thema schnaubte sie nur verächtlich. Zwischendurch dachte ich, sie sei wie einer der Schweizer auf einem der großen Höfe hier.«

Ich blickte sie verständnislos an.

»Einer der Schweizer wurde auf einem Feld gefunden, und ihm war der Stiel eines Rechens in den Enddarm gerammt worden.«

Ich starrte sie nur immer weiter an.

»Damals kamen mehrere Männer zu uns nach Hause, um wie ein Paar zusammen mit mir auf einem Stuhl zu sitzen, aber niemand besuchte jemals Maria auf diese Weise. Deshalb habe ich lange geglaubt, sie fühle sich vom selben Geschlecht angezogen. Trotzdem war sie verheiratet, ehe wir drei Monate im Ausland verbracht hatten. Amerika veränderte uns alle, oder vielleicht ist es in einigen Fällen richtiger zu sagen, dass Amerika das verstärkte, was wir waren.

Wir hatten uns zu Hause in Norwegen schon an Aufmerksamkeit gewöhnt, und ich weiß noch, wie wir zum ersten Mal im Filadelfia in Kongsvinger mit eigenen Liedern auftreten sollten. Unmittelbar vor unserem Auftritt nahm Mutter Timoteus beiseite und erklärte ihm, dass die Frauen in der Gemeinde ihn von nun an mit anderen Augen sehen würden. Mutter behielt recht, und Timoteus litt darunter, solange wir zusammen aufgetreten sind. In ihm führten Geist und Fleisch einen ständigen Bürgerkrieg. Während er noch verlobt war, hatte er sich reinhalten können, aber in Amerika wurde es dann einfach zu viel. Selig ist der Mensch, der den Versuchungen widersagt. Denn wer die Probe bestanden hat, wird mit dem Siegeskranz des Lebens belohnt. Timoteus versuchte es. Er versuchte es wirklich, aber vielen, die zu unseren Konzerten gingen, war es wichtiger, dass wir aus Norwegen kamen, als wovon die Lieder handelten, und an einigen Orten wurden wir fast wie Stars gefeiert.

Wenn wir hier zu Hause auf Tour waren, wurden die Veranstaltungen fast immer von einem Gemeindevorsteher geleitet, in Amerika fiel diese Rolle sehr oft Timoteus zu. Aber Timoteus mochte nicht vor einer Gemeinde stehen, ohne sich hinter einem Instrument verstecken zu können. Deshalb hat er in Amerika zum ersten Mal Alkohol probiert, und von da an kam er vom Kurs ab. In Madison, Wisconsin, habe ich gesehen, wie er seine Mandoline zerbrach, weil er sie nicht stimmen konnte, und das hat sich dann ein paarmal wiederholt.

Ich will ihn weder verteidigen noch verurteilen, das kann

nur Gott, aber diese Berufung, die Timoteus verspürt hatte, wurde immer mehr zur Prüfung. Der Gipfel war erreicht, als ihn ein verschmähter Ältester Bruder in Sheboygan ins Bein schoss und er in den Fluss springen musste, um sich zu retten. Die ganze Nacht hat er sich in einem Kaninchenstall versteckt, und am nächsten Tag flickte ihn ein Tierarzt zusammen, ehe wir weiterfahren konnten. Zum Glück wurde die Sache unter den Teppich gekehrt, und wir waren noch fast ein Jahr in Amerika unterwegs.«

»Was für eine Geschichte. Timoteus Thorsen, der in den USA dem Tod ein Schnippchen schlägt«, sagte ich und schüttelte den Kopf.

»Sagen Sie nicht, dass er dem Tod ein Schnippchen geschlagen hat«, sagte sie mit scharfer Stimme. »Das schafft niemand. Damit kenne ich mich aus. In der Hinsicht bin ich fast allmächtig.«

Ihr Gesicht verdüsterte sich, die feinen Fältchen auf der Stirn wurden tiefer und gröber, wie Risse in einem alten Pergament, und sie kniff die Augen zusammen. Dann war der Moment vorüber, ihre Züge wurden weicher, sie beugte sich vor und streichelte meinen Arm.

»Sie müssen entschuldigen«, sagte sie. »Das war eine unverzeihliche Reaktion. Und jetzt reicht es ja wohl mit den alten Geschichten.«

»Nein, bitte«, sagte ich etwas zu laut. »Ich möchte gern mehr hören. Ich habe noch nie mit jemandem gesprochen, der so früh durch Amerika getourt ist.«

»Ja, das war früh«, sagte sie. »Ich hatte das Gefühl, dass wir aufgebrochen sind, als die Welt gerade wirklich anfing. Damals führte nur ein Kiesweg hier durch das Dorf, noch immer hielten viele Pferde, und jede Familie hatte ein Schwein, das zu Weihnachten geschlachtet wurde. Amerika war ein Bildteppich

voller Möglichkeiten, und Maria führte uns auf frisch angeleg-
ten Autobahnen durch das Land hin und her, obwohl sie selbst
bisher höchstens mal von hier nach Drammen gekommen war.
Tut mir leid, wenn mein Bericht aus Amerika sich wie etwas
aus dem Buch Hiob angehört hat und als ob wir dort vollständig verdorben worden wären, denn so war das nicht. So war
es überhaupt nicht. Die Gebetsstunden in der Prärie, während wir in eine neue Stadt fuhren, die Straße vor uns wie ein
Altarbild – ich habe nie eine größere geistige Nähe zur Natur
verspürt. Die Andachten am Abend, das Gefühl, von Gott
geführt zu werden und unsere Zuhörer näher an den Himmel
heranzusingen. Niemals haben wir mehr Menschen auf einmal erreicht, und ich glaube auch nicht, dass wir jemals vorher
oder nachher besser gemeinsam gespielt und gesungen haben.
In den hektischsten Zeiten waren es acht oder neun Auftritte
pro Woche.«

»Und haben Sie bei einem solchen Auftritt Ihren Mann
kennengelernt?«, fragte ich noch einmal.

Sie antwortete nicht sofort, sondern ließ ihren Blick aus
dem Fenster gleiten.

»Ja«, sagte sie dann. »Ich habe Jenga bei einer Andacht der
Redeemed Christian Church of God kennengelernt, in der
Restoration Chapel St. Paul, Minnesota. Und Sie, der viel mit
Musikern gearbeitet hat, haben sicher von Künstlern gehört,
die sich gern im Publikum ein Gesicht herauspicken und alle
Lieder direkt für diesen Menschen singen?«

Ich nickte.

»Seit jenem Donnerstag in St. Paul suche ich unter denen,
für die ich singe, nach Jengas Gesicht.«

Kapitel 11

Ehe ich etwas sagen konnte, plärrte ihr Handy wieder, und diesmal machte ihr dieses Geklingel sichtlich zu schaffen.

»Das ist Timoteus«, sagte sie. Das Mobiltelefon verstummte, dann zählte sie an den Fingern bis fünf, ehe es erneut loslegte. Diesmal mit dem Geräusch eines wütenden Klavierriffs.

»Und da haben wir meine Schwester. Sie werden Himmel und Erde in Bewegung setzen, wenn ich mich nicht melde«, sagte sie und zog das Handy aus ihrer Jacke.

»Ja?«, fragte sie kurz, und obwohl ich nicht verstehen konnte, was am anderen Ende der Leitung gesagt wurde, war die Schwester offenbar außer sich.

»Ich mache einen Spaziergang«, fiel Tamar ihr ins Wort. »Ich bin in einer Viertelstunde zu Hause.«

Dann beendete sie mitten im Wortstrom das Gespräch.

»Ich muss ganz schnell los«, sagte sie.

»Natürlich«, sagte ich, erhob mich und griff nach meiner Jacke, um sie zurückzufahren, doch meine Bewegung hatte etwas Halbherziges. »Ich hoffe, wir können unser Gespräch bald fortsetzen.«

Tamar nahm ihre Sonnenbrille und ihren Schal vom Tisch, blieb aber sitzen.

»Sie sehen aus, als ob Sie für etwas bezahlt hätten, das Sie dann nicht bekommen haben«, sagte sie.

»Nein, nein«, erwiderte ich und lächelte. »Jetzt begreife ich, warum Ihre Schwester immer die letzte Seite im Buch zuerst liest. Ich will auch den Schluss der Geschichte hören.«

»Sie sind ein höflicher junger Mann«, sagte Tamar und erwiderte mein Lächeln. »Ich glaube nicht, dass Sie sich betrogen fühlen müssen. Jede Illustrierte erzählt bessere Geschichten als ich.«

»Illustrierte haben keine Tonspur«, sagte ich.

Tamar schüttelte den Kopf, aber ich konnte sehen, dass diese Bewegung eine gewisse Koketterie enthielt.

»Jim Gystad, es macht mir Spaß, mit Ihnen zu sprechen, oder genauer gesagt, es ist schön, dass Sie sich die Zeit zum Zuhören nehmen, aber wie Sie wissen, haben wir seit 1975 keine Aufnahmen mehr gemacht. Jetzt sind wir alle drei alt und erwachen jeden Morgen mit einer Mischung aus Enttäuschung und Staunen darüber, dass wir nicht nach Hause gerufen worden sind. Ich an Ihrer Stelle würde die Aufnahmegeräte zu etwas Vernünftigerem benutzen. Das Dorf wimmelt nur so von Geschichten. Und da sollten Sie doch Märchen finden.«

Ich hätte fast geantwortet, dass ich genau das tat, aber ich konnte mich noch zusammenreißen.

»Tamar«, sagte ich und musste jetzt wirklich tief Luft holen. »Sie sind mit dem Guten Buch aufgewachsen, und ich würde Ihnen gern ein kleines Gleichnis oder eher vielleicht ein Rätsel erzählen.«

Tamar Thorsen machte große Augen, dann nickte sie.

»Man kann hindurchsehen, man kann hinaufgehen, und man kann darauf sitzen. Was ist das?«

Sie hielt sich die rechte Hand vor den Mund, runzelte die Stirn, schaute hin und her zwischen der Tischplatte und mir, aber es kam keine Antwort. Am Ende zuckte sie mit den Schultern.

»Ich weiß es wirklich nicht«, sagte sie.

»Eine Brille, eine Treppe und ein Stuhl.«

Tamar Thorsen warf den Kopf in den Nacken und lachte, und diesmal hatte dieses Lachen nichts Unterdrücktes.

»Und dieses seltsame Rätsel soll mir sagen, dass das Einfache nicht immer das Beste ist?«, fragte sie.

»So ähnlich. Aber das ist noch nicht alles. Es gibt etwas, wobei Sie und Ihre Geschwister mir sicher helfen können.«

»Das wäre?«

»Etwas zu finden, woran ich glauben kann«, sagte ich.

Zuerst zeigte Tamar Thorsen überhaupt keine Reaktion, dann legte sie Sonnenbrille und Schal zurück auf den Tisch und griff zur Gitarre.

»Ich habe auch einen Grund«, sagte sie.

»Ja?«, fragte ich.

»Sie erinnern mich an meinen Sohn«, sagte sie und zeigte dann auf das Mikrofon, das vor ihr auf dem Tisch stand. »Es ist doch wohl mit einem Rekorder verbunden?«

Ich nickte.

»Dann können Sie jetzt einschalten, zusammen mit der Aufnahme der Kiesharfe«, sagte sie.

Zwanzig Minuten später fuhr ich vor dem Holzlager vor, bei dem ich sie abgeholt hatte. Es dämmerte jetzt, und ich fragte, ob ich sie nicht ganz nach Hause bringen sollte. Tamar Thorsen schüttelte den Kopf.

»Das ist schon in Ordnung. Schönen Abend«, sagte sie und suchte den Türgriff.

»Dann bedanke ich mich«, sagte ich und, ehe sie aussteigen konnte: »Tamar, noch etwas. Meinen Sie, ich könnte Ihre Geschwister zu einer Aufnahme bewegen?«

»Maria sicher. Wenn ich von heute erzähle, wird sie beim nächsten Mal dabei sein wollen, und sei es nur, um ein bisschen Einfluss darauf zu haben, was ich so treibe. Wie Timoteus reagiert, kann ich nicht vorhersagen. Als wir zuletzt im Studio waren, ist er davongestürzt, als der Produzent behauptete, die Mandoline als Instrument sei passé. Sein ohnehin schon angespanntes Verhältnis zu Produzenten hat das nicht gerade verbessert.«

»Ich wollte nicht mit Ihnen ins Studio gehen. Wir könnten das bei Ihnen zu Hause oder bei mir machen. Sie würden kaum merken, dass ich da bin, und wir brauchen bei der Aufnahme auch nichts zu forcieren. Wir tasten uns einfach voran.«

Tamar deutete ein Lächeln an und öffnete die Autotür.

»Ich sage nicht, dass es unmöglich ist, aber eher geht ein Kamel durch ein Nadelöhr.«

»Ich weiß immerhin, dass das in der Bibel steht«, sagte ich.

»Stimmt«, sagte sie, versetzte meinem Arm einen Klaps und stieg aus. »Matthäus 19, 24. Außerdem Markus 10, 25 und Lukas 18, 25. Die Bibel liebt Wiederholungen. Ich werde mit Maria sprechen, vermutlich ist sie sofort bereit. Was Timoteus angeht, kann ich mir nicht vorstellen, wie er dazu gebracht werden könnte, seine Meinung zu ändern.«

Zu Hause entfernte ich Nebengeräusche aus der Aufnahme und stellte das Geräuschniveau des Mac richtig ein. Dann blieb ich am Fenster stehen und starrte hinaus auf den Fluss, den ich nur als vages Glitzern am Rand des Lichtkegels der Türlampe sah. Ich fragte mich, wie es im Dorf früher ausgesehen haben mochte, zur Zeit von Großvater Thorsen, als er darauf wartete, dass das Licht auch diese Seite des Tales erreichte, und als er archäologische Reste einer Wikingersiedlung vergrub, ohne jemals zu erfahren, worum es sich wirklich gehandelt hatte.

Ich lief durch den Raum und öffnete die Kühlschranktür,

verlor aber die Lust auf ein Bier, noch ehe ich die Flasche herausgenommen hatte. Bückte mich stattdessen und trank gleich aus dem Wasserhahn. Ich fragte mich, ob das Wasser aus dem Fluss draußen kam, ob das Haus einen eigenen Brunnen hatte oder von einem Wasserwerk aus versorgt wurde. Ich öffnete die Tür und ging hinunter zum Flussufer. Der Mond spiegelte sich im Wasser, und der Widerschein nahm die Form eines Stundenglases an. Oben auf dem Hügel gegenüber konnte ich die Lichter der Patentstadt ahnen. Ohne darüber nachzudenken, öffnete ich meine Schnürsenkel, die Knöpfe und den Gürtel, bis ich ganz nackt dastand und Schuhe und Kleider wie ein Wandererbündel zu meinen Füßen lagen. Ich watete hinaus in den Fluss und hatte das Gefühl, Tamar Thorsens Stimme durch die rudimentären Gitarrenakkorde hören zu können, ich hörte sie im Rauschen des Waldes, im Brausen des Windes, spürte sie im rastlosen Plätschern des Flusses. Ich sah vor mir den Regen, der herabströmte und alles überschwemmte. Die Wege, die zu Flüssen wurden, und den Fluss, der zum Regen wurde. Ich sah vor mir das Haus der Geschwister Thorsen, das bald davontreiben würde, obwohl es auf festem Grund gebaut war, und ich weiß nicht, ob ich mich dem Fluss hingab oder ob der Fluss mich mitnahm, doch plötzlich war ich auf allen Seiten von Wasser umgeben. Hinter mir nichts, vor mir alles. Mein Boot ist so klein und das Meer so groß. Eine Kälte jagte mir durch Mark und Bein, ging dann aber über in eine schwerelose Gefühllosigkeit, als ich mich auf den Rücken legte und mich in die Mitte des Flusses treiben ließ. Hatte Tamar Thorsen bei ihrer Taufe wohl so etwas empfunden? War sie überwältigt worden von der Erkenntnis, dass wir, erst wenn wir wagen loszulassen, das festhalten können, was am wichtigsten ist?

Später in dieser Nacht fuhr ich vom Sofa aus dem Schlaf hoch, ein wenig desorientiert durch das Gefühl zu träumen, dass ich träumte. Ich konnte mich nicht erinnern, wie ich ins Haus gekommen war, und wusste nicht einmal mehr sicher, dass das draußen im Fluss wirklich passiert war. Aber meine Haare waren noch immer nass. Als ich aufstand, hatte ich fast den Eindruck, betrunken zu sein. Ich torkelte zum Schlafzimmer und registrierte, dass der Flachbildschirm in der Ecke vor sich hin flimmerte. Erst glaubte ich, dass dort eine Sendung über Trickfotografie lief. Aber es war tatsächlich ein Haus, das von vier langhalsigen Baukränen von seinen Grundmauern gehoben und auf eine riesige Ladefläche gesetzt wurde. Unendlich langsam begann das große weiße Holzhaus, über die Straße zu gleiten, zuerst vorbei an einem Friedhof, dann über einen Fluss und vorbei an einer applaudierenden Menschenmenge. Ich bohrte mir die Fingernägel in den Oberarm und schüttelte den Kopf, aber es war kein Traum, und das Haus setzte seine Reise durch ein Stück norwegische Natur fort, die sich überall befinden konnte. Nicht einmal die frenetische Technomusik, die die Übertragung begleitete, störte das wogend Hypnotische des Anblicks eines zweistöckigen Hauses, das majestätisch wie ein Schwan dahinsegelt. Die nächste Szene zeigte das Haus auf einem ganz anderen Grundstück, und abgesehen davon, dass die Dachziegel fehlten, wirkte das Haus einzugsbereit.

Ein gläubiger Mann würde jetzt vielleicht denken, ihm sei eine Offenbarung zuteilgeworden, ich selbst wusste nicht, was ich denken sollte. Aber als ich meinen Kopf auf das Kissen sinken ließ, musste ich mir doch ein kleines Lachen gönnen, weil ich auf eigene Faust das Rätsel lösen konnte, das ich Tamar Thorsen gestellt hatte.

Kapitel 12

Mit am besten gefiel mir an meinem Job als Elektriker, dass ich Feierabend machen konnte, wenn die Arbeit getan war. Manchmal wünschte ich mir, die Arbeit mit Musik wäre wie die mit Elektrizität, Strom und Spannung: Farbe auf Farbe, messen und nach Fehlern suchen, und dann wäre das Problem gelöst. Kaum hatte ich das gedacht, machte es mir Angst. Denn gerade das Unvorhersagbare erzeugt doch die magischen Augenblicke in der Musik. Dann, wenn man falsch verbindet und es trotzdem zum Glühen bringt, auf eine Weise zum Leben erweckt, die das Menschenherz mit etwas Unerklärlichem erfüllt. Leider konnte ich mich nicht erinnern, wann ich es im Studio zuletzt zum Glühen gebracht hatte. Musik war dabei, für mich zu Elektrizität zu werden, und mit dieser Erkenntnis im Kopf, wie ein Summen auf niedriger Frequenz, setzte ich mich ins Auto und fuhr nach Kongsvinger.

Mein erster Termin war gleich unterhalb der Festung, und die grauhaarige ältere Frau redete ununterbrochen, sowie sie die Tür geöffnet hatte. Ich hatte gerade erst mit der Arbeit an ihrem neuen Boiler begonnen, als sie mich auch schon zum Kaffee auf die Veranda bat. Kaum saß ich dort, ging mir aus irgendeinem Grund auf, in welcher Luftblase ich in den vergangenen Jahren gelebt hatte. Ich hätte auch ein LKW-Fahrer sein können, der zwischen Svinesund und Kirkenes pendelte. Der am Straßenrand im Wagen übernachtete, der in Raststätten aß und der nur mit Menschen sprach, die genauso lebten wie er. Etwas daran, dieser Frau zuzuhören, half mir, zu der

Musik in der Redeweise gewöhnlicher Menschen zurückzufinden. Sie zeigte auf das andere Flussufer, auf das Bahnhofsufer von Kongsvinger und das, was sie den Schwedenhügel nannte, und erklärte mit sprechenden Bewegungen, wie die Soldaten des Brudervolkes dort während der ewigen Scharmützel zu Beginn des 19. Jahrhunderts in Stellung gegangen waren.

Die Sonne brannte, und mir wurde gerade neuer Kaffee eingeschenkt, als mein Handy klingelte. Wieder war im Display keine Nummer zu sehen, und ich bat um Entschuldigung, ging durch das Haus und auf der anderen Seite wieder ins Freie.

»Jim Gystad«, sagte ich und dachte, es sei Tamar, die über unser Treffen gestern sprechen wollte.

»Hier ist Maria Thorsen. Sie haben doch ein Auto?«, fragte die Stimme.

»Was?«, fragte ich und fügte hinzu: »Ja?«

»Unseres ist zur Wartung. Das dauert länger als erwartet, und ich schaffe es nicht, Timoteus zu seinem Termin nach Kongsvinger zu fahren.«

»Muss er zum Arzt?«, fragte ich.

»Nein, zur Fußpflege. Wir könnten natürlich ein Taxi bestellen, aber bei den letzten Malen hat das nicht besonders gut funktioniert. Timoteus hat sich mit den Taxifahrern ein bisschen angelegt«, sagte Maria.

»Wann ist denn sein Termin?«, fragte ich.

»In einer Stunde«, antwortete Maria, und in meinem Zwerchfell wimmelten die Ameisen los. Ich hatte der älteren Dame versprochen, dass sie vor ihrem Bingonachmittag auf jeden Fall noch duschen könnte.

»Hallo?«, fragte Maria.

»Entschuldigung, die Verbindung ist nicht sehr gut«, sagte

ich, und während Maria ihre Frage wiederholte, versuchte ich zu berechnen, wie lange ich brauchen würde, um fertig zu werden. Eine Stunde war sehr knapp, und außerdem musste ich mich doch umziehen. Wenn ich bei den Geschwistern im Blaumann vorführe, würde Timoteus Thorsens tiefverwurzelte Skepsis mir gegenüber nicht geringer werden.

»Tulla war total begeistert gestern Abend nach ihrem Besuch bei Ihnen«, sagte Maria, wie um ihre Frage abzurunden, und meine Qualen wurden nur noch größer. Tamar hatte nicht verschwiegen, wo sie gewesen waren. Sie hatten über mich gesprochen. Die Schwestern schwankten bereits.

»War Timoteus auch begeistert?«, fragte ich.

»Timoteus weiß nicht, wo Tulla gestern war, aber er wird zufrieden sein, wenn er zur Fußpflege gebracht wird, jedenfalls zufriedener, als wenn das nicht der Fall wäre.«

Eine gute halbe Stunde später, nachdem ich mir neue Verwandtschaft mit einer medizinischen Notsituation erlogen hatte, hielt ich vor dem Tor der Geschwister Thorsen. Ihr Wagen stand mitten auf dem Hofplatz, und zuerst glaubte ich, er sei von der Wartung zurück, aber dann bemerkte ich, dass er aufgebockt war. Zum ersten Mal zog ich hinter mir das Tor zu, ohne von Hundegekläff begrüßt zu werden, und ich hatte schon den Kapitän erreicht, als ich zwei Beine darunter hervorlugen sah. Ungefähr gleichzeitig nahm mich die Mechanikerin wahr und zog sich auf einem Liegebrett unter dem Wagen hervor. Es war Maria Thorsen in einem verdreckten Overall und einer riesigen verschlissenen Schirmmütze, die sie aussehen ließ wie einen Londoner Straßenbengel.

»Ich dachte, Sie hätten eine Wartung erwähnt«, sagte ich.

Maria Thorsen schüttelte so heftig den Kopf, dass die Schirmmütze bebte.

»Ich mache ja gerade die Wartung. Die Zündkerzen waren reif zum Wechsel, die Stifte mussten eingerichtet werden, und im Sommer fahr ich gern mit dickerem Öl als im Winter. Außerdem steigt bei wärmerem Wetter Rauch auf«, sagte sie, und wie um den Wahrheitsgehalt ihrer Rede zu betonen, zeigte sie einige Ölflecken an ihren weißen Handschuhen.

Jetzt wurde die Haustür mit einer solchen Wucht aufgerissen, dass das Dach des Vorbaus klapperte. Timoteus Thorsen hatte die Schwelle schon halb überschritten, als er mich erkannte.

»Der!«, brüllte er in den Gang hinter sich. »Soll der mich etwa nach Kongsvinger fahren? Ein Beelzebub mit Visitenkarte! Ein Hundemisshandler. Ich streiche lieber das Christenkreuz aus der Flagge, statt mich zu dem ins Auto zu setzen.«

Timoteus versuchte, wieder ins Haus zu gehen, wurde aber daran von Tamar gehindert, die hinter ihm in der Tür auftauchte.

»Was redest du denn bloß? Jim hat mir mit den Hunden geholfen«, rief sie mit einer gebieterischen Stimme, die ich von ihr bisher noch nicht gehört hatte. Einen Moment lang sah Timoteus aus, als ob er stürzen werde, dann konnte er in letzter Sekunde den Türknauf packen.

»Ruf ein Taxi. Ich lasse mich doch von so einem Kerl nicht wie eine Notschlachtung durch die Gegend fahren.«

Maria Thorsen trat einen Schritt vor.

»Timoteus. Du weißt so gut wie ich, dass von der Taxizentrale niemand herkommen wird, um dich zu holen, oder jedenfalls erst, wenn du für das letzte Mal um Entschuldigung gebeten hast, und für das Mal davor noch dazu. Wenn wir dir also ein Taxi besorgen sollen, müssen wir das in Eidskog oder Sør-Odal bestellen. Und dann schaffst du deinen Termin nie im Leben. Du hast die Wahl.«

»Vielleicht sollte ich wieder fahren«, sagte ich so leise, dass nur Maria mich hören konnte.

»Klappe halten«, knurrte sie mich an, ohne den Kopf zu drehen. »Timoteus Karelius Thorsen wird in Ihr Auto einsteigen oder niemals wieder einen Fuß in einen Fußpflegesalon in Kongsvinger setzen, jedenfalls nicht mit meiner Hilfe.«

Dann hob sie die Stimme.

»Timoteus, wenn du dich jetzt nicht gleich in Jim Gystads Auto setzt, werde ich deinen Termin bei Kathinka absagen, und du kannst mir glauben, ich werde dabei kein Blatt vor den Mund nehmen.«

Timoteus stieß ein Geräusch aus wie ein Lecaziegel, der über einen Steinboden geschleift wird, und dann stieg er, dicht gefolgt von Tamar, die Treppe hinunter. Er ging über den Hofplatz auf das Auto zu wie ein Betrunkener, der verzweifelt versucht, nüchtern zu wirken. Er trug eine blaue Schirmmütze mit dem Logo der New York Yankees und eine weiße Windjacke, durch die er aussah wie ein Tourist, der soeben von einem amerikanischen Kreuzfahrtschiff angelandet worden war.

»Ich glaube langsam, dass Tullas Gefühle mal wieder mit ihr durchgegangen sind. Dafür, dass du immer so gescheit sein willst, wirkst du reichlich schwer von Begriff.«

Dann hatte Timoteus das Auto erreicht, und ohne mich eines Blickes zu würdigen, öffnete er die Tür wie ein Bauarbeiter, der ein Haus abreißen soll.

»Muss er den Rollator nicht mitnehmen?«, fragte ich.

Tamar und Maria schüttelten synchron die Köpfe.

»Er will den nicht benutzen, wenn er zur Fußpflegerin geht«, sagte Maria.

»Sie müssen also ein bisschen auf ihn aufpassen«, sagte Tamar, und ich nickte und setzte mich ins Auto. Drinnen roch es so wie damals, wenn sich alle Jungs nach dem Sportunterricht in der Schule im Umkleideraum frischmachten. Timoteus Thorsen saß leicht vornübergebeugt da und klammerte sich mit beiden Händen ans Armaturenbrett, als ob wir schon losgefahren wären und in die erste Kurve bretterten.

»Ziemlich warm dafür, dass es noch so früh im Jahr ist«, sagte ich, aber Timoteus schien das nicht gehört zu haben.

Ich drehte den Zündschlüssel um und schaltete in den ersten Gang. Das Sonnenlicht spiegelte sich in den Wassertropfen im Gras am Straßenrand, als wäre der Boden mit Glasscherben bestreut. »Ich habe nicht mitbekommen, wo Ihre Fußpflegerin wohnt«, sagte ich und fuhr auf die Straße, Richtung Dorf.

»Verdammichte Ausbeuter«, sagte Timoteus und starrte in die Kiesgrube hinunter. »Die ganze Gegend wird zum Entwicklungsland, total verarmt und ausgeplündert, und das Dorf liegt da wie ein Tier, das mit dem Fell verwest. Das Wasser von hier läuft aus den Hähnen in jedem einzelnen Haushalt in der Stadt. Der Kies ist zu Straßen im ganzen Land geworden, und wenn man alle nebeneinanderlegt, kann man eine vierspurige Autobahn viermal um den Äquator bauen. Aber das ist noch immer nicht genug, noch immer braucht Norwegen mehr Kies, also buddeln sie weiter, bis von diesem Dorf nur noch ein riesiger Kieskrater übrig ist.«

Ich nickte und fragte mich, ob das eine gute Gelegenheit wäre, um auf die Verpflanzung des Hauses zu sprechen zu kommen, die ich nachts im Fernsehen gesehen hatte. Aber bei einem Gespräch mit den Geschwistern Thorsen darf man nicht überlegen, was man sagen soll, man muss einfach losreden.

»Ein Krater mitten in einem Golfgelände. Kannst du dir etwas Unsinnigeres vorstellen? Auf dem bisschen, das von dem Dorf noch übrig ist, bauen sie einen Spielplatz für Besserverdienende. Niemand hier im Dorf begreift doch, wozu ein Golfschläger gut sein soll, außer dass man ihn als Schlagwaffe benutzen kann, um sich Krösusse und Halsabschneider vom Leib zu halten«, sagte nun Timoteus, und mein Moment war verflogen.

»Willie Nelson spielt Golf«, sagte ich, und plötzlich fiel mir ein, dass er und Timoteus ungefähr gleich alt sein müssten.

»Mammon ist König, und wir sind seine Sklaven«, sagte Timoteus, als ob er nicht zugehört hätte.

»Geld ist nicht alles«, widersprach ich. »Das war es noch nie.«

»Nein, nicht wenn man es hat«, sagte Timoteus und ließ sich auf dem Sitz zurücksinken, als ich auf die Asphaltstraße abbog.

»Dieses Dorf kommt mir alles andere vor als ausgestorben. Ich war schon in norwegischen Orten, die viel verlassener wirkten«, sagte ich.

»Du hast recht«, sagte Timoteus und nickte übertrieben heftig. »Entschuldige. Wir sind mit einem eigenen Golfgelände gesegnet, und bald wird Eben Ezer wieder aufgebaut sein. Was auf der ganzen Welt sollte man sich da noch mehr wünschen? Ja, abgesehen von einem Ort, wo man wohnen kann?«

»Was das angeht«, begann ich, aber Timoteus hob abwehrend eine Hand.

»Hörst du das?«, fragte er.

Ich konzentrierte mich, schüttelte dann den Kopf.

»Ich höre nichts«, sagte ich.

»Genau«, sagte er und nickte. »Dabei soll es auch bleiben.«

Für den Rest der Fahrt wurde ich mit Handbewegungen, Grunzen und einsilbigen Wörtern dirigiert, bis ich vor dem mit Glas überbauten Miniplatz hielt, der in Kongsvinger Fußgängerzone genannt wird.

»Soll ich mit reinkommen?«, fragte ich, als Timoteus sich nun mit der Autotür herumschlug.

»Mitkommen? Was bin ich denn, ein Kind?«

»Soll ich hier warten?«, rief ich hinter ihm her, aber wenn er überhaupt etwas sagte, wurde es von der Autotür in Stücke gehauen.

Ich stieg eilig aus, blieb stehen und schaute hinter ihm her.

Timoteus ging mit überaus steifen Beinen, und bei jedem Schritt setzte er die Fußsohlen mechanisch auf den Boden des flachen Hangs, der zum Glasplatz hochführte. Ich dachte, dass das hier in einem Musikvideo wirkungsvoll sein könnte. Der alternde Künstler heute und dann Rückblenden zum Höhepunkt seiner Karriere. Der Weg von der Mitte des Lebens zum Rand des Grabes. Es musste doch Aufnahmen der Geschwister Thorsen von damals geben, als sie zu den Bestsellern der Plattenbranche gehört hatten. Etwas aus dem Fernsehen, Schmalfilmausschnitte, was auch immer, um ein wenig von der Magie zu zeigen, die die drei ausstrahlten.

Jethro Tulls Secondhandladen lag in der Parallelstraße zur Fußgängerzone, ich schloss das Auto ab und dachte, er müsse doch wissen, ob es solches Material über die Geschwister gab. Ich hatte fast die Treppe erreicht, die in seinen Plattenladen hinabführte, als ich sah, dass eine heruntergekommene Gestalt Timoteus den Weg versperrte. Zuerst glaubte ich, der Mann suche Streit und hebe die Hände zum Schlag, aber dann konnte ich erkennen, dass er sich mit der Verzweiflung eines Ertrinkenden an Timoteus klammerte. Timoteus versuchte, mit seinen steifen Schritten vorbeizugelangen, aber der Mann hielt ihn immer weiter fest, und sie sanken aufeinander zu wie zwei Eisfischer, die nach einigen Metern auf dem Eis begreifen, dass es nicht tragen wird.

»He! Aufhören!«, rief ich und lief zu den beiden. Der heruntergekommene Mann trat einen Schritt zurück, und Timoteus packte meinen Arm.

»Is nich schlimm«, sagte der Mann mit gepresster Stimme. »Ich hab nur Timoteus erzählt, dass mein Leben sich verändert hat, als ich zum ersten Mal 'ne Platte von ihm und seinen Schwestern gehört hab.«

Der Mann hob wie zur Erklärung die Arme, und seine Tarnjacke umflatterte das verschlissene T-Shirt mit dem Bild der Rolling Stones. Seine Kleider gaben den Geruch eines alten Kartoffelkellers von sich.

»Ich an deiner Stelle würde mir diese Platte mindestens noch einmal reinziehen«, sagte Timoteus und versuchte, sich an dem Mann vorbeizudrängen.

»Bitte, kannste den Anfang singen von ›Willst du mitkommen, wenn der Zug abfährt‹?«, bat der Mann und griff wieder nach Timoteus, als ob die Berührung ihn heilen könnte.

»Ich habe dieses Lied geschrieben, natürlich könnte ich den Anfang singen. Aber will ich das? Nein, das glaube ich nicht. Nicht jetzt. Nicht für dich. Nicht hier. Du kannst ja mal überlegen, ob dieser Götzendienst dir zur Erlösung verhilft«, sagte Timoteus, schob den Mann weg und machte eine papstmäßige Handbewegung vor den Gesichtern der Stones. Dann trat er einen Schritt nach vorn, so dass sich die automatischen Schiebetüren zur Fußgängerzone öffneten. Das magere Gesicht des Mannes sah plötzlich noch verhärmter aus, und ich kramte einen Hunderter hervor.

»Das war nicht böse gemeint, wir kommen sonst zu spät zu einem Arzttermin«, sagte ich, drückte dem Mann den Geldschein in die Hand und schritt durch die Glastüren. Falls Timoteus gehört hatte, was ich gesagt hatte, ließ er sich nichts anmerken, aber er schien ganz bewusst zu trödeln.

»Bisschen stützen«, sagte er, und ich begriff sofort, was er meinte, und hielt ihm den Arm hin.

»Nicht wie ein Schwuler«, fauchte er und schlug meinen

Arm zur Seite. Dann packte er mich, wie um mich mit einem energischen Polizeigriff zu führen.

Die Sonne wurde durch die Glasfenster im Dach gefiltert, aber dennoch legte sich eine behagliche Wärme über meinen Nacken. Wir kamen vorbei an einem in den Boden gemauerten Fischteich, an dem einige Kinder über den Rand hingen. Timoteus blieb neben einem Kleiderladen stehen.

»Hier ist es«, sagte er und ließ meinen Arm so los, als ob er ein Boot ins Wasser schieben wollte. Einige Herzschläge lang blieb er stehen und lehnte sich gegen die Tür, dann richtete er sich gerade auf und öffnete sie. Die Art und Weise, wie er die Tür hielt, war die eines Linkshänders, aber auf allen Bildern, die ich von den Geschwistern Thorsen kannte, hatte er die Mandoline wie ein Rechtshänder gehalten.

»Sind Sie Linkshänder?«, fragte ich.

»Ist das ein Problem für dich?«, gab er zurück, als gerade eine hochgewachsene Frau von Mitte vierzig mit einem kupferroten Pferdeschwanz hinter einem Vorhang im Lokal hervorkam.

»Ich dachte fast, Sie kommen nicht mehr. Sie sind doch sonst immer so früh«, sagte sie mit einer Stimme, die überraschend verlebt klang für ihre leichte Art, sich zu bewegen.

»Ich hab heute einen neuen Chauffeur. Deshalb hat es länger gedauert als wünschenswert«, sagte Timoteus.

Die Verwandlung war überaus deutlich. Er richtete sich noch gerader auf und bewegte sich so leichtfüßig auf den Empfangstresen zu, dass es mir schwerfiel hinzunehmen, dass das der Mann war, den ich eben noch gestützt hatte.

»Ein eigener Assistent, das wurde auch Zeit. Aber die Mandoline haben Sie schon wieder vergessen«, sagte die Frau, notierte etwas in einem Buch auf dem Tresen und warf Timoteus ein strahlendes Lächeln zu.

»Vergessen nicht gerade, aber wenn Sie Hausbesuche machten, könnten Sie sich eine Aufnahme anhören«, sagte Timoteus und spielte in der losen Luft einen Akkord.

»Würden Sie dann wirklich ›Sketches of Spain‹ spielen?«, fragte die Fußpflegerin.

»Absolut, mehrmals sogar«, sagte Timoteus. Sie lachten beide, und ich kam mir vor wie ein verirrter Postbote, wie ich dort halb über der Schwelle stand und die Tür sich in meinen Rücken bohrte. Doch dann schien die Fußpflegerin sich an meine Anwesenheit zu erinnern und kam eilig auf mich zu, um sich vorzustellen.

»Wenn Sie warten mögen, kann ich Ihnen einen Kaffee bringen«, sagte sie und lächelte, doch ehe ich antworten konnte, schaltete sich Timoteus ein.

»Übrigens, Kim, ein Stück weiter in der Fußgängerzone ist so eine Kaffeebar. Holst du mir von da einen doppelten Cappuccino?«, fragte er und klopfte mir jovial auf die Schulter.

»Was?«, fragte ich und fügte hinzu: »Ich heiße Jim.«

»Entschuldige, Jim«, sagte er mit übertriebener Betonung des J. »Wärst du wohl so nett, mir einen doppelten Cappuccino zu besorgen? Einen feuchten.«

Ich hätte fast noch einmal »Was« gesagt, füllte aber stattdessen meine Lunge mit Luft und nickte.

»Einen feuchten doppelten Cappuccino. Ich werde sehen, was ich tun kann«, sagte ich, dann drehte ich mich zur Fußpflegerin um. »Für Sie auch etwas?«

»Nein danke«, sagte sie.

Die Frau hinter dem Tresen in der Kaffeebar schüttelte den Kopf, als ich um einen feuchten Cappuccino bat, deshalb bestellte ich nur einen doppelten und für mich einen Americano.

Die Türklingel der Fußpflegerin übertönte mit durchdringender Dissonanz Chet Bakers gedämpfte Trompete, und so wenig, wie ich im Wartezimmer andere Menschen sehen konnte, konnte ich feststellen, woher die Musik kam.

»Hallo?«, rief ich, und erst als ich das ein wenig lauter wiederholte, steckte die Fußpflegerin den Kopf durch den Vorhang.

»Der Cappuccino für Timoteus«, sagte ich und hob den Pappbecher.

»Ja, kommen Sie einfach«, sagte sie und nahm sich die Zeit für ein Lächeln, ehe sie wieder hinter dem Vorhang verschwand.

»Es gab leider keinen feuchten Cappuccino. Die Frau in der Bar hatte nie davon gehört«, sagte ich und kam mir vor wie damals, als mein Onkel mich überredet hatte, in einem Eisenwarenladen um zwei Meter grüne Oberleitung zu bitten.

Kathinka Lächelgesicht zeigte sich ein weiteres Mal, und als sie die Hand ausstreckte, sah ich Timoteus Thorsens Gabardinehose über einem Stuhlrücken hängen, während er mit dem Gesicht nach oben auf einer Pritsche lag. Seine Füße ragten unter einem Laken heraus, wie die einer Leiche im Fernsehen. Ich wandte meinen Blick ein wenig zu spät ab und konnte deshalb sehen, dass die Fußpflegerin meine Gedanken gelesen hatte.

»Danke. Manchmal fangen wir mit Massage an«, sagte sie, nahm den Becher und fügte hinzu: »Ich bin ausgebildet.«

»Ja, sicher«, sagte ich und ging rückwärts auf die Stühle vor dem Fenster zur Fußgängerzone zu. Als Tamar in meinem Wohnzimmer den Takt zu ihrem Lied getreten hatte, hatte ich gesehen, dass das Alter in ihre Füße eingezeichnet war wie die Jahresringe in einen Baum. Die Fußsohlen von Timoteus sahen nicht aus, als ob sie irgendein Gewicht tragen müssten, und seine Haut hatte fast den gleichen sahnigen Farbton, den ich auf einem Gemälde gesehen hatte, auf dem eine Frau Jesu Füße salbte. Füße, die von den bevorstehenden Leiden noch unberührt waren.

Ich weiß nicht, wie lange ich dort saß, aber Chet Baker konnte jedenfalls alle Stücke auf dem Sammelalbum durchspielen und wieder mit »There's a small hotel« und »My funny Valentine« anfangen. Hinter dem Vorhang hörte ich Timoteus und die Fußpflegerin mehrmals lachen, während sie in der Tonart von Bahnreisenden miteinander sprachen, die in einem Abteil Vertraulichkeiten austauschen.

Als Timoteus hinter dem Vorhang hervorkam, hatte er sich die Jacke über den Arm gelegt und die Mütze in die Gesäßtasche gestopft. Sein Gesicht glänzte wie durch Feuchtigkeitscreme, die Fältchen in der Stirn und um die Augen waren wegmassiert, und er hatte die Haltung eines viel Jüngeren. Er hatte die Abschiedsfloskeln offenbar schon hinter dem Vorhang erledigt, denn er steuerte nun geradewegs den Ausgang an.

»Vielleicht könntest du mich netterweise nach Hause fahren«, sagte er mit entspannter Stimme und öffnete die Tür.

Zum ersten Mal hatte Timoteus Thorsen mich jetzt freundlich angesprochen, zum ersten Mal hatte er gelächelt. Erstaunt über diesen Wetterwechsel blieb ich noch einen Moment sitzen.

Die Fußpflegerin schob den Vorhang zur Seite und rückte ihren Pferdeschwanz gerade, ehe sie ihr Lächeln wiederfand.

»Karte oder bar?«, fragte sie.

»Entschuldigung?«, fragte ich.

»Karte oder bar, Timoteus sagt, Sie bezahlen.«

Meine Knie knirschten wie eine alte Tür, als ich mich erhob und zum Tresen ging.

»Karte«, sagte ich, und sie gab den Betrag in den Karten-
leser ein.

»Das macht fünfzehnhundert«, sagte sie.

»Kronen?«, fragte ich.

Sie blickte mich erstaunt an und nickte.

Timoteus wartete neben dem Auto, als ich auf die Straße hi-
nauskam.

»Sie wissen doch, dass ›Sketches of Spain‹ ein Album ist,
kein Lied, und dass Miles Davis Trompete gespielt hat?«,
fragte ich und schloss für ihn die Tür auf.

»Ich kann Miles Davis nicht von Finn Eriksen unterschei-
den, aber ich könnte immer noch meine eigenen Skizzen hinlegen, um das Mädel hochzubringen. Als wir in Amerika
waren, haben wir eine Aufnahme mit einem Neger namens
Scott White gemacht. Ich habe nie einen besseren Trompeter
gehört«, sagte er und stieg ein.

Ich fummelte mit dem Schlüssel herum, um meine eigene
Tür zu öffnen, und ärgerte mich darüber, für Timoteus Thorsen ein Tagesgehalt ausgegeben zu haben. Zugleich war ich
aufgeregt, weil wir über Musik gesprochen hatten und weil
er mit mir redete wie mit einem Musiker oder jedenfalls mit
jemandem, der Ahnung von Musik hatte.

»War das eine Aufnahme mit Schlagzeug?«, fragte ich, als
ich mich hinter das Lenkrad gesetzt hatte.

»Mit Schlagzeug, warum willst du das wissen?«, fragte er,
und die Furchen in seiner Stirn waren wieder da.

Ich ließ mir Zeit, um den Rückspiegel einzustellen, und
setzte langsam zurück auf die Straße.

»Da Sie einen Trompeter hatten, dachte ich, es könnte auch
ein Schlagzeuger dabei gewesen sein«, sagte ich.

Timoteus sah mich an, gab aber keine Antwort.

»Sind Sie nun wirklich Linkshänder?«, fügte ich hinzu.

Timoteus starrte mich weiter an, aber diesmal ließ er sich immerhin zu einem Nicken herab.

»Wie können Sie dann mit der rechten Hand Mandoline spielen?«, fragte ich und war überrascht, als er antwortete.

»Ich war auch eine Totgeburt – trotzdem kann ich leben«, sagte er mit ausdrucksloser Miene.

»Ach«, sagte ich und dachte, so ist es eben mit Timoteus Thorsen. Vier oder fünf einigermaßen normale Sätze, dann kommt sofort wieder die Wortklauberei.

»Ähnlich bei Picasso«, fügte er hinzu.

»Linkshänder?«

»Ja, das auch, aber ich dachte vor allem an Totgeburt.«

Ich nickte.

»Sie konnten ihn nicht zum Atmen bringen. Dann hat ihm entweder sein Vater oder sein Onkel Zigarrenrauch in den Mund geblasen. Erst da schnappte er nach Luft.«

»Ihr Vater hat doch wohl keine Zigarren geraucht?«, fragte ich und bereute das sofort, aber nun zeigte sich in seinem Gesicht die Andeutung eines Lächelns.

»Nein, mein Vater hat keine Zigarren geraucht«, sagte er. »Und zum Glück war er bei meiner Geburt nicht dabei. Ich war sehr groß, über fünf Kilo, und als die Hebamme mir kein Lebenszeichen entlocken konnte, konzentrierte sie sich auf meine Mutter. Ich wurde unter das Bett gelegt. Da lag auch eine Gitarre, und ihnen war klar, dass ich lebte, als ich dem Instrument einen Tritt versetzte. Meine Mutter sagte gern, mein erstes Geräusch sei kein Weinen gewesen, sondern ein offener G-Akkord.«

»Ja, natürlich«, sagte ich. Timoteus hielt die Musikerrolle eisern durch, auch wenn es darum ging, seinen eigenen Mythos aufzubauen.

»Was?«, fragte er mit scharfer Stimme und ließ den Kopf vorschießen.

»Natürlich haben die dann begriffen, dass Sie am Leben waren«, sagte ich, und er sank wieder auf dem Sitz zurück.

»Übrigens hat meine Mutter mir den besten Rat gegeben, den ich je bekommen habe zu dem Thema, vor einer Versammlung zu reden. Sie hätte mich gern als Prediger gesehen, und der Rat bezog sich vor allem darauf, aber ich habe ihn auch als Musiker befolgt«, sagte er und legte eine winzige Pause ein, wie um Platz für einen Trommelwirbel zu schaffen.

»Tritt rasch vor, sprich männlich und frei, mache bald Schluss. Glücklich ist der Prediger, der weiß, wann er das Amen setzt«, sagte Timoteus Thorsen, und ich konnte ein Lachen nicht unterdrücken.

»Ich hätte Ihre Mutter mit ins Studio nehmen sollen. Das war sehr gut gesagt.«

»Ja, nicht wahr«, sagte er, und diesmal war in seinem Gesicht mehr als nur die Andeutung eines Lächelns zu sehen.

»Du hast gefragt, warum ich nicht mit der linken Hand spiele. Als wir in der Schule anfingen, war unser Lehrer ein riesiger Mistkerl aus Nordnorwegen. In meiner Klasse gab es nur zwei Linkshänder, und er zwang uns beide, mit rechts zu schreiben. Mein Klassenkamerad wurde Bettnässer«, erzählte er.

»Und Sie?«, fragte ich und fuhr hinter dem einzigen Straßentunnel der Stadt auf den Verteilerkreis.

»Ich konnte meine Unterhose trockenhalten, aber ich habe nie gelernt, mit der rechten Hand zu schreiben.«

»Und die Mandoline?«

»Das ist eine andere Geschichte. Das erste Mal habe ich in der Sonntagsschule versucht, ein Saiteninstrument zu spielen, und die Gitarren waren alle für Rechtshänder. Maria hatte schon mehrere Griffe gelernt, und ich wollte ihr nicht nach-stehen. Ich versuchte, sie zu kopieren, aber sie war immer besser als ich. Weil ich unter Druck stand, hatte ich einfach keine Zeit, mir die Musik linkshändig vorzustellen. So einfach war das. Mein Schädel funktioniert in beiden Richtungen. Außerdem ist es nicht weiter geheimnisvoll, dass ein Linkshänder rechtshändig spielt. Wenn man ein Saiteninstrument spielt, ist die linke Hand die Künstlerin, sie denkt. Die rechte macht nur die Grobarbeit.«

»So habe ich das noch nie gesehen«, sagte ich. Schweigend fuhren wir weiter, über den letzten Verteilerkreis und weiter aus der Stadt hinaus. Ich bog auf die Hauptstraße nach Schweden ab, kam vorbei an der Einfahrt zum Golfgelände und erreichte die ersten Kurven hinab ins Dorf.

»Ich würde Ihnen gern etwas zeigen. Ich wohne gleich unterhalb von Eben Ezer«, sagte ich.

»Das kannst du vergessen. Wir haben unsere letzte Platte aufgenommen. Das alles gehört in die Vergangenheit«, sagte er, und sein Gesicht verschloss sich wieder.

»Keine Panik, es hat nichts mit Musik zu tun. Es geht um Häuser.«

»Häuser?«

»Ja. Als ich neulich hier oben war, hat Tamar mir erzählt, dass Sie umziehen müssen.«

»Tamar?«

»Tulla. Sie hat gesagt, dass Ihr Grundstück zur Kiesgrube werden soll und dass das Haus abgerissen werden muss. Ich glaube, ich habe eine Lösung für dieses Problem gefunden.«

Es wäre eine Übertreibung zu behaupten, Timoteus Thorsen habe dieselbe Leichtigkeit in seinen Bewegungen wiedergefunden, die er bei der Fußpflegerin an den Tag gelegt hatte.

Aber ich konnte ihn jedenfalls ohne allzu große Mühe durch die Eingangstür und weiter ins Wohnzimmer bugsieren.

»In diesem Dorf gibt es mehrere freie Grundstücke. Unter anderem auf der anderen Seite dieses Hügels dort, stimmt's?«, sagte ich und zeigte über den Fluss hinweg auf die Patentstadt.

Timoteus nickte.

»Wunderbar«, sagte ich und ließ die Aufnahme laufen, die ich nachts gemacht hatte.

Ich drehte den Ton ganz weg, um Timoteus nicht mit der Technomusik zu nerven, dann begannen die Hebekräne ihr seltsames Ballett und hoben das weiße Haus in einer einzigen langen, gleitenden Bewegung von den Grundmauern auf die Ladefläche.

Ich musterte verstohlen Timoteus' Gesicht, aber es war vollkommen ausdruckslos. Das Haus wogte vorbei am Friedhof, über den Fluss und auf das neue Grundstück, ohne dass er auch nur einen Muskel bewegt hätte.

»Es ist phantastisch, was alles möglich ist. Ich glaube sogar, das meiste von der Einrichtung befindet sich noch im Haus. Das wäre die Lösung für das Problem, das Sie und Ihre Schwestern haben. Sie müssen Ihr Grundstück vielleicht verlassen, aber aus Ihrem Haus brauchen Sie nicht auszuziehen«, sagte ich und konnte den Eifer in meiner Stimme nicht dämpfen.

Timoteus drehte sich mir zu und hielt meinen Blick so lange fest, dass es unangenehm wurde.

»Weißt du noch, was ich beim ersten Mal auf deine Frage geantwortet habe, ob ich Linkshänder sei?«, fragte er.

Ich schüttelte den Kopf.

»Ist egal, du bist jedenfalls komplett verrückt. Du musst doch sehen, dass das da ein Filmtrick ist.«

»Filmtrick?«

»Wie sich die Menschen vor dem Haus bewegt haben – das war in einem ganz anderen Takt als der Rest des Films.«

Ich stieß den Atem aus und brauchte all meine Konzentration, um den Kopf schütteln zu können.

»Hören Sie, es sieht aus, als ob sich die Menschen so schnell bewegen, einfach weil die Geschwindigkeit …«, begann ich, aber er hob die rechte Hand wie ein Verkehrspolizist.

»Das ist wie bei der Mondlandung«, sagte er.

Ich suchte in seinem Gesicht nach Hinweisen darauf, dass er einen Witz gemacht hatte.

»Bei der Mondlandung?«, fragte ich.

Er nickte.

»Du glaubst doch wohl nicht im Ernst, dass Neil Armstrong und Buzz Aldrin wirklich die Füße auf den Mondkäse gesetzt haben?«

Seine Stimme klang ganz ernst, und ich war sprachlos. Schnitt eine Grimasse, die sich beliebig deuten ließ.

»Es ist möglich, dass der Mensch dann irgendwann auf dem Mond landen konnte, aber die Mondlandung von 1969 wurde in einem Studio in Hollywood aufgenommen. Das sieht doch jeder Trottel.«

»Dass sie in Hollywood aufgenommen wurde?«, fragte ich.

»Du hättest Komiker werden sollen. Alle müssen doch begreifen, dass dieser Auftritt von Armstrong und Aldrin nicht auf dem Mond stattfand. Da gibt es keine Luft, ergo auch keinen Wind, das ist einfaches Kinderwissen. Dennoch ist die US-Flagge ausgebreitet, als ob sie am Nachthimmel angeklebt wäre. Und die Fähre, mit der die Astronauten gekommen sind, wog mehrere tausend Tonnen und hätte einen riesigen Krater hinterlassen müssen, aber nichts dergleichen ist zu sehen. Dagegen wimmelt es von Fußspuren der Astronauten, sogar unter dem Fahrzeug. Wo sie nie gegangen sind. Die ganze Mondlandung wurde inszeniert, weil die Amerikaner nicht das Gesicht verlieren wollten. Zwischen 1964 und 1967 sind zehn Astronauten gestorben, das heißt fünfzehn Prozent der NASA-Mannschaft, und das bei seltsamen Unfällen. Alle zehn hatten öffentlich erklärt, eine solche Expedition könne niemals gelingen. Seltsamer Zufall, oder was?«

Ich zuckte mit den Schultern.

»Nur wenige Monate vor der Mondlandung machte die NASA einen Versuch, der ein vollständiger Fehlschlag wurde und Armstrong fast das Leben gekostet hätte. Die Fähre ließ sich einfach nicht kontrollieren. Dennoch ist sie 1969 brav auf dem Mond gelandet? Das nenne ich einen überaus willkommenen glücklichen Zufall. Aber jetzt, Mister Plattenproduzent, habe ich eine kleine Frage, die in die Gegenwart und die Wirklichkeit gehört.«

»Ja«, sagte ich.

»Kannst du mich ohne weiteren Hokuspokus nach Hause fahren?«, fragte er.

Kapitel 13

Vier Tage verstrichen, an denen ich nichts von den Geschwistern Thorsen sah oder hörte. Ich ging zur Arbeit, wechselte Teile der elektrischen Anlage in einem Sommerhaus, montierte Lampen in einer Garage und Dimmer in einem Badezimmer. Im tiefsten Herzen wuchs inzwischen eine Art Zweifel heran. Ein Gefühl, dass mich vielleicht nicht die unmittelbaren Herausforderungen an diesem Projekt antrieben. Sondern weil es so unmöglich schien. Weil ich mit vollem Willen mein Boot auf Grund steuerte. In mir war das Gefühl am Werk, dass es besser wäre, alles für eine Aufnahme zu geben, aus der vielleicht nichts werden würde, als für eine weitere Einspielung zu arbeiten, die wie die vorige und die davor ausfallen müsste. Ein Autor sagte einmal in einem Interview, die besten Bücher seien die niemals geschriebenen. Ich begriff sehr gut, was er gemeint hatte. Ab und zu kann ein Fehlschlag ein größerer Erfolg sein als die Wiederholung eines alten Erfolges.

Die ganzen Einwände, die ich mir zurechtlegte, wirkten wie die Ankündigung einer Resignation, deshalb fuhr ich jeden Tag am Grundstück der Geschwister Thorsen vorbei. Immer wenn ich am Gestrüpp oberhalb des Hauses vorbeikam, hoffte ich, jemanden von ihnen zu entdecken, aber nicht einmal die Hunde waren draußen. Es gab nur einen einzigen Hinweis darauf, dass das Haus weiterhin bewohnt war: Eines Tages kam der weiße BMW angefahren. Er hinterließ im Kies neue lange Bremsspuren. Diesmal dauerte der Besuch viel länger als beim vorigen Mal, und als der Besucher ging, wurde er nicht hinausbegleitet. Ich wartete noch eine Viertelstunde, aber keines der Geschwister ließ sich blicken. Vielleicht hätte ich an die Tür klopfen können, fragen, wie es den Hunden ging oder ob ich sie irgendwohin fahren sollte. Der Knall, mit dem Timoteus zuletzt meine Autotür zugeschlagen hatte, hielt mich davon ab vorzusprechen, ohne eingeladen worden zu sein.

Am Freitagnachmittag saß ich im T-Shirt und mit aufge-krempelten Hosenbeinen auf der Veranda und wollte gerade Malling anrufen, als der blauweiße Opel die Straße herunter-geglitten kam. Die Sonne traf auf die Windschutzscheibe, des-halb war es unmöglich zu sehen, wer hinter dem Steuer saß, und nachdem der Wagen neben der Garage angehalten hatte, blieb er einfach mit laufendem Motor stehen. Dann wurde der Motor ausgeschaltet, und Maria Thorsen stieg aus. Sie trug denselben karierten Mantel wie auf dem Friedhof und eine weiße Strickmütze mit einer lila Blume. Ich dachte, die Schwestern Thorsen besäßen eine besondere Begabung dafür, sich für Mittwoch und Sonntag gleichermaßen zu kleiden.

»Störe ich?«, fragte sie, sowie sie in Hörweite gekommen war.

»Nicht doch«, sagte ich.

»Frieren Sie nicht?«

Ich schüttelte den Kopf und streifte die Hosenbeine he-runter. Plötzlich war ich seltsam verlegen, als sei es zutiefst unpassend, barfuß vor ihr zu stehen.

»Ich erinnere mich an einen alten Nachbarn, den wir hat-ten, als ich klein war. Er sagte, er spüre, dass der Tod jetzt in ihm hochkriecht wie Frost aus dem Boden. Einen Tag später war er von uns gegangen. Die Menschen hatten in den alten Tagen häufiger Vorahnungen, oder vielleicht konnten sie die

Zeichen einfach besser deuten«, sagte sie, und ehe ich irgendeine Bemerkung machen konnte, legte sie den Kopf in den Nacken und lachte.

»Aber der Frost kriecht noch nicht in mir hoch, so habe ich das nicht gemeint, jedenfalls nicht mehr als irgendwann in den letzten vierzig Jahren.«

»Sind Sie hier im Fluss getauft worden?«, rutschte es einfach aus mir heraus. Ich habe noch nie gern über den Tod gesprochen.

»Kommen Sie wegen des Frierens darauf?«, fragte sie.

Ich zuckte mit den Schultern.

»Mein Vermieter hat gesagt, hier hätten Taufen unter freiem Himmel stattgefunden.«

Maria Thorsen schaute sich um, als müsse sie den Fluss erst ansehen, um sich zu erinnern, ob sie wirklich dort getauft worden war, dann nickte sie.

»Timoteus und ich wurden zusammen getauft. Tulla dann im Saal in Eben Ezer.«

»Wie war das?«, fragte ich.

Maria setzte sich auf den einzigen Stuhl, und ich wollte sie nicht überragen, deshalb nahm ich auf der Treppe vor der Verandatür Platz.

»Obwohl ich unter Wasser gedrückt wurde, hatte ich nicht das Gefühl zu sinken. Es war wie ein Traum, in dem man keinen Leib hat, sondern einfach wolkenartig dahingleitet.«

Ihr Blick entfernte sich von meinem Gesicht und blieb an einer Stelle irgendwo im Fluss haften.

»Timoteus hat später gesagt, dass es ihm genauso ging, aber er war kaum an Land gekommen, als er auch schon an seinen Missionsauftrag erinnert wurde. An seine Pflicht, hinauszugehen und die Völker der ganzen Welt zu Jüngern zu machen. Das Gefühl, das wir beide hatten, nämlich als Menschen wiedergeboren zu werden, wich bei Timoteus rasch dem Gefühl, ihm sei ein viel zu enges Gewand übergestreift worden.«

»Und Sie?«, fragte ich.

»Bei mir war das anders. An mich wurden keine Erwartungen gerichtet, niemand verlangte von mir, in die Welt zu ziehen und zu verkünden. Was mich beengte, waren die Vorschriften, all das, was ich als Frau nicht tun durfte. Das wurde zu meinem Kampf.«

»Ich verstehe«, sagte ich.

Sie gab als ein Echo wieder, was Tamar einige Tage zuvor erzählt hatte.

»Auf seine Weise wurde Timoteus dann doch zum Verkünder. Er hat vielen von Jesus erzählt, die niemals einen Fuß in Eben Ezer oder eine andere Gemeinde setzen würden. Aber ich bin nicht hergekommen, um darüber zu sprechen«, sagte Maria und lächelte vorsichtig.

»Das macht doch nichts. Ich finde das interessant. Und ich hatte auch nichts anderes vor, als mich nach der Arbeit auszuruhen.«

»Mit wem haben Sie heute gearbeitet?«, fragte Maria.

»Mit wem ich gearbeitet habe?«

»Ja, wen haben Sie heute aufgenommen?«

Draußen auf dem Fluss kam eine Schellente mit elf Jungen im Schlepp vorbeigeschwommen.

»Heute habe ich als Elektriker gearbeitet«, sagte ich.

»Als Elektriker?« Maria runzelte die Stirn.

Ich nickte.

»Ist das mit dem Plattenproduzieren dann nur ein Hobby?«

Ich schüttelte den Kopf.

»Durchaus nicht. Aber ich bin jetzt zweiundvierzig. Wenn ich in der Branche bleiben will, muss ich Platten machen, die vor allem mich selbst zufriedenstellen. Deshalb arbeite ich wieder als Elektriker, bis ich entschieden habe, wie es weitergehen soll.«

Maria Thorsen wollte etwas sagen, aber nun hob ich abwehrend die Hände.

»Ich weiß, Sie wollen mich daran erinnern, wie alt Sie alle sind, aber viele meiner Lieblingskünstler haben ihre besten Aufnahmen spät in ihrem Leben gemacht. Und ich glaube, wir – Sie – können das auch. Ich muss zum Ursprünglichen in der Musik zurückfinden. Zu dem Gefühl, etwas produzieren zu können, das andere Menschen wirklich berührt, und wenn mir das nicht gelingt, kann ich gleich als Elektriker weitermachen.«

Maria antwortete nicht sofort, sondern bewegte den Kopf auf eine rätselhafte Weise – nickte sie, oder verneinte sie?

»Ich weiß nicht, ob ich das verstehe. Es fällt mir schwer zu glauben, dass unsere Lieder für andere noch etwas bedeuten können.«

»Maria«, sagte ich und erhob mich von der Treppe. »Sie alle sind vollkommene Künstler.«

»Entschuldigen Sie mich«, sagte Maria und lachte wieder. »Ich muss Sie ja doch noch einmal an unser Alter erinnern.«

»Es spielt keine Rolle, wie alt Sie sind«, sagte ich viel lauter, als ich das vorgehabt hatte. »Sie können eine phantastische Geschichte erzählen.«

Diesmal gab es keinen Zweifel daran, dass sie nickte, und ihr Gesicht öffnete sich.

»Ein bisschen bin ich auch deshalb hier«, sagte sie. »Nicht weil wir vollkommene Künstler sind, sondern weil Tulla erzählt hat, dass Sie sie aufgenommen haben. Ich bin neugierig, wie sich das anhört.«

Als ich im Wohnzimmer die Aufnahme einschaltete, war Marias Gesicht absolut unergründlich. Nach dem Ende des Liedes saß sie einfach nur wortlos da und starrte vor sich hin, dann nickte sie beifällig.

»Tulla hatte immer schon eine bessere Stimme als ich, aber sie hatte dasselbe Ohr für Arrangements. Das mit der Kiesharfe im Hintergrund war übrigens ein sehr spannender Dreh. Tulla hat davon erzählt.«

Ich nickte, und sie zeigte auf die Gitarre.

»Darf ich?«

Ich reichte ihr das Instrument, und sie gab mir ein Zeichen, die Aufnahme noch einmal laufen zu lassen. Wie üblich sang sie zu Tamar die zweite Stimme, während sie zugleich die Akkorde rhythmischer spielte und jede Hebung und Senkung im Gesang mit deutlichen Bassanschlägen markierte, die den Walzertakt verstärkten. Marias Stimme war brüchiger als die ihrer Schwester, aber sie gab dem Lied eine zweistimmige Fülle. Ich schloss die Augen und spürte, wie mir Hitzeschauer das Rückgrat hochjagten.

Nachdem sie verstummt war, legte ich mir schweigend die Hand aufs Herz.

»Danke«, sagte sie und wirkte aufrichtig, als sie sich kurz verneigte. »Seltsam, dass Tulla sich dieses Lied ausgesucht hat. Wir haben es immer in der Sonntagsschule gesungen.«

»Würden Sie mir einen Gefallen tun und es noch einmal singen, damit ich es aufnehme?«

Sie sah mir in die Augen und antwortete, ohne zu zögern.

»Ich kann es versuchen.«

Danach, als wir die beiden Tassen auf dem Tisch mit Kaffee gefüllt hatten, hatte ich das Gefühl, dass bloß ein paar Schraffuren fehlten, um die Zeichnung fast vollkommen zu machen.

Aber Kunst darf nicht perfekt sein. Alle große Kunst muss den richtigen Fehler anstreben.

»Glauben Sie, Timoteus wäre bereit mitzumachen, mit Gesang und Mandoline, jetzt, da ich Aufnahmen von Ihnen und Ihrer Schwester habe?«, fragte ich und blickte ihr in die Augen.

»Das weiß nur Gott allein«, sagte sie, starrte in ihre Tasse und zuckte mit den Schultern. »Timoteus war nicht immer so eigen. Ganz früher ließ er sich nie lange bitten. Das alles änderte sich, als der Brief mit der Post kam«, sagte sie, fast wie um sich zu entschuldigen.

»Welcher Brief?«

»Der von Thina Hval. Die, die die Verlobung gelöst hat.«

»Das hat sie doch nicht per Brief gemacht?«

Maria Thorsen nickte nur.

»Aber sie haben sicher miteinander geredet. Sie muss doch ihren Grund erklärt haben?«

Maria Thorsen schüttelte den Kopf.

»Es gab gar kein Gespräch. Kurz nachdem Timoteus den Brief bekommen hat, sind wir nach Amerika gefahren, und als wir zurückkehrten, hatte Thina inzwischen geheiratet.«

»Wie lange ist das jetzt her?«

»Zweiundfünfzig Jahre.«

Ich sah sie nur an.

»Er ist nie darüber hinweggekommen. Aber zu Ihrer Frage: Ich habe keine Ahnung, ob er bei einer Aufnahme mitmachen würde. Wahrscheinlich nicht. Tulla hat Sie an dem Abend nach ihrem Besuch hier in den höchsten Tönen gelobt, deshalb dachte ich, es könnte eine kleine Chance bestehen, ihn zu gewinnen, wenn Sie ihn zur Fußpflegerin brächten. Es hebt sonst regelmäßig seine Laune, aber beim letzten Mal war er eher wie immer.«

Ihn gewinnen, dachte ich. Das war im Grunde ein guter Ausdruck für das, was ich versucht hatte – und was mich fünfzehnhundert Kronen gekostet hatte. Noch immer fragte ich mich, wofür ich eigentlich bezahlt hatte.

»Auf der Heimfahrt wirkte er gelöst«, sagte ich. »Wir hatten ein schönes Gespräch über Musik, aber dann wurde ich mutig und habe ihn gebeten, mit herzukommen, um sich eine Fernsehaufnahme anzusehen. Und das lief nicht wie geplant.«

»Wir hätten Sie warnen sollen. Clowns, moderne Gospelchöre und die Mondlandung sind nur die Spitze des Eisbergs.«

»Ich habe ihm keine Aufnahme der Mondlandung gezeigt«, sagte ich. »Die hat er selbst zur Sprache gebracht.«

»Was war es denn dann?«

»Kommen Sie her, dann können Sie es selbst sehen«, sagte ich.

Ich zog die Vorhänge zu, bat sie, sich auf das Sofa zu setzen, und schaltete den Fernseher ein. Im Kinodunkel nahm das große weiße Haus wieder seine Wanderung über den Bildschirm auf, bewegte sich wie ein einziger langer Pinselstrich. Marias Gesicht öffnete sich zu Lachfältchen, und sie beugte sich vor, wie zu ihrer Lieblingsszene in einem alten Film. Als das Haus auf die neuen Grundmauern gesetzt wurde, stand sie auf und öffnete die Vorhänge. Obwohl ihr Lächeln noch immer vorhanden war, sah ich, dass sie Tränen in den Augen hatte.

»Wenn Sie mehr darüber herausfinden, ob sich ein Haus wirklich so transportieren lässt, verspreche ich, für eine weitere Begegnung mit Timoteus zu sorgen. Aber wie Sie ihn ins Studio schleifen können, müssen Sie dann selbst herausfinden«, sagte sie.

»Natürlich«, sagte ich.

Sie griff nach dem Notizblock und dem Stift, die ich auf

dem Couchtisch liegen hatte, und kritzelte in aller Eile etwas darauf.

»Hier«, sagte sie, riss den Zettel ab und reichte ihn mir. »Das ist meine Telefonnummer. Rufen Sie mich an, sowie Sie mehr wissen.«

Als Malling mich später an dem Abend besuchte, spielte ich ihm die Aufnahme vor, und fast widerstrebend musste er zugeben, dass sie etwas hatte.

»Keith Richards hat gesagt, Rock 'n' Roll trifft dich vom Hals an abwärts. Ich wüsste gern, was er über diese Musik sagen würde. Sie ist vollkommen, auf eine seltsam verunglückte Art. Die Schwestern haben etwas von derselben Herangehensweise, von dem Empfinden oder, blödes Wort, von der Seele der besten Sänger aus den Landfahrerfamilien. Sie vermitteln mir ein ähnliches Gefühl, etwas Vertrautes zu hören, etwas, das schon vor unserer Geburt in unserem Leben war, wie Fjorde, Wald und Berge. Zugleich hat die Art, wie sie ihr Lied vortragen, etwas seltsam Exotisches.«

Malling biss sich auf die Unterlippe. Das tat er immer, wenn etwas ihn wirklich berührte.

»Du hättest nie aufhören dürfen, über Musik zu schreiben«, meinte ich. Egal was Malling gesagt hätte, ich wollte unbedingt weiter an diesem Projekt arbeiten, aber es bedeutete mir viel, dass ihm das Gehörte gefiel. Ich musste mir ebenfalls auf die Lippe beißen.

»Hast du mehr über den Wert ihres Grundstückes herausgefunden?«, fragte ich eilig.

Malling nickte.

»Das gehört wirklich nicht zu meinen täglichen Aufgaben, ich bin ja kein Geologe, aber ein solches Grundstück kann leicht sechs Millionen wert sein«, sagte er.

Kapitel 14

Mithilfe alter Kontakte beim Norwegischen Rundfunk konnte ich den Namen der Firma in Rolvsøy ausfindig machen, die das weiße Holzhaus verpflanzt hatte. Wir verabredeten, dass ich ein Bild schicken und eventuell eine Ortsbegehung bestellen sollte, aber der Kundenberater meinte, ein solches Haus zu versetzen dürfte eigentlich kein Problem sein, solange Höhe und Breite auf der Straße frei wären. Der Mann nannte auch einen vorläufigen Preis.

»Jetzt haben Sie mir eine große Freude gemacht. Sie haben ja keine Ahnung, was es für mich bedeuten würde, das Haus behalten zu können«, sagte Maria, nachdem ich ihr von diesem Gespräch berichtet hatte.

»Sind Ihre Geschwister ebenso begeistert?«, fragte ich.

»Tulla meint, das klinge zu gut, um wahr zu sein, bei Timoteus muss ich wie üblich auf den richtigen Moment warten. In der Regel geht es dann gut. Es wird schwieriger, ihn zur Mitwirkung an einer Aufnahme zu überreden. Aber kommen Sie heute Abend um fünf vor sechs zu uns.«

»Fünf vor sechs?«, fragte ich.

»Ja, ich werde ihn darauf vorbereiten, dass Sie kommen, dann lasse ich unsere Kusine bei uns anrufen und sagen, sie sei krank geworden und brauche Hilfe von Tulla und mir. Timoteus hasst Krankenbesuche, und schon haben Sie ihn eine Stunde lang für sich. Ich halte das für einen guten Plan«, sagte sie.

Ich konnte nicht dieselbe Begeisterung aufbringen. Bei

Timoteus Thorsen erschien es mir einfach unmöglich, ihn mit ins Boot zu holen. Die Mischung von Schmeichelei, Fachkompetenz und musikalischen Ambitionen, die die meisten Künstler kooperativ machte, wirkte an ihm vergeudet.

»Sind Sie noch da?«, fragte Maria.

»Ja, ich bin da, und ich komme um fünf vor sechs zu Ihnen«, sagte ich und versuchte, die Nervosität in meiner Stimme zu verbergen. Für einen Moment dachte ich, es sei auch nicht der Weltuntergang, wenn Timoteus sich weigerte, und vielleicht reichten die beiden Schwestern. Aber ich erlaubte diesem Gedanken nicht, sich festzusetzen. Die Singenden Geschwister Thorsen ohne Timoteus wären wie ein Haus ohne Dach.

»Ich habe nur einen Rat«, sagte Maria jetzt.

»Ja?«

»Seien Sie ganz offen. Und, hören Sie?«

»Ja«, sagte ich noch einmal.

»Ich werde für Sie beten.«

Es standen noch einige Stunden von meiner dritten Arbeitswoche als Elektriker aus. Mein letzter Auftrag führte mich in das Bürgerhaus beim Golfgelände. Als ich auf den Storvei abbog, brachte eine leichte Brise die frisch entsprungenen Blätter der Bäume am Hang zum Zittern. Ich hatte von der Aufnahme mit Tamar und Maria eine CD gebrannt, und auf Höhe der Kiesgrube betteten sich ihre Stimmen in die Landschaft und legten sich wie ein Grundton unter den Tag. Trotz der brüchigen Harmonien und des zweistimmigen Gesangs begriff ich mit einer wortlosen Gewissheit, dass dem Bild die letzte Farbe fehlte, die besondere Nuance. Timoteus Thorsen musste ganz einfach zur Mitwirkung an diesem Projekt überredet werden.

Das Bürgerhaus war aus riesigen Baumstämmen errichtet, und ich weiß nicht, ob andere Holzarten als Fichte und Tanne verwendet worden waren oder ob man die Wände auf eine besondere Weise behandelt hatte, denn das Haus spiegelte sich in dem kleinen Teich gleich daneben fast kupferrot. Auf dem Parkplatz stand ein halbes Dutzend SUVs, und ein älteres Paar in grüner Golfkluft und mit passendem Sonnenschirm zog seine Golftaschen in Richtung des Sandbunkers.

Im Haus empfing mich eine energische ältere Frau mit graumelierten Haaren, die sich ein wenig zu fein gemacht hatte, um Waffeln und belegte Brötchen zu verkaufen. Sie zeigte mir, wo die Dimmer unter der Decke ausgewechselt werden mussten, und ich ging zum Auto zurück und holte Werkzeugkasten und Trittleiter.

Als ich wieder hereinkam, hatte ich das Lokal für mich und konnte mir genauer ansehen, wie reich ausgestattet es war. Die Fensterrahmen waren in einem Muster geschnitzt, das sich in allen Ziersimsen und in den Dachstühlen fortsetzte. Der Kamin mitten im Raum war aus Naturstein gemauert, und Tische und Stühle wirkten handgezimmert. Am allerbesten gefiel mir jedoch die Raumaufteilung, der viele Platz und die hohen Wände. Besonders interessant fand ich die kleine Bühne vor der Querwand hinten im Lokal. Ich schaute mich um, aber die Frau war nicht zu sehen, und ich klatschte heftig in die Hände. Das Echo dieses Geräusches verteilte sich mühelos im Raum und stieß gegen keinerlei stehende Flächen. Ich stellte die Trittleiter unter die Spots, stieg auf die oberste Sprosse und klatschte noch einmal. Hier oben war die Akustik genauso gut, und ich dachte, es wäre der perfekte Ort für eine Locationaufnahme.

»Solche Lampen hatten wir aber nicht bestellt«, sagte eine Stimme hinter mir.

Die ältere Frau hatte sich eine Schürze vorgebunden und stand mit einem Tablett voller Teelichte da.

»Verzeihung?«, fragte ich.

»Wir haben keine Lampen bestellt, die durch Händeklatschen an- und ausgehen«, sagte sie und lächelte.

»Tut mir leid.« Ich lachte. »Ich musste einfach die Akustik testen. Die ist perfekt.«

»Ein Elektriker, der sich für Akustik interessiert. Das ist neu.«

»Das können Sie wohl sagen.« Ich stieg von der Leiter und fügte hinzu: »Eigentlich bin ich Schallplattenproduzent. Lege nur eine kleine Pause ein.«

»Ach was«, sagte sie interessiert.

Plötzlich war es mir wichtig zu beweisen, dass ich nicht gelogen hatte, deshalb zog ich drei von den CDs heraus, die ich im Werkzeugkasten liegen hatte, um sie einem der anderen Elektriker zu zeigen.

»Das sind einige der Platten, die ich produziert habe«, sagte ich und hob die Cover hoch. Ein Album mit akustischem Blues, eins mit Zydeco und eins mit Countryrock.

Sie stellte das Tablett mit den Teelichten weg und musterte die Cover ausgiebig.

»Jim Gystad?«, fragte sie.

Ich nickte.

»Spannend. Kultur hat mich immer schon interessiert. Kann ich die Sachen in der Küche hören, während Sie hier draußen an der Arbeit sind?«, fragte sie.

»Natürlich.«

Nur drei Spots mussten ausgewechselt werden, und ich war viel schneller mit der Arbeit fertig, als ich erwartet hatte. Ich sammelte mein Werkzeug zusammen und beschloss, noch einen Kaffee zu trinken, ehe ich nach Hause fuhr. Ich füllte mir eine Tasse, ging zur Kasse und betätigte die kleine Glocke, die an einer Schnur von der Decke hing, aber nichts passierte. Aus der Küche hörte ich den Anfang von »Wild Horses«, und ich schüttelte die Glocke energischer. Die Frau zeigte sich noch immer nicht, und ich ging um den Tresen herum, wollte die Tür aufschieben, hielt aber inne, als ich sie durch das kleine Türfenster sah. Sie tanzte. Das Goldarmband am linken Handgelenk war ihr den Arm hochgerutscht und fing die Sonnenstrahlen ein, wenn sich die Frau zum Fenster umdrehte. Sie tanzte mit geschlossenen Augen, und ich konnte noch registrieren, dass sie führte wie ein Mann, ehe ich mich zur Kasse zurückzog, die Glocke packte und hart und lange klingelte, während ich »Hallo« rief. In der Küche wurde es still, dann wurde die Tür geöffnet, sie kam heraus und strich dabei ihre Schürze glatt.

»Mein Mann hasste Musik, er nannte sie Verschmutzung der Stille. Wir hatten keinen Plattenspieler, solange er lebte«, sagte sie. Obwohl sie mir ins Gesicht blickte, hatte ich das Gefühl, dass sie an einem ganz anderen Ort war.

»Ich verstehe«, sagte ich und fragte mich, ob die Menschen hier im Dorf doch nicht so verschlossen waren, wie ich geglaubt hatte.

»Nein, mein Lieber, dafür brauchen Sie nicht zu bezahlen«, sagte sie, als sie die Tasse und das Geld in meiner Hand entdeckte.

»Dann sind wir quitt. Sie können die Platten behalten, ich habe zu Hause ein ganzes Lager.«

»Nein, das ist doch zu viel. So war das nicht gemeint«, sagte sie und wirkte aufrichtig überrascht.

»Ist schon gut.«

»Tausend Dank. Das weiß ich wirklich zu schätzen. Diese

Künstler, die Sie da haben, nehmen die auch Aufträge an? Wir haben bald unseren ersten Jahrestag in diesem Haus, und wir hatten ein Quartett angeheuert, das Zigeunerjazz spielt, aber gestern haben sie leider abgesagt.«

»Zigeunerjazz in einem Golfclub? Das ist aber mutig«, sagte ich.

»Das Bürgerhaus hat Jubiläum, nicht der Golfclub. Wir hatten hier schon mehrere Kulturveranstaltungen, und wir versuchen, eine Art Unterhaltung anzubieten, die über Tanzkapellen und Akkordeon hinausgeht. Für unseren Jahrestag hatten wir uns etwas Besonderes gewünscht.«

»Es gibt welche«, sagte ich.

»Ja?«, fragte sie und nickte erwartungsvoll.

»Etwas, das ganz bestimmt aus dem Rahmen fällt.«

»Perfekt.«

»Es könnte ein sehr exklusiver Auftritt werden.«

»Das klingt wunderbar«, sagte sie, und ein gespanntes Lächeln verbreitete sich über ihr ganzes Gesicht.

»Aber sie sind nicht billig.«

»Schauen Sie sich um«, sagte sie und breitete die Arme aus. »Dieses Haus ist nicht per Nachbarschaftshilfe gebaut worden. Außerdem sitze ich im Organisationskomitee.«

»Okay. Sie sind hier aus dem Ort. Die Geschwister Thorsen«, sagte ich.

»Die Drei Singenden Geschwister Thorsen?«, fragte sie mit einer Stimme, die in der Glocke einen Widerhall erzeugte. »Die sind doch schon so lange nicht mehr öffentlich aufgetreten.«

»Genau«, sagte ich. »Exklusiver geht es kaum.«

Sie runzelte die Stirn, dann fand sie einen Teil ihres Lächelns wieder und nickte.

»Sie haben recht, das wird sehr exklusiv.«

»Ich muss nur erst mit den Geschwistern reden. Dann rufe ich Sie an. Abgemacht?«, fragte ich und hielt ihr die Hand hin.

»Abgemacht«, sagte sie und erwiderte meinen Händedruck. »Sie können nach Frau Gjems fragen.«

Als ich losfuhr, hatten wir uns auf dreißigtausend Kronen für einen Auftritt von einer halben Stunde geeinigt. Genau dasselbe, was die Geschwister verlangt hatten, um bei der Eröffnung von Eben Ezer zu spielen.

Kapitel 15

Um fünf vor sechs stieg ich am Tor der Geschwister Thorsen aus dem Auto. Der schäumende Bach war verstummt und ersetzt worden durch ein zaghaftes Rascheln in den Birken auf beiden Querseiten des Hauses. Dieses Geräusch wurde plötzlich physisch spürbar, wie Fingerspitzen, die sich vorsichtig über Haut bewegen. Mehrmals in den vergangenen Wochen hatte ich gemerkt, dass plötzliche Eindrücke aus der Landschaft Empfindungen von Wärme und Kälte durch mich schickten. Aber jetzt gab es noch etwas anderes. Etwas, das mehr war. Die Gewissheit, dass es jetzt darauf ankam. Wenn sich Timoteus Thorsen nicht umstimmen ließe, hätte ich keinen Plan B.

Als ich das Tor öffnete, hörte ich unten im Tal deutlich das rhythmische Hacken der Kiesharfe. Das Geräusch begleitete mich bis an die Tür, wo ich anklopfte. Ich konnte meine Faust gerade noch zurückziehen, da hatte Tamar auch schon geöffnet.

»Versprechen Sie mir eins«, flüsterte sie, ehe ich etwas zu dem afrikanischen Muster ihres Kleides sagen konnte. »Sagen Sie Maria und erst recht Timoteus nichts über das Lied, das ich geschrieben habe. Beide wissen nicht, dass es fertig ist, oder fast fertig. Sie ärgern sich nur, wenn sie es nicht als Erste hören dürfen.«

Dann kam auch Maria auf den Flur heraus. Sie trug eine geblümte Schürze und umarmte mich.

»Wie schön, dass Sie da sind. Ich habe einige alte Alben mit Zeitungsausschnitten herausgesucht«, sagte sie mit einer

Stimme, die ich auch draußen bei meinem Auto noch gehört hätte.

»Das klingt spannend«, sagte ich und zog die Tür hinter mir zu.

»Dort finden Sie mehr als genug Stoff für einen Artikel«, fügte Maria ebenso laut hinzu.

»Artikel?«

»Ich musste mir etwas ausdenken, damit er nicht die Fassung verliert«, sagte sie leise. »Ich habe gesagt, dass Sie an einem Artikel über christliche Lieder aus den sechziger Jahren arbeiten und dass das heute der Grund für Ihr Kommen ist. Aber um unseres lieben Schöpfers willen erwähnen sie ja nicht Kjell und Odd oder Egil und Arne oder die anderen Sänger, die gleichzeitig mit uns bei Klango Schallplatten veröffentlicht haben.«

Ich nickte und fühlte mich plötzlich arg eingeklemmt. Keine der Schwestern machte Miene, mich weiter ins Haus zu lassen, und ich dachte, dass sie vielleicht Blumen erwartet hatten. Ich fing an, eine Entschuldigung zu formulieren, aber nun zog jede im selben Moment an einem meiner Jackenärmel.

»Geben Sie mir Ihre Jacke«, sagte Maria wieder mit ihrer lauten Stimme. Dann klingelte im Wohnzimmer ein Telefon.

»Timoteus, gehst du mal ran?«

Ich konnte seine Antwort nicht verstehen, aber sie klang missmutig. Gleich darauf hörte ich widerwillige, schlurfende Schritte auf dem Bretterboden.

Tamar blieb stehen und hielt meine Jacke wie eine Kammerzofe, während Maria ausgiebig im Schrank nach einem Kleiderbügel suchte.

»Das ist Jorun. Sie braucht Hilfe«, rief Timoteus.

»Okay«, antwortete Maria, schloss den Schrank und ging ins Wohnzimmer, während Tamar mich in dieselbe Richtung schob.

Timoteus hielt seiner Schwester den Telefonhörer hin. Im Zimmer roch es nach gekochtem Kohl, und auf dem einen Ende des Esstisches stand ein Tablett mit einem von vier Stielgläsern umringten Glaskrug. In jedem Glas steckte eine Serviette. Mitten auf dem Tisch lag ein dickes Album, auf der ersten Seite aufgeschlagen. Ein Rokokosessel war ein wenig hervorgezogen und schien auf einen geehrten Gast zu warten, der eine wichtige Abmachung unterzeichnen sollte.

Ich zögerte, als ich ganz hinten im Wohnzimmer die beiden Elchhunde Schulter an Schulter ruhen sah, aber keiner kam auf mich zugesprungen. Bei meinem ersten Besuch hier hatte ich den Blick kaum vom Boden gehoben, aber jetzt konnte ich das nussbraune Büfett registrieren, die deckenhohen Schränke, mehrere tiefe Sessel und das geschwungene Ecksofa mit dem roten Samtpolster.

»Ja, ich komme«, sagte Maria ins Telefon. »Das passt eigentlich ein bisschen schlecht, wir haben gerade Besuch und wollten uns alte Alben ansehen, aber wenn dir das lieber ist, bringe ich Tulla natürlich mit.«

»Jorun hat etwas mit dem Rücken«, sagte sie, als sie aufgelegt hatte, und dann fügte sie zur Erklärung für mich hinzu: »Sie ist unsere Kusine.«

»Also?«, fragte Timoteus.

»Sie wollte wissen, ob Tulla und ich vorbeischauen könnten.«

»Jetzt?«, fragte Timoteus.

»Nein, nach der Abendandacht. Ja, natürlich jetzt. Sie braucht Medikamente aus der Apotheke, und jemand muss ihr ins Bett helfen. Ihre Tochter kann erst morgen kommen.«

Maria ging mit energischen Schritten in die Küche, und es klang, als werde der Herd ausgedreht und Töpfe von den Platten gezogen.

»Gystad, ich muss um Entschuldigung bitten«, sagte sie zurück im Wohnzimmer. »Aber Krankheiten gegenüber sind wir Menschen machtlos. Wir sind in einer guten Stunde wieder hier, könnt ihr euch nicht einfach schon mal ansehen, was wir herausgesucht haben?«

Sie band ihre Schürze ab und legte sie über einen der Stühle am Tisch.

»Natürlich«, murmelte ich, obwohl der Blick, den Timoteus mir zuwarf, nur mit Mühe als Einladung gedeutet werden konnte.

»Soll ich denn hier allein bleiben?«

»Nein«, sagte seine große Schwester. »Nicht allein. Gystad ist da, aber du darfst gern mitkommen. Dann leistest du Jorun Gesellschaft, während wir zur Apotheke fahren.«

Timoteus Thorsen gab keine Antwort, sondern ließ sich neben dem Telefon aufs Sofa sinken.

»Bis gleich also«, sagte Maria und scheuchte ihre Schwester vor sich her aus dem Zimmer.

Timoteus trug einen engen blauen Trainingsanzug, mit dem er aussah wie ein Boxcoach aus den sechziger Jahren. An den Füßen hatte er neue orange Adidas-Laufschuhe, deren Schnürsenkel er ungebunden an beiden Seiten hineingestopft hatte. Das Geräusch von Kleiderbügeln und das Rascheln von Kleidern auf dem Gang versetzte ihn in einen überaus nachdenklichen Zustand, und erst als wir den Opel anfahren hörten, schien er wirklich zu begreifen, dass er und ich uns denselben Raum teilten.

Alles, was ich hatte sagen wollen, war verschwunden, aber ich nutzte nun die Gelegenheit, mich von der Türöffnung fort und hinein ins Zimmer zu bewegen.

»Meinst du etwa, mir ist nicht klar, was hier läuft«, sagte

Timoteus plötzlich, und seine Stimme, die sonst das Kommando über ihre Umgebung ergriff, klang alt und müde. »Du hast dich mit meinen Schwestern zusammengerottet, um mich zu einer Aufnahme zu überreden.«

Ich schüttelte den Kopf und versuchte zugleich zu lächeln. Mein Bauchfell verkrampfte sich, und ich trat einen Schritt vor, um mich zu setzen.

»Natürlich«, sagte ich und bemühte mich, meine Stimme fest klingen zu lassen.

»Das ist die richtige Haltung, Junge. Mir gefallen Kerle, die nicht zögern«, sagte er, und obwohl er sich plötzlich wie ein Gebrauchtwagenhändler anhörte, lockerten sich meine Schultern ein wenig.

Timoteus kam auf die Beine und öffnete die Tür zu einem Nebenzimmer. Durch die Türöffnung sah ich zwei Gitarren an der einen Wand lehnen. Ich konnte nur einige Schritte in Richtung des Esstisches machen und registrieren, dass das dicke Album bei einem Bild des ersten Plattencovers der Geschwister Thorsen aufgeschlagen war, da kehrte Timoteus mit einem Jutesack zurück. Bei diesem Anblick sprangen beide Hunde auf, aber Timoteus schnippte nur einmal mit den Fingern, und Ruth und Esther sanken wieder zu Boden.

Timoteus stellte den Sack in die Tür zum Gang, dann setzte er sich ans Fenster.

»Du musst das mit den Katzenjungen für mich erledigen«, sagte er und nickte zum Gang hinüber. Als ich den Kopf wandte, sah ich deutlich, dass sich im Sack etwas bewegte.

»Wie meinen Sie das?« Ich wünschte, ich hätte mich gesetzt oder könnte mich wenigstens an etwas anlehnen. Vor meinen Augen flimmerte alles.

»Ich kann die Katzenjungen nicht am Leben lassen.«

»Was?«

Diesmal zeigte er auf den Sack, als könnte es mir das Begreifen erleichtern.

»Soll ich sie zum Tierarzt bringen?«, fragte ich mit gepresster Stimme.

Er schüttelte den Kopf.

»So machen wir das hier nicht.«

Ich trat einen Schritt vor und ließ mich auf den vom Esstisch vorgezogenen Stuhl sinken. »Unsere erste Platte«, stand mit blauer Tinte unter dem Bild von »Wo warst du, als unser Erlöser ans Kreuz geschlagen wurde«.

»Du kannst gern mein Schrotgewehr leihen«, sagte er und nickte zu einem Waffenschrank in der Ecke hinüber.

Ich räusperte mich und legte die Hände auf den Tisch, denn Timoteus sollte nicht sehen, dass ich zitterte.

»Ich bin nicht mehr sicher genug auf den Beinen, um Katzenjunge zu erledigen«, sagte er nun.

»Warum kann ich nicht einfach mit denen zum Tierarzt fahren?«, fragte ich und hob die Unterarme vom Tisch, um das dumpfe Geräusch meiner Herzschläge nicht zu verstärken.

»Wir haben unsere Tiere noch nie einschläfern lassen. Es ist viel humaner, sie mit einem Genickschuss im Freien zu töten, als sie mit einer letzten Autofahrt zu quälen, wenn sie krank sind. Wenn es mal so weit ist, kommt es nicht in Frage, Ruth und Esther zum Tierarzt zu bringen«, sagte Timoteus. Beide Hunde setzten sich auf und wedelten mit dem Schwanz, als sie ihren Namen hörten.

»Aber diese Katzenjungen sind doch sicher nicht krank? Eine Autofahrt wäre keine besondere Qual«, wandte ich ein.

»Nein, sie sind nicht krank, und sie haben die Augen noch nicht auf. Sie werden rein gar nichts begreifen, wenn du sie hinausträgst.«

»Ich habe in meinem ganzen Leben noch kein Gewehr in der Hand gehalten«, sagte ich.

»Man kann Katzenjunge auch anders töten«, sagte Timoteus, und ich warf einen raschen Blick auf den Sack. Zum Glück miauten sie nicht. Vielleicht fiel ihnen dort drinnen das Atmen schwer, vielleicht waren sie halb betäubt. Dann bewegte sich der Sack wieder, und der Bewegung entnahm ich, dass es mehr als zwei waren.

»Tut mir leid«, sagte ich. »Um Katzenjunge zu töten, bin ich nicht der Richtige.«

»Das macht nichts«, sagte Timoteus und nickte fast verständnisvoll. Erneut stand er vom Sofa auf. Diesmal, um das Buch zuzuklappen, ehe er damit zu einem Schrank auf der anderen Seite des Zimmers ging.

»Ich muss mich eigentlich ein bisschen hinlegen. Danke für den Besuch. Ich werde Maria und Tulla sagen, dass du leider nicht warten konntest. Bis dann«, sagte er, bewegte rasch die Hand und steuerte den Flur an. Ich sprang auf und stellte mich mitten ins Zimmer. Wenn ich ihm den Gefallen nicht tat, würde es niemals eine Aufnahme geben.

»Wo soll ich das machen?«, fragte ich.

Timoteus blieb stehen. »Was?«, fragte er.

»Was soll ich danach mit den Katzenjungen machen?«

Er ging zum Fenster und zeigte hinaus.

»Hinter der Garage ist ein Komposthaufen«, sagte er.

Ich versuchte, das Rascheln im Sack zu überhören, als ich ihn mit ausgestrecktem Arm die Treppe vor dem Haus hinuntertrug. Mein Oberarm tat schon weh, aber ich hielt den Sack weiter so, als müsste ich etwas Verdorbenes wegschaffen. Ich versuchte mich an den Gedanken zu klammern, dass ich etwas Ansteckendes transportierte.

Ich stieß das Tor auf und lief, so schnell ich konnte, mit dem vor mir herpendelnden Sack. Mein Fuß blieb an einem Zweig hängen, ich wäre fast gestürzt, konnte mich gerade noch mit dem linken Arm aufstützen und es vermeiden, auf den Katzenjungen zu landen. Ein klebriger, ekelerregender Kupfergeschmack presste mir die Zunge an den Gaumen, aber ich zwang meine Füße weiter. Am Teichufer zählte ich laut bis drei, dann warf ich den Sack. Er flog in einem Bogen durch die Luft, dann landete er einige Meter vom Land entfernt und trieb wie ein geplatzter Badeball auf dem Wasser.

Ich hatte vergessen, den Sack mit einem Gewicht zu beschweren.

Sink doch, bitte, sink endlich!

Der Sack verfärbte sich, als er nun nass wurde, trieb mit seinem krabbelnden Inhalt aber weiter auf dem Wasser. Gleich neben mir stand eine junge Birke, und ich sprang hoch und versuchte, die Spitze zu packen, rutschte jedoch ab. Das hinterließ Brandspuren an meinen Handflächen. Ich machte noch einen Versuch, fand einen Stein zum Absprung, und diesmal konnte ich mich so lange an einem Zweig festhalten, dass die Birke umknickte und der Stamm abbrach. Er zersplitterte eigentlich eher, als dass er brach, und ich musste den Stamm hin- und herwinden, um die letzten zähen Fasern aus Birke und Rinde zu zerreißen.

Können Tiere länger als Menschen den Atem anhalten?

Passierte das hier wirklich?

War ich das, der hier stand?

Ich presste die Katzenjungen unter Wasser. Dabei fing ich an, das erste Lied zu singen, das mir einfiel. Eins, das ich mit elf oder zwölf gehört hatte. *I get up and nothing gets me down. You got it tough. I've seen the toughest around. And I know, baby, just how you feel. You've got to roll with the pun-*

ches to get to what's real. Meine Stimme brach, war aber dennoch auf der einsamen bräunlichen Wiese zu hören. Meine Worte klangen wie ein Geständnis unter Eid, eine Art, sich von den eigenen Taten zu distanzieren, ich, der ich während meines Austauschjahres in Oxford, Mississippi, zum Schulleiter geschickt worden war, weil ich mich geweigert hatte, im Biologieunterricht einen Frosch zu sezieren. *Oh, can't you see me standing here? I've got my back against the record machine. I ain't the worst that you've seen. Oh, can't you see what I mean?*

Ich hatte das Gefühl, dass meine Arme aus den Schultergelenken gerissen wurden, und ich konnte den Stamm nicht mehr nach unten pressen. Der Sack kam gleich wieder an die Oberfläche, und ich zog ihn mit den Birkenresten an Land. Ich stand gekrümmt da, die Hände auf die Oberschenkel gestützt, und rang um Atem, als ich eine Bewegung im Sack sah, zwei Bewegungen, drei Bewegungen. Das war doch nicht möglich! Keine Katze kann so lange unter Wasser überleben. Ich hielt halbherzig am Ufer Ausschau nach Steinen, die sich als Gewicht benutzen ließen, aber das brachte ich nicht fertig. Es wäre einfach nur barbarisch, den Sack noch einmal ins Wasser zu werfen. Tierquälerei erster Klasse. Oben im Haus konnte ich hinter dem Küchenvorhang eine Bewegung ahnen. Ich sah mich um. Niemand kam. Und wenn ich nun die Katzen übernahm? Ich könnte sie in den Kofferraum meines Autos schmuggeln, einige Lehmklumpen in den Sack legen und ihn im Komposthaufen vergraben. Aber die Katzenjungen waren lange unter Wasser gewesen. Mehrere Minuten. Sie hatten garantiert einen Gehirnschaden davongetragen. Ich bückte mich, um den Sack zu öffnen, brachte das jedoch nicht über mich. Schaffte es nicht, mir die durchnässten, zerzausten Wuschel anzusehen. Das einzig Barmherzige wäre, das, was ich begonnen hatte, nun auch zu Ende zu führen. Man kann niemanden nur ein bisschen töten.

Das Auto! Abgase! Kein grauenhaftes Gefühl, unter Wasser zu ersticken, nur eine vage Müdigkeit, nach der es kein Erwachen gibt.

Ich machte eine Öffnung in den Sack, die gerade groß genug war, um sie über das Auspuffrohr zu ziehen. Mich schauderte, als ich durch das Sackleinen einen kleinen Körper berührte. Ich ließ mich ins Auto fallen und drehte den Zündschlüssel um. Die Stimmen von Maria und Tamar wurden zu einer, und ich hätte fast den Ausschaltknopf vom CD-Player gerissen, um die Musik abzuwürgen. Ich trat wütend das Gaspedal durch, und der Tachozeiger zitterte zum roten Bereich hinüber. Der ganze Wagen bebte, mein Körper vibrierte wie eine Geigensaite, und ich hatte Watte in den Ohren. Ich kam mir vor, wie bei 180 eine Serpentinenstraße hochzujagen, obwohl ich stillstand. 1001, 1002, 1003. Die digitale Uhr sprang eine Minute weiter. Ich zählte mit. Drei Minuten. Vier. Jetzt musste es doch reichen.

Ich riss die Tür auf, lief in einer Auspuffwolke am Wagen entlang nach hinten und zog den Sack vom Auspuffrohr.

Der bewegte sich noch immer.

An der Garagenmauer lehnte ein eiserner Rechen, ich machte einige zögernde Schritte darauf zu, überlegte mir die Sache dann aber anders und legte den Sack vor ein Hinterrad. Setzte mich wieder hinter das Lenkrad. Für einen Moment war ich wie gelähmt, denn ich konnte die Signale meines Gehirns nicht in Bewegungen umsetzen. Meine Hand blieb nur auf dem Schalthebel liegen, mein Fuß auf dem Gaspedal war taub.

Ich bündelte all meine Willenskraft, aber als ich gerade zurücksetzen wollte, sah ich im Rückspiegel, dass der Kapitän den Weg an der Wiese entlang hochschaukelte.

Ich schaltete den Motor aus, öffnete die Tür mit einem Tritt, riss den Sack an mich und rannte hinter die Garage zum Komposthaufen. Fummelte den Bindfaden vom Sack und erweiterte die Öffnung ein bisschen. Auspuffgeruch schlug mir entgegen, und mich überkam Brechreiz, als ich die Hand in den Sack steckte. Meine Fingerspitzen berührten nassen Kunststoff, und ich machte den Sack ganz auf. Konnte drei oder vier in Plastik verpackte Bündel sehen, von denen zwei sich noch bewegten. Ich stellte den Sack auf den Kopf, und vier rosa Duracellkaninchen, jedes in einem Beutel mit Zip-Verschluss, kullerten heraus.

Hinter mir hörte ich, wie die Garage geöffnet wurde, der Opel Kapitän fuhr hinein, erst knallte eine Tür, dann die andere, und ich sank zu Boden, blieb mit dem Rücken an der Mauer sitzen.

Langsam kam mein Herz zur Ruhe, und das taube Gefühl verließ meine Beine. Dann riss ich die Plastiktüte von dem einen Kaninchen, das jetzt nicht mehr die Trommel schlug, und ging zum Haus hoch. Schmiss das Tor hinter mir zu und stieß die Tür auf, ohne anzuklopfen. Mein ganzer Körper war von glühenden Nervenfäden durchzogen. Ich fühlte mich mit Füßen getreten, zum Gespött gemacht, in Schande gestürzt.

Tamar beugte sich im Gang über eine Einkaufstüte und setzte zu einem Lächeln an, als sie mich sah, aber ich marschierte einfach an ihr vorbei.

»Waren Sie draußen?«, fragte Maria überrascht aus der Küche. Ich ging, ohne zu antworten, weiter ins Wohnzimmer.

Timoteus saß hocherhobenen Hauptes auf dem einen Stuhl am Esstisch, als ob er auf sein Essen wartete. Ich warf das rosa Kaninchen vor ihm hin.

»Du bist doch krank, du Arsch!«, schrie ich. »Was soll das hier?«

Timoteus hob das Kaninchen hoch und hielt es vor sich hin, als wollte er aus »Hamlet« deklamieren.

»Das hier«, sagte er, »sind Teile meines Gewinns vom vorigen Weihnachtsbasar im Gemeindehaus. Und es ist der Unterschied zwischen einem Kerl und einem Knaben ohne Rückgrat.«

Ich musste mich auf einen Stuhl stützen, um nicht umzufallen.

»Glaubst du wirklich, ich wollte mit einem zusammenarbeiten, der nicht einmal den Kopf heben und seine eigene Meinung sagen kann? Einem stummen Wesen, das einfach gehorcht, ohne eine einzige Frage zu stellen? Wenn ich je wieder einen Fuß in ein Studio setze, dann bei jemandem mit Eiern, und dann denke ich nicht an einen, der sich hier auf dem Grundstück einen Bruch gehoben hat«, sagte er.

»Timoteus, wie redest du denn«, fauchte Maria, aber ihr Bruder winkte ab.

»Ein Tor verdient eine törichte Antwort«, sagte er nur und schüttelte den Kopf.

»Was macht ihr hier eigentlich?«, fragte Tamar, und die Verzweiflung in ihrer Stimme wirkte echt, als sie ihre Einkaufstüte auf den Esstisch fallen ließ. Zum ersten Mal, seit ich ins Haus gekommen war, schien sie mich richtig zu sehen.

»Aber lieber Jim, Sie sind ja leichenblass. Setzen Sie sich. Sie müssen etwas essen.«

Dann hielt sie mir eine Banane hin, die sie von einer Dolde in der Tüte abgerissen hatte.

»Ich kann Bananen nicht ausstehen«, schrie ich und schleuderte die Banane an die Wand. Erst als das weiche Klatschen der platzenden Schale zu mir zurückgeworfen wurde, ging mir auf, was ich gerade getan hatte.

Das Gesicht von Timoteus machte eine totale Veränderung

durch, und sein Blick klärte sich, als habe er plötzlich die Antwort auf eine dringliche Frage gefunden.

»Was hast du gesagt?«, fragte er.

»Entschuldigung«, sagte ich leise und trat einen Schritt vom Esstisch zurück. »Ich wollte Sie nicht anschreien.«

»Hab schon Schlimmeres gehört. Was hast du gesagt?«

Ich sah ihn an, konnte aus seinem Gesicht aber nur eine gewisse Verwunderung herauslesen.

»Was meinen Sie?«, fragte ich leise. »Dass ich Bananen hasse?«

»Genau«, sagte er und richtete sich auf seinem Stuhl mit einem triumphierenden Lächeln auf. »Ich habe ein einziges Mal eine Banane probiert, gleich nachdem ich versucht hatte zu rauchen. Ich musste mich erbrechen. Ich würde lieber meine Brieftasche aufessen, als es noch einmal mit einer Banane zu versuchen.«

Ich starrte ihn immer weiter an. Nichts wies darauf hin, dass er sich über mich lustig machte, aber als er mir den Sack mit den Duracellkaninchen gegeben hatte, war das auch nicht anders gewesen. Ich warf einen Blick zu Maria und Tamar. Sie sahen beide aus, als ob sie sich in das falsche Theaterstück verirrt hätten.

»Diese beiden, meine Schwestern, quasseln mir fünfmal pro Tag oder so die Ohren voll. Ich hole alle Vitamine, die ich brauche, aus Kartoffeln. Wenn Gott gewollt hätte, dass ich Bananen und Möhren esse, hätte er mich nicht als Mensch auf die Welt kommen lassen.«

»Timoteus, jetzt reiß dich zusammen«, sagte Maria mit scharfer Stimme, aber ihr Bruder schien sie nicht gehört zu haben.

»Einen Moment«, sagte er zu mir und humpelte hinüber zu dem Zimmer, aus dem er den Sack mit den Kaninchen geholt hatte. Als er wieder zum Vorschein kam, hielt er in der rechten Hand eine Sunburst-Mandoline, und so wie er ging, ohne unsicher zu wirken, hätte er sich auch eine Krücke holen können. Es war die Mandoline vom ersten Plattencover der Geschwister Thorsen. Zwei Stunden zuvor hätte ich dabei das Gefühl gehabt, dass er mir den Schlüssel zu einer Tür überreichte. Jetzt hatte ich das Gefühl, in diesen Raum eingebrochen zu sein, um dann festzustellen, dass dort nichts lag, was ich wirklich brauchte.

»Hier«, sagte er und legte das Instrument vor mich auf den Tisch. »Die habe ich in Knoxville gekauft. Die beste Mandoline, die jemals gebaut worden ist.«

Ich ließ meinen Blick zwischen Timoteus und der Mandoline hin und her wandern, ehe ich antwortete. Es lag jetzt etwas in seinem Blick, wie dann, wenn das Eis auf einem See im Frühling ganz dicht am Ufer zu schmelzen beginnt und von unten her eine tiefere Grundfarbe aufsteigt.

»Ich habe Sie nach Kongsvinger gefahren, ich habe Ihre Fußpflege bezahlt, und Sie haben mir eingeredet, ich sollte einen Sack voller Katzenjungen umbringen, aber erst als ich mich weigere, eine Banane zu essen, reden Sie mit mir wie mit einem Menschen«, sagte ich.

»Du kannst sie gern mal anfassen«, sagte Timoteus und nickte zu der Mandoline hinüber.

Vor meinem inneren Auge flackerte ein Bild von mir selbst vorbei, auf dem ich diese Mandoline am Tischende zerschlug und Timoteus Thorsen die Wrackteile in den Schoß warf.

Ich schüttelte nur den Kopf und lief aus dem Haus, ohne irgendjemanden noch einmal anzuschauen.

Kapitel 16

Auf dem Heimweg sah ich Mallings Gesicht vor mir. Erinnerte mich an das Gespräch im Kellerraum, bei dem er gesagt hatte, er kenne keinen Menschen, der so besessen sein könne wie ich. Durchlitt ich gerade eine Art Schock? Weil ich nicht fassen konnte, was ich getan hätte, um mich bei Timoteus Thorsen einzuschmeicheln? Ich war bereit gewesen, einen Wurf junger Katzen zu ersticken, zu erwürgen und zu überfahren.

Oder verspürte ich eine Form von Erleichterung? Eine klammheimliche Freude, weil ich Timoteus Thorsens Code geknackt hatte? Ein Gefühl, nach einer Art alttestamentarischer Wüstenwanderung mein Ziel erreicht zu haben, wo man Auge um Auge, Zahn um Zahn dafür bezahlte, was man sich vorgenommen hatte?

Ich wusste es nicht.

Ich hatte keine Ahnung, wie ich mich fühlte, abgesehen von schmutzig.

Zu Hause riss ich mir alle Kleider vom Leib, streifte den Morgenrock über und rannte hinab zum Flussufer. Ohne zu zögern, ließ ich mich kopfüber hineinfallen und dann unter Wasser in den fast strömungslosen Fluss gleiten. Es war vielleicht ein bisschen wärmer als beim letzten Mal, aber als mein Kopf durch die Wasseroberfläche brach, wurden meine Schläfen eiskalt. Ich drehte mich auf den Rücken und trat mit den Beinen aus, zwang mich, mich weiter auf dem Rücken treiben zu lassen. Mich treiben zu lassen, bis ich das Gefühl hatte, mich zu häuten und die alte Haut abstreifen zu können, wenn ich mich einfach aufrichtete.

Ich streckte die Beine zum Boden hin, meine Fußsohlen waren taub, und ich hatte das Gefühl, meine Knochen bohrten sich durch die Haut, als ich mich erhob. Mein ganzer Oberkörper ragte aus dem Wasser – da bog Tamar Thorsen um die Hausecke.

Nicht herschauen, nicht herschauen, flehte ich in Gedanken.

Sie hob die Hand über den Kopf und winkte.

Nicht herkommen, nicht herkommen, bettelte ich.

Sie ging zum Flussufer.

Ich ließ mich wieder unter Wasser sinken.

»Ist das nicht kalt?«, fragte sie.

Ich zitterte jetzt so heftig, dass mein Nicken auch als Kopfschütteln durchgehen konnte.

»Vollenden Sie, was ich nie geschafft habe«, sagte sie und lächelte.

Ich starrte sie nur an.

»Die Taufe«, erklärte sie.

»Würden Sie sich bitte umdrehen, während ich den Bademantel anziehe?« Meine Stimme zitterte.

Im Haus rannte ich ins Schlafzimmer, suchte die saubersten von meinen schmutzigen Kleidern heraus und nahm die Hände als Kamm.

Tamar hatte sich in denselben Sessel wie beim letzten Mal gesetzt, stand aber auf, als ich das Wohnzimmer betrat.

»Ehe ich irgendetwas sage, möchte ich dir ein Geschenk überreichen«, sagte sie und gab mir ein in weißes Seidenpapier gewickeltes Päckchen.

»Die Bibel«, las ich, in Gold eingeprägt, als ich das Papier herunterriss, und dann weiter unten auf dem blauen Einband und in kleinerer Schrift: Tamar Thorsen.

»Das ist die überarbeitete Übersetzung von 1930. Als die Bibelsprache es sich noch gestatten konnte, poetisch und musikalisch zu sein, nicht nur funktional und sperrig wie jetzt. In der neuen Übersetzung ist Leib zu Körper geworden, Herberge zu diesem Ort, Jungfrau zu junger Frau.«

Tamar schüttelte den Kopf, und ich stand mit der Bibel in der Hand da wie mit einer Prämie, die ich mir erschlichen hatte. Ich musste mich zweimal räuspern, um sagen zu können, dass ich nicht wusste, was ich sagen sollte.

»Du brauchst nichts zu sagen. Ich hoffe und glaube, dass das hier nicht deine erste Bibel ist. Und jedenfalls will ich dir genau diese Ausgabe geben. Sie ist voller Musik und verrät viel darüber, wo wir herkommen.«

»Tausend Dank«, sagte ich, und als ich die Bibel in meiner Hand umdrehte, öffnete sie sich beim Buch Josua, wo eine kleine Karte hineingesteckt war. Ich zog sie heraus und las. *Mitgliedskarte. Tamar Thorsen ist Mitglied der Gemeinde Eben Ezer, solange das Leben nach Jesu Christi Leben und Lehre gelebt wird.* Datiert vom April 1961 und unterzeichnet von Halvor Kaspersen, Vorsteher.

»Das möchten Sie vielleicht behalten«, sagte ich.

Sie warf einen eiligen Blick auf die Karte und knüllte sie dann zusammen.

»Ich bin zu alt, um ein Papier darüber zu haben, woran ich glaube«, sagte sie. »Ich bin vor allem gekommen, um für das, was heute Nachmittag geschehen ist, um Verzeihung zu bitten. Maria und ich hätten es besser wissen müssen. Wie Daniel wurden Sie mitten in die Löwengrube geworfen.«

»Denken Sie nicht daran«, sagte ich.

»Timoteus hat sich heute selbst übertroffen, aber Sie haben

den Löwen bezwungen, genau wie Daniel«, sagte sie und lächelte vorsichtig.

Ich gab keine Antwort, zuckte nur mit den Schultern.

»Also hoffe ich, dass Sie uns nichts übelnehmen. Maria und ich mögen Sie inzwischen wirklich sehr, und was Timoteus angeht: Er hat diese Mandoline nicht mehr aus unserem Übungsraum geholt, seit ich wieder in das Haus gezogen bin. Näher können Sie an seinen Segen gar nicht herankommen«, sagte Tamar und setzte sich zurück in den Sessel.

»Das passierte alles ein bisschen plötzlich«, sagte ich und setzte mich auf die andere Seite des Couchtisches.

»Abgesehen von Thina Hval, die er heiraten wollte, hat Timoteus wohl anfangs keinen Menschen leiden mögen. Bei Jenga hat es viele Jahre gedauert«, sagte sie, und so wie ich ihrem Blick auswich, schien ich ihr meine Gedanken zu verraten.

»Und das lag nicht daran, dass er Neger war. Er hat sich oft das Blut von den Knöcheln gewischt, nachdem er Jenga verteidigt hatte. In Timoteus' Herzen gibt es viele Zimmer, und es war nicht immer leicht zu wissen, welche Tür er gerade offen hält. Sein Verhältnis zu Jenga wurde nicht leichter dadurch, dass Timoteus sich unterlegen fühlte. Jenga konnte sich in jeder Versammlung erheben und noch den spontansten Ausbruch so klingen lassen, als hätte er sich darauf schon lange vorbereitet.«

Ich nickte und verspürte Wehmut. Eine Art Traurigkeit, die sie und mich umfing. Tamars große Liebe hatte geendet, bevor sie vierzig war, und ich hatte etwas Ähnliches nie auch nur annähernd verspürt.

»Sie wissen«, sagte sie jetzt, »eine solche Liebe gibt es nur einmal im Leben. Entweder lernt man, mit dem Verlust zu leben, oder man geht zugrunde.«

Tamar verstummte, und ich nickte ein weiteres Mal. Begriff, dass sie das Bedürfnis hatte, mehr zu erzählen. Ihr Blick wanderte aus dem Fenster, und sie räusperte sich, ehe sie hinzufügte:

»Außerdem habe ich in jungen Jahren eine Vorwarnung erhalten. Habe wieder und wieder ein Bild gesehen, bei dem ich an einem Flussufer stand. Neben mir stand eine Gestalt, die durchsichtig war wie ein Engel und das Gesicht abwandte. Dann – noch immer, ohne dass ich das Gesicht sehen konnte – gab die Gestalt mir einen Abschiedskuss, lief über das Wasser und verschwand. Lange glaubte ich, Jesus gesehen zu haben, hielt es für den Ruf, mich taufen zu lassen. Aber diese Vision tauchte auch später auf, nachdem ich mich in Eben Ezer in das Taufbecken hatte senken lassen. In der Nacht vor Jengas Tod hatte ich den Traum zum letzten Mal, aber nun konnte ich deutlich sehen, dass er die Gestalt war. Ich erwachte am Morgen des Heiligen Abends, und als nachmittags das Telefon klingelte, wusste ich, dass er tot war, noch ehe es mir gesagt wurde.«

Keine Tränen standen in ihren Augen, und ich fragte mich, woran es liegt, dass Menschen mit Unglück so verschieden umgehen. Ich habe Leute gekannt, die bei der ersten kleinen Welle untergegangen sind, während sich andere an das Ruder gebunden und einen Sturm nach dem nächsten überlebt haben.

»Rede ich Sie jetzt in Grund und Boden?«, fragte sie.

»Wenn ich nicht zuhören könnte, hätte ich mir längst einen anderen Beruf suchen müssen.«

»Das hat doch wohl nicht so viel mit Musik zu tun?«, meinte sie.

»Ich finde, es hat alles mit Musik zu tun.«

Jetzt wurden ihre Augen leer, und sie faltete die Hände auf dem Schoß.

»Sie sind ein höflicher junger Mann«, sagte sie. Als ihr Blick meinem begegnete, hatte ich das Gefühl, dass sie mich voll durchschaute.

»Tamar«, fügte ich hinzu. »Beim letzten Mal haben Sie erzählt, dass Sie Jenga in St. Paul kennengelernt haben und dass Sie seither immer sein Gesicht unter Ihren Zuhörern suchen.«

Erst schien Tamar widersprechen zu wollen, dann schloss sie die Augen, und als sie sie wieder öffnete, war sie viele Jahre in der Zeit zurückgewandert.

»Nachdem Jenga und ich nach Norwegen gekommen waren, haben wir nie mehr getrennt voneinander geschlafen«, sagte sie. »Nicht eine einzige Nacht.«

»Ich verstehe«, sagte ich, lächelte und nickte, weil ich keine Ahnung hatte, welche Reaktion sie von mir erwartete.

»Wirklich? Als er tot war, bat ich, die ganze Nacht im Krankenhaus bei ihm sitzen zu dürfen, und am nächsten Tag habe ich ihn mit nach Hause genommen. Ich habe auf einer Campingliege neben seinem Sarg geschlafen, bis er begraben wurde. Meine Geschwister hatten schon Angst, ich würde vollständig den Verstand verlieren, aber so war das nicht. Ich war keine dieser Frauen geworden, die sich über den Sarg werfen, wenn der in die Erde gelassen wird. Aber ich konnte mich nicht von dem Schuldgefühl befreien, dass ich nie mit ihm nach Afrika gegangen war. Also bat ich dafür um Verzeihung, suchte Ablass in seinen Dingen. Dem Sichtbaren. Der großen Predigerbibel, die immer aufgeschlagen irgendwo im Haus lag, mit Unterstreichungen auf fast jeder Seite. Hiob, der Brief des Paulus an die Korinther, das Hohe Lied des Salomo. Der Rasierer im Badezimmer, die Flaschen mit Aqua Velva und seine Zahnbürste, deren Kopf an meiner lehnte. Seine weißen Andachtshemden aus Nylon, die noch leicht nach Chlorin rochen, nachdem ich versucht hatte, die ärgsten Schweißflecken zu entfernen. Das Tuch, das er sich beim ersten Versuch wie ein Tuareg umgebunden hatte, weshalb ich ihn bitten musste, es abzunehmen, wenn er irgendwo zu Besuch war. Seine Schuhe auf dem Gang, die immer aussahen, als habe er sie irgendwo abgestreift. Sein Mantel, seine Jacken, seine Handschuhe und Mützen. Die Bildspur der Tage, die wir geteilt hatten. Bruchstücke unseres ganzen Lebens. Und dann war da alles, was wir hätten tun sollen, alles, was wir hätten sagen sollen, alles, zu dem wir uns nicht die Zeit genommen hatten. Ich betete und sang für ihn, und dort, im Keller unseres Hauses, das wir fast zehn Jahre miteinander geteilt hatten, habe ich zum ersten und letzten Mal den Text gesungen und gespielt, den Sie auf seinem Grabstein gefunden haben.«

Ihre Augen wurden groß, aber ihr Blick war klar, dann musste die Wehmut einem eiligen Lächeln weichen.

»Falsch«, sagte sie. »Ich habe den Text damals zum ersten und *fast* letzten Mal gesungen.«

Aus Mangel an Worten nickte ich ein weiteres Mal.

»Ich bin nicht ganz wie Maria geworden, aber ich fange mit dem Ende an, weil es mit dem Anfang zusammenhängt. Damit, wie es in dem Sommer war, in dem wir uns kennengelernt haben.«

»Bitte, erzählen Sie«, sagte ich, und als sie nun weitersprach, sah ich die weiten, wogenden Äcker des Mittleren Westens vor mir. Die drückende Hitze des Sommers und die Luft, die flirrend über der Autobahn liegt wie eine Gelatineplatte, die das Wasser nicht ganz auflösen konnte.

»Zwei Tage ehe wir nach St. Paul kamen, brach ein gewaltiges Unwetter über Minnesota herein«, berichtete Tamar, und ich hörte den Regen auf das Autodach trommeln. Regen, der zu grapefruitgroßen Hagelkörnern wurde und an die hundert

Stück Vieh umbrachte. Die Frische nach dem Regen, die rasch von einer Rekordhitze vertrieben wurde, und das Gefühl, in einem Druckkochtopf umhergewirbelt zu werden.

»Das Allererste, was ich über Jenga dachte, war: Der muss sich verirrt haben«, sagte Tamar. »Die Gemeinde, bei der wir sangen, war weiß, aber in den großen Städten kam es durchaus vor, dass einige Schwarze auftauchten. Die meisten von ihnen gingen, wenn wir anfingen, auf Norwegisch zu singen. Jenga hob sich von den anderen ab, nicht nur weil er sitzen blieb, sondern weil er außer Anzug, Schlips und Hemd auch einen roten Pullover trug.«

Tamar streckte die Hand nach der Wasserkaraffe aus, die ich auf den Tisch gestellt hatte, und füllte ihr Glas, ehe sie weiterberichtete.

»Wir hatten gerade angefangen zu spielen. Da und dort war es vor allem seine Ankunft, die Eindruck machte, die energischen Bewegungen. Der rote Pullover, der mir wie ein Schild entgegenleuchtete, als er durch den Mittelpunkt kam. Aber was mich vor allem berührte, war doch, wie sehr ihn die Musik ergriff. Die Tränen, die ihm über die Wangen liefen, und ich musste alle meine Konzentration und Erfahrung aufbringen, um nicht den Faden zu verlieren. Ich war ja daran gewöhnt, dass die Leute weinten, wenn wir sangen, aber diese Tränen wurden in der Regel durch religiöse Ekstase ausgelöst. Bei Jenga war das anders. Er schien auf diese Weise zu sagen: Hier bin ich. So groß. So klein. Nach der Andacht sagte er zuallererst zu mir, dass er geglaubt habe, ich sänge in Zungen«, fügte sie hinzu.

»In Zungen?«, fragte ich.

»Ja, dass ich vom Heiligen Geist erfüllt gewesen sei. Ich erklärte ihm, das sei einfach Norwegisch gewesen.«

Tamar gönnte sich ein kleines Lachen.

»Vielleicht haben wir uns besser verstanden, weil wir uns so gut verstanden«, sagte sie, und als sie sah, dass ich darüber erst einmal nachdenken musste, nickte sie, wie um zu betonen, dass ich richtig gehört hatte.

»An dem Abend konnten wir vielleicht fünf Minuten miteinander reden, dann musste ich mich darauf konzentrieren, norwegisch zu sein und Hefekringel, saure Heringe und selbstgemachten Ziegenkäse zu kosten. Aber noch in derselben Nacht haben wir uns wiedergesehen. Er klopfte an mein Fenster und ging mit mir auf das Dach des Hotels, in dem er arbeitete. Und zum ersten Mal sprach er mit mir über die Fähigkeit, die Sonne trauern sehen zu können.«

Es war etwas an der Art, wie Tamar erzählte, dass ihre Erlebnisse auf eine ganz besondere Weise wirklich wurden. Ich war selbst mehrere Male über den großen Teich gereist, aber das Amerika, das Tamar Thorsen Njoroge für mich heraufbeschwor, lag da wie ein Echo der Musik, die ich liebte. Ein Amerika, so wie es gewesen war, ehe es die neuen Kleider anzog und zu den USA wurde.

»Die ganze Zeit, die wir drüben zusammen verbracht haben, war geprägt von den feinsten Schattenrissen, die sich überhaupt jemand vorstellen kann«, sagte Tamar.

Wieder nickte ich, ohne ganz zu verstehen, wovon sie redete.

»Am ersten Abend in St. Paul dachte ich nicht darüber nach, dass er farbig war. Oder höchstens so, wie man registriert, dass jemand, mit dem man spricht, braune Augen oder rote Haare hat. Die praktischen Probleme tauchten später auf. Jenga und ich heirateten nach zwei Monaten, und wir mussten viele Vorsteher fragen, ehe einer bereit war, uns zu trauen. Als wir uns zu einer kurzen Hochzeitsreise an die Niagarafälle davonschlichen, durften wir im Bus nicht nebeneinandersitzen. Als der Fahrer unterwegs eine Pause einlegte, um etwas zu essen, saßen wir nicht am selben Tisch, und im Hotel nahmen wir getrennte Zimmer. Das Zusammensein, ohne zusammen zu sein, lehrte uns, in den kleinen Dingen zu leben. Ein Blick, ein in die Zeitung geschobener Brief, seine Hand, die meine zufällig streifte. Er verbeugte sich höflich an meinem Tisch und bat um den Zucker, wenn wir unterwegs Kaffee tranken, und hier, auf dieser Tour mit dem Greyhoundbus, begannen wir mit unserem Schattenriss. Ich weiß nicht, ob es Jenga oder mir zuerst auffiel, aber als der Busfahrer einen Stopp einlegte, damit alle sich die Beine vertreten konnten, warf die Sonne lange Schatten unserer Körper vor uns auf den Asphalt, und wenn wir uns etwas anders hinstellten, sah es aus, als ob wir uns an den Händen hielten. Zu sehen, wie unsere Schatten einander berührten, brachte mich zum Zittern, und ich konnte seine Fingerspitzen in meiner Handfläche spüren, um mein Handgelenk und auf meinem Unterarm – ein wirklicher, physischer Kontakt wäre schwächer gewesen. Und während Amerika seine goldenen Getreidefelder, seine gewaltigen Prärien, seine Wälder und Täler, seine Flüsse und Seen ausrollte, wurde ich von einem Gefühl der Sehnsucht und der Angst überwältigt. Einer Sehnsucht danach, anzukommen und mich zusammen mit Jenga der Ruhe hinzugeben, und einer Angst, die Erwartungen, die die Schattenbewegungen erweckt hatten, nicht erfüllen zu können.«

Ich goss ein wenig Wasser in mein Glas und trank langsam. War froh, weil Tamar eine kleine Pause machte und ich jedes Bild im Album ihrer Erzählung betrachten konnte, ehe sie weiterredete.

Tamar sah mich nicht mehr an, das Gefühl von Zeit und Raum wurde noch undeutlicher, und obwohl wir uns nur zu zweit hier am Couchtisch gegenübersaßen, kam es mir nicht mehr so vor, als ob wir allein wären. Ich fühlte mich wie ein Voyeur und schlug die Augen nieder.

»Als er sich nach unserer Ankunft in Niagara Falls in mein Zimmer schlich, waren wir beide seltsam verlegen und umarmten einander, während wir auf das siedende Wasser hinunterstarrten. Die Wasserfälle wurden von innen her beleuchtet, und der Wasserdampf ließ das Fenster beschlagen, trübte die Aussicht, die Konturen des anderen Flussufers verschwammen, je nachdem, wie ich den Kopf bewegte. Als wir unter die Bettdecke glitten, hatten wir die Vorhänge noch immer geöffnet. Ich legte ihm die Hand auf die Brust, und ich weiß noch immer, wie weiß sie war, wie eine Lilie auf einem schwarzen Sargdeckel, und das Herz dort drinnen schlug so heftig, dass ich fürchtete, es könnte zerspringen. Ich rieche noch immer den Geruch der Seife an Jengas frisch geduschtem Körper und höre seine Herzschläge wie ein sinnliches Echo davon, dass wir langsam zu den Bewegungen aus dem Bus zurückfanden. Das Herz ist sein eigener Soldat. Die fünfzig Jahre, die seither vergangen sind, sind nichts.«

Sie holte tief Luft, ehe sie weitersprach.

»Wissen Sie, was seltsam ist? Es gibt kein einziges Bild von Jenga und mir, auf dem wir nebeneinandersitzen. Es gibt mehrere Bilder von uns beiden aus Amerika, aber auf allen steht jemand neben uns, eins meiner Geschwister, jemand aus einer Gemeinde, die wir besuchten, und in einigen Fällen Menschen, die bei den Sehenswürdigkeiten arbeiteten, bei denen wir anhielten. Aus Norwegen gibt es viele Bilder von uns beiden mit Thiongo, aber keins, auf dem wir nebeneinandersitzen oder den Arm umeinander gelegt haben. Nachts schliefen wir immer eng umschlugen, wir hielten uns gern an den Händen, wenn wir unterwegs waren, im Auto oder im Bus. Aber immer wenn jemand einen Fotoapparat hervorholte, schienen wir instinktiv auseinanderzugleiten. Ich wünschte, es gäbe wenigstens ein einziges Bild, aus dem deutlich wird, dass wir nur füreinander da waren.«

Ich beugte mich vor und streichelte ihren Handrücken. Klopfte mir zweimal aufs Herz, ohne so richtig zu wissen, ob ich zeigen wollte, dass ihre Worte mich froh machten oder dass sie noch immer in mich einsanken. Möglicherweise spürte Tamar, dass mich jetzt alle Energie verließ, denn sie tippte mit dem Zeigefinger auf ihre Armbanduhr und stand auf.

»Johannes Erster, 4, 18«, sagte sie.

»Was?«

Sie zeigte auf die Bibel, die sie mir gegeben hatte.

»Der erste Brief des Apostels Johannes, Kapitel 4, Vers 18. Bis dann«, sagte sie.

Ich wartete, bis ihre Schritte vor der Tür verklungen waren, dann griff ich nach der Bibel. Ich brauchte ein wenig Zeit, um zu verstehen, dass das Johannesevangelium und der Erste Brief des Apostels Johannes nicht dasselbe waren.

Der Vers war mit blauer Tinte unterstrichen, und ich fragte mich, ob Tamar diese Bibel in Amerika bei sich gehabt hatte. Ob sie diesen Absatz aufgeschlagen hatte, nachdem ihr Jenga Njoroge begegnet war. Ich las laut vor: *Furcht ist nicht in der Liebe, sondern die vollkommene Liebe treibt die Furcht aus, denn die Furcht hat Pein. Wer sich aber fürchtet, ist nicht vollendet in der Liebe.*

Ich blieb mit der Bibel auf den Knien sitzen und versuchte zu begreifen, warum ich das lesen sollte. Hielt sie diese Worte für eine natürliche Fortsetzung der Geschichte, die sie mir soeben erzählt hatte, oder sollten sie etwas über mich aussagen? Dass ich nicht genug für die Liebe gewagt hatte. Verstand Tamar mich besser als ich selbst?

Kapitel 17

Die ganze Nacht hatte ich denselben Traum. Bei meinem zweiten USA-Besuch hatte ich Niagara Falls besucht und dort in einem Kasino Tony Joe White gehört. Es mussten diese Erinnerungen sein, die sich mit Tamars Bericht über ihre Hochzeitsreise vermischten. Am Abend nach dem Konzert war ich durch die Stadt gegangen, und gleich oberhalb der Horseshoe Falls hatte ich im Wasser die Umrisse von etwas Flachem und Langem gesehen, das ich zuerst für eine Steinformation gehalten hatte. In einer Touristenbroschüre konnte ich lesen, dass es sich um das Wrack eines Lastkahns handelte, das seit fast fünfzig Jahren dort lag. Der Kahn hatte tausend Tonnen Sand über den Fluss bringen sollen, aber dann waren die Kabel, die ihn mit dem Schlepper verbanden, gerissen, und er war in hohem Tempo den Wasserfall hinuntergejagt. Zweihundert Meter oberhalb des eigentlichen Falles blieb das Fahrzeug stecken, und damit wurde es sehr schwer, die Mannschaft zu retten. Die beiden Männer an Bord verschoben die Ladung so, dass das Boot sicherer lag. Die ganze Nacht klammerten sie sich an das Wrack, und erst am nächsten Morgen konnte die Rettungsmannschaft ihnen eine Boje schicken und sie an Land holen. In meinem Traum war ich zuerst einer der Männer, dann einer aus der Rettungsmannschaft, der versuchte, Tamar und Jenga ans Ufer zu ziehen. Ich konnte sehen, wie sie sich an ihn klammerte, konnte hören, wie sie schwor, ihn niemals loszulassen, aber die Strömung riss und zerrte an dem Boot und wollte die beiden in den schäumenden Abgrund schleudern. Sie hielten sich einander an den Händen, ohne sich darum zu kümmern, wer sie sehen könnte, und plötzlich begriff ich, was es heißt, alles für etwas aufs Spiel zu setzen, woran man wirklich glaubt. Das Gefühl, sich einem anderen Menschen vorbehaltlos hinzugeben. Und dass es das größte Gefühl von allen sein muss, etwas zu gewinnen, um das man hart gekämpft hat.

Am Morgen stand ich lange unter der Dusche, danach ließ ich mir Zeit, um Kaffee in dem alten Kessel zu kochen, den mein Vormieter im Schrank hinterlassen hatte. Die Bibel, die ich von Tamar bekommen hatte, lag noch immer aufgeschlagen auf dem Wohnzimmertisch. Erst jetzt sah ich, dass zwischen dem Alten und dem Neuen Testament etwas steckte. Es handelte sich um eine unbeschriebene Postkarte, das Motiv war ein schwarzweißes Porträt eines jungen Farbigen in Halbfigur. Der Mann stand in nachdenklicher Pose da, hielt die rechte Hand halb vor den Mund und schaute einen Punkt weit hinter der Kamera an. Jenga Njoroge, Prediger, Kenia, stand in weißen Buchstaben unten am rechten Bildrand. Er und Tulla Thorsen mussten ein ungewöhnlich gutaussehendes Paar gewesen sein. Auf dem Tisch lag auch »Music from the Big Pink« von The Band, was ich unmittelbar vor dem Schlafengehen gehört hatte, aber ausnahmsweise einmal war es nicht der Gedanke an die Musik, der mir eine Gänsehaut machte, sondern der primitive Umschlag, der von Bob Dylan stammte. Ich schaltete die Aufnahme von Maria und Tamar ein, und dann tat ich etwas, das ich lange nicht mehr getan hatte. Ich holte meinen Skizzenblock, spitzte die Bleistifte und ging mit der Bibel hinaus auf die Veranda. Jenga Njoroges Gesicht war leicht einzufangen, und ich setzte ihn neben Tamar auf eine Bank. Zu den Seiten der beiden platzierte ich Timoteus und Maria. Ihn mit der Mandoline und Maria mit der Hagström, mit der sie auf einer der ersten Plattenhüllen posiert hatte. Ich zeichnete, ohne zu denken. Strichelte hinter ihnen das alte Holzhaus und ließ den Bleistift dann wieder die Geschwister Thorsen einfangen, so wie ich sie in der Erinnerung sah, während Jenga an einem Ort blieb, an dem die Zeit ihn nicht mehr erreichen konnte. Auf Jengas Knie legte ich eine dicke Predigerbibel, während Tamar die Finger um einen Blumenstrauß verschränkte. Danach saß ich lange da und starrte die Zeichnung an. Wischte die Bleireste weg und versuchte mir vorzustellen, das hier sei eine alte verstaubte Fotografie, die ich in einem Album entdeckt hatte. Ein Bild, das Tamar ab und zu hervorholte, um mit den Fingerspitzen Jenga Njoroges Gesicht zu berühren. Dann ging ich ins Haus, um meine Buntstifte zu suchen, ich ließ die Aufnahme von Maria und Tamar laufen und goss mir noch eine Tasse Kaffee ein.

Als ich wieder nach draußen kam, brauchte ich einige Sekunden, um zu registrieren, dass in meinem Sessel ein Mann saß und meine soeben angefertigte Skizze betrachtete.

»Wer zum Teufel bist du?«, fragte ich und erkannte im selben Moment Tamars Enkel.

»Einer, der die Interessen seiner Familie beschützt«, erwiderte er und ließ meinen Skizzenblock auf den Tisch fallen.

»Wovon redest du hier?«

»Woher hast du die? Von meiner Großmutter gestohlen«, sagte er und warf Tamars Bibel gegen die Wand.

»Was willst du hier«, fragte ich und musste mich gewaltig zusammenreißen, damit meine Stimme nicht brach.

»Hältst du die drei wirklich für dermaßen leichtgläubig?«, erwiderte er. Die Adern an seinen Schläfen quollen hervor, und die kurz geschorenen Haare gaben seinem Gesicht eine harte, kantige Prägung.

»Leichtgläubig? Was redest du da? Mir gefällt ihre Musik«, sagte ich.

»Die Musik? Red keinen Scheiß. Die war schon vor dreißig Jahren veraltet. Genau wie die Alten selbst. Die Leute krepieren doch in dem Alter, in dem sie jetzt sind. Die sind alle um die achtzig.«

Ich antwortete nicht sofort, sondern dachte an Malling, der sagte, der Vater dieses Typen habe singen können wie Marvin Gaye. Die Gestalt vor mir, in handgenähten Schuhen und karamellfarbenem Anzug, hätte vermutlich nicht mal einen einzigen Ton gehalten.

»Sie haben mehr Lebensqualität als die meisten Leute in meinem Alter«, sagte ich und sprach jetzt langsamer, weil mein Herz in meiner Brust zur Ruhe kam.

»Abgehalfterte religiöse Sänger interessieren doch keinen mehr. Was hast du also vor? Du hast es geschafft, allen dreien einen Floh ins Ohr zu setzen. Das Haus von einer Seite des Dorfes auf die andere versetzen. Ist dir überhaupt klar, wie teuer das ist?«, spuckte er aus.

»Ja«, sagte ich und nickte. »Das habe ich für sie recherchiert.«

»Und du meinst, ich hätte vor, das zu bezahlen?«

»So weit habe ich eigentlich noch nicht gedacht, aber der Weg entsteht im Gehen. Right? Und ein Makler hat den Wert des Grundstückes auf ungefähr sechs Millionen veranschlagt. Dann sind die Kosten für die Versetzung doch eher Kleingeld.«

»Darauf kannst du scheißen«, begann er, während ich die Fäuste ballte und einen Schritt vortrat.

»In meinem Studio in Oslo hängen fünf Goldene Schallplatten, und ich habe die Aufnahmen von drei Spielmannspreisträgern produziert. Du hast als Geschäftsmann nicht dieselben Höhen erreicht, so habe ich es zumindest verstanden. Es waren wohl nur ein paar finanzielle Trapezkunststücke. Wenn du den Geschwistern Thorsen nicht dabei hilfst, ihr Haus zu versetzen, werde ich dafür sorgen, dass dein Ruf noch mehr ausfranst. Ich sehe schon die Schlagzeilen vor mir.«

Er sagte nichts, aber die Art, wie er die Fäuste öffnete und schloss, gab mir alle Antworten, die ich brauchte.

»Ich lasse ja mit mir reden«, sagte ich nun. »Wir werden uns mit hunderttausend an den Umzugskosten beteiligen, den Rest übernimmst du.«

»Wir?«, fragte er in einem Tonfall, der plötzlich eher verkrampft klang als trotzig.

Ich nickte.

»Bald werden wir das erste Konzert veranstalten. Dann noch zwei oder drei, und wir haben das Geld.«

»Und was ist das hier für ein Dreck? Willst du meine Familie verarschen?«, fragte er und zeigte auf die Zeichnung.

»Durchaus nicht. Danke für den Besuch«, sagte ich abschließend, packte Bibel und Skizzenblock und knallte die Tür hinter mir zu.

Die Sonne hatte den höchsten Punkt erreicht, als ich später an diesem Tag hinter den Geschwistern Thorsen zur Garage ging. Maria steckte den Schlüssel in das Hängeschloss, und ich trat einen Schritt vor, um zu helfen, aber Tamar packte meinen Arm und schüttelte den Kopf. Mit langsamen, ausladenden Bewegungen zog Maria zuerst die rechte Tür auf, dann die linke, und als sie im Dunkeln der Garage verschwand, stellten sich die Geschwister auf der rechten Seite der Auffahrt auf. Timoteus vorn, Tamar hinter ihm, wie Fahrgäste der U-Bahn, die genau wissen, wo die Wagen zum Stillstand kommen werden. Ich ging auf die gegenüberliegende Seite, und nachdem

Maria aus der Garage gesetzt hatte, öffnete ich automatisch die Hintertür und glitt auf den Sitz hinter ihr. Timoteus und Tamar stiegen ein und schlugen synchron viermal die Schuhe gegeneinander, ehe sie die Füße ins Auto zogen.

»Oh, Entschuldigung«, sagte ich und setzte mich ein wenig gerader, so dass die Plastikplane auf dem Sitz unter mir raschelte wie trockenes Laub. Dieses Geräusch machte mir eine Gänsehaut, ich dachte an die Frau auf dem Friedhof, die erzählt hatte, dass Maria die Plane zu besonderen Gelegenheiten entfernte, einer Beerdigung etwa.

»Das ist so ungefähr das schönste Auto, in dem ich je gesessen habe«, fügte ich hinzu und versuchte, mein plötzliches Unbehagen zu vertreiben.

»Danke«, sagte Maria und erwiderte meinen Blick im Rückspiegel. »Wir versuchen, unsere Dinge zu bewahren.«

Der Opel Kapitän hatte eine einteilige Vorderbank, und ich überlegte, ob die Geschwister dort alle drei nebeneinandergesessen hatten, als sie jünger waren und von Andacht zu Andacht durch ganz Norwegen segelten. Das Opel-Logo wie ein Schiffskompass im Zentrum des Lenkrades, die rote Tachonadel, die bei achtzig Stundenkilometern aussah wie ein zum Abschuss bereiter Armbrustpfeil, und der runde Seitenspiegel, der die Welt einrahmte wie ein Bullauge.

»Ich finde noch immer, dass diese Hausversetzung sich nach einem Filmtrick anhört«, sagte Timoteus, als wir an dem Holzlager oberhalb der Kiesgrube vorbeifuhren.

»Timoteus, bitte, mit dieser Diskussion sind wir fertig«, fauchte Maria, und ihr Bruder zuckte auf seinem Sitz zusammen.

»Ich finde ja auch, es klingt unglaublich«, sagte ich, »aber ich habe mit dem Unternehmer gesprochen, und er hat mich davon überzeugt, dass es möglich ist. Die Dachziegel können während des Transports liegen bleiben, und ihr braucht das Haus auch nicht auszuräumen. Wasser, Kanalisation und Strom müssen natürlich abgekoppelt werden, und dann hatte er eine Frage nach dem Schornstein. Ist der alt?«

»Vor drei Jahren wurde ein neuer angebaut«, sagte Timoteus.

»Sehr gut. Sonst hätte er vermutlich abgerissen werden müssen. Dann brauchten wir auf dem neuen Grundstück nur Grundmauern, Wasser und Kanalisation«, sagte ich.

»Phantastisch«, sagte Maria. »Sie wissen ja nicht, wie viel das für uns bedeutet.«

»Ich hatte übrigens Besuch von Frimann«, sagte ich zu Tamar, und Timoteus drehte sich um, als er den Namen hörte.

»Warum das denn?«, fragte er.

»Er hat sich doch hoffentlich anständig benommen?«, fragte die Großmutter.

»Wir haben über die Hausversetzung gesprochen. Er ist bereit, den Hauptteil der Kosten zu übernehmen.«

»Wie großzügig. Als ob Judas Jesus geholfen hätte, das Kreuz nach Golgatha hochzutragen«, sagte Timoteus.

»Timoteus, bitte, auch mit dieser Diskussion sind wir fertig. Frimann hatte keine leichte Kindheit. Thiongo ist gestorben, als der Junge fünf war, und danach hat seine Mutter doch endlos viele Nachnamen verschlissen«, sagte Tamar.

Das Gesicht von Timoteus schloss sich wie eine Faust, und er sagte nichts, schüttelte nur den Kopf.

»Ich war nicht auf diese Begegnung mit Frimann vorbereitet«, warf ich dazwischen. »Ich habe mich vielleicht ein bisschen überfahren lassen, das tut mir leid, aber ich habe gesagt, wir könnten von den Umzugskosten hunderttausend übernehmen. Das ist weniger als ein Drittel des Voranschlags.«

Die Geschwister antworteten nicht sofort. Ich hörte, wie

hohl das Wort *wir* klang, und rechnete schon damit, dass Timoteus dieses Pronomen so ausspucken würde, wie sein Großneffe das einige Tage zuvor getan hatte.

»Und deshalb«, fügte ich ganz schnell hinzu, »habe ich einen Auftritt organisiert, im Bürgerhaus beim Golfgelände.«

Diesmal überlegte ich, ehe ich mich für ein Pronomen entschied.

»Ihr bekommt dreißigtausend Kronen für einen Auftritt beim Jubiläum.«

Maria fuhr an den Straßenrand und ließ den Motor im Leerlauf, und als die drei Geschwister Thorsen mich nun ansahen, suchte meine linke Hand automatisch nach dem Türgriff.

»Dreißigtausend?«, fragte Timoteus.

Ich nickte.

»Um für ein paar Golfsnobs zu singen?«

»Das Bürgerhaus feiert seinen ersten Geburtstag, nicht der Golfclub. Sie planen offenbar mehrere kulturelle Veranstaltungen«, sagte ich kleinlaut.

»Wir haben keine Zeitung mehr und sind nicht so gut informiert. Jedenfalls ist es gut bezahlt, mehr, als wir jemals bekommen haben, und das Beste von allem: Die feinen Golfpinkel beteiligen sich an unseren Umzugskosten. Der Herr hilft denen, die sich selbst helfen«, sagte Timoteus, streckte die rechte Hand aus und presste meine Hand zusammen.

»So viel Mumm hätte ich dir nicht zugetraut«, fügte er hinzu.

»Timoteus!«, sagte Tamar.

»Danke«, sagte ich.

Die Straße in die Patentstadt war nicht so steil wie die zu den Geschwistern Thorsen. Als ich von meiner Veranda aus an den Hügeln auf dem anderen Ufer des Baklengselv hochgeschaut hatte, hatte die Landschaft überwuchert und zugewachsen ausgesehen. Die Wirklichkeit war ganz anders. Unten am Hang lag zwar eine Wildnis aus Gestrüpp, Gebüsch und vereinzelten Laubbäumen wie ein Lärmschutzwall im Niemandsland, aber darüber waren die Felder größer als auf der Talseite gegenüber, und die älteren Häuser der Patentstadt verteilten sich mehr oder weniger im offenen Gelände. Die Grundstücke der neueren Häuser waren kleiner, zugleich schien hinter der Bebauung hier ein durchdachterer Plan zu stecken als hinter dem Flickwerk aus alten und neuen Häusern, die unten im Dorf nebeneinandergestapelt waren.

»Lässt du uns für einen Moment allein?«, fragte Tamar.

Ich nickte, schloss leise die Tür und machte einige Schritte rückwärts und fort vom Auto. Die Geschwister schlossen die Augen und senkten die Köpfe, und ihre Lippen bewegten sich. Ich war seltsam gerührt von diesem Anblick, und ich konnte sie vor mehr als fünfzig Jahren vor mir sehen, aneinandergedrängt am Bug der Stavangerfjord, während New York über ihnen wie ein schneegefleckter gewaltiger Vogel den Hals reckte.

Hier oben, vor dem weiten Tal, den hellgrünen Feldern, dem Wald mit seinen dunkleren Schattierungen, dem tiefblauen See wie ein Kometenkrater mitten im Dorf und dem Baklengselv, der sich in Richtung Schweden davonwand, war alles spiegelverkehrt zu dem, woran sie gewöhnt waren. Was dachten sie jetzt? Sie hatten sich nur zwei Kilometer quer durch das Tal bewegt, und doch war es ein ganzes Leben weit von dem Ort entfernt, an dem sie seit ihrer Kindheit gewohnt hatten.

Tamar stieg als Erste aus dem Wagen, blieb stehen und wartete auf ihren Bruder. Er hatte seinen Rollator nicht mitgebracht, und er lehnte den Arm seiner kleinen und dann auch den Arm seiner großen Schwester ab, ehe er doch so weit zurückfiel, dass er beide annahm. Wie ein dreiköpfiger Troll traten die Geschwister vor den Besitzer des Grundstückes, und so wie sie alle nickten, als sie nacheinander die Hand ausstreckten, war mir klar, dass sie sich bereits entschlossen hatten.

Etwas an dieser ganzen Situation ließ mich an Staatsoberhäupter denken, die wichtige Vereinbarungen unterschreiben und nach einem Krieg neue Striche über die Karte ziehen, aber niemand hier strahlte den trotzigen Stolz der Besiegten aus. Timoteus Thorsen wirkte nicht geschlagen, als er die Arme seiner Schwestern losließ und beide Hände hob wie ein Dirigent, der den Chor etwas näher zu sich bittet. Timoteus Thorsen wirkte nicht besiegt, als er dem Grundstücksbesitzer einen Knuff in den Rücken versetzte und mich zu sich winkte wie einen Verwandten.

Der Grundstücksbesitzer wollte wissen, ob ich der Enkel sei, aber Timoteus schüttelte den Kopf, stellte mich vor und sagte, ich sei ein Freund der Familie. Der Händedruck des Mannes war kräftig, und mir fiel wieder auf, dass die Namen derer im Dorf, die Geld hatten, altes Geld, immer kürzer waren als die, die keins hatten. Der Mann war schon in Ordnung. Er zeichnete die Linien in den Kies, wo das Haus stehen würde, verschränkte die Finger wie hölzerne Hausecken, die er auf einer imaginären Grundmauer verschob, und führte vor, wo die Sonne aufging und wo sie unterging. Die Geschwister nickten, die Geschwister lächelten, die Geschwister stimmten zu, und ich konnte das Haus vor mir sehen, mir vorstellen, durch das Dorf zu fahren, während die Lichter von Maria, Timoteus und Tamar oben am Hang funkelten wie das Blinkfeuer eines Leuchtturms.

Im Auto redeten sie dann wild durcheinander, zeigten auf Häuser am Straßenrand und lachten, erzählten immer wieder dieselben alten Geschichten.

»Ohne Sie hätten wir das nicht geschafft«, sagte Tamar plötzlich und streichelte meinen Arm.

»Wir wären jedenfalls nicht auf die Idee gekommen, dass so etwas möglich sein könnte«, sagte Maria und lächelte mich im Rückspiegel an.

Timoteus sagte nicht sofort etwas, sondern versank in eine nach vorn gebeugte Haltung, und erst als wir an Eben Ezer vorbeifuhren, drehte er sich wieder zu mir um.

»Wann fangen wir an?«, fragte er.

»Mit dem Umzug?«, fragte ich.

»Mit den Aufnahmen.«

Kapitel 18

Am nächsten Morgen nahm ich die Sonne als Wecker, und ich prüfte meine Aufnahmegeräte, wie ein Jäger seine Waffen ölt, das Zielfernrohr einstellt und die Messer vor dem ersten Jagdtag ein letztes Mal schleift. Dann ging ich mit einem Becher Kaffee zu der Bank, die ich am Flussufer aufgestellt hatte. Beginn und Bewegung. Ich konnte mich nicht entscheiden, ob ich dem Tag mit der Erfahrung des alten oder dem Eifer des jungen Jägers gegenübertreten wollte. Ich hatte die Geschwister eins nach dem anderen umgestimmt, und jetzt würde ich bald in ihrem Haus alles für die Aufnahmen bereitmachen dürfen. Doch während ich es gar nicht erwarten konnte, in Gang zu kommen, hatte ich es doch gar nicht eilig.

Wer also wollte ich sein? Der Jäger, der seine Beute lange im Fadenkreuz verfolgt und sich am Ende den perfekten Schuss vielleicht nur vorstellt, oder der, der feuert, auch wenn die Sicht nicht klar ist?

Der blaue Morgen kroch jetzt ins Wasser, und ich legte meine Kleidung auf der Bank ab und watete in den Fluss hinaus. Fing an, zwischen den Ufern hin- und herzuschwimmen, Brust weg vom Haus und Rücken zurück. Lange ruhige Züge. Gerade so schnell, dass ich die Strömung deutlich spüren konnte, ohne abgetrieben zu werden. Als ich zum Auto hochging, merkte ich die Strömung noch immer im Leib. Ich kam vorbei an Eben Ezer und Flyktningesee und bog bei der Kiesgrube ab, fuhr dann aber nicht direkt zu den Geschwistern Thorsen. Stattdessen steuerte ich auf die Kiesharfe zu. Stellte den Motor ab und kurbelte das Fenster herunter. Derselbe Mann wie beim letzten Mal stand mit dem Rücken zu mir da und rauchte. Ich packte das Lenkrad mit beiden Händen, und obwohl ich die Schwingungen nicht so deutlich spürte wie damals, als ich auf dem Boden gelegen hatte, kitzelte es in meinen Handflächen und weiter meine Arme hoch und hinab ins Rückgrat, bis sich auch der Rhythmus der Kiesharfe in mir abgelagert hatte wie eine endliche Erkenntnis, wohin ich unterwegs war. Der Mann im Blaumann schaute plötzlich auf und fing an, in meine Richtung zu gehen. Ich ließ mir nicht die Zeit zu warten, ich hob nur die Hand zum Gruß und fuhr davon. Getrieben vom Rhythmus der Kiesharfe, hundertfünfzig Taktschläge pro Minute, fühlte ich mich bereit, mit den Aufnahmen der Geschwister Thorsen zu beginnen.

Nachdem ich all meine Ausrüstung in dem Raum untergebracht hatte, aus dem Timoteus die Duracellkaninchen geholt hatte, richtete ich mich an einem kleinen blauen Tisch vor der einen Querwand ein. Hinter mir thronte ein riesiges Porträt von Jesus mit der Dornenkrone. Das Gemälde war so realistisch, dass ich mich mehrmals dabei ertappte, wie ich die Finger ausstreckte, um über Jesu Bart zu streichen. An der gegenüberliegenden Wand, hinter den Geschwistern, hingen die meisten Plattenhüllen, sorgfältig gerahmt wie Familienfotos. Der Boden war bedeckt von Flickenteppichen in leuchtenden Rottönen, und schwere Samtportieren in den gleichen Farben hielten den Tag mehr oder weniger auf Distanz. Auf einem kleinen Podium neben Maria, Timoteus und Tamar stand ein Akkordeon, und in einem Gestell hing eine Geige. Neben Gitarre und Mandoline, die Maria und Timoteus auf dem Schoß liegen hatten, lehnten noch zwei Mandolinen und drei Gitarren an der Wand.

Einige Tage zuvor hatten Maria und Tamar einen Blick gewechselt, als Timoteus der Ansicht war, wir sollten die Aufnahmen im kleinen Saal machen und nicht in meinem Haus, wie ich mir das zunächst vorgestellt hatte. Anfangs hatte ich nicht begriffen, was er meinte, aber dann öffnete er die Tür zu dem Raum, der früher einmal die gute Stube gewesen sein musste. Die Schwestern zeigten sich deutlich ablehnend, wie Frauen das gern tun, wenn sie ihre unaufgeräumten Zimmer nicht zeigen wollen. Dabei war in diesem Raum gar nichts unordentlich. Ein Plattenspieler war an der einen Querwand angebracht, über einer Sammlung LPs und Singles, die sich jeweils zu Stapeln sortiert türmten. Einige in Leder gebundene Bücher, alle aus derselben Serie, waren gleich tief in ein kleines Regal geschoben worden. In einer Dynamitkiste in der Ecke lagen paarweise Schachteln mit Mandolinensaiten, und auf einem runden Tisch vor dem einen Fenster sah ich einen aufgeschlagenen Notizblock neben zwei frisch gespitzten Bleistiften. Auf dem Tisch stand zudem ein Kassettenrekorder mit geöffneter Klappe, und Timoteus erklärte, die drei Geschwister nähmen sich meistens beim Üben auf und löschten das dann jeden Freitag. Als ich fragte, warum er die Lieder überspielte, zuckte er mit den Schultern und meinte, wenn sie bis Freitag nicht aus ihren Fehlern gelernt hätten, würden sie das wohl auch bis Montag nicht schaffen. Jede Woche in den letzten dreißig Jahren mehrere Übungsstunden. Was wäre es doch für ein kultureller Schatz gewesen, wenn sie pro Jahr wenigstens nur eine Aufnahme bewahrt hätten.

Die Akustik im Zimmer war nahezu optimal, und so brauchte ich mehr Zeit, um die Mikrofone anzubringen, als um den Klang einzustellen. Am Vortag hatte ich die Frau im Bürgerhaus angerufen und erzählt, dass die Geschwister bereit seien, beim Jubiläum aufzutreten, deshalb schlug ich jetzt vor, dass Maria, Timoteus und Tamar die Lieder spielten, die sie vortragen wollten, während ich die Aufnahme einfach laufen ließ.

Es war einfacher, sich den Geschwistern Thorsen zusammen gegenüber professionell zu verhalten, als es gewesen war, bei mir zu Hause jede Schwester für sich aufzunehmen. Wenn sie zu dritt spielten, musste unterwegs die Lautstärke reguliert werden, Stimmen und Instrumente mussten gegeneinander austariert werden. Ihre Verletzlichkeit machte mir nicht so zu schaffen, und ich konnte mich wieder auf die Dinge konzentrieren, an die ich im Studio sonst auch dachte.

Nach einer guten Stunde hatten wir neun Lieder aufgenommen. Die meisten kannte ich von den Schallplatten der Geschwister, aber es gab auch einige, die ich noch nie gehört hatte, dazu eine Version von »How Great Thou Art«, das immer mein Liebling unter den von Elvis gesungenen Gospels gewesen war. Doch wo Elvis seine Version zu einer langsamen, zögernden Beichte werden lässt, drehten die Geschwister Thorsen das Tempo hoch und ließen das Lied eher wie eine Bestätigung wirken, nicht wie ein Bekenntnis, und als sie dreistimmig die letzten Zeilen der Strophe wiederholten, hatte ich das Gefühl, bei der Schneeschmelze auf einer Brücke zu stehen und zu sehen, wie sich eine Eisscholle nach der anderen losriss, bis das Wasser einfach nur losströmte und alles mit sich nahm, was ihm in den Weg trat.

Danach tranken wir im anderen Wohnzimmer Kaffee. Ich verschränkte meine Finger um die Tasse und versuchte, mich zu entspannen und einfach diese seltenen Augenblicke im Leben zu genießen, wenn alles viel besser wird, als man es sich vorgestellt hatte. Die Aufnahmen, die wir bisher gemacht hatten, waren eine hervorragende Grundlage für das endgültige Produkt. Jetzt kam es darauf an, diese Unterlage zu verstärken und zu untermauern und das Überraschende über das Fundament zu heben, das die Geschwister mit ihren Stimmen bauten. Es ging eher darum, den Nerv des Augenblickes zu fangen, statt um eine Produktion im üblichen Sinn.

Ich hatte erwartet, dass Timoteus so mürrisch sein würde wie sonst und dass er bei jeder kleinen Bagatelle Streit suchen würde. Aber als er sich mit der Mandoline auf dem Schoß zum Mikrofon vorgebeugt hatte, war etwas Leichtes und Lässiges über ihn gekommen, wie bei einem Schauspieler, der in eine Rolle eintritt. Dennoch wirkte der Waffenstillstand brüchig. Womöglich reichte jeder kleine Fehltritt aus, um ihn kopfüber wieder in den Schützengraben stürzen zu lassen.

»Timoteus«, sagte ich und stellte meine Kaffeetasse ab. »Was wir heute aufgenommen haben, ist wunderbar, und wir brauchen uns absolut keinen Stress zu machen, aber ich habe doch eine Frage.«

»Ja?«, erwiderte Timoteus abwartend.

»Wie wäre es wohl, euch mit einer Rhythmusspur zu unterlegen?«

»Rhythmusspur«, wiederholte er und runzelte die Stirn. »Meinst du Trommeln?«

»Gewissermaßen«, sagte ich, und als er sich auf dem Sofa aufsetzte, erzählte ich von meinem ersten Besuch hier oben, von Ruth und Esther, meinem Flug hinab in die Kiesgrube und dem Klang der Kiesharfe, der mich fast wie eine Offenbarung getroffen hatte. Ja, dieses Wort benutzte ich. Ich dachte, die logischen Assoziationen würden Timoteus in Gang bringen. Ich redete davon, das Monotone, etwas Destruktive dieses Geräuschs zu nehmen und es zu dem treibenden Element hinter dem mehrstimmigen Gesang der Geschwister zu machen. Das Maschinelle gegen das überaus Lebendige und Organische.

»Stellt euch vor, etwas zu benutzen, das mahlt und zerbricht, um darauf ein ganzes Fundament für ein Lied zu bauen«, sagte ich, und Timoteus nickte mehrere Male.

»Versuchen wir es«, sagte er. Ich ging zurück in den kleinen Saal, um die Schleife mit der Kiesharfe zu finden und die Leitungen an die Kopfhörer zu koppeln, damit sie sich anhören könnten, was ich meinte.

Einen Moment lang spielte ich mit dem Gedanken, ihn zu bitten, zu der Aufnahme zu singen, die ich bereits mit den Schwestern gemacht hatte, aber ich wollte nicht riskieren, dass er dann vielleicht das Gefühl hätte, übergangen worden zu sein.

»Ich habe eine Idee, die ich mit euch besprechen möchte. Ein altes Sonntagsschullied, das ich gehört habe. Könntet ihr versuchen, das über die Rhythmusspur zu singen?«, fragte ich, als sie sich wieder bereitgemacht hatten. Maria mit der Gitarre, Tamar in der Mitte und Timoteus mit der Mandoline links.

»Und welches Lied ist das?«, fragte Timoteus.

Tamar und Maria wechselten einen Blick.

»Ich bin nicht sicher, wie es heißt, aber es ist das über den klugen und den dummen Mann und darüber, sein Haus auf Sand zu bauen«, sagte ich.

»Was?«, fragte Timoteus und brauste auf wie ein Hahn.

»Das machen wir doch in G?«, fragte Maria und schlug den Eröffnungsakkord an.

»Ich glaube, das wird am besten funktionieren. Ich spiele auch mit«, sagte Tamar und griff zu einer der an der Wand lehnenden Gitarren.

Timoteus sah von einer Schwester zur anderen, dann warf er mir einen Blick zu, und die Andeutung eines Lächelns stahl sich in sein Gesicht.

»Anzählen«, sagte er.

Ich gehorchte, und die Geschwister sangen, und die Geschwister spielten. Es war, als würden Häuser erbaut und dann vom Wasser fortgetrieben, während der Regen fiel und überall die Flut anstieg, bis andere Häuser fest auf Felsgrund standen. Das war Musik, die nicht gedacht zu werden brauchte, über die nicht vorher gesprochen zu werden brauchte, die nicht arrangiert oder analysiert zu werden brauchte. Musik, die einfach nur da war.

Die Aufnahme, die ich mit Maria und Tamar gemacht hatte, war magisch gewesen, aber die Mandoline von Timoteus und die Art, wie er seine Stimme über die seiner Schwestern legte, hoben den Gesang auf eine noch höhere Ebene. Ich wusste, wenn ich jetzt die Augen schloss, würde ich fallen, und ich war nicht sicher, ob ich mich dann jemals wieder erheben könnte.

Als sie fertig waren, fühlte ich mich fast erleichtert, und ich blieb mit den Händen auf dem Schoß sitzen, als wären sie etwas, das dort einfach liegen geblieben war. Ehe ich mich sammeln und den Rekorder ausschalten konnte, räusperte sich Tamar und setzte sich ein wenig dichter vor das Mikrofon.

»Ich habe ein neues Lied, das ich euch gern vorspielen würde«, sagte sie, und ohne auf irgendeine Weise anzuzählen, ohne dass ich die Rhythmusspur hätte entfernen können, fing sie an zu spielen. Ich konnte vage die Vibrationen ihres nackten Fußes auf dem Boden hören, als sie den Takt trat. Die anderen wirkten zuerst ein wenig abwartend, aber nachdem Tamar sich dann eingesungen hatte, bauten sie beide auf ihren Instrumenten die Melodie aus und sangen die Harmoniestimmen. Ich begriff, dass Tamar jetzt – nach zweiundvierzig Jahren – das Lied fertig geschrieben hatte, und mir wurde schwindlig, ich fühlte mich plötzlich belastet von einer Art Verantwortung, weil ich vielleicht derjenige gewesen war, der ihr den letzten Stoß in den Rücken verpasst hatte. Tamar hatte all ihr Leid, all ihren Schmerz nehmen und etwas Schönes daraus machen können. Ein Lied, das sich ebenso an Gott richten konnte wie an ihren verstorbenen Ehemann. »Wer die Sonne weinen sieht« hatte jetzt einen Refrain bekommen, und obwohl die Geschwister bei einigen Übergängen patzten und ihre Stimmen zweimal ein wenig durcheinandergerieten, glaubte ich nicht, dass ich je wieder etwas hören würde, das fertiger wäre, vollendeter.

Ich werde mich an dich erinnern, und du wirst da sein wie die Sonne,
wirst bei mir sein, damit noch einmal Tag es werde,
einmal war ich nichts, du wurdest meine ganze Wonne,
von der Wiege bis zur Bahre bist du mir das Salz der Erde.

Kapitel 19

Ich machte es mir zur Gewohnheit, wann immer ich konnte, den Umweg durch die Patentstadt zu fahren. In den knapp zwei Wochen, die vergangen waren, seit die Geschwister das Grundstück übernommen hatten, war alles Unterholz entfernt und der Boden war dort, wo die Grundmauern stehen sollten, fertig geglättet worden. Die Wasserleitung war schon mit denen der beiden Nachbargrundstücke verbunden, und es waren nur noch wenige Baggerarbeiten nötig, um das Haus der Geschwister mit allem modernen Komfort zu versorgen.

Weil die Blätter an den Bäumen sich geöffnet hatten, war die Aussicht über das Tal ein wenig zugewachsen, aber noch immer gab etwas an dem Blick mir das Gefühl, das Dorf zum ersten Mal zu sehen. Ich fuhr beim neuen Grundstück der Geschwister gern an den Straßenrand, um dann mit dem Eifer eines Kettenrauchers das ganze Tal in einem tiefen Lungenzug in mich aufzunehmen und es festzuhalten, bis meine Schläfen pochten.

An diesem Tag ließ ich mir besonders viel Zeit, und während ich noch dort stand und den Hals reckte, um vielleicht auf der anderen Talseite das Haus der Geschwister zu erkennen, ging mir das Offenkundige auf. Ich begriff gar nicht, warum ich erst jetzt auf diese Idee kam. Es würde ein phantastisches Video zu dem Lied über den dummen und den klugen Mann ergeben, wenn die Geschwister zum letzten Mal das Haus auf ihrem alten Grundstück verließen. Wenn die Tür geschlossen wurde, könnte das Video einen Rückblick auf damals bringen, als sie jünger waren, und falls es keine alten Filmaufnahmen gab, könnte man Fotos zusammensetzen. Dann zurück zum Haus, das langsam durch das Dorf segelt, möglicherweise gemischt mit Bildern von Flut und Überschwemmung. Oder vielleicht könnten die Geschwister während des Umzugs das Lied im kleinen Saal aufnehmen. Es wäre einfach, es so zu filmen, dass es aussah, als führen Maria, Timoteus und Tamar mit dem Haus wie mit einer Arche Noah. Ich blieb stehen und nickte im Takt des Liedes vor mich hin, und dann knallte hinter mir eine Autotür. Wenn Zeit wirklich Geld war, dann ging Frimann Njoroge so schnell, als ob er dabei möglichst viel scheffeln könnte.

»Jim Gystad«, begann er, einige Schritte, ehe er bei mir angelangt war. »Der nicht mehr ganz so angesagte Produzent. Diese Goldenen Schallplatten und Spielmannspreise, die du erwähnt hast, haben inzwischen schon ziemlich Staub angesammelt.«

»Es ist eine Weile her, ja«, sagte ich und nickte. »Aber ich bin immerhin Konkursen und Schuldenbergen entgangen. Das ist nicht selbstverständlich für alle, die frei arbeiten.«

Frimann Njoroge nickte übertrieben höflich, und als er einen guten Meter vor mir stehen blieb, wogte sein Geruch auf mich zu wie der Luftdruck eines Zuges, der gerade im Bahnhof zum Halten gekommen ist. Sein karamellfarbener Anzug war mit einem schwarzen Armani getauscht worden.

»Dieses Grundstück war nicht gerade gratis«, sagte er.

»Mein Vater hat immer gesagt, man muss Geld ausgeben, um Geld zu verdienen«, sagte ich.

»Dein Vater war ein erfolgreicher Geschäftsmann?«

»Er war ein ziemlich tüchtiger Klempner.«

»Ich verstehe«, sagte er und nickte wieder. »Mein Vater war Sänger.«

Ich erwiderte seinen Blick und dachte, dass ich mich in dem Typen vielleicht geirrt hätte, aber dann fügte er hinzu: »Sänger ist nur ein anderes Wort für Träumer, und das wiederum ist eine schonende Bezeichnung für einen Tagedieb.«

»Ich wollte gerade weiterfahren. Möchtest du mir etwas Besonderes sagen?«, fragte ich.

»Um deine Terminologie zu benutzen: dasselbe alte Lied wie neulich. Worum geht es dir hier eigentlich?«

»Um mit meiner Terminologie weiterzumachen: three chords and the truth.«

Frimann Njoroge sah mich nur an.

»Dasselbe alte Lied. Mir geht es um die Musik.«

»Hast du einen Vertrag mit ihnen gemacht?«

Ich schüttelte den Kopf.

»Dann brauchen sie einen gesetzlichen Vertreter. Ich will nicht, dass meine Großmutter und ihre Geschwister ausgenutzt werden.«

»Einen gesetzlichen Vertreter?«, fragte ich. »Weder deine Großmutter noch Timoteus oder Maria sind entmündigt, soviel ich weiß. Und wir haben sowieso erst einige Aufnahmen gemacht, eigentlich nur Demos. Die Kosten habe ich selbst übernommen. Wenn es ernst wird, bekommen sie natürlich den Normvertrag. Den kannst du gern in Ruhe lesen, und wenn Timoteus dich als Geschäftsführer haben will, von mir aus. Aber jetzt musst du mich entschuldigen. Die Geschwister werden heute Abend im Bürgerhaus spielen, und ich bin für den Sound zuständig. Wenn du mir noch mehr zu sagen hast, kannst du ja mitkommen.«

»Nein danke. Das Gedudel will ich mir ersparen. Du sollst nur wissen, dass du mich nach und nach ganz schön viel Geld kostest. Ich muss dafür sorgen, dass meine Ausgaben gedeckt werden.«

»Betrachte das als Investition in dein zukünftiges Erbe«, sagte ich und drehte mich zum Gehen um, und ich weiß nicht, warum ich das sagte, es rutschte mir einfach so heraus: »Du bist doch Alleinerbe, jedenfalls hier in Europa.«

»Was soll das bedeuten?«, rief er.

Ich gab keine Antwort, kehrte ihm nur den Rücken zu und machte über meinem Kopf Korkenzieherbewegungen.

»Was?«, rief er noch lauter.

Als ich mich ins Auto setzte, kam er hinterhergelaufen und klopfte an die Fensterscheibe. Ich fuhr einfach los, und etwas in mir hoffte, dass ich über seine Füße fuhr oder jedenfalls seine Zehen streifte.

Ich hatte Anlage und Stative in Kongsvinger ausgeliehen, wollte aber für Gesang und Instrumente lieber meine eigenen Mikrofone nehmen. Als ich anfing, die Ausrüstung ins Lokal zu tragen, war Frau Gjems schon zur Stelle. Sie hielt sich ebenso gerade wie beim letzten Mal, und obwohl sie sich auf dieselbe stilsichere Weise gekleidet hatte, war jetzt doch etwas anders an ihr. Bluse und Rock hätten seit den fünfziger Jahren im Kleiderschrank hängen können, und in ihre graumelierten Haare hatte sie ein rotes Haarband mit weißen Punkten gebunden. Ein Haarband, das an einer Frau von Ende siebzig fehl am Platze hätte wirken können, das bei Frau Gjems jedoch einen lebhaften Eindruck machte, den ich beim ersten Besuch nicht gehabt hatte.

Sie erzählte, dass nur noch sieben Eintrittskarten übrig seien, und wir diskutierten ein wenig hin und her, wo die Stühle stehen sollten, dann einigten wir uns darauf, sie um die Tische stehen zu lassen. Als sie in die Küche ging und nach der Verpflegung schaute, setzte in meinem Zwerchfell eine zitternde Erwartung ein, und ich war froh, weil ich mich mit

Malling und seiner Videokamera zusammengetan hatte. Die Geschwister hatten sich bereit erklärt, »Der dumme Mann« und »Wer die Sonne weinen sieht« zur Rhythmusspur der Kiesharfe vorzutragen, und damit würden wir Bilder erhalten, die einigermaßen synchron zu den Klängen der von mir bereits gemachten Aufnahmen wären. Eine kleine Abweichung würde dem Ganzen nur eine grobkörnige Authentizität geben, die zu den Geschwistern passte. Wieder staunte ich darüber, dass das Gehirn oder jedenfalls das Unterbewusstsein eine eigene Weise hat, um die Entscheidungen auszufüllen, die man trifft.

Die Ausrüstung war eine Stunde vor Einlass fertig montiert, und ich ging nach draußen, um auf Maria, Timoteus und Tamar zu warten, wollte ihnen mit den Instrumenten helfen und einen Soundcheck vornehmen. Der blauweiße Kapitän fuhr gleichzeitig mit Malling auf den Parkplatz, und die Geschwister waren noch passender zum Anlass gekleidet, als ich zu hoffen gewagt hatte. Timoteus trug einen schwarzen Anzug mit einem stilvollen Hemd, einen weißen Schlips und hellbraune Stiefel, die ich noch nie an ihm gesehen hatte. Die Schwestern waren in Weiß, Maria trug ein Kleid und Tamar einen Hosenanzug. Maria hatte dieselbe weiße Strickmütze auf wie bei ihrem Besuch bei mir, aber die lila Blume war mit einer roten vertauscht worden. Tamar war barhäuptig und hatte die Haare in ihrem Rücken zu einem dicken Zopf geflochten.

Ich stellte Malling den Geschwistern vor und erklärte, dass er einige der Lieder filmen werde. Während Tamar ihren Bruder zum Eingang führte, blieb ich mit Maria hinter dem Auto stehen, aber als ich den Kofferraum öffnete, legte sie mir die Hand auf den Arm, ehe ich die Instrumente herausheben konnte.

»Diese Cowboystiefel, die Timoteus anhat, sind keine gute Nachricht«, sagte sie und schaute mir in die Augen.

»Was?«, fragte ich überrascht. »Die sehen gut aus. Sind die schlecht für seine Füße?«

»Schlimmstenfalls ja«, sagte sie, beugte sich vor und schlug sich mit der Hand gegen das Bein.

»Ich verstehe nicht, wie Sie das meinen«, sagte ich.

»Timoteus ist nur sehr selten nervös, ehe wir singen und spielen sollen, aber jetzt musste Tulla ihm den Schlips binden.«

»Ach«, sagte ich fragend und hob die beiden Gitarrenkästen und die Mandolinentasche heraus.

»Wenn er Probleme mit den Nerven hat, ist er bei den ersten Liedern gespannt wie eine Stahlfeder«, sagte sie dann.

»Das wäre doch ganz natürlich«, sagte ich und klappte den Kofferraum zu.

»Was mir Sorgen macht, ist nicht sein Lampenfieber«, sagte sie nun. »Er hat einen Flachmann in einem Stiefel versteckt, und dann ist das Ende der Welt nur einen falschen Akkord entfernt. Wir haben einige üble Szenen mit Timoteus gehabt, wenn er getrunken hatte.«

»Aber das ist jetzt doch sicher lange her?«, fragte ich.

»Wir haben auch lange nicht mehr vor Publikum gespielt. Und jetzt hat er noch dazu das Gefühl, etwas beweisen zu müssen.«

»Was denn?«, fragte ich.

»Ich habe mich ein bisschen ungeschickt ausgedrückt. Nicht beweisen, er hat jemanden zu überzeugen«, sagte sie.

»Wen denn?«, fragte ich.

»Sie«, sagte sie und schlug mit der Faust auf den Kofferraum.

Das Geräusch hallte in meiner Brust wider, die drei Buchstaben sanken in mir wie Blei, und es fiel mir schwer, mich auf den Füßen zu halten.

»Ich verstehe«, sagte ich und zwang mich dazu, ihr zum Eingang zu folgen.

»Gut. Sie müssen uns helfen, dafür zu sorgen, dass er nicht trinkt. Wir können nicht mit auf die Herrentoilette gehen«, sagte sie, und als wir den Eingang erreicht hatten, trat sie ein Stück hinter den Vorbau und zog ein Etui aus der Manteltasche. Ich begriff nicht sofort, dass sie rauchen und dabei allein sein wollte. Als sie sich Feuer gab, hielt sie in derselben Hand wie das Feuerzeug eine kleine Flasche Mundspray.

»Nichts davon verraten«, sagte sie.

Im Lokal legte ich die Instrumente auf der Bühne ab und zeigte Tamar und Timoteus den Raum, der als Garderobe eingerichtet worden war. Frau Gjems hatte Schnittchen, Kaffee und Mineralwasser bereitgestellt, wie ich es erbeten hatte, und ich ging mit einer Cola zurück zum Mischpult. In einer halben Stunde würde das Publikum Einlass haben, und eine Frau, die ich noch nie gesehen hatte, platzierte neben die Tür einen Tisch und holte eine Kasse. Auf der Bühne hatte Tamar die Schuhe abgestreift, und ihre Geschwister hatten sich jeweils ein Instrument umgehängt. Maria brauchte nur noch die E-Saite zu stimmen, dann wäre ihre Gitarre einsatzbereit, während Timoteus sich mit der Mandoline abmühte und ich die Stimmknöpfe sogar hier am Mischpult knirschen hörte. Bei jeder Bewegung mit Daumen und Zeigefinger schien sich auch sein Gesicht zu verdrehen, und ich hoffte von ganzem Herzen, dass er doch keinen Flachmann im Stiefel hatte.

Ich gab Malling ein Zeichen, dass er nun filmen könnte. Und die Geschwister begannen mit »Wo warst du, als unser Erlöser ans Kreuz geschlagen wurde«. Die Dynamik, das Zusammenspiel und die weiten, großzügigen Harmonien waren sofort da, und ich war eigentlich nach dem ersten Refrain zufrieden, aber ehe ich ihnen ein Zeichen geben konnte, hörten die Geschwister so plötzlich auf zu spielen, als ob jemand ihnen den Strom abgedreht hätte. Ich dachte zuerst, im Mischpult sei eine Sicherung durchgebrannt, aber dann merkte ich, dass Frau Gjems hinter mir stand. Timoteus ließ seine Mandoline auf den Boden fallen und humpelte hinüber zur Garderobe.

»Ich wollte nur fragen, wann wir die Türen aufmachen sollen«, sagte Frau Gjems, doch ehe ich antworten konnte, winkte Maria mir mit beiden Händen, und ich rannte auf sie zu.

»Kümmern Sie sich um Timoteus«, flüsterte sie.

»Was ist denn passiert?«, fragte ich.

Maria beugte den Kopf vor, und ihr Atem kitzelte warm meine Wange.

»Wissen Sie nicht, wer sie ist?«

»Wer? Frau Gjems?«, fragte ich.

»Sie hieß früher Hval. Sie war die, mit der Timoteus verlobt war«, flüsterte Maria, und die Bodenbretter fühlten sich plötzlich an wie riesige Nägel, die durch meine Schuhsohlen geschlagen wurden. Ich trat einen Schritt zurück und gab Malling ein Zeichen, das bedeuten sollte, er müsse sich um die Schwestern, Frau Gjems und die Türen kümmern, das aber auch heißen konnte, dass mir die Lage vollständig aus dem Griff geglitten war. Dann lief ich hinter Timoteus her in die Garderobe.

Er saß auf einem Stuhl und hatte das rechte Hosenbein hochgezogen, vor ihm auf dem Tisch stand eine flache Flasche Wodka. Das knirschende Geräusch, mit dem er den Verschluss abdrehte, machte mir am Rücken eine Gänsehaut.

»Timoteus, ich kann das nur bedauern«, sagte ich und setzte mich ihm gegenüber auf die andere Seite des Tisches.

»Ich wusste nicht, dass Frau Gjems Ihre ehemalige Verlobte ist. Dann hätte ich diesen Gig selbstverständlich nicht gebucht.«

Timoteus Thorsen sagte nichts, er schien meine Anwesenheit nicht zu bemerken, jedenfalls schien die keine Rolle zu spielen. Als er die Flasche an den Mund hob, hatte ich das Gefühl, er hätte ebenso gut eine Pistole in der Hand halten können.

»Timoteus«, setzte ich wieder an, als er die Flasche auf den Tisch stellte, aber er schüttelte nur den Kopf.

»Hast du gesehen, wie sie angezogen war?«, fragte er, ich nickte und musste mich zusammenreißen, um meinen Blick nicht zu dem offenen Türspalt hinter ihm wandern zu lassen. Draußen im Lokal war jetzt das Scharren zu hören, mit dem die Stühle von den Tischen gezogen wurden.

»Wie eine Dirne. Ich hab in der Gosse schon Besseres gesehen«, sagte er, und als er abermals die Hand nach der Flasche ausstreckte, konnte ich weder nicken noch einen Kommentar abgeben, denn beides hätte gleichermaßen künstlich gewirkt.

»Kann ich einen Schluck abhaben?«, bat ich.

Er sah die Flasche an, als fürchte er, sie könne nicht reichen, wenn wir teilten, dann schob er sie über den Tisch auf mich zu. Ich ließ ein wenig Wodka zwischen meinen Zähnen hindurchsickern, segnete die Milde des Getränks, und als Timoteus den Kopf in die Hände stützte, steckte ich die Flasche zwischen meine Beine. Dachte, der Schnaps werde nicht mehr so verlockend wirken, wenn Timoteus ihn nicht direkt vor Augen hätte.

»Sie waren also verlobt?«, fragte ich und schüttelte die Flasche. Ich dachte, ich könnte vielleicht ein wenig Wodka ins Stuhlpolster gießen, ohne dass er es merkte.

Timoteus nickte und setzte sich wieder gerade.

»Waren Sie lange zusammen?«, fragte ich jetzt.

»Zusammen«, sagte er, mit einem Gesicht, als ob dieses

Wort ihm sauer aufstieße, und genau in dem Moment, in dem ich merkte, dass der Stuhlsitz ein bisschen feucht wurde, machte er eine gebieterische Handbewegung.

»Nur noch einen Schluck, ich bin heute total durchgefroren«, sagte ich und dachte, dass bei jedem Schluck, den ich trank, für Timoteus weniger übrig bliebe. Ich nahm einige großzügige Mundvoll, und der ganze Raum verschwamm, weil mir Tränen in die Augen traten. Hinter Timoteus schob Malling die Tür auf und blickte mich fragend an. Ich hob ganz vorsichtig fünf Finger, und als Timoteus sich umdrehte, um zu sehen, wer da kam, kippte ich noch zwei Schluck, ehe ich die Flasche wieder zwischen meine Beine gleiten ließ.

»Frau Gjems wollte Sie, Maria und Tamar jedenfalls unbedingt hier spielen lassen«, sagte ich, als Timoteus sich zu mir umdrehte. Meine Speiseröhre brannte, und ich hätte zu gern aufgestoßen, aber ich zwang mich weiterzureden.

»Eigentlich hätte es heute hier Zigeunerjazz geben sollen, aber als ich erzählt habe, dass ihr Zeit hättet, hat sie ihre Pläne sofort umgestoßen«, sagte ich.

»Zigeunerjazz, das sieht ihr ähnlich«, schnaubte er und wirkte nun etwas ruhiger, und ich dachte, er habe vielleicht den Anstoß erhalten, den er brauchte, um zur Tür zu gehen, aber dann verdüsterte sich sein Gesicht wieder. Draußen im Lokal setzte jetzt vorsichtiger Applaus ein, doch das schien Timoteus nicht zu bemerken.

»Drei Wochen vor der Hochzeit kam der Brief«, sagte er und schaute auf dem Tisch hin und her.

»Ich habe die Flasche hier. Brauch nur noch einen Schluck. Hatten Sie denn gar nichts geahnt?«, fragte ich.

Timoteus schüttelte den Kopf. Ich hielt wieder die Flasche an den Mund und hatte bei jedem Schluck das Gefühl, dass sich Teile meiner Eingeweide auflösten.

»Hast du gesehen, wie sie ihre Brüste hochgeschnürt hat?«, fragte er nun.

»Was?«, fragte ich, schloss die Augen und riss sie wieder auf, in dem Versuch, ihn klar zu erkennen.

»Hast du gesehen, wie sie sich aufgetakelt hat?«

Ich schüttelte den Kopf.

»Ich kann nicht behaupten, dass mir etwas Besonderes aufgefallen wäre.«

»Die alte Schlampe. Hat sich aufgebrezelt wie ein Filmstar, aber ich verwette mein Schwein darauf, dass es da so leer ist wie in zwei Ballons vom Jahrmarkt.«

Ich versuchte, ein verständnisvolles Gesicht zu machen, aber entweder hatte ich nicht jedes Wort verstanden, oder Timoteus redete unzusammenhängend.

»Ballons vom Jahrmarkt?«, fragte ich.

»Ja. Wenn sie alles löst, was sie festgebunden hat, dann bleibt wohl kaum noch etwas übrig von der liebreizenden Hindin, der anmutigen Gazelle. Immer wenn Tullas Kleiner auf dem Jahrmarkt von Kongsvinger war, quengelte er so lange, bis er sich Ballons kaufen durfte, aber schon einen Tag später war die Luft entwichen, und bald hingen sie nur noch da wie leere, schlaffe Beutel. Verstehst du«, sagte er und streckte die Hand nach der Flasche aus, aber als ich sie ihm hinhalten wollte, rutschte sie mir aus der Hand und kippte um, so dass der Wodka über den Tisch floss. Ich konnte sie zwar aufrichten, aber als ich meinen Stuhl zurückschob, um den Schnaps vom Tisch und in die Flasche zu wischen, rutschte sie wieder weg. Hinter Timoteus schaute Malling herein, und als ich die Hand hob, um mir weitere fünf Minuten zu erbitten, sah ich ungefähr acht Finger.

»Nein, wir kommen jetzt«, sagte Timoteus und fing an, sich zu erheben. »Wir haben ein Haus zu versetzen und einen Auftrag auszuführen.«

Er zwängte sich an Malling vorbei, und der kam zum Tisch, als ich sitzen blieb.

»Was ist denn mit dir los?«

»Ich musste eine halbe Flasche Wodka leeren«, sagte ich mit belegter Stimme.

»Was?«

»Damit Timoteus den nicht trinken konnte.«

Draußen im Saal erhob sich jetzt lauter Jubel, und Malling zog mich auf die Füße. Schlug mir mit der flachen Hand auf beide Wangen, schnappte sich vom Tisch die Kaffeekanne und eine Tasse und führte mich aus der Garderobe.

»Reiß dich zusammen«, flüsterte er, ließ meinen Arm unmittelbar vor der Tür zum Saal los und ging vor. Die Gesichter im Lokal warfen sich mir entgegen, als wären die Tische Wagen einer Achterbahn. Ungeheuer langsam, ohne die Füße vom Boden zu heben, schlurfte ich zum Mischpult und ließ mich auf den Stuhl fallen.

»Wir haben schon lange nicht mehr da gespielt, wo wir herkommen«, sagte Maria, und es wurde ganz still im Lokal, abgesehen von dem Geklimper, das Timoteus beim Stimmen veranstaltete.

»Aber jetzt ist die Zeit wieder reif. Vielleicht überreif, denn wir sind seit dem letzten Mal nicht jünger geworden«, sagte sie nun, und alles applaudierte. An mehreren Tischen sprangen die Leute auf, und Malling kam geduckt zu mir herübergelaufen.

»Ton an«, fauchte er.

Ich patzte mit Daumen und Zeigefinger bei beiden Mastereinstellungen, und am Ende schob ich die Regler mit dem Handrücken ganz nach unten. Ein brummendes Feedback raste durch das Lokal, und die Leute hielten sich mit gequälter Miene die Ohren zu. Malling nahm meine Hand weg und zog die Regler den halben Weg zurück.

»Die wunderbare neue Welt der Technik«, sagte Maria, und alles lachte, während Timoteus noch immer seine Mandoline stimmte.

»Ich hoffe, dass wir einen schönen Abend zusammen haben werden, und der Herr sei mit euch und mit uns. Unser erstes Lied hat mein Bruder im Herbst 1969 geschrieben«, sagte Maria und zeigte mit der linken Hand auf Timoteus, der von seiner Mandoline nicht aufblickte. »Vielleicht haben einige von euch das schon einmal gehört: ›Am Mond vorbei zum Perlentor‹.«

Maria nickte Tamar zu, die stimmte das Lied an und zwang Timoteus, die Stimmknöpfe loszulassen.

Ich erlebte die Drei Singenden Geschwister Thorsen nun zum ersten Mal in einer Konzertsituation, und in der vergangenen Woche hatte ich nur daran gedacht. Geistig hatte ich mich auf allerlei Katastrophensituationen vorbereitet und mir die passenden Lösungen vorgestellt. Timoteus, der zum Spielen genötigt werden musste. Maria, die sauer war, weil sie fand, dass Tamar zu viel Aufmerksamkeit erhielt. Tamar, die mitten in »Wer die Sonne weinen sieht« zusammenbrach. Das alles hatte ich für möglich gehalten. Ich war total unvorbereitet darauf, dass ich selbst hier das schwache Glied war, und musste mich ans Mischpult klammern, um keine Schlagseite zu bekommen.

Ich goss mir eine Tasse Kaffee aus der Kanne ein, die Malling mitgebracht hatte, trank sie, so schnell ich konnte, wurde davon aber nicht klarer im Kopf. Ich leerte noch eine und kniff die Augen zusammen, damit der Raum sich nicht mehr drehte. Das half ein bisschen, und ich schaute mich vorsichtig um. Die allermeisten schienen im gleichen Alter wie die Jungs von den Rolling Stones zu sein, und alle nahmen die Musik auf unterschiedliche Weise auf. Einige Frauen rückten dichter an ihre Männer heran und streichelten ihnen den Rücken, als wäre das bibelfundamentalistische Gerede der Geschwister über alle die, die eine Trägerrakete brauchen, um in den Himmel zu gelangen, das erste Knutschstück des Abends. Mehrere Zuhörer machten zaghafte Versuche, den Takt zu klatschen, und stupsten einander an, um sich davon zu überzeugen, dass sie nicht als Einzige diesen großen Augenblick erlebten. Ganz hinten im Saal waren zwei Frauen aufgesprungen, aber mir war nicht klar, ob sie besser sehen wollten oder ob sie von der Musik zutiefst ergriffen waren. Ich fand außerdem das Gesicht von Frau Gjems wieder, Frau Thina Gjems, ihre Haut wurde unter den Dimmern ein wenig röter, und sie hielt sich nicht mehr so gerade, als ob die Jahre ihr plötzlich doch noch auf den Leib gerückt seien.

Ich zwang mehr Kaffee in mich hinein, während Timoteus sich in ein mehrsaitiges Solo stürzte. Sein Timing war tadellos, aber seine Vorführung wirkte ein wenig schräg, weil er die Mandoline ja nicht mehr richtig hatte stimmen können. Als das Lied zu Ende war, stimmte er weiter, ehe die letzten Töne verhallt waren.

»Tausend Dank«, sagte Maria und wartete darauf, dass der Applaus weniger würde. »Unser nächstes Lied ist auch ziemlich alt, aber es ist keins, das wir selbst geschrieben haben. Heute Abend spielen wir es ganz besonders für einen feinen jungen Mann aus Oslo, der für uns eine Art Knabe für alles geworden ist: Jim Gystad.«

Sie zeigte auf mich. Ich stand lange genug auf, um das Gefühl zu haben, dass die Decke einstürzte, und wenn Malling mir nicht auf die Schulter geschlagen hätte, hätte ich vergessen, die Rhythmusspur einzuschalten. Wieder musste Timoteus die Stimmknöpfe loslassen und seinen Schwestern folgen.

Die Atmosphäre im Saal hatte sich noch mehr gesteigert,

die Geschwister wurden von rhythmischem Klatschen getragen. Ich versuchte, mehr Kaffee zu trinken, rieb mir die Wangen heiß und kniff rote Flecken in meine Handflächen, aber nichts half. Ich stellte die Füße fest auf den Boden, packte die Armlehnen, konnte aber nicht die Übelkeit bezwingen, die sich in meinem Magen nach oben drängte. Ich sprang auf, der Stuhl kippte um, und ich hatte die Eingangstür fast erreicht, als von der Bühne her das hohle Geräusch von zersplitterndem Holz zu hören war. Ich lehnte die Schulter an die Tür, drehte mich um und sah Timoteus, der mit dem Hals der Mandoline in der Hand dastand, als ob er einem Huhn den Hals umgedreht hätte.

Ich konnte gerade noch bis zur Ecke des Eingangs laufen, bevor sich mein Magen umstülpte. Ich blieb gekrümmt stehen und rang um Atem. Dann stürzte ich zur Rückseite des Hauses und sank zwischen den Mülltonnen zu Boden.

Ich weiß nicht, ob ich meine Augen nur für einige Sekunden ausgeruht hatte oder ob ich kurz eingenickt war, jedenfalls hatte ich, als Malling meine Schulter schüttelte, jeglichen Zeitbegriff verloren.

»Wie war das?«, fragte ich, lehnte mich an die Wand und nahm dankbar die Colaflasche entgegen, die er mir hinhielt.

»Sagenhaft«, sagte er, und es klang überhaupt nicht ironisch. »Das wird die Antwort der Generation siebzig plus auf die Sex Pistols im Pingvin Club. Ein Konzert, von dem die Leute lügen werden, dass sie dabei gewesen sind.«

»Konzert? Das waren doch bloß zwei Stücke«, sagte ich.

Malling schüttelte den Kopf.

»Die Schwestern haben den Bruder noch in den Griff gekriegt. Er hat den Rest des Sets auf der anderen Mandoline gespielt, und ich hab phantastische Bilder eingefangen. Timoteus Thorsen, der ein Instrument am Stuhl zerschlägt, die eine Schwester, die den ganzen Auftritt über barfuß ist, und die andere, die zwischendurch die Gitarre wie ein Kreuz auf dem Rücken hält, während sie zwischen den Liedern spricht. Und das Ende war ergreifend. Die Geschwister legten die Arme umeinander und sangen ›Ach, selig mit Gott darf wandern‹ a cappella. Jim, ich nehme alles zurück. So etwas wie die Geschwister Thorsen hab ich kaum je erlebt. Schade, dass du nicht alle Lieder gehört hast«, sagte er und klopfte mir auf die Schulter.

»Ich hab mich eben für die Kunst geopfert«, sagte ich.

Malling bot an, die Ausrüstung zusammenzupacken, und ich lief vor den Mülltonnen hin und her, während ich versuchte, einen ausreichend klaren Kopf zu bekommen, um mir eine Entschuldigung aus den Fingern zu saugen. Aber mir fiel einfach nichts ein, das von Timoteus nicht total in Fetzen gerissen worden wäre. Ich sah, dass der Kapitän im Rückwärtsgang vom Parkplatz fuhr, und hoffte, dass Maria alles verstanden hatte und das Geschehene überspielen würde.

Als der Wagen vollgepackt war, sagte Malling, er könne mich das kleine Stück nach Hause fahren, aber ich wollte lieber zu Fuß gehen.

Ich hatte den Parkplatz zur Hälfte hinter mich gebracht, als an ein Fenster gehämmert wurde und ich mich umschaute. Thina Gjems winkte fieberhaft mit beiden Armen, und ich hob die Hand zu einer Art Gruß und wünschte mir, sie wäre damit zufrieden. Doch sie rief mich immer weiter mit sprechenden Handbewegungen und öffnete dann das Fenster.

»Wir müssen noch abrechnen. Kommen Sie kurz ins Büro?«

Auf dem Gang steuerte ich das einzige Zimmer an, dessen Tür offen stand, und ich fand Thina Gjems hinter einem Schreibtisch vor. An der Wand hingen Farbfotos von lächelnden Golfspielern und lokalen Kulturpersönlichkeiten.

Sie schob einen Briefumschlag über den Tisch und bat mich, den Erhalt des Honorars zu bestätigen. Als ich nach dem Kugelschreiber griff, nahm sie meine Hand zwischen ihre.

»Danke dafür, dass Sie das hier möglich gemacht haben. Das war ein Abend, der nicht so schnell in Vergessenheit geraten wird. Ich werde mich bis an mein Lebensende an dieses Konzert erinnern«, sagte sie und ließ meine Hand los.

»Der eigentliche Auftritt ging ja so ziemlich ohne mich über die Bühne«, sagte ich und kritzelte meine Unterschrift.

»Ist Ihnen schlecht geworden?«, fragte sie.

Ich nickte.

»Das war meine eigene Schuld. Ich wollte meine Nerven unter Kontrolle bringen und hab die Dosierung übertrieben.«

»Das kann ich verstehen. Ich war auch nervös, so nervös war ich seit vielen Jahren nicht mehr, und das lag nicht nur an der Musik«, sagte sie und lächelte, während sich ihre Augen mit Tränen füllten.

Wieder nickte ich.

»Ich weiß nicht, ob Ihnen das bekannt ist… Timoteus und ich waren einmal verlobt«, sagte sie nun.

Ich hätte fast herausgeplappert, warum der Wodka von Timoteus in meinem Magen gelandet war, aber ich konnte mich gerade noch zusammenreißen.

»Ich habe so was läuten hören«, sagte ich.

Jetzt nickte sie.

»Es kommt nicht immer so, wie man sich das vorgestellt hat«, sagte sie und tippte mit dem Zeigefinger auf den Briefumschlag. »Bitte, zählen Sie doch nach, ob es stimmt.«

Ehe ich Einwände vorbringen konnte, fügte sie hinzu: »Mir zuliebe.«

Ich gehorchte, und ich hatte ungefähr die Hälfte der Scheine durchgezählt, als sie sich räusperte.

»Timoteus war ein schöner junger Mann, viele Frauen schenkten ihm Aufmerksamkeit. Es kam deshalb nicht ganz überraschend, aber ich habe es schwergenommen, ja, schwer«, sagte sie fast an sich selbst gerichtet, und ich hörte auf zu zählen.

»Timoteus ist ja Künstler und überhaupt, trotzdem, ich finde, er hätte sich rücksichtsvoller verhalten können, nicht wie ein Waschlappen. Es war ganz schön feige, mir nur wenige Wochen vor der Hochzeit einen Brief zu schreiben.«

»Was?«, fragte ich.

Thina Gjems schüttelte den Kopf.

»Ich habe eine ganze Weile gebraucht, um das zu verarbeiten, wenn mir das überhaupt irgendwann gelungen ist«, sagte sie leise.

»Nein, nein, so war das nicht gemeint«, sagte ich. »Wir haben vorhin noch darüber gesprochen. Timoteus hat erzählt, Sie hätten ihm einen Brief geschickt, und Sie hätten seit über fünfzig Jahren nicht mehr miteinander gesprochen.«

Thina Gjems antwortete nicht sofort und hielt meinen Blick fest, bis ich die Augen niederschlug.

»Letzteres stimmt«, sagte sie. »Aber es war Timoteus, der die Verlobung gelöst hat.«

Kapitel 20

Am nächsten Tag war es schon fast fünf, als ich vor dem Tor der Geschwister Thorsen hielt. Nachdem ich einen ganzen Arbeitstag hinter mich gebracht hatte, hatte ich die gemietete Verstärkeranlage in das Musikgeschäft zurückgebracht, und ich war kurz zu Hause gewesen, um mich umzuziehen und den Umschlag mit dem Geld zu holen. Erst als ich die Autotür öffnete, sah ich die beiden Schwestern unter dem Vordach der Haustür sitzen, als ob sie auf den Bus warteten. Die Schwestern waren zum Ausgehen gekleidet, und ich erstarrte mitten in der Bewegung. Die Art und Weise, wie sie dort saßen, gab mir den Verdacht, Timoteus könnte etwas passiert sein.

»Was ist los?«, fragte ich und merkte, dass mein Mund schon ausgetrocknet war, als ich das Tor öffnete.

Die Schwestern wechselten einen Blick, ehe Maria antwortete.

»Nichts Besonderes«, sagte sie, und ich atmete ein wenig auf.

»Gut«, sagte ich und lächelte. »Wo ist Timoteus? Ich hab das Honorar für gestern mitgebracht.«

»Er ist nicht hier«, sagte Maria und nickte in Richtung Feld, und ich spürte, wie sich meine Nackenmuskeln ein weiteres Mal verkrampften.

»Wie meinen Sie das?«, fragte ich und blieb stehen, die rechte Hand halbwegs in die Jackentasche zu dem Umschlag mit dem Geld geschoben.

»Er macht einen Spaziergang«, sagte jetzt Maria.

»Oder besser gesagt, er steht herum. Auf seiner Kanzel«, sagte Tamar.

Ich starrte die beiden nur an, konnte aber in keinem Gesicht etwas lesen.

»Hat das mit gestern zu tun?«, fragte ich.

Tamar nickte.

»Es hat nur mit gestern zu tun«, sagte Maria.

Ich musste mir erst die Kehle freiräuspern, ehe ich antwortete.

»Ich kann nur um Entschuldigung bitten. Der Schnaps hat mich getroffen wie ein Bumerang. Da hab ich wirklich Mist gebaut.«

»Ach, Lieber«, sagte Maria, »denken Sie doch nicht daran. Sie haben getan, worum ich Sie gebeten hatte. Wenn Timoteus gestern diese Flasche geleert hätte, ich wage gar nicht daran zu denken, was dann passiert wäre.«

»In der Bibel steht, wenn dein Freund Kummer hat, sollst du mit ihm trinken. Das haben Sie getan, auch wenn Sie vielleicht mehr *für* ihn getrunken haben als *mit* ihm. Und man kann über Timoteus sagen, was man will, aber so etwas hat er noch nie schwergenommen. Er hat die Signatur seiner Schwestern hinter dem gesehen, was mit dem Schnaps passiert ist. Deshalb regt er sich nicht auf. Nein, es hat ihm arg zugesetzt, Thina noch einmal so nahe zu sein«, sagte Tamar.

Ich nickte und fühlte mich erleichtert, ein wenig zumindest. Ich hatte diesen Auftritt besorgt, und ich war verantwortlich dafür, was passiert war.

»Auch dafür kann ich nur um Entschuldigung bitten«, sagte ich. »Sie hat sich als Frau Gjems vorgestellt, und ich konnte diesen Namen nicht mit dem der früheren Verlobten in Verbindung bringen.«

»Nein, wie hätte das auch möglich sein sollen«, sagte Maria, ließ meinen Arm los und zeigte auf das Vordach und die beiden Bänke neben der Haustür.

Ich setzte mich neben Tamar und schaute zur Kiesgrube hinüber. Ziemlich leise hörte ich das Hacken der Kiesharfe. An diesem Tag schien sie auf eine geringere Geschwindigkeit eingestellt zu sein als sonst.

»Was ist unter Timoteus' Kanzel zu verstehen?«, fragte ich an beide gerichtet.

Maria wies mit dem Daumen über ihre rechte Schulter.

»Er hat da draußen auf dem Felsvorsprung einen Stein, zu dem er oft geht, oder genauer gesagt, zu dem er oft gegangen ist. Als er klein war, ist er hingegangen, um allein zu sein – oder zusammen mit Gott«, sagte sie.

»Ein Steinaltar?«, fragte ich und konnte die Skepsis in meiner Stimme nicht verbergen.

»Kein Steinaltar. Das klingt doch fast nach einem heidnischen Ritual. Es ist einfach ein riesiger Findling, den die Gletscher mitgebracht haben, das glaubt jedenfalls Timoteus. Dorthin ist er gegangen, als er den Ruf aus Amerika erhielt.«

»War es eine Überraschung, dass die Verlobung gelöst wurde?«, fragte ich.

Die Schwestern wechselten einen Blick und nickten gleichzeitig.

»Sie waren ein wunderschönes Paar, was natürlich nichts bedeutet, aber sie hatten eine Art Gleichgewicht, die es nicht sehr oft gibt. Ich zumindest habe das mit keinem Mann erlebt«, sagte Maria und sah ihre Schwester an.

»Timoteus war ein ganz anderer Mensch, ehe die Verlobung gelöst wurde. Alles, was an Verbitterung und Übellaunigkeit in ihm steckt, kam erst nachher. Ich kann nicht behaupten, dass ich ihm da einen Vorwurf mache. Als Thina Hval die Verlobung gelöst hat, wusste Timoteus wohl, dass er etwas verloren hatte, das er bei keiner anderen wiederfinden würde«, sagte Tamar.

Ich nickte und versuchte, mir die gewaltige Talfahrt im Leben von Timoteus Thorsen vorzustellen.

»Haben sie wirklich seit über fünfzig Jahren nicht miteinander gesprochen? Es kommt mir unwahrscheinlich vor, wenn es so eine besondere Beziehung war, wie Sie sagen«, sagte ich.

Tamar zuckte mit den Schultern.

»Soviel ich weiß, haben sie nie wieder ein Wort gewechselt«, sagte sie.

»Und sind Sie ganz sicher, dass Frau Gjems, Thina, die Verlobung gelöst hat?«, fragte ich.

»Was ist das für eine blöde Frage«, fauchte Maria, riss sich dann aber nach einem tadelnden Blick ihrer Schwester zusammen. »Ja, das steht fest. Wir haben beide den Brief in ihrer Handschrift gesehen. Thina hat geschrieben, sie liebe ihn nicht mehr, und zugleich bat sie ihn, keinen Kontakt zu suchen. Sie hat seine Liebe sozusagen als Druckmittel gegen ihn verwendet.«

»Großer Gott«, rutschte es mir heraus.

»Das haben wir auch einige Male gedacht«, sagte Tamar.

»Ich kann noch immer nicht begreifen, dass er sich nicht bei ihr gemeldet hat«, sagte ich und schüttelte den Kopf. Fast hätte ich verraten, was Frau Gjems mir erzählt hatte, aber ich wollte ihr zuerst schildern, was ich jetzt von den Schwestern gehört hatte.

Wieder wechselten die Schwestern einen Blick, diesmal, wie um sich zu einigen, welche etwas sagen sollte.

»Im tiefsten Herzen glaube ich vielleicht, dass er mit einem solchen Ende gerechnet hatte«, sagte Tamar.

»Eben haben Sie noch gesagt, es habe keine Vorwarnung gegeben«, sagte ich.

»Nein, nicht zwischen den beiden. Aber bereits als er noch klein war, sahen alle in Timoteus den späteren Prediger. Einen großen Prediger. Deshalb fanden viele in der Gemeinde, er dürfe keine heiraten, die nicht bekehrt und schon gar nicht bei uns getauft war. Ein Vorsteher ging so weit, Thina eine vom Teufel gesandte Versucherin zu nennen, und als Timoteus den Abschiedsbrief bekam, nahm er ihn fast entgegen wie das Urteil in einer Gerichtsverhandlung, das ihm nicht die Mühe einer Berufung wert war. Er verbrachte den ganzen Tag auf seiner Kanzel. Bei seiner Rückkehr wurde er von einem heftigen Trotz getrieben, den wir vorher nie bemerkt hatten. Er war noch immer bereit, für den Herrn in den Krieg zu ziehen, aber nicht ohne die Mandoline. Das war der Abend, an dem er sagte, wir seien berufen, nach Amerika zu gehen.«

Ich sagte nichts, denn ich konnte mir nicht vorstellen, wie es wohl sein mochte, einen solchen Brief vorzufinden und dann mit stoischer Ruhe den Inhalt als Teil eines größeren Plans hinzunehmen. Saß Gott, der Puppenspieler, oben in den Wolken und lenkte unser Leben, und wenn sich die Fäden verwickelten, könnten wir selbst nichts tun, um sie zu entwirren? Oder hatte sich Timoteus Thorsen nie wieder bei Thina Hval gemeldet, weil sie ihn darum gebeten hatte? Gibt es wirklich eine Liebe, die so groß ist, dass man sein eigenes Herz blind, stumm und taub machen kann, um dem Glück eines anderen Menschen nicht im Weg zu stehen? Die Mutter aller Liederklischees: Wenn du einen Menschen wirklich liebst, dann gib ihn frei.

»Sie sind so still«, sagte Tamar.

Ich schüttelte den Kopf.

»Ich weiß nicht, was ich sagen soll. Das ist eine Regenbogengeschichte.«

»Eine Regenbogengeschichte?«, fragte Maria.

»Sonne und Regen zugleich.«

Beide Schwestern nickten.

Ich warf einen Blick zum Waldrand hinunter und fragte mich, wie groß dieser Findling wohl war. Ob Timoteus dort kniete? Und an dem Tag, an dem er den Brief von Thina Hval bekommen hatte, hatte er die Schulter gegen den Stein gestemmt und versucht, ihn ins Tal hinabzurollen, zu den Häusern, zu den Autos, zu den Menschen, die noch immer ihr Leben lebten, als wäre nichts geschehen?

Das hoffte ich.

»Warum sitzen Sie eigentlich hier draußen?«, fragte ich.

»Weil wir dumm sind«, sagte Maria.

»Und alt«, sagte Tamar.

»Timoteus ist nicht gerade besser zu Fuß geworden, seit er zuletzt dort unten war. Wir sind ein bisschen weniger besorgt, wenn wir hier draußen sitzen«, sagte Maria.

»Er hat doch sicher sein Handy mitgenommen.«

Sie schüttelte den Kopf.

»Nicht dahin, aber er hat die Hunde bei sich.«

Und als ob Timoteus Thorsen auf ein Stichwort gewartet hätte, erschien er jetzt am Waldrand, eingerahmt von Ruth und Esther. Er stützte sich schwer auf einen Stock, und die Hunde gingen mit synchronen Bewegungen neben ihm und nebeneinander, als ob sie für eine Ausstellung trainierten. Timoteus hatte jetzt freien Blick auf mein Auto, und ich war erleichtert, weil er einfach, ohne zu zögern, weiterhumpelte.

»Hat er nie überlegt, sich die Hüfte operieren zu lassen?«, fragte ich.

Tamar tippte sich auf die Brust.

»Er hat ein paar Herzprobleme, und der Arzt hat ihm abgeraten.«

»Deshalb geht er jetzt auch spazieren«, fügte Maria hinzu.

»Der alte Starrkopf glaubt, dass er durch Gehen seine Hüfte aus purem Trotz beweglicher machen kann. Es hat ihn beeindruckt, wie gut Thina sich gehalten hat.«

Timoteus hatte jetzt das Tor erreicht, und die Schwestern entschuldigten sich damit, dass sie Kaffee aufsetzen müssten. Ich schluckte und versuchte, möglichst entspannt dazusitzen, während ich die Hunde beobachtete, doch als denen meine Anwesenheit bewusst wurde, sagte Timoteus ein einziges gebieterisches Wort, und sie gingen im selben ruhigen Tempo weiter. An der Treppe schnippte er dreimal mit den Fingern, und Ruth und Esther scherten aus dem Kurs aus und ließen sich hinter dem Haus nieder.

Zu mir hob er die Handflächen, und ich erwiderte diese Geste, als wären wir Indianer von unterschiedlichen Stämmen.

Timoteus Thorsen setzte sich mit dem Rücken zum Wald auf die Bank. Das Unvorhersagbare an seinem Wesen war einer Langsamkeit gewichen, wie bei einem Reisenden, der am Ziel angekommen ist und plötzlich einsieht, dass er sich an einem Ort befindet, an dem er gar nicht sein möchte.

»Ich wollte nur kurz das Honorar für gestern vorbeibringen«, sagte ich und klopfte auf meine Jackentasche.

»Okay«, sagte er, und mir ging auf, dass die Schwestern Kopf, Hände und Arme einsetzten, um das, was sie gesagt hatten, zu betonen, während Timoteus Thorsen rein verbal kommunizierte. Seine Bemerkungen ließen sich oft auf mindestens zwei verschiedene Weisen deuten, aber immer wurden sie mit einer ausdruckslosen Miene gesagt, die weder etwas hinzufügte noch etwas wegnahm, und ich fand es leichter, mit seinen verbalen Ausbrüchen umzugehen als mit dieser resignierten Verzagtheit.

»Ich kann nur bedauern, wie es gestern gekommen ist«, sagte ich.

Er machte eine ruckhafte Bewegung, von der ich nicht wusste, ob sie Zustimmung bedeutete oder totale Gleichgültigkeit.

»Und dafür, dass es Ihre Verflossene war, die Sie engagiert hat, kann ich gar nicht oft genug um Entschuldigung bitten«, fügte ich hinzu.

Timoteus senkte den Kopf ein wenig zu einer Geste, die mit etwas Wohlwollen als Nicken durchgehen konnte.

»Entschuldigen Sie auch das mit dem Schnaps. Das Badewasser des Teufels, haben Sie das nicht bei unserem ersten Gespräch gesagt?«

Er schüttelte den Kopf. »Daran kann ich mich nicht erinnern«, sagte er mit leiser Stimme. »Aber ich erinnere mich an etwas anderes, das ich gesagt habe.«

»Was denn?«, fragte ich und versuchte mich zu erinnern, wie er Plattenproduzenten genannt hatte.

»Du bittest häufiger um Entschuldigung als ein Quäker. Dazu hast du keinen Grund.«

Er beugte sich ein wenig vor und boxte mir gegen den Oberarm.

»Warum haben Sie sich nicht bei Thina gemeldet, nachdem Sie den Brief erhalten hatten?«, fragte ich.

Timoteus Thorsen ließ sich mit dem Rücken gegen die Banklehne zurücksinken.

»Weil«, fing er an, und dann kam erst einmal nicht mehr, und etwas in seinem Gesicht ließ mich an einen Baum im Herbst denken, wenn er gerade seinen Sommer verloren hat.

»Weil sie mich darum gebeten hatte, weil ich um nichts bitten wollte, was sich nicht ändern ließ, weil ich es als Teil einer Berufung auffasste. Sind das Gründe genug für dich?«, fragte er mit etwas von der alten Schärfe in seiner Stimme.

Ehe ich antworten konnte, schlug er vage in die Hände.

»Entschuldige meinen Tonfall«, sagte er.

»Selbst wenn Sie es nicht so oft tun wie ein Quäker, brauchen Sie sich für gar nichts zu entschuldigen«, sagte ich.

Er nickte und verzog die Mundwinkel zu einem kleinen Lächeln, und so wie dieses Lächeln zu seinem Gesicht passte, wusste ich, dass Timoteus Thorsen niemals aufgehört hatte, Thina Hval zu lieben. Niemals aufgehört hatte, Thina Gjems zu lieben. Niemals aufgehört hatte, die Witwe Gjems zu lieben.

»Timoteus, ich muss los«, sagte ich. »Die Aufnahmen, die wir bisher gemacht haben, kommen mir sehr gut vor, auch wenn sie einfach sind. Der Bekannte, der gestern gefilmt hat, hat zudem einige Bilder, mit denen er ungeheuer zufrieden ist. Ich freue mich auf die weitere Arbeit.«

»Ja«, sagte Timoteus und nickte, ohne meinen Blick zu erwidern.

Ich erhob mich und hielt ihm den Umschlag mit dem Geld hin.

»Bald wird das Haus versetzt. Grüßen Sie Ihre Schwestern und sagen Sie, dass ich an einem anderen Tag zum Kaffee komme.«

»Ja«, sagte er. »Bald wird das Haus versetzt.«

Als ich mich ins Auto setzte, saß er noch immer unter dem Vordach, in derselben Stellung, bis der erste Hügelkamm mir die Aussicht im Rückspiegel versperrte.

Etwas beim Autofahren über die Dörfer ist viel meditativer als in der Stadt. Das Gefühl, dass man manchmal nicht selbst das Auto lenkt, sondern dass der Weg einen führt. Als ich zuerst registrierte, dass ich die Abfahrt zu meinem Haus verpasst hatte, ließ ich mich einfach weitertreiben in Richtung Patentstadt. Kam vorbei am neuen Grundstück der Geschwister Thorsen und erreichte schließlich das Bürgerhaus. Ein Trupp aus schwarzen SUVs belegte den Parkplatz, und auf der Bahn nutzten die Spieler die Frühlingssonne, um ihre neuesten Golfmoden vorzuführen. Ich hielt vor dem Eingang und schaute nach Thina Gjems in dem Fenster, aus dem sie mich gerufen hatte, aber das Büro war leer.

Ganz hinten im Café saßen zwei Paare, andere Gäste gab es nicht. Ich erkannte die Frau hinter dem Tresen, die die Eintrittskarten verkauft hatte, und nachdem ich ihr erzählt hatte, warum ich gekommen war, bat ich um die Adresse von Thina Gjems.

Mir war das gelbe Holzhaus jedes Mal aufgefallen, wenn ich hier oben gewesen war, nicht wegen des Hauses an sich, sondern weil die Auffahrt aus einer langen Birkenallee bestand, wie ich sie im ganzen Ort kein zweites Mal gesehen hatte.

Eben erst hatte ich registriert, dass sich ein Mensch am Ende der Auffahrt über einen Spaten oder eine Harke beugte, aber ich hatte Thina Gjems damit nicht in Verbindung gebracht. Als ich beim Briefkasten abbog und die Gestalt sich aufrichtete, erkannte ich sie jedoch an ihrer Haltung, ehe ich ihr Gesicht deutlich erkennen konnte. Sie trug einen weißen Panamahut und eine grüne Latzhose mit einer Supermarktreklame.

Als ich aus dem Auto stieg, ließ sie den Spaten auf den Boden fallen, streifte die gelben Gartenhandschuhe ab und legte sie neben den Rosenstrauch, den sie gerade pflanzen wollte. Ihr Gesicht strahlte.

»Jim?«, fragte sie überrascht und fügte eilig hinzu: »Ich darf doch hoffentlich du sagen?«

»Natürlich«, ich nickte und lächelte.

Und erst jetzt schien es ihr einzufallen.

»Dann sollte ich mich vielleicht richtig vorstellen. Ich heiße

Thina«, sagte sie und streckte die Hand aus. Ihre Haut fühlte sich kalt an, und ich fragte mich, ob es ein Zufall war, dass sie bei unserer ersten Begegnung ihren Vornamen nicht genannt hatte.

»Freut mich«, sagte ich und machte eine Verbeugung.

»Frau Gjems ...«, fügte ich hinzu, aber sie fiel mir ins Wort.

»Wir duzen uns doch jetzt«, sagte sie und lächelte.

»Natürlich, entschuldige. Thina. Ich wollte mich nur dafür bedanken, dass du das Konzert ermöglicht hast. Trotz meines nicht ganz salonfähigen Auftretens war es ja offenbar ein Riesenerfolg. Die Geschwister äußerten sich jedenfalls sehr zufrieden. Ich war eben bei ihnen und soll grüßen«, sagte ich.

»Auch von Timoteus?«, fragte sie, und ihr Gesicht sank ein wenig in sich zusammen, als ich mit der Antwort zögerte.

»Nicht gerade wortwörtlich, aber auch er war sehr zufrieden mit dem Konzert«, sagte ich noch einmal.

»Das höre ich gern«, sagte sie und strich sich mit dem Handrücken einige Strähnen aus der Stirn, ehe sie hinzufügte: »Wie geht es ihm eigentlich heutzutage so?«

»Er ist ein wenig schlecht zu Fuß, ansonsten geht es gut«, sagte ich und überlegte, ob ich erzählen sollte, dass die Geschwister bald auf diese Talseite umziehen würden. Aber im Dorf war diese Nachricht sicher schon allgemein bekannt.

»Ich habe gesehen, dass ihm das Gehen ein bisschen Mühe machte. Komisch. Als wir verlobt waren, war Timoteus ungeheuer fit, und in einem Herbst ist er unmittelbar vor der Elchjagd sechsmal über den See hin- und hergeschwommen, nur weil ich behauptet hatte, dass er das nicht schaffen könnte.«

Sie musste lächeln, dann schüttelte sie den Kopf, um diese Bilder zu verdrängen.

»Deshalb war es seltsam, ihn noch einmal aus der Nähe zu sehen, nicht nur als Gesicht, das man in der Zeitung entdeckt oder an dem man im Auto vorbeifährt. Aber das Alter hat mich ja wohl auch nicht verschont.«

»Thina«, sagte ich. »Ich muss dich etwas fragen. Etwas, das mir zu schaffen macht.«

»Bitte sehr.«

»Gestern hast du gesagt, dass Timoteus die Verlobung gelöst hat.«

Sie nickte.

»Timoteus hat die ganze Zeit behauptet, dass du das warst.«

»Das stimmt nicht«, sagte sie und sah mir ins Gesicht.

»Ich habe eben mit Maria und Tamar darüber gesprochen. Sie haben den Brief gelesen. Beide sagen, du habest Timoteus gebeten, sich nicht bei dir zu melden, ja und fast seine Liebe als Druckmittel angewandt.«

Thina schob die Hände in die Hosentaschen und spannte sich an wie eine Katze, die einen Buckel macht, dann atmete sie mit offenem Mund aus, machte auf dem Absatz kehrt, so dass ihre Gummistiefel Furchen in den Kies zogen, und ging zu ihrem Haus hoch. Ich blieb stehen und sah ihr hinterher, ohne zu begreifen, ob das ein wortloser Abschied war oder eine Aufforderung, stehen zu bleiben. Als sie ins Haus ging, zog sie nicht die Tür hinter sich zu, aber ich brachte es doch nicht über mich hinterherzugehen, weil ich plötzlich unsicher war, ob ich von einer fünfzig Jahre alten Lüge zu viel Wesens gemacht hatte. Das hier ging mich doch gar nichts an.

Ich wartete eine ganze Weile vor dem Haus, bis sie wieder zum Vorschein kam und mich auf die Veranda winkte. Sie wies mit der Hand auf den freien Schaukelstuhl, und nun sah ich, dass sie ein Blatt Papier in der Hand hielt. Einen Brief. Wortlos streckte sie ihn mir hin. Er bestand aus nur einer Seite, war aber offenbar so oft auseinander- und wieder zusammengefaltet worden, dass das Papier an den Knickkanten zerfiel.

»Liebste Thina«, stand oben in blauer Tinte.

»Mit schwerem Herzen habe ich mich entschlossen, die Verlobung zu lösen, denn ich habe das Gefühl, dass unsere Beziehung meiner eigentlichen Berufung im Wege steht. Ich hoffe, Du wirst jemanden finden, der Dir ohne Hindernis und von ganzem Herzen die Dinge geben kann, mit denen Du Dein Leben füllen möchtest. Dazu bin ich einfach nicht in der Lage. Bitte, nimm keinen Kontakt zu mir auf, denn meine Entscheidung steht endgültig fest. Es ist besser so. Gruß, Timoteus K. Thorsen.«

»Ist das seine Schrift?«, fragte ich.

Sie schaute mir in die Augen, ehe sie antwortete.

»Natürlich.«

Ich holte durch die Nase Luft und behielt sie dann für mehrere Herzschläge in der Lunge. Mein Nacken spannte sich an, als ob ich zu lange in einem zugigen Raum gesessen hätte.

»Maria hat vorhin gesagt, beide Schwestern hätten deine Schrift auf deinem Brief an Timoteus erkannt. Ich weiß nicht, ob dieser Brief noch existiert, aber ich bin sicher, dass sie nicht lügen. Gleichzeitig hast du von Timoteus einen Brief mit dem gleichen Inhalt erhalten«, sagte ich.

Thina Gjems schwieg, erwiderte aber meinen Blick, ohne mit der Wimper zu zucken, und legte sich den Brief wie eine Serviette auf den Schoß.

»Das kann nur bedeuten, dass irgendwer diese Briefe gefälscht hat«, sagte ich.

Eine einsame Träne lief ihr über die eine Wange, und sie ließ die Träne einfach laufen, über ihr Kinn, weiter den Hals hinunter und unter den Kragen des karierten Flanellhemdes. Und es kam mir unbehaglich vor, so zu sitzen, während das Leben eines anderen Menschen plötzlich in ein neues Licht gerückt wurde, wie ein Arzt, der ein Dokument über den Tisch schiebt und versucht, professionell darüber zu sprechen, was die verschiedenen Blutwerte auf dem Bogen zu bedeuten haben.

»Wer kann diese Briefe geschrieben und euch beide in die Irre geführt haben?«, fragte ich.

Das Gesicht von Thina Gjems hatte jetzt die Farbe von frisch geseihter Milch, und als sie sich mit den Fingerspitzen die Wangenknochen rieb, waren auf ihrer Haut einige scharlachrote Flecken zu sehen. Ich rutschte an die Sesselkante, für den Fall, dass sie in Ohnmacht fiele, aber sie ließ sich zurücksinken und setzte sich dann gerade wie eine Turnerin.

»Jemand, der uns gut gekannt hat«, sagte sie. »Jemand aus meiner Familie. Jemand aus seiner Gemeinde. Jemand, der mehr an seine eigenen Interessen dachte als an uns. Jemand, der Handschriften nachmachen konnte. Ein Künstler. Ein Teufel.«

»Soll ich dir ein Glas Wasser holen?«, fragte ich.

Sie schüttelte den Kopf und lächelte müde.

»Ich glaube, ich muss ein bisschen allein sein«, sagte sie.

Kapitel 21

Eben Ezer war von außen jetzt fast fertig. Die Schreiner waren im Gebäude nicht jeden Tag zu sehen, aber zum Ausgleich arbeiteten sie an manchen Tagen bis spät in den Abend. Noch immer hatte ich den Gedanken nicht ganz aufgegeben, die Geschwister bei der Wiedereröffnung des Gemeindehauses spielen zu lassen. Aber an diesem Abend dachte ich nicht in erster Linie an Musik. Es machte mir zu schaffen, wie ich Timoteus Thorsen und Thina Gjems vor ihren Häusern hatte sitzen lassen. Beide hatten mich an Zugreisende auf dem Bahnsteig erinnert, aber ich war durchaus nicht sicher, ob sie darauf warteten, einsteigen zu dürfen, oder ob sie sich sammelten, nachdem sie angekommen waren. Ich war nicht einmal sicher, ob es so aussah, als befänden sie sich auf derselben Art Reise.

Als ich vor meinem Haus angehalten hatte, blieb ich sitzen und lauschte dem Ticken und Knacken des sich abkühlenden Motors. Ich versuchte mir vorzustellen, was es wohl für ein Gefühl war, jemanden zu lieben und dann der Liebe einfach den Rücken zu kehren und nie wieder mit diesem Menschen zu sprechen. Timoteus hatte das Problem dadurch gelöst, dass er seine Mandoline und die Kunst gepflegt hatte, zum erstklassigen Drecksskerl zu werden. Zu einem übellaunigen Arsch, der es schön fand, andere Menschen auf die Probe zu stellen. Und Thina? Ich hatte keine Ahnung. Vielleicht war sie zu einer Frau geworden, die sich hinter einem nahezu perfekten Äußeren verbarg und alle Komplimente trug wie Kriegsorden, während sie sich manchmal abends dabei ertappte, dass sie die Straße entlangstarrte und die Eiswürfel in ihrem Drink klirrten. Aber das Allerschlimmste war: Ganz am Ende des Stückes, unmittelbar ehe sich der Vorhang senkte, kam Jim Gystad mit der Eleganz eines Elefanten, stieß die Kulissen um und sorgte dafür, dass das Stück neu geschrieben werden musste. Was hätte ich selbst nach so vielen Jahren gesagt? Wäre es mir lieber gewesen, nicht zu wissen, dass jemand sich ein halbes Jahrhundert zuvor an meinem Leben zu schaffen gemacht hatte, oder, wenn das Gegenteil der Fall wäre, hätte ich dann mit der vernichtendsten, wahnsinnigsten Wut reagiert, weil ich so vieles nicht zurückbekommen konnte, oder hätte ich mich darüber freuen können, was mir trotz allem noch blieb?

Ich ging ins Haus, legte die Videoaufnahme, die ich bei Malling geholt hatte, ins Gerät, schnappte mir ein Bier aus dem Kühlschrank, ließ mich aufs Sofa sinken und drückte »Play«. Der Klang war fast optimal, und die Geschwister hätten fast das Dach des Bürgerhauses zum Einsturz gebracht. Maria lächelte beinahe die ganze Zeit, während die Gesichter ihrer Geschwister konzentrierter waren. Unmittelbar vor dem Mandolinensolo in »Am Mond vorbei zum Perlentor« ließ Malling die Kamera über die Gesichter des Publikums schweifen, und die letzte Großaufnahme zeigte Thina Gjems. Ihr Blick haftete an einem Ort jenseits von Zeit, jenseits von Raum, während das Lächeln zugleich alles zwischen Wiedererkennen und einer Art Stolz zum Ausdruck bringen konnte. Als Malling die Kamera dann auf Timoteus richtete, wurde deutlich, dass er Thina ansah, dass er für Thina spielte, nur für sie, und als das Solo die Mandoline noch übellauniger klingen ließ als zu Beginn des Liedes, schlug er die Augen nieder und hob die Schultern wie bei einem Frösteln.

Vor »Der dumme Mann« konnte er die Stimmung ein bisschen korrigieren, doch kaum rollte dann das Geräusch der Kiesharfe durch den Raum, war der Blick, den er in Richtung Mischpult warf, absolut nicht misszuverstehen. Die Geschwister passten sich jetzt dem Rhythmus perfekt an, und es würde kein Problem sein, die Bilder mit den Aufnahmen, die ich im kleinen Saal gemacht hatte, zu synchronisieren. Tamar stand mit geschlossenen Augen da und bewegte vor sich die Hände, wie um strömende Fluten und fortgetriebene Häuser zu illustrieren. Maria schüttelte den Kopf, als sie die zweite Stimme dazugab, und ihre Gitarre zeigte wie ein Speer zum Himmel hoch. Beide Schwestern fuhren zusammen, als Timoteus ohne Vorwarnung die Mandoline gegen den kleinen Tisch schlug, auf dem er ein Glas Wasser und seine Plektren untergebracht hatte. Erst beim dritten Versuch konnte er den Hals brechen. Ich hatte nicht registriert, dass Maria weitergespielt und Tamar weitergesungen hatte, als sei das hier eine sorgsam einstudierte Einlage in ihrer Show. Soviel ich hören konnte, patzten sie bei keinem einzigen Ton und keinem einzigen Wort, während Timoteus sein Instrument misshandelte. Die Haarsträhne löste sich von seinem Schädel und hing wie eine Tangdolde an seiner einen Wange hinunter, aber sein Gesicht war nicht von Zorn verzerrt. Es sah nicht aus, als ob er alles aus dem Griff verlor. Timoteus Thorsen vermittelte den Eindruck eines Mannes, der sich darauf konzentriert, mit der Axt das Holzscheit genau in der Mitte zu treffen. Und jetzt fiel mir auf, dass er nicht die Mandoline aus Knoxville zerschlagen hatte.

Nach dem Lied gab es zunächst keinen Applaus, niemand sagte etwas, und nur das Knirschen der Kiesharfe lag im Raum. Dann sprang zuerst ein Mann auf, gefolgt von seiner Sitznachbarin und noch zwei weiteren Personen. Am Ende stand der ganze Saal da und applaudierte, und die Schwestern knicksten, ohne zu ihrem Bruder hinüberzublicken. Malling hörte auf zu filmen, und als er die Kamera wieder einschaltete, war die Kiesharfe verstummt. Timoteus hatte die Mandoline aus Knoxville umhängen, und Maria sagte, das nächste Lied sei ihre bestverkaufte Single überhaupt. Sie zählte an für »Willst du dabei sein, wenn der Zug abfährt«.

Zum Schluss spielten sie »Wer die Sonne weinen sieht«, und es war das einzige Mal in diesem Set, dass nicht Maria die Ansage machte. Tamar sagte, es sei ein Lied, an dem sie lange gearbeitet hätten, und dass eigentlich Lieder niemals ganz fertig würden, und vielleicht sollten sie das auch gar nicht. Dann hängte sie sich die Gitarre um und nickte Timoteus zum Anzählen zu. Als die Kamera über das Publikum wanderte, stand niemand auf, niemand klatschte den Takt, niemand legte den Arm um jemand anderen, die Gesichter der allermeisten hatten so ungefähr den Ausdruck wie dann, wenn ein Brautpaar vor dem Altar die Hände nacheinander ausstreckt. Als das Lied zu Ende war, brach der Applaus los, Stühle wurden umgestoßen, und ich weiß nicht, ob Malling die Kamera fallen ließ oder einfach weglegte, jedenfalls wurde alles zum Chaos und das Bild schwarz.

Ich schaltete den Fernseher aus, und erst jetzt merkte ich, dass es draußen Abend geworden war. Die Bierflasche stand ungeöffnet vor mir auf dem Tisch, und ich stellte sie zurück in den Kühlschrank. Trank am Spülstein ein Glas Wasser. Der Himmel hatte sich bewölkt, und ich konnte weder Sterne noch Mond erkennen, aber das Licht der Außenlampe spiegelte sich im Fluss wie Meeresleuchten. Ich blieb noch lange so stehen und dachte an Thina und Timoteus an ihren jeweiligen Enden derselben Nacht. Ich bildete mir ein, dass der Schlaf zu beiden erst spät kommen würde und dass sie lange in die Dunkelheit schauten, auf ihren entgegengesetzten Seiten des Tales.

Am nächsten Morgen würde ich Timoteus von dem Brief erzählen müssen, den Thina mir gezeigt hatte.

Den restlichen Abend spielte ich an der Aufnahme herum, die Malling im Bürgerhaus gemacht hatte. »Der dumme Mann« war hervorragend. Die wenigen unsynchronen Lippenbewegungen ließen das Video nur echter wirken. Im Netz fand ich einen kleinen Film über ein Haus, das über eine Straße transportiert wird, und fügte ihn dort ein, wo ich fand, es könnte passen, dass das Haus der Geschwister sich nun durch das Dorf bewegte. Dann spielte ich das Haus in diesem Lied noch zweimal ein. Ich versuchte dasselbe mit »Wer die Sonne weinen sieht«, aber das Tempo der Live-Aufnahme war höher als bei der anderen. Doch indem ich Mallings Video in schwarzweiß und mit grobkörniger Bildauflösung laufen ließ, wirkte auch dieses Lied wie eine Dokumentation der zeitlosen Präsenz der Geschwister.

An nächsten Morgen wurde ich wach, ehe der Wecker klingelte, und machte einen Spaziergang entlang am Baklengselv in Richtung Schweden. Das Flussufer wuchs immer mehr zu, und an mehreren Stellen waren Bäume umgestürzt und ragten ins Wasser. Es würde jetzt unmöglich sein, auf dem Fluss zu rudern oder zu paddeln, aber ich fragte mich, wie es früher hier ausgesehen hatte. Es musste noch überwucherter gewesen sein, ehe sich die Menschen die Zeit genommen hatten, ihre Verkehrswege freizuräumen, oder war es ganz offen gewesen, als die Wikinger auf dem Weg nach Schweden hier vorbeigerudert waren?

Ich sank auf die Knie und fing an, am Flussufer zu graben, Sand und Kies bohrten sich unter meine Nägel, aber ich machte immer weiter, bis ich ein Loch von der Größe einer Marschtrommel hatte. Dann sah ich zu, wie sich das Loch mit Wasser füllte. Als ich zum Haus zurückging, dachte ich, dass ich mir einen Metalldetektor zulegen müsste, um hier die Ufer zu untersuchen. Ich fühlte mich absolut verwandt mit dem Großvater der Geschwister, der auf eigene Faust am Fluss nach Spuren der Vergangenheit geforscht hatte. Je länger ich hier im Dorf wohnte, umso mehr fühlte ich mich zu Hause, und zwar nicht deshalb, weil Zugezogene sich eben an den neuen Wohnort gewöhnen. Sondern weil ich endlich begriffen hatte, woher ich kam, und in diesem Zusammenhang war das Dorf eher ein Zustand als ein geographischer Ort.

Oben bei den Geschwistern war der Kapitän rückwärts aus der Garage gefahren worden, und obwohl die Neun-Uhr-Nachrichten noch nicht angefangen hatten, wirkte der Lack frisch poliert. Die Sonne spiegelte sich mit so starkem Glanz in der Motorhaube, dass ich zum Schutz meiner Augen die Hand an die Stirn legen musste.

Ich klopfte, und beide Hunde begannen zu bellen, aber sie hörten rasch auf damit. Tamar lächelte, als sie die Tür öffnete.

»Waren wir heute auch wieder verabredet?«, fragte sie und schob die Tür weiter auf.

»Nein, wir sind nicht verabredet«, sagte ich und zögerte, kam mir vor wie ein kleiner Junge, der fragen will, ob jemand zum Spielen rauskommt. »Aber ich würde gern mit Timoteus sprechen. Ich dachte, wir könnten eine Runde fahren.«

Er saß aufrechter im Sitz als neulich, als ich ihn zur Pediküre gefahren hatte. Er war noch immer schweigsam, aber diesmal wirkte sein Schweigen nicht übellaunig. Er kam mir nicht mehr mürrisch vor, und seine Augen wirkten auf irgendeine

Weise abwesend. Unten am Flyktningesee musste ich zweimal seinen Namen sagen, ehe er reagierte.

»Timoteus, ich muss Ihnen etwas sagen«, sagte ich und fragte mich, wie ich reagieren würde, wenn plötzlich jemand an meine Tür klopfte und sagte, dass mein Leben teilweise auf einem Missverständnis gegründet sei. Eine der Schwestern hatte gesagt, Timoteus habe Thinas Brief angenommen wie das Urteil in einer Gerichtsverhandlung. Und jetzt? Wie reagieren Männer nach so langer Zeit, nachdem sie fünfzig Jahre lang unschuldig verurteilt waren?

»Gestern Abend habe ich Thina Gjems besucht«, begann ich.

Timoteus nickte fast unmerklich und starrte weiter geradeaus.

»Sie hat mir einen Brief gezeigt, von dem sie in all den Jahren geglaubt hat, Sie hätten ihn geschrieben. Wenn ich das richtig verstanden habe, hat irgendwer die Briefe an Sie beide gefälscht. Thina hat Ihnen keinen Brief geschrieben, um die Verlobung zu lösen, so wenig, wie Sie an Thina geschrieben haben.«

Timoteus sagte noch immer nichts, aber jetzt hob er beide Hände und stützte sich gegen das Armaturenbrett, wie aus Angst, nach vorn zu fallen.

»Ich kann mir nicht vorstellen, was es wohl für ein Gefühl ist, das zu erfahren, aber ich fand, ich müsste es Ihnen erzählen, da Thina Gjems es nun weiß.«

»Danke«, sagte er mit kaum hörbarer Stimme.

Ich näherte mich dem Ende der geraden Strecke und des Heideplateaus, und ich konnte mich entweder weiter aufwärts in Richtung Kongsvinger halten oder zum Bahnhof hin abbiegen.

»Sollen wir an irgendeinen besonderen Ort fahren? Wie wäre es mit einem Kaffee in der Stadt?«

Timoteus schüttelte den Kopf, ließ das Armaturenbrett los und rieb sich mit beiden Händen das Gesicht.

»Würdest du bitte hier nach unten fahren?«, fragte er und nickte nach rechts in Richtung Bahnhof.

Ich gehorchte, dachte, er wolle vielleicht der Strecke folgen, die ich den Hintereingang nach Kongsvinger nannte, oder vielleicht in einem der Häuser an der Straße jemanden besuchen.

»Hier rein«, sagte er, als wir uns dem Bahnhof näherten, und als ich vor dem Gebäude hielt, bat er mich, im Wagen zu warten.

Ich nickte, und als er die Tür hinter sich zufallen ließ, überlegte ich, ob ich den Motor ausschalten oder laufen lassen sollte. Ich entschied mich für Letzteres, und mit kurzen energischen Schritten und auf seinen Stock gestützt ging Timoteus Thorsen zum Bahnsteig hoch.

Ich dachte, auch das könnte eine Szene im Video sein. Die drei Geschwister, die in einen Zug stiegen. Oder vielleicht nicht. So spät im Leben wäre die Symbolik dieser Szene zu offenbar. Ich kurbelte das Fenster ein wenig herunter, damit es nicht beschlug, und fragte mich, ob Timoteus da oben auf dem Bahnsteig betete. Hatte er sich mit gesenktem Kopf auf die Bank gesetzt und versuchte, seine Gedanken zu sammeln?

Ich schaute auf die Uhr. In wenigen Minuten würde der Zug nach Stockholm vorübergedonnert kommen, und kaum hatte ich das gedacht, stieß ich einen lauten Fluch aus. Timoteus wollte sich vor den Zug werfen.

Ich riss die Tür auf, rannte über den Kies und weiter zum Bahnsteig. Timoteus Thorsen stand mit dem Rücken zu den Gleisen und hatte die rechte Hand nach der Bretterwand ausgestreckt. Aber er schien sich nicht abstützen zu wollen. Er trat erschrocken einen Schritt zurück, als ich angehetzt kam, und ich blieb sofort stehen, während das Geräusch meiner Schritte noch wie ein Echo im Holz hing.

»Haben Sie gerufen?«, fragte ich.

Er schüttelte den Kopf.

»Tut mir leid …«, begann ich, aber er fiel mir ins Wort.

»Das Leben ist zu kurz, um sich die ganze Zeit zu entschuldigen«, sagte er. »Jetzt weiß ich, wohin ich will.«

Er humpelte vom Bahnsteig herunter und stand noch vor mir neben dem Auto.

»Fahr mich zu Thina«, sagte er.

»Soll ich anrufen, dass wir kommen?«, fragte ich, als ich in den Storvei abbog und dann zurück zum Flyktningesee fuhr.

»Nein«, sagte er und schüttelte den Kopf. »Erstens kommen nicht *wir*, und zweitens hatte sie zweiundfünfzig Jahre, um sich vorzubereiten.«

Er holte einmal Luft und fügte hinzu: »Das hatte ich übrigens auch.«

Als ich am Ende der Allee hielt, wo Thina Gjems am Vortag den Rosenstrauch gepflanzt hatte, richtete Timoteus Thorsen sich auf. Stieß zweimal mit dem Stock auf den Boden und erwiderte meinen Blick, ohne auszuweichen.

»Soll ich warten?«, fragte ich.

Er schüttelte den Kopf.

»Soll ich Sie dann abholen?«

Er schüttelte wieder den Kopf und schlug sich auf die Jackentasche, als ob er auf sein Handy hinweisen wollte. Ob das nun auch bedeutete, dass er mich anrufen würde, erfuhr ich nicht mehr, denn er klopfte mir nur eilig auf die Schulter und hatte das Auto bereits verlassen.

Ich blieb sitzen und schaute seinem Rücken hinterher, und obwohl es nur einige Meter bis zur Treppe waren, wusste ich, welche Anstrengung es für ihn bedeuten musste, so wenig zu humpeln und sich so gerade zu halten. Als er einen Schritt zurücktrat, nachdem er an der Tür geklingelt hatte, dachte ich, dass ich niemals gesehen hatte, wie ein Mensch mit so wenigen Schritten so weit ging.

Thina Gjems öffnete fast sofort und ließ ihn eintreten, als sei der Besuch verabredet worden. Ohne zu zögern, ging Timoteus ins Haus und zog die Tür hinter sich zu. Als er das zuletzt gemacht hatte, als die beiden zusammen gewesen waren, hatte Bob Dylan seine erste Schallplatte herausgebracht, John F. Kennedy war Präsident der USA, und es würde noch sieben Jahre dauern, bis ein Mensch den Mond betrat.

Ich fuhr zurück durch die Birkenallee und dann weiter hinunter zum Dorf. Ohne zu wissen, warum, fuhr ich zurück zum Bahnhof. Die eingeschlagenen Fenster und die abblätternde Farbe verstärkten den verlorenen Eindruck noch, den das Gebäude vermittelte. Ich ging hinaus auf den Bahnsteig und zu der Ecke, wo Timoteus gestanden hatte. Zuerst konnte ich dort nichts sehen, aber dann fand ich im Staub seine Fingerabdrücke. Irgendwer hatte in die Wand zwei Buchstaben und dazwischen ein Pluszeichen geritzt. Die Bretter waren sicher mehrmals übermalt worden, aber noch immer ließen sich die Buchstaben ganz deutlich erkennen. In dem abgenutzten Holz sahen die beiden T aus wie Runen, die jemand eingekerbt hatte, lange ehe dieses Land entstanden war.

Kapitel 22

Am Vorabend hatte ich die Rohabmischung von »Wer die Sonne weinen sieht« und »Der dumme Mann« gemacht und damit wieder Mallings Live-Aufnahmen unterlegt. Ich hatte zudem einige der Plattenhüllen der Geschwister eingescannt und mithilfe der bei Jethro Tull gefundenen Zeitungsausschnitte eine kurze Biographie geschrieben. Sie war angereichert mit Dingen, die die Geschwister mir erzählt hatten. Nachdem ich Vor- und Nachteile abgewogen hatte, benutzte ich dann doch nur das Pressematerial ohne die Musik und schickte es an die letzte Plattenfirma, für die ich einen Gewinner des Spielmannspreises produziert hatte. Diese Firma hatte zudem eigene Leute, die Buchungen arrangierten. Sowie ich die E-Mail abgeschickt hatte, bereute ich alles sofort. Nicht nur weil ich noch nichts mit den Geschwistern abgesprochen hatte, sondern auch weil diese Monate hier im Dorf mir die Freude daran zurückgegeben hatten, mit Musik zu arbeiten, ohne an Aufmachung und Marketing denken zu müssen. Ich war durchaus nicht sicher, dass ich die Musik von einer allwissenden Plattenfirma herausbringen lassen wollte, vielleicht wäre es besser, selbst für die Veröffentlichung zu stehen.

Zugleich dachte ich, wenn Plattenfirma und Booking-Abteilung aufgrund meines Schreibens Interesse entwickelten, ohne auch nur einen Ton gehört oder einen Videoclip gesehen zu haben, würde das bestätigen, dass die Geschwister einfach aufgrund ihrer Geschichte von weitreichender Wirkung sein könnten.

Selbst die Blätter an den Bäumen am Flussufer hatten sich jetzt geöffnet, und als ich aus dem Auto stieg, lag kein vergessener Frühlingshauch mehr in den Schatten. Oben auf dem Storvei war der Asphalt getrocknet, und auf dem Dach von Eben Ezer putzte der Langhaarige den Schornstein. Er schaute auf, als ich näher kam, und hob die Hand zum Gruß. Ohne zu wissen, ob er sich irrte oder ob er mein Auto wirklich erkannt hatte, hob auch ich die Hand und grüßte zurück. Erst am Flyktningesee fiel mir ein, dass ich über einen möglichen Auftritt bei der Einweihung mit ihm sprechen sollte.

Als ich zur Kiesgrube abbog, fühlte ich mich plötzlich unwohl, ohne zu wissen, warum. Eine solche Unruhe, wie ich sie immer vor Festen im Leib gehabt hatte, wenn sich andere darauf freuten, mit ihrer Familie zusammen zu sein, während ich meistens dafür sorgte, unbedingt irgendeine Aufnahme fertigmachen zu müssen. Plötzlich war ich dermaßen verwirrt, dass ich mich mit beiden Händen am Lenkrad festhalten musste. Für einen Moment wusste ich nicht, was ich hier tat und warum. Eine Journalistin in der Stadt, mit der ich oft ein Bier trank, hatte, als aus dem einen Bier vier oder fünf zu viel geworden waren, beschrieben, wie sie vor einem wirklich großen Fall Blut witterte. Das Gefühl, wenn sie auf die Titelseite kam und sich in der Zeitung ausbreiten konnte, reduzierte das, worüber sie schrieb, zu Objekten oder Schablonen. Sie erzählte, dass sie unbewusst Abkürzungen nahm, um das bestmögliche Ergebnis zu erhalten. Einmal hatte sie einen ehrlich empfundenen und warmherzigen Artikel über einen pulloverstrickenden älteren Junggesellen aus Kampen geschrieben, der danach einen Selbstmordversuch unternommen hatte, weil er sich vorkam wie eine Karikatur. Machte ich hier etwas Ähnliches? Die Sage über die Geschwister Thorsen hatte mehrere Jahrzehnte schlafen dürfen, und was, wenn das so besser gewesen war? In den Gebrauchtläden des Landes ließ sich ihre Musik noch immer auftreiben, und die Geschwister selbst waren damit zufrieden, jeden Tag in ihren kleinen Saal zu gehen und einfach aus Freude an der Sache ihre Lieder durchzuspielen. Ungefähr wie Agnar Mykle oder J. D. Salinger, die bis zu ihrem Tod weiterschrieben, auch wenn sie seit vielen Jahren nichts mehr veröffentlicht hatten.

Ich hielt am Straßenrand an und kurbelte das Fenster herunter. In einer riesigen Trauerbirke hörte ich den wütenden Ruf einer Blaumeise. Neben mir auf dem Beifahrersitz lag der weiße Umschlag mit der DVD, die ich gebrannt hatte. Ich nahm sie vorsichtig in die Hand, wie ein Frisbee, und blieb einige Herzschläge lang so sitzen, dann ließ ich sie wieder auf den Sitz fallen. Nein. Es ging hier nicht um Zeitungsschlagzeilen. Es ging nicht darum, Menschen zu etwas anderem zu machen, als sie waren. Es ging um musikalische Archäologie. Es ging darum, ein Alan Lomax im Miniaturformat zu sein. Lomax war eine Art musikalischer Märchensammler gewesen, der nach der großen Depression durch die USA reiste und Aufnahmen von Menschen anfertigte, die später zu den wichtigsten Künstlern ihrer Zeit gehören würden. Und wenn Vincent van Gogh die Wahl gehabt hätte, wäre er wirklich damit zufrieden gewesen, nur wenige Bilder zu verkaufen, die meisten auch noch an seinen Bruder? Ich glaubte das nicht.

Bereits auf der Höhe des Holzlagers konnte ich sehen, dass die Garagentüren offen standen und der Kapitän nicht da war, aber ich musste dennoch bis zum Tor vor dem Haus weiterfahren, um wenden zu können. Als ich gerade den Rückwärtsgang einlegen wollte, sah ich hinter einem Wohnzimmerfenster eine Bewegung, und dann riss Tamar es schon auf. Sie hob die rechte Hand mit einem Putzlappen, als Gruß und als Erklärung.

Ich stieg aus und hob den weißen Umschlag meinerseits als Gruß und als Erklärung für meinen Besuch.

»Ich habe eine Aufnahme von zweien der Lieder mitgebracht, an denen wir gearbeitet haben«, sagte ich laut.

Sie machte ein Zeichen, das ich nicht ganz verstand, und schloss das Fenster, und ich blieb vor dem Tor stehen. Als sie auf die Treppe heraustrat, hatte sie sich eine braune Wildlederjacke um die Schultern gelegt.

»Ich dachte, vielleicht wollt ihr einige von den Liedern hören. Ich habe sie zum Spaß mit den Filmaufnahmen zusammengesetzt, die mein Freund im Bürgerhaus gemacht hat«, sagte ich und hielt wieder den Umschlag hoch.

»Das klingt spannend«, sagte sie und nickte. »Aber wir haben kein Gerät im Haus, auf dem man Filme abspielen kann.«

»Daran habe ich nicht gedacht. Ich kann ein andermal eins mitbringen, oder ihr kommt alle zu mir«, sagte ich und wies mit der Hand auf die offene Garagentür.

»Gute Idee. Maria ist mit Timoteus nach Kongsvinger zum Arzt gefahren«, fügte sie erklärend hinzu.

»Es ist doch hoffentlich nichts Ernstes?«

Sie schüttelte den Kopf.

»Nichts Akutes, aber er möchte seine Hüfte noch einmal untersuchen lassen. Er hat schon lange nichts mehr von einer Operation gesagt. Haben Sie das gestern auf der Autofahrt angesprochen? Er nimmt Ihre Ansichten und Meinungen sehr wichtig.«

»Nein«, sagte ich und zögerte. »Wir haben vor allem über Musik geredet.«

»Das muss dann ein langes und gutes Gespräch gewesen sein. Er ist nur selten so gut gelaunt wie gestern, nachdem Sie ihn nach Hause gebracht hatten.«

Ich musste mir meine Antwort erst sorgfältig überlegen. Timoteus hatte mich nicht angerufen, damit ich ihn abholte.

»Ja, er war ziemlich gut gelaunt«, sagte ich und trat einen Schritt von der Treppe weg. »Mögt ihr später bei mir vorbeikommen? Dann könnt ihr alle drei die Aufnahme sehen – und hören.«

»Welche Lieder sind das denn?«

»›Der dumme Mann‹ und ›Wer die Sonne weinen sieht‹.«

»Kann ich sie nicht jetzt hören?«, fragte sie und lächelte. »Fensterputzen war immer schon so ungefähr die langweiligste Beschäftigung, die ich kenne.«

»Mir ist das nur recht«, sagte ich.

Wir setzten uns ins Auto und fuhren zu mir nach Hause.

Ich schloss die Vorhänge und legte die DVD ein. Tamar runzelte die Stirn, als sie sich singen hörte.

»Und wenn ich hundert werde, ich gewöhne mich nie daran, meine Stimme so zu hören. Es klingt, als ob ich Wasser in der Nase hätte«, sagte sie.

Ehe ich etwas sagen konnte, schmetterte Timoteus seine Mandoline gegen den Tisch, und Tamar schüttelte den Kopf und schlug die Augen nieder.

»Was soll ich sagen? Selbst wenn Timoteus hundert wird, führt er sich immer noch auf wie ein Zwölfjähriger.«

»Das sind sehr starke Bilder«, sagte ich und verspürte einen Stich von der Unruhe, die ich auf dem Weg durch die Kiesgrube verspürt hatte. Spontaneität und Echtheit in diesem Ausbruch übertrafen alles, was ich je in Rockvideos an Instrumentenzerstörung gesehen hatte, aber ich hatte mich nicht richtig damit auseinandersetzen wollen, dass die Bilder für die alten Geschwister anders wirken mussten als für eine Band von Mitte zwanzig.

»Das ist nur eine Skizze«, fügte ich hinzu. »Ich hatte eine Idee, nämlich die Reise des Hauses zu filmen und ins Video aufzunehmen.«

»Es ist zu spät, um die Dinge jetzt noch zu beschönigen. Wir können nichts anderes sein, als wir eben sind. Durch seine Fehler zeigt man wahre Stärke.«

Ich nickte und ließ »Wer die Sonne weinen sieht« laufen. Tamar beugte sich im Sessel vor, wie ihr Bruder das machte, wenn er bei mir im Auto saß. Tamar starrte genauso vor sich hin, aber anders als Timoteus wirkte sie nicht gequält. Ihr Gesicht war ganz und gar ausdruckslos.

»Klingt das nicht gut?«, fragte ich.

Tamar ließ sich im Sessel zurücksinken und strich sich einige unsichtbare Strähnen aus dem Gesicht.

»Dieses Lied ist jetzt mehr als nur ein Lied. Es gehört nicht mehr nur mir. Es kommt mir vor wie etwas von dem Besten, das wir je aufgenommen haben, und zugleich wie etwas, das ich vor anderen niemals hätte singen dürfen.«

»So geht es immer mit großer Kunst«, sagte ich.

»Das ist schon möglich«, sagte Tamar. »Ich habe niemals Kunst produziert, weder große noch kleine.«

Ich lachte. War erleichtert darüber, dass sie einen Scherz machte, aber ihr Gesicht blieb weiterhin ausdruckslos.

»Wie stehen Sie zu Abtreibung?«, fragte sie.

Mein Lachen verstummte. Das Gespräch hatte eine total absurde Wendung genommen. Tamar war die ganze Zeit die von den Geschwistern gewesen, bei der mir das Reden am leichtesten fiel, aber diese Frage überraschte mich völlig. Auf eine solche Frage sind alle Antworten richtig, zugleich sind sie fast immer falsch.

»Ich habe eine ziemlich offene Einstellung«, sagte ich leise, und ihr Gesicht war nicht mehr so ausdruckslos.

»Ziemlich offen«, sagte sie mit einer Stimme, die ich von ihr noch nie gehört hatte. »Was soll das heißen? Sind Sie der neue Pontius Pilatus? Wie alt sind Sie?«

Ich dachte, das weißt du doch, antwortete aber:

»Zweiundvierzig.«

»Zweiundvierzig! Sie können nicht zweiundvierzig Jahre alt sein und glauben, Sie könnten durch das Leben stolpern und Ihre Hände in Unschuld waschen. Ziemlich offen? Was ist das denn für ein Norwegisch? Das ist, wie ein bisschen tot sein. Wissen Sie, was passiert ist, als ich schwanger geworden war und zum Arzt ging?«

Ich schüttelte den Kopf.

»Mir wurde zur Abtreibung geraten. Der Arzt hat mich fast dazu aufgefordert.«

Ich nickte, ohne ihr ins Gesicht zu blicken.

»Ich war nicht zu alt. Es bestand nicht der Verdacht, dass der Fötus krank sein könnte. Aber mein Mann, der Vater des Kindes, war Neger. Der Arzt nannte das einen Krabbencocktail, verstehen Sie?«

Wieder nickte ich.

»Seither war meine Ansicht über Abtreibung immer klar«, sagte sie nun, und ich merkte, dass meine Wangen heiß wurden. Nicht weil ich das peinlich fand, sondern weil nun Wut in mir aufstieg. Die Geschwister Thorsen waren in allem von einer einzigartigen Glaubwürdigkeit, aber ich konnte ihnen nicht die ganze Zeit nach dem Mund reden. Was würde dann von mir als Mensch übrig bleiben?

»Denken Sie an Frauen, die vergewaltigt worden sind«, sagte ich.

»Ich bin doch auch kein bärtiger Finsterling. Davon rede ich nicht. Es geht um alle, die sich aus Rücksicht auf ihre eigene Bequemlichkeit gegen ein Kind entscheiden.«

Ich sah sie wortlos an, konnte nicht begreifen, wie wir in diese Diskussion geraten waren.

»Wenn ich sehr jung und leicht beeinflussbar gewesen wäre, dann hätte ich keinen Sohn bekommen«, fuhr sie fort und legte eine kleine Pause ein, als müsse sie ihre eigenen Worte erst verarbeiten.

»Wissen Sie«, sagte sie und erhob sich. »Vielleicht wäre es ja doch besser so gewesen. Hier und jetzt würde es keinen Unterschied machen, und mir wäre der Schmerz erspart geblieben, auch ihn zu verlieren.«

Sie stand schon am Ausgang, ehe ich aufstehen konnte. Das Türenknallen war so endgültig wie ein Punkt, der auf einer Schreibmaschine durch das Blatt gehämmert wird. Ich wusste nicht, wie oft ich schon so gesessen hatte, halb gelähmt, und die Studiotür angestarrt hatte, die irgendwer gerade mit großer Überzeugungskraft zugeschlagen hatte. Dennoch war das hier anders. Diesmal ging es nicht darum, wer was singen sollte, diesmal ging es um alles, was hätte sein sollen und was wirklich geworden war. Wieder kamen mir Zweifel, ob ich dieses Projekt wohl an Land holen könnte und ob ich das überhaupt versuchen sollte.

Ich stand vom Sofa auf. Dachte, ich könnte den Wagen nehmen, hinter ihr herfahren und anbieten, sie nach Hause zu bringen. Nahm die Jacke vom Haken und ging hinaus, nur um Tamar mit dem Kopf in den Händen auf der untersten Treppenstufe zu finden. Als ich die Tür schloss, sprang sie auf, und ehe ich irgendetwas sagen konnte, stieg sie die zwei Stufen hoch und schlang die Arme um mich.

»Verzeihung«, sagte sie, und so blieben wir dann stehen.

»Denken Sie nicht mehr daran«, sagte ich, als sie ihre Arme sinken ließ. Meine Türschwelle hatte jetzt etwas Karges und Abweisendes, und ich wies mit der Hand aufs Auto.

»Soll ich Sie nach Hause fahren?«

Sie sah mich an, und ihr Blick war bodenlos tief.

»Nur wenn wir den längsten Weg nehmen.«

»Welcher ist das?«

»Links da, wo man sonst nach rechts abbiegt. Und in die Gegenrichtung.«

Als der Storvei die Vorderreifen packte und das Geräusch von Kies erstickte, der gegen den Wagenboden prasselte, setzte sie sich bequemer hin und faltete auf ihrem Schoß die Hände auf eine Weise, die eher entspannt aussah als fromm.

»In Amerika haben Timoteus und Maria oft um eine Zeit der Stille gebeten, weil ich immer das Gefühl hatte, dass etwas am Autofahren das Gespräch viel leichter fließen lässt. Leider habe ich nie den Führerschein gemacht und war immer davon abhängig, dass andere mich fahren, wenn ich irgendwohin will«, sagte sie.

»Hat Timoteus auch keinen Führerschein?«

Sie schüttelte den Kopf.

»Nein, das hat sich bei uns nie so ergeben. Maria hat von unserem Vater fahren gelernt, und irgendwie hat sie das Steuer dann nie mehr aus der Hand gegeben. Sie war die erste Frau hier im Dorf, die Auto gefahren ist. Aber da sehen Sie's«, sagte sie.

»Was sehe ich?«, fragte ich und dachte, sie meine etwas auf der Straße.

»Das mit der Zeit der Stille. Ich rede einfach drauflos. Eigentlich wollte ich um Verzeihung bitten.«

»Sie bitten häufiger um Entschuldigung als ein Quäker«, sagte ich.

»Jim Gystad«, sagte sie, legte den Kopf in den Nacken und lachte lauter, als ich das je von ihr gehört hatte. »Ich glaube,

Sie waren schon zu viel mit mir und meinen Geschwistern zusammen.«

Ihr Lächeln wirkte in ihrem Gesicht noch immer lebendig, während sie nun hinzufügte:

»Thiongos Todestag rückt näher. Alles wurde so stark, als ich vorhin das Lied gehört habe. Es steht geschrieben, wie deine Tage sind, so auch deine Kraft, aber selbst wenn man genug Glauben hat, um einen ganzen Tempel zu füllen, so ist es doch nicht immer leicht, einen Sinn zu sehen. Es ist nicht immer leicht, den Blick auf den Herrn zu richten, und wenn man sein Kind verliert, wird ein Haus von innen her abgerissen.«

»Ich kann mir kaum einen solchen Schmerz vorstellen«, sagte ich, und sie nickte ein paarmal kurz, ehe sie weiterredete.

»Ich habe mich mehrmals am Ufer des Flyktningesees wiedergefunden, als ob ich nach dem Schlafwandeln aufgewacht wäre. Tagsüber saß ich in einem inneren Kinosaal und sah eine Szene nach der anderen wieder und wieder. Um eine Erklärung zu finden, eine Vorwarnung. Die Windpocken mit vier Jahren, die Masern in der ersten Klasse, Scharlach, Mumps und Blinddarmoperation, das alles hielt ich für mitwirkende Ursachen dafür, dass er an Leukämie erkrankt ist. Ich dachte, immer wenn ich wütend wurde, wenn ich ihn zurechtwies und in seinen Augen unvernünftige Entscheidungen traf, muss das die Last der Trauer, die er tragen musste, nachdem er mit acht Jahren seinen Vater verloren hatte, noch verstärkt haben. Nichts lässt sich mit dem Schuldgefühl vergleichen, wenn ein Kind stirbt. Es spielt keine Rolle – jedenfalls nicht für mich –, ob es einen konkreten Grund für dieses Schuldgefühl gibt. Ich habe immer einen finden können. Und sei es nur, dass ich ihn in die Welt gesetzt hatte, um ihn wieder zu verlieren. Maria meinte, ich führte mich auf wie eine

Heimgesuchte, und ich glaube, sie hatte recht. Gleichzeitig wurde die Sorge zu einer Art Sucht. Zu etwas, das ich nicht in den Griff bekam. Das ganze Leben handelte nur von Trauer, davon, den bitteren Geschmack im Mund auszukosten, den grauen Fleck im Herzen zu pflegen. Jeden Abend musste Maria mich nach Kongsvinger fahren, zum Friedhof, damit ich gute Nacht sagen konnte. Natürlich wusste ich, dass dort nur Thiongos leere Hülle neben seinem Vater lag und dass seine Seele bei Gott geborgen war. Ich hatte das Knie gebeugt und Jesus Christus als meinen Erlöser angenommen, ich hatte behauptet zu glauben, dass er meinetwillen auf Golgatha gestorben sei, um meiner Sünden willen. Aber was hatte ich denn nun davon?«

Ich wusste nicht, was ich antworten sollte, deshalb schüttelte ich nur den Kopf.

»Ein nordamerikanischer Obdachloser, der zu einer Andacht in Oslo, Minnesota, kam, sagte zu uns, er wisse, dass er nach dem Tod in den Himmel kommen werde. Timoteus fragte, ob er sich denn bekehrt habe. Der Mann schüttelte den Kopf und antwortete, er habe ja sein Leben bereits in der Hölle verbracht. So fühlte ich mich auch. Wie war es möglich, den Glauben an einen allmächtigen Schöpfer zu behalten, wenn mir alles Gute in meinem Leben genommen wurde? Was Njoroge anging, so konnte ich in der ersten Zeit als Witwe doch eine Dankbarkeit für die Zeit empfinden, die wir trotz allem zusammen verbracht hatten. Aber bei Thiongo war das überhaupt nicht so. Eines Abends, einige Wochen nachdem Maria es nicht mehr über sich brachte, mich zum Friedhof zu fahren, wartete ich auf den Zug nach Hause, und etwas in mir gab einfach auf. Ich wollte mich über die Bahnsteigkante fallen lassen, auf die Schienen. Ich spürte schon den rostigen Geschmack von Blut im Mund und das Rattern des Zuges in mir wie einen zitternden Ton, während das Geräusch der Bremsen eine Schicht Licht nach der anderen vom Tag entfernte, bis es um mich herum nur noch tiefe Dunkelheit gab. Und dann fand ich meinen Glauben wieder. Nicht durch ein schimmerndes Licht, eine göttliche Offenbarung oder eine klare und deutliche Stimme, sondern durch die Wahl, die ich hatte. Die Wahl, die Thiongo und Njoroge nie gehabt hatten. Als ich auf dem Bahnsteig kniete, wusste ich, wie es ist, die Sonne weinen zu sehen.«

Kapitel 23

An den beiden nächsten Tagen musste ich Überstunden machen, und meine Beine waren steif, nachdem ich die letzten Stunden auf einer Trittleiter in der städtischen Schwimmhalle verbracht hatte. Ich war gerade auf die Hauptstraße zum Dorf abgebogen, als mein Handy klingelte.

»Kannst du mich abholen?«, fragte eine Stimme.

»Timoteus?«

»Ich sitze in einem Restaurant«, sagte er.

Als ich nicht sofort antwortete, fügte er hinzu:

»In der Stadt. Kongsvinger.«

»Ach«, sagte ich, und meine Stimme klang erschöpfter, als ich eigentlich war.

»Ich könnte auch den Bus oder ein Taxi nehmen, aber ich brauche jemanden, mit dem ich reden kann. Und ich kenne außer dir keine Quäker«, sagte er. Sein Versuch zu lachen machte mir klar, dass es um etwas Wichtiges ging.

»Ich komme«, sagte ich.

Ich hatte gerade wieder die Stelle erreicht, wo der Wald in die Stadt übergeht, als es erneut klingelte.

»Ich bin in drei Minuten da«, sagte ich mit spitzer Stimme.

»Hallo, Jim Gystad?«, fragte eine Stimme, die viel jünger klang als die von Timoteus Thorsen.

»Ja?«, fragte ich. »Tut mir leid, ich bin in einem anderen Gespräch unterbrochen worden. Mit wem spreche ich?«

»Lesja Overli. Ich habe den Pressetext gelesen.«

Ich musste erst überlegen, um diesen Namen mit der Mail in Verbindung zu bringen, die ich an die Plattenfirma geschickt hatte.

»Hallo. Ich hatte eigentlich an Robert geschrieben. Mit dir habe ich noch nie gesprochen«, sagte ich und schaffte es, ein wenig ruhiger zu klingen. »Bist du aus Lesja?«

»Woher?«

»Lesja? In Oppland?«

»Von dem Ort hab ich noch nie gehört«, sagte er und lachte. »Ich heiße nicht wirklich Lesja. In meinem Pass steht Lars Jonathan. Robert hat übrigens aufgehört, ich mache jetzt seinen Job.«

»Alles klar«, sagte ich.

»Hepp«, sagte er und lachte wieder. »Egal, deine Mail war sehr spannend. Wir halten gerade Ausschau nach genau so einem Act. Die ganze Musikbranche ist im Moment ein Lotto-spiel, deshalb suchen wir neue Haken, an die wir unsere Jacken hängen können. Ein Act zwischen Zigeunerjazz, Country und Halleluja könnte ankommen. Alte Leute, die noch immer das Gewisse haben. Das Fernsehen wird hingerissen sein.«

Ich brauchte Zeit für meine Antwort.

»Ich würde es vielleicht anders ausdrücken, aber ich sehe das auch so. Die Geschwister Thorsen haben etwas, das sicher sehr viele ansprechen könnte. Wenn das Material nur auf die richtige Weise behandelt wird«, fügte ich hinzu.

»Spot on. Können wir uns treffen? Ich lade gern zum Mit-tagessen ein. Ich bin total scharf drauf, die Leute face to face zu sehen und das Material zu hören, das du erwähnt hast. Ich könnte natürlich nach Kongsberg kommen, aber ich habe gerade keinen Führerschein. Außerdem ist es leichter, hier vom Office aus eine Strategie zu entwickeln«, sagte er.

»Ich müsste erst mit den anderen reden. Wir haben ziemlich viel zu tun«, sagte ich und machte mir nicht die Mühe, seine Geographie zu korrigieren.

»Nichts ist besser als Musiker, die viel zu tun haben«, sagte er.

Timoteus Thorsen saß ganz hinten in der dunkelsten Ecke des Chinarestaurants. Vor ihm stand ein volles Halbliterglas, und meine Schritte wurden zögernd. Ich hatte noch immer den Geschmack vom vorigen Mal im Mund, als ich versucht hatte, Timoteus vom Trinken abzuhalten.

Er hob die Hand über den Kopf, als er mich sah, und winkte mich auf die andere Seite des Tisches.

»Kennst du die philosophische Frage, ob ein Glas halb voll oder halb leer ist?«, fragte er.

Ich nickte.

»Was glaubst du?«

»Ich hoffe, es ist halb voll«, sagte ich.

»Ich glaube, das ist eine der dümmsten Fragen überhaupt. Entweder man trinkt, oder man trinkt nicht«, sagte er.

Ich dachte, here we go again, und offenbar hatte ich geseufzt, denn Timoteus Thorsen hörte auf zu reden.

»Wie viele haben Sie schon getrunken?«, fragte ich und nickte zum Glas hinüber.

»Keins«, sagte er.

»Sind Sie gerade erst gekommen?«

»Ich bin seit einer guten Stunde hier«, sagte er, und jetzt bemerkte ich, dass das Bier in seinem Glas nicht eine Andeutung von Schaum hatte.

»Ich komme manchmal her, bestelle mir ein Bier und versuche, es in Grund und Boden zu starren. Meistens geht das gut«, sagte er und presste die Lippen zu einem dünnen Lächeln zusammen.

Ich nickte, vor allem weil ich nicht wusste, was ich antworten sollte. Hinter Timoteus lehnte ein Paar Krücken an der Wand, das ich noch nie gesehen hatte. Auch seine Haltung kam mir jetzt anders vor. Er hing nicht mehr schlaff über dem Tisch. Und es gab noch etwas anderes, etwas mit seinem Gesicht. Es war auf irgendeine Weise größer geworden. Ich brauchte eine Weile, um zu begreifen, dass er sich die Haare geschnitten hatte. Die langen Strähnen waren verschwunden.

»Waren Sie beim Friseur?«, fragte ich.

Er nickte.

»Alkohol konnte den düsteren Augenblicken die scharfe Kante nehmen. Zumindest ab und zu. Eine Betäubung, ein Schmerzdämpfer, eine Betäubung dann, wenn zwei gefaltete Hände allein nicht ausreichten. Aber dort, woher ich komme, war fast alles falsch, alles war eine Sünde, und dass man nicht trinken sollte, sorgte nur dafür, dass ich noch mehr trank. Nicht besonders oft, doch oft genug, dass alle frommen weißen Lämmer in der Gemeinde mich für verloren erklärten. Aber man findet Gott nicht, indem man so laut wie möglich Nein ruft. Weißt du, was im Buch der Sprüche steht?«, fragte er.

Ich schüttelte den Kopf.

»Gebt Bier denen, die am Umkommen sind, und Wein den betrübten Seelen, dass sie trinken und ihres Elends vergessen und ihres Unglücks nicht mehr gedenken.«

Timoteus streckte die Hand nach dem Glas aus, und ich glaubte, er wolle einen Schluck trinken, um das Zitat noch zu betonen, aber er schob das Bier an die Wand. Hinter ihm hing ein längliches Bild der Chinesischen Mauer, und das Licht einer asiatischen Lampe spiegelte sich im Glas wie ein blutiger Mond.

»Aber ich wollte nicht mit dir über Alkohol sprechen«, sagte er dann.

»Aha.«

»Ich muss dich um einen Gefallen bitten.«

»Okay.«

»Würdest du mein Trauzeuge sein?«

Ich setzte zu einem Lächeln an, aber sein Gesicht war ernst wie der Karfreitag.

»Trauzeuge?«

Er schlug sich so hart mit der Handfläche vor die Stirn, dass mehrere Gäste im Lokal sich zu unserem Tisch umdrehten.

»Verdammt!«, rutschte es aus ihm heraus, er klatschte noch einmal und sagte: »Großer Gott, entschuldige. Ich habe seit dreißig Jahren nicht mehr geflucht. Ich wollte dich eigentlich zuerst etwas ganz anderes fragen. Meinst du, ich sollte ihr einen Heiratsantrag machen?«

Ich hätte fast gefragt, ob er Thina Gjems meinte, doch das konnte ich mir verkneifen.

»Ich glaube nicht, dass ich der Richtige bin, um diese Frage zu beantworten, schließlich bin ich selbst nie so weit gekommen«, sagte ich, aber ich sah es seinem Gesicht an: Das war nicht die Antwort, die er hatte hören wollen.

»Was glauben Sie, was sie sagen wird?«, fügte ich hinzu.

Er zuckte mit den Schultern. Wieder war seine linke Hand zu dem Bierglas unterwegs, änderte aber die Richtung und ließ sich auf die rechte sinken.

»Ich weiß nicht«, sagte er. »Eigentlich dachte ich, ich wäre mit den Frauen fertig, jedenfalls auf diese Weise. Ich hatte mich schon lange damit abgefunden, dass es eben so gekommen ist, aber Thina und ich …«

Er machte mit beiden Händen Kreisbewegungen.

»Wenn etwas, das so gut war, nicht von Dauer sein konnte, sah ich keinen Grund, mich mit dem Zweitbesten zufriedenzugeben. Frauen wurden etwas, das ich immer dann aufsuchte, wenn ich mich in den Geboten verirrte, und das passierte nicht oft. Aber jetzt, wenn Thina wirklich die Wahrheit sagt, müsste diese Geschichte ein anderes Ende nehmen.«

»Thina sagt die Wahrheit«, sagte ich. »Und Ihre Frage haben Sie gerade selbst beantwortet.«

Auf der Heimfahrt saß Timoteus noch immer so gerade da und schaute die ganze Zeit aus dem Seitenfenster, als ob er zum ersten Mal über diese Straße führe. Ich dachte an eine Fernsehsendung, die ich kürzlich gesehen hatte, über einen Mann in den USA, der zwanzig Jahre lang unschuldig hinter Gittern gesessen hatte. Als er auf dem Weg zu seiner Mutter im Auto gefilmt wurde, wich sein Blick nicht eine Sekunde lang von der Landschaft am Straßenrand.

Zum zweiten Mal an diesem Nachmittag fuhr ich von der Hauptstraße ab und weiter in Richtung Dorf. Auf der weiten Ebene zwischen der Straße und dem Gutshof mit dem rot gestrichenen Wohnhaus hatte es mehrere Kämpfe zwischen Norwegern und Schweden gegeben. Die letzte Schlacht würde in diesem Jahr genau zweihundert Jahre zurückliegen, und als ich eine Woche zuvor oben in der Festung einen Auftrag ausgeführt hatte, hatte ich im Museum meine Mittagspause gemacht. Der ältere Mann, der uns herumführte, rührte sich selbst zu Tränen und schilderte die Scharmützel des Jahres 1814 wie etwas, das sich erst vorige Woche zugetragen hatte. Wie nah mussten da fünfzig Jahre des eigenen Lebens wirken? Über fünfzig Jahre mit dem Gefühl, dass man unfreiwillig das eine hergegeben hatte, das einem mehr bedeutete als alles andere.

»Braucht man wohl einen Ring, um einen Heiratsantrag zu machen?«, fragte Timoteus, und das waren seine ersten Worte, seit wir das Restaurant verlassen hatten.

Ich hätte fast gefragt, wie er es beim ersten Mal gehalten hatte, aber ich dachte, das wäre vielleicht ein böses Omen für einen neuen Versuch.

»Es kommt sicher darauf an, wie feierlich Sie das gestalten wollen, aber ich habe noch nie gehört, dass ein Ring seine Wirkung verfehlt.«

»So sehe ich das auch«, sagte Timoteus und klopfte sich auf die Jackentasche.

»Was?«, fragte ich. »Sagen Sie bloß nicht, Sie haben schon einen Ring gekauft.«

Er schüttelte den Kopf, und ich atmete auf.

»Nein. Das ist der Trauring meiner Mutter.«

»Wollen Sie den Antrag heute Abend machen? Jetzt gleich?«, fragte ich und musste den Wagen herumreißen, als die Räder auf die ungesicherte Straßenkante gerieten.

»Ja.«

»In echt?«

»Weißt du«, sagte er, »dieser Ausdruck ist so ungefähr der blödeste, den ich kenne, wenn er von jemandem über zwanzig benutzt wird. Egal. Wenn sie mich will, habe ich nicht eine einzige Sekunde zu verlieren. Niemand kann wissen, wie viele Sonnenaufgänge uns bleiben, aber die Zeit, die ich noch habe, will ich mit ihr verbringen. Ich muss vorher nur eins in Ordnung bringen.«

»Was denn?«, fragte ich.

»Wenn sie Ja sagt, will ich mich nicht mit Rollator oder zwei Krücken zum Altar schleppen.«

Kapitel 24

Es war, als ob das Licht unten im Tal aus dem Tag hinausgeglitten wäre, und auf der geraden Strecke hinter der Abfahrt zum Bahnhof kam uns ein leichter Abendnebel entgegen. Timoteus saß ebenso gerade da, aber dennoch wurden seine Züge hier unten im blauen Land der Dunkelheit undeutlich. Er schaute nicht mehr aus dem Seitenfenster, und er bewegte fast unmerklich den Kopf. Ich fragte mich, wie oft er diese Straße schon gefahren war und ob er jemals das Gefühl gehabt hatte, weniger nackt und schutzlos nach Hause zu kommen. Ein humpelnder Mann in den Achtzigern, der davon träumte, die, die er vor über fünfzig Jahren hätte heiraten sollen, zum Traualtar zu führen, hatte etwas zu Tränen rührend Schönes. Aber wenn nun Thina Gjems den Kopf schüttelte und ihn bat, sich aufzurichten, während er vor ihr kniete?

Wieder gerieten die Räder neben die Straße. Das Ruckeln der Karosserie riss Timoteus Thorsen aus seinem meditativen Zustand, und er kehrte mir sein Gesicht zu.

»Tut mir leid«, sagte ich.

»Bist du müde?«

Ich schüttelte den Kopf.

»Nicht müde wie dann, wenn man schlafen muss, sondern erschöpft, wie dann, wenn man lange mit erhobenen Armen auf einer Trittleiter gestanden hat. Außerdem muss ich mir so einiges überlegen.«

»Angeblich ist noch nie etwas Gutes dabei herausgekommen, wenn man zu viel gedacht hat«, sagte er.

»Das stimmt, aber ehe ich zum Chinarestaurant gefahren bin, hat mich eine Plattenfirma angerufen und um ein Treffen gebeten«, sagte ich.

»Und?«

»Mit allen zusammen. Es ist auch die Rede von Konzertterminen.«

»Und?«

»In Oslo.«

»Wir sind schon weiter gereist«, sagte er, und als er die Überraschung in meinem Gesicht sah, fügte er hinzu: »Wenn wir wirklich eine Platte veröffentlichen und einige Konzerte geben sollen, wollen wir wissen, worauf wir uns einlassen. Jedenfalls Maria und ich. Außerdem, wenn es mir wirklich gelingt zu heiraten, brauche ich Geld für das Fest.«

»Ja, aber es ist noch nicht sicher ...«

»Jim Gystad«, fiel er mir ins Wort. »Ein seltenes Mal, jedenfalls so ungefähr in jedem zweiten Schaltjahr, würde es dir gut stehen, einen Witz zu kapieren.«

Ich lachte hohl und blinkte in Richtung Kiesgrube.

»Wohin willst du?«, fragte er und legte mir warnend die Hand auf den Oberarm.

»Wollen Sie nicht zuerst nach Hause?«, fragte ich.

»Nein. Es gilt, jetzt oder nie. Wenn meine Schwestern sehen, dass ich beim Friseur war, wollen sie wissen, warum, und ich habe es nie geschafft, ihnen wer, wo, warum zu verheimlichen. So wie ich meine große Schwester kenne, würde sie versuchen, mich zur Vernunft zu bringen, aber ich bin jetzt zu weit vom Weg abgekommen, um noch Verwendung für Vernunft zu haben.«

»Okay«, sagte ich und fuhr geradeaus weiter, vorbei an Eben Ezer, aus dem im Laufe des Tages noch mehr ein Haus geworden war. Dann bog ich nach rechts in Richtung Patentstadt ab. Oberhalb des dichten Buschwerks erfüllten die offenen Felder mich wie immer mit einem Gefühl von Anfang, und zum ersten Mal, soweit ich mich zurückerinnern konnte, betete ich, dass es gerade an diesem Tag mehr als nur ein Gefühl sein möge.

Ich fuhr langsam die Allee hoch und suchte nach einem Zeichen, durch das ich mich an diesen Augenblick erinnern würde. Eine Schar Rauchschwalben, die tief über das Dach flog, oder eine Haustür, die einen Spaltbreit offen stand, so als ob unser Eintreffen schon angemeldet worden sei. Ich sah nichts und hielt gleich vor der Treppe.

»Okay. Ich drücke Däumchen«, sagte ich und ließ den Motor laufen, aber Timoteus hatte es plötzlich nicht eilig damit, die Wagentür zu öffnen.

»Wartest du auf mich?«, fragte er.

Ich antwortete nicht sofort.

»Hier?«

»Vielleicht ist es besser, wenn du da hinten parkst. Weniger auffällig, weniger offensichtlich«, sagte er und zeigte auf etwas, bei dem es sich um eine Art Pumpenhaus handeln konnte.

»Na gut«, sagte ich, und Timoteus packte meinen Oberarm.

»Ich ahne ja nicht, ob sie mich wegschicken wird. Es würde mir sehr viel bedeuten, dich hier sitzen zu wissen.«

»Ich warte«, sagte ich und nickte.

»Danke.« Seine Lippen wirkten seltsam blutlos, als er ein Lächeln hervorpresste.

Ich fuhr im Rückwärtsgang hinter das Pumpenhaus. Die Dämmerung fing nun an, die Wipfel der Tannen hinten beim Golfgelände zu verwischen, und ich zog den Sitz ein Stück zurück. Schaltete das Radio ein und drehte mich an mehreren Sendern vorbei, wo leidenschaftslose Sängerinnen auf Dialekt über Orte und Straßen säuselten. Dann fand ich im schwedischen Rundfunk eine Sendung über Jan Johansson. »Jazz på Svenska« wird immer auf meiner Liste der zehn besten je erschienenen Alben stehen, egal wo sie veröffentlicht worden sind, egal in welchem Genre. Die übersinnliche Weise, in der Jan Johansson das Klavier behandelt, macht die Melodien ebenso zu einem Naturerlebnis wie zu einem Musikstück. Sein »Visa från Utanmyra« ist ganz einfach Schweden. No less. Wie viele andere große Künstler musste Jan Johansson erfahren, dass das Leben wahrlich seine Launen haben kann, der Tod auch, das wurde nun im Radio erzählt. Sein größter Hit war die Anfangsmelodie von »Hier kommt Pippi Langstrumpf«, und auf dem Weg zu einem Auftritt in Jönköping starb er bei einem Autounfall. Erst jetzt erfuhr ich, dass er zu diesem Zeitpunkt fünf Jahre jünger gewesen war als ich jetzt. Es liegt unleugbar ein Hauch von Wahrheit in dem alten Musikerwitz, dass Gott ein Musiknerd ist und dass deshalb kaum einer der wirklich großen Musiker das Engelbert-Humperdinck-Alter erreichen darf.

Ich warf einen Blick auf die Uhr. Eine halbe Stunde war vergangen, und ich schob meinen Sitz noch weiter zurück. Der Sprecher redete mit gekünstelter Raucherstimme über russischen und ungarischen Jazz, und ich ließ meine Augen zufallen.

Ich fuhr aus dem Schlaf hoch, weil ich fror. Es war fast ganz dunkel, und die Bäume um mich herum waren vor dem Himmel nur als wogende Konturen zu ahnen. Zehn vor zehn. Ich saß seit zweieinhalb Stunden im Wagen. Konnte etwas passiert sein? War Timoteus einfach in die Nacht hinausgestapft, verzweifelt und außer sich, nachdem er sich eine Abfuhr geholt hatte, oder war er noch immer im Haus? Ich sah auf mein Handy. Keine Mitteilungen oder entgangene Anrufe.

Im Radio war nur Rauschen zu hören, und ich suchte mir den Norwegischen Rundfunk. Wartete auf Nachrichten, wartete während der Nachrichten: Überschwemmungen, unentschiedene Fußballspiele, Korruption. Keine Spur von Timoteus Thorsen. Er hätte sich doch sicher gemeldet, wenn alles falsch gelaufen wäre, und wenn er noch immer bei Thina Gjems war, sah ich keinen Grund, länger auf ihn zu warten. Aber. Falls. Was wenn ... In meinem Leben hatte ich meistens nach Bauchgefühl navigiert, und gerade jetzt verspürte ich etwas von demselben Zittern wie dann, wenn man im Flughafen steht und einen Passagier nach dem anderen die Ankunftshalle betreten sieht, ohne den zu finden, den man abholen will. Ich öffnete vorsichtig die Tür und ging hinaus. Dachte, ich könnte eine Erkundungsrunde um das Haus drehen, mich von dieser bohrenden Unruhe befreien, ihre Köpfe sehen, die sich über ihre Kaffeetassen beugten, oder Thina Gjems, die mit sorgloser Miene die Spülmaschine füllte.

Ich ging an einigen Apfelbäumen vorbei und erreichte das Haus von der Querseite her, die auf das Dorf hinabblickte. Die gesamte erste Etage war dunkel, aber das große Fenster, das sicher zum Wohnzimmer gehörte, war von einer flackernden Glut erfüllt, die annehmen ließ, dass sie Kerzen angezündet hatten. Dann konnte ich sie beide sehen. Ich versuchte, meinen Blick zu senken, ich versuchte, in eine andere Richtung zu schauen, aber das schaffte ich nicht. Das hier war die Liebe, die sich selbst malte. Thina hatte mir den Rücken zugekehrt. Ihre Hinterbacken waren ein wenig eingesunken, aber nichts an ihrem Körper war verfallen. Ihre Haut sammelte sich an einigen Stellen wie eine etwas zerknitterte Seidenbluse, aber die Glut, die sie ausstrahlte, selbst auf diese Entfernung, musste dieselbe sein wie in ihren jungen Jahren. Die Hände ihres Anbeters hingen hilflos nach unten, und die Knieschalen an den dünnen Beinen sahen aus wie Muscheln. Die weißen Haare über dem Brustkasten zogen sich zum Schmerbauch hinunter, der trotzig über den schmalen Hüften hervorragte.

Es war absurd, hier zu stehen und sie von außen zu sehen, gefesselt, allein in der Dunkelheit. Als Thina die Hand nach Timoteus ausstreckte, fragte ich mich, ob es das erste Mal war oder ob sie schon einmal gespürt hatte, wie er in ihrer Hand wuchs.

Falls sie Musik hörten, dann so leise, dass ich nichts davon hörte, aber ich konnte sehen, dass sie nun miteinander tanzten. Oder ich müsste wohl eher sagen, sie pressten, sie klammerten sich aneinander, als gelte es ihr Leben. Thinas Haare wogten über ihren Nacken, als sie den Kopf auf seine Schulter legte. Timoteus' frisch geschorener Schädel glänzte im Kerzenschein seltsam stark und erinnerte an einen Eisberg kurz vor dem Kalben, als er ihre Berührung erwiderte.

Ich drehte mich zum Gehen um und dachte, das hier sei so ungefähr das Verletzlichste, was ich je gesehen hatte. Nichts ist schöner als das, was einmal war.

Kapitel 25

Wir waren an Feldern vorbeigefahren, die auf beiden Ufern der Glomma eingeebnet worden waren, an frisch frisierten Golfplätzen und Gebäuden, die wie Monopolyhäuser mitten in die weite, offene Landschaft geworfen worden waren. Ich war zum ersten Mal seit einem Monat auf dem Weg nach Oslo, aber ich hatte nicht das Gefühl, weg gewesen zu sein, nicht das Gefühl heimzukommen.

Die Hänge, der Wald, der schmale Fluss, alles, wonach ich mich während der vergangenen Wochen durch den Alltag navigiert hatte, alles, was mir anfangs fremdartig erschienen war, hatte sich inzwischen um mich geschlossen wie die Wände um ein Haus. Während uns die Straße einen kleinen Hang hinab und über einen verschlammten Nebenfluss führte, hatte ich gespürt, dass in mir etwas Zaghaftes und Richtungsloses zu keimen begann. Ein plötzliches Gefühl, fremd zu sein, wegzugehen.

Ich hatte angeboten, sie mit meinem Auto zur Plattenfirma zu chauffieren, aber Marias Blick durchbohrte mich wie ein Laserstrahl, als sie den Kopf schüttelte.

»Das kommt nicht in Frage«, sagte sie. »Nie im Leben würde ich mit einem Wagen aus Korea zu einer so wichtigen Besprechung fahren. Wir nehmen den Kapitän. Ich habe meinen Geschwistern klar gesagt, wenn meine letzte Reise nicht in einem Auto aus Amerika oder Deutschland vor sich gehen kann, dann können sie mich auch gleich in einer Schubkarre zum Friedhof schaffen.«

Ich hatte nicht sofort geantwortet, denn ich fand es überaus witzig, dass eine Frau, die ihr ganzes Leben dem Versuch gewidmet hatte, einen Platz in dem engen Himmelswagen zu erlangen, irgendein Interesse dafür haben sollte, in welcher Art Fahrzeug ihr entseelter Leib ein letztes Mal transportiert wird.

»Aber Sie hätten mich fahren lassen können, damit Sie ein bisschen mehr Ruhe haben«, sagte ich. Doch nun beugte sich Tamar auf dem Rücksitz zu mir vor, legte mir die Hand auf den Arm und schüttelte den Kopf.

»So machen wir das nicht«, sagte Maria. »Seit wir dieses Auto gekauft haben, hat niemand anderes außer mir hinter dem Lenkrad gesessen.«

Ich hatte zur Antwort nur genickt und war dann auf dem Sitz zurückgesunken. Bei der Bewegung raschelte der Plastiküberzug.

»Eins begreife ich nicht, Maria«, sagte Tamar. »Warum können wir die Plane nicht wegnehmen? Ich muss immer an Inkontinenzbinden denken.«

»Ich werde sie bei einer passenden Gelegenheit entfernen, aber ich kann sie nicht einfach wegreißen. So machen wir das nicht«, sagte Maria.

»Nein, das hast du schon gesagt – fünfzig Jahre lang«, gab ihre Schwester zurück.

Dann waren wir schweigend weitergefahren, und ich war in eine Zeit versetzt worden, in der Sonntag Sonntag war und alle ihre guten Kleider anzogen, ehe sie einen Autoausflug unternahmen. Tamar hatte sich die Haare in einen grauweißen Schal mit Blumenmotiv gehüllt, sie trug ein kurzes weinrotes Jackett mit einer passenden Hose, Maria ein Kleid mit Dalmatinertupfen und eine helle Baskenmütze. Bevor wir losgefahren waren, hatte sie einen einfarbigen Mantel zwischen ihre Schwester und mich auf die Rückbank gelegt. Timoteus war fast ebenso gekleidet wie bei dem Auftritt im Bürgerhaus, nur hatte er die Stiefel mit dunklen spitzen Schuhen vertauscht.

Nachdem ich den Abend und die halbe Nacht im Versteck hinter dem Pumpenhaus verbracht hatte, hatte ich ihn an den folgenden Tagen zweimal vergeblich anzurufen versucht. Aber ich brauchte keine mündliche Bestätigung dafür, dass der Abend wunschgemäß verlaufen war, nachdem ich den beiden im Wohnzimmer den Rücken gekehrt hatte. Es war etwas an der Art, wie er den Kopf hob, wie er sich bewegte, ohne dass jeder Schritt eine Plage zu sein schien. Jetzt saß er da wie ein Soldat vor dem Landgang, wie einer, der im ersten Glied hinauswill, egal ob die Chancen schlecht stehen. Und ich hoffte, dass er deshalb so dasaß, weil er wieder etwas hatte, wofür er leben konnte, mehr als nur den Tod.

Als wir endlich in Oslo angekommen waren und vor dem Konzerthaus Blå hielten, blieb ich eine Weile im Auto sitzen, um mich zu sammeln. Am Morgen hatte ich schon früh die Lautsprecher auf die Veranda getragen und mir unsere Aufnahmen angehört. Die Musik wurde zu einem Teil des heraufziehenden Tages, und ich hatte gedacht: Der eigentliche Lackmustest bestand darin, dass ich mit den Liedern rein gar nichts machte. Bei früheren Aufnahmen hatte ich der Produktion bewusst oder unbewusst meinen Stempel aufgedrückt, aber hier ging es darum, so zu tun, als wäre ich niemals da gewesen. Plötzlich begriff ich, dass nicht ich die Geschwister Thorsen entdeckt hatte, ich hatte sie nicht einmal wiederentdeckt. Sie waren niemals versteckt gewesen, niemals vergessen.

»Sind wir dann so weit?«, fragte ich.

Die Geschwister nickten gleichzeitig, und wir kamen vorbei an einigen Backsteinhäusern, wo Comics gleich auf die Mauern gemalt worden waren. Wir hatten gerade die richtige Adresse erreicht, als mein Handy klingelte.

»Ich muss nur kurz hören, wer das ist«, sagte ich, während die anderen über den Parkplatz gingen.

»Hallo«, sagte ich.

»Hier ist Frimann Njoroge. Liegt der Vertrag auf dem Tisch?«, sagte die Stimme.

»Was?«

»Hat die Besprechung bei der Plattenfirma schon angefangen?«

»Nein.«

»Ich habe mich ein bisschen umgehört. Bei der Backlist der drei und den neuen Aufnahmen kann hier doch die Rede von einem hübschen Vorschuss sein, oder nicht?«

Seine Stimme klang, als befände er sich an Bord eines Flugzeugs.

»Backlist? Damit habe ich nichts zu tun. Und ein hübscher Vorschuss? Wir reden hier nicht über Paul McCartney. Wir gehen einfach zu einer Besprechung.«

»Wer ist dein Anwalt?«

»Mein Akku ist leer. Gleich ist Schluss hier«, sagte ich und beendete das Gespräch.

»Wer ist krank?«, fragte Maria, als ich die drei unter dem Vordach einholte.

Ich schüttelte den Kopf und beschloss, unter vier Augen mit Tamar über ihren Enkel zu sprechen, ehe ich den beiden anderen etwas sagte.

»Das war nur so ein Telefonverkäufer.«

»Und die Tour hierher ist sicher gelaufen wie geschmiert«, sagte Lesja Overli, als er uns in den Besprechungsraum von Whole Lotta Love führte. Er trug ein Trikot von Newcastle, und ich fragte mich, woher es kam, dass Leute in der Musikbranche plötzlich unbedingt Fußballhemden tragen wollten. Als ich angefangen hatte, hätte niemand zugegeben, Fußball zu mögen. Fußball ist nicht Rock, war niemals Rock, wird niemals Rock sein. Fußball ist Fußball.

»Die Tour ist nicht gelaufen wie geschmiert, wir sind mit dem Auto gefahren«, sagte Maria.

»Wann kommt der Chef?«, fragte Timoteus.

»Der Chef. Ich bin der Chef«, sagte Lesja Overli mit verwirrtem Blick.

»Warum sind Sie dann angezogen wie ein Kellner?«, fragte Timoteus.

»Kellner?«, fragte Lesja, und seine Ohren wurden rot, als ihm aufging, was Timoteus meinte. »Das ist das Heimspieltrikot von Newcastle. Eine Fußballmannschaft.«

»Ach, bitte um Vergebung. Für Fußball habe ich mich nie interessiert. Ich finde, es ist ein unelegantes Spiel. Aber wir sind in Newcastle beim Europakongress der Pfingstgemeinden aufgetreten. Das muss 1960 gewesen sein«, sagte Timoteus und sah seine ältere Schwester an.

»1961. Das Jahr, ehe wir nach Amerika gegangen sind«, sagte Maria.

»Phantastisch«, sagte Lesja und schien gleichzeitig zu schwitzen und zu frieren. Hinter ihm an der Wand hingen ein riesiges signiertes Farbfoto von Lemmy von Motörhead und ein Druck, der eine schwarze und eine weiße Faust zeigte, bei denen der Name der Plattenfirma quer über die Fingerknöchel tätowiert war. An der einen Querwand war ein fünfzigzölliger Flachbildschirm angebracht, außerdem stand dort eine Musikanlage. Nachdem er für die Damen die Stühle am Besprechungstisch zurechtgeschoben hatte und Timoteus und mir Plätze auf der gegenüberliegenden Seite zugewiesen hatte, ließ Lesja Overli sich mit dem Rücken zur Wand nieder.

»Ja, dann warten wir nur noch auf Dick. Er musste kurz telefonieren«, sagte Lesja und nickte mit dem ganzen Oberkörper.

»Und da sind wir gerast wie die Idioten, um pünktlich zu kommen«, sagte Timoteus.

Wieder wich Lesja dem Blick aus, dann lachte er düster.

»Ich kann nur um Entschuldigung bitten, aber Sivert Høyem hat angerufen. Norwegentournee. Ja, ihr wisst, wie das ist«, fügte er hinzu, und ich nickte. Wusste schon gar nicht mehr, wie oft ich an so einem Tisch gewartet hatte.

»Ist das ein Engländer?«, fragte Timoteus.

»Nein, Sivert Høyem ist …«, begann Lesja.

»Ich weiß, wer Sivert Høyem ist«, fiel Timoteus ihm ins Wort. »Er hat in dieser Band gespielt, wo der Gitarrist an einer Überdosis gestorben ist. Sehr guter Sänger. Nein, ich meine Dick. Woher kommt der? Montana?«

»Moelv«, sagte Lesja. »Er heißt eigentlich nicht Dick. Das ist eine Abkürzung für Richard.«

»Ist nicht Rich eine Abkürzung für Richard?«, fragte Timoteus.

Lesja Overli holte tief Luft und schien erleichtert zu sein, als die Tür zum Besprechungsraum geöffnet wurde und ein junger untersetzter Typ mit Rockabillyfrisur eintrat.

»Hallo, tut mir leid, dass ich so spät komme. Ich heiße Richard Bråten, aber alle nennen mich Dick«, sagte er und gab uns der Reihe nach die Hand. »Ich habe die Mail gelesen und die Pressemeldung gesehen. Das wirkt total spannend. Absolut angesagt. Total bang on.«

»Absolut«, sagte Lesja und nickte. »Wie ihr wisst, haben wir es derzeit schwer. Fast niemand kauft mehr Tonträger. Es wird einfach aus dem Netz heruntergeladen. Deshalb wirkt das hier so spannend. So ein Act könnte ein Segment triggern – eins der letzten –, das die Musik noch immer physisch besitzen und nicht nur streamen will.«

Timoteus holte Luft und öffnete den Mund, aber ich kam ihm zuvor.

»Können wir uns die Lieder nicht einfach anhören«, sagte ich.

Lesja nahm die CD mit den fünf Liedern, die ich von unseren Aufnahmen gebrannt hatte, und legte sie in den Player. Ich hatte einen neuen Anfang für »Der dumme Mann« gemacht, bei dem die Kiesharfe langsam untergelegt wurde, ehe die Geschwister anfingen zu spielen, und Timoteus runzelte die Stirn. Als die Melodie dann Gestalt annahm, hob er jedoch fast unmerklich den Daumen von der Tischplatte. Dick nickte vorsichtig den Takt und lächelte Lesja an, nachdem das Lied zu Ende war.

»Outstanding«, sagte er.

»Bushartig«, sagte Lesja, und sie schlugen rasch die Fingerknöchel aneinander, als wollten sie erklären, woher sie ihr Logo hatten.

»Buschartig? Wie ist das zu verstehen? Negermusik?«, fragte Timoteus.

»Nein, nein«, sagte Lesja und hob die Hände. »Bei dem Lied musste ich an Kate Bush denken.«

»Lasst uns mal alle Lieder hören, dann reden wir weiter«, schlug ich vor und griff nach der Fernbedienung. Ich konnte nur staunen über den Drang mancher Menschen, Dinge in die Musik hineinzulegen, die dort eindeutig nicht vorhanden sind, und über ihre Fähigkeit, das Gehörte mit den verrücktesten surrealistischen Vergleichen zu beschreiben. »Elvis landet mit seinem Hubschrauber in Frank Zappas Garten, während die Beach Boys die Harmoniestimmen zu einem Groove von James Brown singen«, würde für immer mein Lieblingssatz aus einer Plattenrezension sein, aber nicht in erster Linie, weil ich ihn total bang on fand.

Das nächste Lied war eins von denen, die Timoteus neu geschrieben hatte, dann folgten zwei Stücke der Geschwister aus den 70er Jahren, die sie noch nie aufgenommen hatten. Ich hatte bewusst »Wer die Sonne weinen sieht« ganz zuletzt auf die CD gelegt, und dieses Lied traf die beiden von Whole Lotta Love genauso wie erwünscht. Dick und Lesja saßen mit Tausendmeterblick da, und nach dem Ausklang wollte keiner sofort wieder reden.

»Phantastisch«, sagte Lesja und räusperte sich. »Das ist alles, was ich mir erhofft hatte, und noch mehr. Roots bis sonst wohin. Gospel, Folk, Schunkelmusik, Country und Zigeuner.«

»Zigeuner?«, fragte Maria.

»Das ist ein bisschen wie Zigeunermusik. Ja, Sie wissen doch, was ich meine.«

Die Geschwister wechselten einen Blick, sagten aber nichts.

»Ich habe auch eine DVD vom letzten Konzert. Der Ton ist noch nicht richtig ausgesteuert, aber ihr seht jedenfalls, was in einer Konzertsituation abläuft«, sagte ich.

»Her damit«, sagte Dick.

Ich hatte vorher mit Timoteus gesprochen, und er hatte mir die Auswahl der Lieder des Auftritts im Bürgerhaus überlassen. »Am Mond vorbei zum Perlentor« wirkte immer mehr, je öfter ich es hörte, und das Lächeln war in den Gesichtern der beiden von der Plattenfirma absolut wieder zur Stelle, als die Geschwister mit »Der dumme Mann« anfingen. Ich hatte mich entschieden, ihnen nicht ins Gesicht zu blicken, aber Lesja und

Dick sprangen auf wie bei einem unvergesslichen Augenblick im Sport, als Timoteus die Mandoline gegen den Tisch auf der Bühne schlug. Am Schluss fing Dick an zu applaudieren, während Lesja sich setzte und den Kopf schüttelte.

»Das ist Geld auf der Bank«, sagte er und steckte eilig den Zeigefinger in den Mund, dann hob er ihn in die Luft.

»Das ganze Business ist zwar so, aber …«

»Zeigst du uns den Finger?«, fragte Timoteus und setzte sich neben mir gerade.

»Was? Nein! Absolut nicht, es ist nur unmöglich zu wissen, woher in der Branche der Wind weht«, sagte Lesja, und wieder wirkte sein Gesicht irgendwie frisch gekocht. Er schob die Hände unter die Arme und zuckte mit den Schultern.

»Was meinen Sie denn nun?«, beharrte Timoteus. »Sie haben den Finger so gehalten, als ob es einfach nur in den Untergang führen könnte.«

Lesja musste erst überlegen, ehe er antworten konnte.

»So hatte ich das nicht gemeint. Ihr habt etwas Neues. Etwas, das eine Million Kronen wert ist.«

»Etwas Neues? Vielen Dank«, sagte Timoteus und nickte. »Das hat uns noch nie irgendwer gesagt. Am nächsten kommt noch einer der ersten Produzenten, mit denen wir für Klango zusammengearbeitet haben, er meinte, es klinge zu weltlich, wenn ich mit Plektrum spiele.«

Lesja warf Dick einen Blick zu, bei dem ich an Wasser denken musste, das in einen Abfluss läuft.

»Ich sehe das ganz genauso. Diese Musik ist wie geschaffen für das Fernsehen. Die Leute werden sie lieben. Früh und spät«, sagte Dick.

»Fürs Fernsehen wie geschaffen. Das ist auch neu«, sagte Maria, und die Geschwister nickten zur Bestätigung.

»Überlegt mal. Sendungen aus den Regionen. Frühstücksfernsehen. Abendprogramme. Wochenendunterhaltung. Ich glaube, ihr könnt überall scoren. Diese Jesus-Kiste ist genial. Wenn sie richtig vermarktet wird, verschafft sie euch Cred bei den Rockern, aber die Normalverbraucher werden auch nicht abgeschreckt. Die meisten Leute gehen doch zu Weihnachten gern mal in die Kirche. Deshalb ist es wichtig, gerade ausreichend christlich zu sein. Wir müssen Börse und Kathedrale zusammenbringen, ohne berechnend zu wirken.«

»Natürlich«, sagte Tamar. »Ich glaube, das ist unsere Stärke: gerade ausreichend christlich zu sein. Wir haben da langes Training. Unser ganzes Leben, um es genauer zu sagen.«

»Wie gut«, sagte Dick und erhob sich eifrig nickend. »Dann müssen wir an Merch denken.«

»Merch?«, fragte Timoteus.

»Merchandising. Das bedeutet …«

»Wir haben fast zwei Jahre in Amerika gelebt. Ich weiß, was Merchandising bedeutet, aber ich begreife nicht so ganz, was das mit uns zu tun haben soll.«

»Die Ramones«, fing Dick an und fügte eilig hinzu, »eine Band aus New York, die in den Siebzigern und Achtzigern sehr beliebt war, verdient heute mehr am Verkauf von T-Shirts und so was als je an ihren Platten.«

Er ging zu einem Flipchart in der Ecke neben dem Flachbildschirm und nahm einen roten Filzstift.

IKONEN, schrieb er in Großbuchstaben und zog darunter einen dicken Strich.

»Hier müssen wir zustoßen«, sagte er. »Eure Profile als die von norwegischen Ikonen aufbauen. T-Shirts natürlich. Poster. Postkarten. Schwarzweißfotos. Wir müssen versuchen, in den Bildern eine Kontur hervorzuheben wie bei einem Holzschnitt. Damit hatten wir schon einmal großen Erfolg, oder?«

»Stimmt«, sagte Lesja. »Und Dieselkanister.«

»Dieselkanister?«, fragte Tamar.

»Es können auch Benzinkanister sein, nicht in Originalgröße natürlich, sondern als Miniaturen mit eurem Logo.«

»Erstens haben wir kein Logo, zweitens kann ich mir nicht vorstellen, wer Lust haben könnte, Benzin- oder Dieselkanister zu kaufen – Miniatur hin oder her –, egal ob nun unser Name draufsteht«, fügte Tamar hinzu.

»Da haben Sie recht. Die Idee mit dem Benzinkanister ist sicher ein bisschen far fetched, aber einer unserer Bluesmusiker hatte mit dieser Art von Merch großen Erfolg. Einen Moment: Da sind doch zwei Räuber gekreuzigt worden, oder? Auf Galgedings.«

»Golgatha«, sagte Tamar. »Stimmt. Zwei Räuber wurden gekreuzigt.«

»Plus Jesus?«

Sie nickte.

Lesja lief zu Dick hinüber, riss ihm den Filzstift aus der Hand und zog einen neuen Bogen über das Flipchart. Zeichnete einen Halbkreis, den ich zuerst für einen Mond- oder Sonnenuntergang hielt, bis mir aufging, dass es eine Art Hügelkamm sein sollte. Dann zeichnete er drei Kreuze, von denen das mittlere etwas höher stand als die anderen.

»Wir arbeiten bei so was mit einem Zeichner zusammen. Er muss das natürlich zurechtfeilen, aber was haltet ihr davon als Grundidee?«, fragte Lesja, und der Eifer verbreitete sich in seinem ganzen Gesicht.

»Grundidee wofür?«, fragte Maria.

»Ein Logo.«

»Golgatha?«, fragte sie.

»Ja, das auch, das ist ja gerade das Geniale. Aber die Drei Singenden Geschwister Thorsen«, sagte er und zeigte bei jedem Wort mit dem Filzstift auf die Zeichnung.

»Jetzt habe ich auch eine Idee«, sagte Dick, nahm sich den Filzstift wieder, schob Lesja zur Seite und zog einen neuen Bogen herunter.

»Ihr habt doch von Elvis gehört, nicht wahr?«

Alle Geschwister sahen ihn an, antworteten aber nichts.

»Natürlich habt ihr das, silly me«, fuhr er fort. »Egal, 1979 hat eine englische Band namens The Clash eine Platte mit dem Titel ›London Calling‹ herausgebracht. Auf dem Cover hatten sie genau die gleiche Typographie und die Farben in den Buchstaben wie auf der ersten von Elvis.«

Dick schrieb »Geschwister« senkrecht auf den Bogen und »Thorsen« danach quer. Dann zeichnete er eine Art verkrümmtes Strichmännchen zwischen die Buchstaben.

»Versteht ihr? Timoteus, der die Mandoline zerschlägt. Das ist ja einfach total Show. Pete Townshend ist ein Waisenknabe dagegen. Sie haben doch nichts dagegen, also auf einem Plattencover?«, fragte er, nun direkt an Timoteus gerichtet.

»Das mit der Mandoline ist in Ordnung, aber ich würde das nicht mit Elvis verbinden. Sein Gejammer hab ich noch nie ausstehen können. Bei Musik geht es darum, was von den Hüften an aufwärts passiert, nicht um das Gegenteil«, sagte Timoteus und erhob sich von seinem Stuhl. Dick trat einen Schritt zurück und machte eine Handbewegung, die offenbar um Entschuldigung bitten sollte.

»Okay, vergessen wir Elvis, aber der visuelle Ausdruck von Ihnen mit dem zerschlagenen Banjo ist unübertroffen. Egal, wir haben hier Arbeitsmaterial genug.«

»Mandoline«, sagte Timoteus.

»Ja, ich meinte natürlich Mandoline.«

»Und die Musik«, fragte ich, »was sagt ihr dazu?«

»Love it«, riefen Dick und Lesja wie aus einem Munde, dann fügte Letzterer hinzu: »Das ist, wie einen Kuchen mit der perfekten Füllung zu verkaufen. Wir müssen nur noch ein bisschen an der Glasur arbeiten. Dem Äußeren. Die Musik ist aber dermaßen präsent!«

»Habt ihr schon an Film gedacht?«, fragte Dick.

»Wie meinen Sie das?«, erwiderte Maria.

»Eine Rockumentary vom Making-of. Das kann Gold wert sein. Stellt euch vor, wir bringen einen Fernsehsender dazu, das gerade zu Beginn des Weihnachtsverkaufs auszustrahlen. Priceless!«

»Bisher haben wir an gar nichts gedacht. Die Aufnahmen sind ja noch gar nicht fertig«, sagte ich.

»Das ist doch gerade so hervorragend. Ich kenne eine Nase beim NRK, der Typ hat schon mit allen gearbeitet, die Rang und Namen haben. Ich werde ihn ASAP anrufen. Der ist bestimmt total keen darauf, was zu tun«, sagte Dick und schrieb NRK in großen Buchstaben hin.

»Scharfe Idee. Gibt's altes Footage von euch?«, fragte Lesja und sah Timoteus an.

»Meinen Sie Fernsehauftritte?«, fragte Timoteus.

»Ja, das auch, aber vielleicht irgendwelches Rohmaterial, das nicht benutzt worden ist. Ich denke an alt versus neu.«

»Wenn ich ehrlich sein soll«, sagte Timoteus, »dann ist von uns wohl kaum besonders viel Rohmaterial vorhanden.«

»No prob. Das findet sich. Wir haben jede Menge Möglichkeiten, das hier zu handlen«, sagte Lesja, und ich hätte fast meine Idee erwähnt, den Umzug des Hauses zu filmen. Das wäre in allerhöchstem Grad alt versus neu. Lesja dachte gar nicht so viel anders als ich. Das Ziel war teilweise dasselbe, aber der Weg dorthin führte durch verschiedene Täler.

»Sponsoren«, sagte Dick. »Habt ihr da schon dran gedacht?«

Die Geschwister schüttelten den Kopf, und ich starrte die Tischplatte an.

»Vielleicht könnten wir eine Absprache mit einem Instrumentenhändler machen.«

»Wir haben seit dreißig Jahren kein neues Instrument mehr gekauft«, sagte Maria.

»Das hat nichts zu bedeuten. Hier kommt das Ikonenmäßige ins Spiel. Gefurcht und verwittert, aber auf positive Weise natürlich, wie die norwegischen Löwen vor dem Parlamentsgebäude. Wenn die Leute an die Geschwister Thorsen denken, sollen sie an Norwegen denken.«

»Das klingt ein bisschen pompös«, sagte ich und schaute verstohlen auf die Uhr.

»Nein, da irrst du dich, glaube ich. Die Leute wollen die volle Packung. Ich habe ein Interview mit Yngwie Malmsteen gesehen, das ist ein bekannter schwedischer Gitarrist«, fügte er eilig hinzu. »Er hat gesagt, dass er nie diese Kiste mit less is more kapiert hat. More is more, sagt Malmsteen, und das ist hundert Pro richtig. Vergesst das sozialdemokratische Geplapper darüber, dass es typisch norwegisch ist, gut zu sein. Wer will gut sein? Gut sein können alle. Wir wollten die Besten sein. Die Größten. Ich denke außerdem an Mode. Da haben wir bisher schon mehrmals unsere Künstler mit Erfolg einbezogen. Ja, nicht gerade die Art Mode, die zu euch passen würde, da müssen wir erwachsener sein. Aber ein kleines Revamping des Images wird die Musik nur verstärken. Wenn wir also die Geschwister Thorsen in eine Werbekampagne einbinden könnten. Je häufiger die Leute eure Gesichter sehen, umso wahrscheinlicher werden sie eure Platten kaufen.«

So wie die Geschwister synchron nickten, als Dick aufhörte zu reden, war mir klar, dass sie längst nicht mehr zuhörten, und ich musste mich zusammenreißen, um mir ein Lächeln ins Gesicht zu kleben.

»Das waren jetzt viele Vorschläge, wir müssen erst mal in

Ruhe darüber reden. Jetzt wissen wir, woran wir sind. Gut«, sagte ich und stand auf. Die Geschwister folgten meinem Beispiel.

»Wir sollten uns vielleicht ein paar Vertragsvordrucke ansehen. Die Branche ist derzeit total Cowboy, wie schon erwähnt, aber ich bin sicher, dass wir eine Lösung finden werden, mit der wir alle leben können. Wir müssen aus dem Potential doch max rausholen«, sagte Lesja.

»Ich merke, dass das ein bisschen viel Gerede war. Teile der Terminologie sind uns total fremd«, sagte Maria und presste den Handrücken auf eine Weise auf die Stirn, wie ich es bei ihr noch nie erlebt hatte.

»Das verstehen wir. Wirklich. Über den Vertrag reden wir nächstes Mal«, sagte Lesja und kam um den Tisch herum auf die Geschwister zu. Einen Moment lang sah es aus, als ob er sie umarmen wollte, aber dann schüttelte er ihnen doch nur die Hand wie ein Gebrauchtwagenhändler.

»Eins noch«, sagte ich, als Dick mir die Hand hinstreckte. »Die CD und die DVD muss ich zurückhaben.«

»Warum das?«, fragte er und runzelte die Stirn.

»Mein Brenner hat den Geist aufgegeben, ich konnte von jedem bloß ein Stück herstellen. Wir werden jetzt mit ein paar Musikern reden, und ich muss denen doch zeigen können, worum es geht. Ich maile euch morgen die Aufnahmen, beide, Ton und Bild.«

»Roger that. Spitze«, sagte er und griff nach Timoteus' Hand.

»Die Musiker, die Sie da erwähnt haben, die gibt es doch gar nicht, oder?«, fragte Tamar, als wir auf der Straße standen.

Ich schüttelte den Kopf und holte so tief Luft, wie ich konnte, um das hohle Ziehen im Bauch zu vertreiben. Alles, vor dem ich wegzulaufen versucht hatte, hatte mich jetzt hinterrücks wieder eingeholt. Das alte Gefühl, ein Haus bauen zu wollen, ohne mir die Zeit für ein richtiges Fundament zu nehmen.

»Ihr Gesicht wirkt so verlassen wie ein Zirkuszelt nach der letzten Vorstellung«, sagte Maria.

»Dazu ein Halleluja«, sagte ich.

»Mit anderen Worten, diese Besprechung ist nicht erwartungsgemäß gelaufen«, sagte Timoteus.

»Doch. Nur nicht so, wie ich es gehofft hatte. Aber Sie kennen ja den Spruch, wenn man sich mit dem Teufel schlägt, trägt man eine Menge Brandwunden davon, egal ob man gewinnt oder nicht.«

Timoteus lachte so sehr, dass sein Bauch unter dem Jackett wippte.

»Eins möchte ich anmerken«, sagte er dann, »wenn ich etwas gelernt habe, dann, dass das Leben voller Teufel steckt. Am Ende findet man einen, der so klein ist, dass man ihn besiegen kann, ohne Brandwunden davonzutragen.«

Als wir zum Auto zurückgingen, hörte ich aus dem Blå Musik.

»Sollen wir etwas trinken, ehe wir nach Hause fahren?«, fragte ich, und Maria nickte als Antwort.

Im Blå saßen vielleicht zwei Dutzend Stammgäste, und nachdem wir bestellt hatten, kam mir eine Idee. Etwas, das ich früher bei der Arbeit an anderen Aufnahmen ausprobiert hatte.

»Wir wollen jetzt mal ein bisschen echte Musik hören«, sagte ich zu den Geschwistern und ging zu einem Barmann, den ich flüchtig kannte.

»Würdest du die mal einlegen?«, fragte ich und reichte ihm die CD.

Zuerst reagierte niemand auf irgendeine besondere Weise, aber am Ende von »Der dumme Mann« ging eine blonde Frau Ende zwanzig zum Tresen. Der Barmann zuckte mit den Schultern und zeigte auf mich. Und als »Wer die Sonne weinen sieht« lief, hatten alle an den Tischen, bis auf ein französisches Paar, aufgehört zu reden.

»Ich glaube, die Lieder gefallen ihnen«, sagte ich, und zuerst nahm Maria meine Hand, dann Tamars, und dann streckten sie ihrem Bruder die Hände hin.

»Sprechen wir jetzt das Tischgebet?«, fragte ich.

»Nein«, sagte Maria und schüttelte den Kopf. »Aber wir haben vergessen, alle zusammen zu beten, ehe wir hergefahren sind. Möge der Herr deinen Eingang und deinen Ausgang beschützen, jetzt und in alle Ewigkeit.«

Kapitel 26

Ich wachte auf und begriff, dass ich während der Nacht gestorben war. Die Verwesung hatte bereits eingesetzt. Ich schloss die Augen und zählte langsam bis zehn, dann öffnete ich sie wieder. Es blieb alles weiß. Ich war noch immer tot, als ich vom Fenster wegging, die Haustür öffnete und barfuß hinaus in den Tag schritt. Die Wärme meiner Fußsohlen ließ den Schnee auf den Bodenbrettern der Veranda schmelzen. Ich hob eine Handvoll auf und taufte mein Gesicht, wurde aber nicht wach. Unten am Fluss hingen die kleinen Birken unter ihrer weißen Last teilweise im Wasser. Die frisch entsprungenen Blätter hatten die Oberseite nach unten gedreht, die Landschaft um mich herum sah aus wie eine halb entwickelte Fotografie. Keine Vögel sangen, keine Autos waren von der Hauptstraße her zu hören. Ich musste mich anstrengen, um andere Geräusche zu hören als mein abgehacktes Schluchzen. Die Welt war stehen geblieben. Die Welt hatte in dieser Nacht, während ich schlief, ihr Ende erreicht. Es war der 1. Juni, und das ganze Dorf, vielleicht das ganze Land, der ganze Erdball waren von Schnee bedeckt.

Die Bodenkälte ließ meine Fußsohlen erschauern, und erst als ein Windstoß von den Hügeln der Patentstadt den Fluss traf und meine Haare meine Schultern kitzelten, ging mir auf, dass ich nichts anhatte. Ich lief zurück ins Haus, aber der Schnee unter meinen Füßen brachte mich zum Ausrutschen, und mein Knie knallte gegen den Couchtisch. Mit zitternden Händen griff ich nach der Fernbedienung des Fernsehers.

Nichts passierte. Die Uhr am Mikrowellenherd hatte den Geist aufgegeben, und unter der Badezimmertür war ein Lichtstreifen zu sehen. Ich fand mein Handy in meiner Jacke, konnte aber keine Verbindung herstellen, obwohl es fast zehn war. Mein Laptop hatte sich entladen, und ich hatte plötzlich keinen Kontakt mehr zur Außenwelt.

Im Badezimmer ließen die Wasserhähne nur ein Seufzen hören, und ich ging wieder auf die Veranda. Rieb mir Gesicht und Achselhöhlen mit Schnee ein, zog mich an und setzte mich hinter das Steuerrad. Die Autoreifen drehten sich im Schnee auf dem Gras im Leerlauf, und der Wagen machte einen Sprung, als die Vorderreifen den Kiesweg fanden. Es war sicher nicht sehr viel Schnee gefallen, vier, fünf Zentimeter vielleicht, aber ich hatte doch das Gefühl, mit einer Reifenpanne zu fahren. Über mir hingen die Blätter über die Straße, und die Zweige schlugen wie Slalomstangen gegen die Autotüren. Im Rückspiegel konnte ich sehen, dass sich die Bäume langsam aufrichteten, als der Schnee heruntergerüttelt wurde. Ich schaltete das Radio ein und rechnete mit Nachrichten über Ausnahmezustand, erregte, wild durcheinanderredende Stimmen und gedämpfte Trauermusik, aber der Äther wirkte total unbeeinflusst vom Schnee im Juni und dudelte weiter die aktuellen Charts durch.

Vor Eben Ezer war ein LKW aus Litauen schräg über den Parkplatz gerutscht, und beim Lensmannsbüro sah ich, dass Markus Grude den Dienstwagen mit Schneeketten versehen hatte. Beim Flyktningesee stand ein blauer Mercedes mit der Nase im Graben. Ich konnte an der Karosserie keine Schäden entdecken, und den Fußspuren auf der Straße nach war der Fahrer einfach in ein anderes Auto gestiegen. Diese Entdeckung war beunruhigend. Warum hatten sie nicht versucht, den Wagen wieder auf die Straße zu schaffen? Jetzt wirkte es so, als ob der Fahrer Hals über Kopf die Flucht ergriffen hatte. Ich warf einen Blick in den Rückspiegel: keine weiteren Autos auf der Straße. Ich bremste und rollte mit vierzig Stundenkilometern weiter. Das ganze Dorf sah aus wie nach einem gewaltigen Axthieb, der die Hügelkämme ein bisschen dichter auf die Talmitte zugeschoben hatte.

Ich hatte schon häufiger Schnee auf Laubbäumen gesehen, natürlich hatte ich das, aber nie im Sommer. Im Herbst ließ der Schnee die gelbe Messingflamme und das verrostete Rote im Laub fast Funken sprühen. Jetzt, hier, heute strahlte nichts, keine Funken sprühten. Die Landschaft wirkte nur verwelkt. Aufgegeben. Und etwas in dieser großen Stille befahl, die Geschwister Thorsen aufzusuchen, als ob sie angerufen und um mein Kommen gebeten hätten.

Als ich zur Kiesgrube hin abbog, schaltete ich in den ersten Gang hinunter und dachte, es würde schwierig sein, wieder nach oben zu gelangen, aber die Sommerreifen kamen auf Kies besser zurecht als auf Asphalt. Oben auf dem Hügel hielt ich an und warf einen Blick ins Tal. Hinter mir befand sich ein Portal aus verschneiten Birken, und an mehreren Stellen hatten sich die Bäume über die Stromleitungen gelegt und sie wie Gummibänder zum Boden hingezogen. Einige der größten Felder um die Patentstadt ähnelten mit ihren Schneeflecken mottenzerfressenen Pelzen, aber das meiste des Grünen, alles, was auf den Sommer verwies, war verschneit, und unter der dichten Wolkendecke sah der Himmel fast lodengrau aus. Unten auf der Hauptstraße konnte ich ein Bergungsfahrzeug vorbeifahren sehen, aber als ich den Motor ausschaltete und das Fenster hinunterkurbelte, war kein Motorengeräusch zu hören.

Der Opel war aus der Garage gerollt worden, und mir fiel auf, dass er irgendwie schief aussah. Zuerst glaubte ich, ein

Reifen habe eine Panne, aber dann ging mir auf, dass die linken Räder über den Rand der Auffahrtsrampe zur Garage gerutscht waren. Das Auto hing halb auf der Hinterachse, und der auf den Schnee gespritzte Kies ließ annehmen, dass der Wagen vorwärts- und rückwärtsgefahren und dann aufgegeben worden war.

Ich hatte gerade das Gartentor erreicht und roch die versengte Kupplung, als die Haustür aufgerissen wurde und Timoteus Thorsen auf zwei Krücken die Treppe herunterhumpelte. Hinter ihm konnte ich in der Türöffnung Tamar sehen. Ihr Gesicht war ernst.

»Endlich. Ich hatte fast keine Hoffnung mehr, dass du noch kommst«, sagte er, als ich auf ihn zuging.

»Ist etwas mit Maria?«, fragte ich.

»Was? Nein!« Wie auf ein Stichwort hin trat die älteste Schwester auf die Treppe.

»Haben Sie den Schnee mitgebracht?«, fragte sie, und ich schüttelte den Kopf.

»Würdest du mich bitte fahren«, bat Timoteus, aber so leise, dass die Schwestern auf der Treppe es unmöglich hören konnten.

»Timoteus. Warum hast du es so eilig?«, rief Maria hinter ihm her.

»Bist du schwerhörig? Wie viele Sprachen brauche ich denn noch, damit du begreifst, dass ich etwas erledigen muss?«

»Lasst das. Bitte, alle beide«, sagte Tamar, und obwohl sie leise zu ihnen sprach, sorgte etwas an ihrer Inständigkeit dafür, dass ihre Stimme am besten zu hören war.

»Timoteus«, sagte sie und schaute ihrem Bruder ins Gesicht. »Musst du an einem solchen Tag wirklich etwas erledigen?«

Timoteus wandte sich von den beiden ab und formte mit

den Lippen für mich ein »Bitte«, ehe er die Treppe hochstieg und den Arm um seine kleine Schwester legte.

»Tamar. Denk nicht mehr an den Schnee. Du nimmst den zu wichtig. Es ist ungewöhnlich, aber ab und zu springt die Natur aus der Spur. Seit wann glauben wir an zufällige Zeichen?«, fragte Timoteus.

»Schnee im Juni ist kein zufälliges Zeichen«, erwiderte seine Schwester und klammerte sich an ihn, so dass er die Krücken loslassen musste.

»Tamar«, sagte er noch einmal, und ich hörte zum ersten Mal, dass er ihren wirklichen Namen benutzte. »Du bist immer so aufgeregt, wenn Thiongos Todestag näher rückt. Das kann ich verstehen. Aber es hat nichts zu bedeuten, dass es am Tag vor seinem Tod geschneit hat.«

»Wie oft hast du denn schon Schnee im Juni erlebt?«, fragte Tamar und trat einen Schritt von ihrem Bruder zurück. Ihr Gesicht war aschgrau.

»Darum geht es hier nicht«, sagte Timoteus.

»Doch. Genau darum geht es«, sagte sie, ging ins Haus und zog leise die Tür hinter sich zu.

Für einen kleinen Moment sah es aus, als ob Timoteus hinterhergehen wollte, aber dann hob er die Krücken hoch und stieg weiter die Treppe hinunter.

»Fahren wir?«, fragte er mich.

»Deshalb ist Jim also gekommen. Um dich zu holen?«, fragte Maria, ehe ich reagieren konnte.

»Wir müssen jetzt los«, sagte Timoteus und fasste meinen Oberarm.

»Was ist mit dem Auto? In ein paar Tagen wird doch das Haus versetzt«, sagte Maria und folgte uns auf den Hofplatz.

»Wir können Hilfe holen, sobald das Mobilnetz wiederhergestellt ist«, sagte Timoteus.

»Manchmal glaube ich, ihr, und vor allem du, habt keinerlei Respekt vor meinen Sachen«, sagte sie mit spitzer Stimme.

»Das ist doch nur ein Auto«, sagte Timoteus und zog mich immer weiter am Arm.

»Haben Sie das Auto von der Rampe gefahren?«, fragte ich.

»Der fährt wie ein altes Weib«, sagte Maria. »Oder noch schlimmer. Er kann überhaupt nicht fahren. Jetzt hat er die Kupplung verbrannt.«

»Ich habe gesagt, dass ich das in Ordnung bringen werde. Jetzt müssen wir los«, rief Timoteus und humpelte auf mein Auto zu. Seine Krücken malten grüne Punkte neben seine Fußspuren in den Schnee. Ich war seltsam unruhig und brachte es nicht über mich, Maria anzusehen, als ich den Wagen zurücksetzte, um zu wenden.

»Was ist eigentlich los?«, fragte ich, als ich das Auto in Richtung Dorf gedreht hatte.

»Thina«, sagte er nun, und ich merkte, wie sich mein Zwerchfell verkrampfte.

»Was ist mit ihr?«

»Das Mobilnetz ist zusammengebrochen. Deshalb wollte ich mit dem Auto fahren.«

Ich wusste nicht, was ich sagen sollte, und nickte nur.

»Was soll ich mit Zeit, wenn die schon auf dem Boden des Stundenglases liegt? Was soll ich mit dem, was ich wiedergefunden habe, wenn ich es nur ein weiteres Mal verliere? Sie fehlt mir.«

Ich sah ihn an und nickte wieder.

»Ich weiß, was du sagen willst«, sagte er. »Es sind nur einige Zentimeter Schnee. Keine Überschwemmung, kein Orkan, kein Eissturm und kein Waldbrand, aber der Herr, unser Schöpfer, hat mir keinen übergroßen Verstand verliehen. Die Vorstellung, dass Thina auf der anderen Seite des Tales allein ist, hat mich so hilflos gemacht wie ein vaterloses Kind. Und dann fing Tulla damit an, der Schnee kündige einen bevorstehenden Tod an.«

»Aber Sie glauben nicht an zufällige Zeichen?«, fragte ich.

Er sagte nichts, starrte aus dem Fenster.

»Wie oft haben Sie schon Schnee im Juni erlebt?«, fragte ich.

»In gut achtzig Jahren?«

Ich nickte.

»Das ist das zweite Mal«, sagte er.

Unten auf dem Storvei schmolz der Schnee schon wieder, und der blaue Mercedes war verschwunden. In Richtung Schweden warf die schmutzig graue Wolkendecke die ersten Risse, und bei den Häusern am Straßenrand lugten Grasbüschel durch den Schnee. Vor Eben Ezer stand Markus Grude und sprach mit einem Mann, den ich für den Fahrer des litauischen LKWs hielt.

»Ich glaube, sie sollten sich mal zusammensetzen«, sagte Timoteus, als wir an der Auffahrt zu meinem Haus vorbeikamen.

»Wer? Ihre Schwestern und Thina?«, fragte ich.

Er nickte.

»Woran denken Sie jetzt?«

»Ich will Thina mit nach Hause holen, damit sie meine Schwestern treffen kann.«

Ich drehte mich zu ihm um, als ob ich plötzlich unbedingt von seinen Lippen ablesen müsste.

»Aber Maria und Tamar sind Thina Gjems doch wohl schon begegnet?«

»Thina Hval, nicht Gjems.«

»Haben Sie Ihren Schwestern nichts von Thina erzählt?«

Er schüttelte den Kopf.

»Nicht so, wie es jetzt ist.«

»Sie haben ihr doch einen Heiratsantrag gemacht?«

»Das schon.«

»Und sie hat Ja gesagt.«

Er nickte.

»Was ist mit Ihrer neuen Frisur? Sie haben gesagt, Ihre Schwestern würden misstrauisch werden.«

»Ich habe gesagt, ich wollte das machen, weil wir den Termin mit der Plattenfirma hatten. Dass ich mir für diese langen Strähnen zu alt vorkäme.«

»Aber Sie tragen ja einen Ring.«

»Das habe ich immer getan, und weder Maria noch Tamar haben gemerkt, dass es jetzt der meines Vaters ist. Wir wohnen nun schon so lange zusammen, dass wir füreinander wie alte, verschossene Hemden an der Wäscheleine sind. Sofern die Ärmel noch daran sind und keine Naht aufplatzt, kann man leicht übersehen, dass ein Knopf fehlt.«

»Warum haben Sie nichts gesagt?«

»Maria und ich haben mehr Alltag zusammen erlebt als die meisten Ehepaare, ich muss die richtige Gelegenheit finden.«

Ich dachte, dass die Rollen plötzlich vertauscht seien. Maria hatte in den vergangenen Wochen so oft über die richtige Gelegenheit gesprochen, wenn es darum ging, ihren Bruder zu etwas zu überreden.

»Wo werden Sie wohnen?«, fragte ich.

»Wohnen?«, wiederholte er und sah mich an, als könne er nicht begreifen, dass das überhaupt eine Frage sein sollte.

»Einmal, ich war sieben oder acht, hat sich mein Vater bei einem Arbeitsunfall das Bein gebrochen und konnte den ganzen Sommer nicht arbeiten. Im Herbst waren wir deshalb knapp bei Kasse, und als im Herbst die Schule wieder losging, bekam ich abgelegte Kleider von meinem Vetter in Elverum. Und weißt du, was ich mir da ganz fest vorgenommen habe?«

Ich schüttelte den Kopf.

»Dass ich als Erwachsener nie wieder das Hemd eines anderen tragen würde.«

Bei Thina Gjems war der Schnee auf dem Dach geschmolzen, aber die Blumen in den Töpfen auf beiden Seiten der Treppe ließen die Köpfe hängen, und einer der Zierbüsche war gespannt wie ein Bogen. Als sie Timoteus erblickte, kam sie mit langen Schritten angelaufen, der Wind blähte ihre blaue Strickjacke. Timoteus schob seine Tür auf, und sie begegneten sich mitten zwischen Treppe und Auto. Wieder ließ er die Krücken fallen und schlang die Arme um Thina. Ich weiß nicht, wie lange sie so dastanden. Vielleicht nur einige Minuten, vielleicht einen allzu großen Teil vom Rest ihres Lebens, aber ihr Anblick wirkte nicht mehr alt und verletzlich. Sie sahen aus wie etwas, das nie und nimmer zerbrechen könnte.

Ich legte den Rückwärtsgang ein. Kaum hörte er das Geräusch, drehte sich Timoteus um und hob die Hand, als wäre ich ein Taxifahrer. Ich öffnete die Tür und stieg aus.

»Ja?«, fragte ich.

»Würdest du uns bitte fahren?«, fragte er und blieb stehen, den Arm um Thina Gjems gelegt.

»Natürlich. Wohin denn?«

»Nach Hause«, sagte er.

Thina und Timoteus setzten sich nach hinten, und ich weiß nicht, ob es ein Zufall war, aber ihre Hände lagen nebeneinander auf dem Sitz wie Vögel auf einem Zweig. So blieben sie sitzen, möglichst dicht beieinander, ohne direkten physischen

Kontakt zu haben. Bei der großen Liebe geht es nicht so sehr darum, laut von den Dächern zu rufen oder lange verworrene Gedichte ohne Zeichensetzung zu schreiben. Die große Liebe braucht nicht mehr Platz als zwei Hände, die nebeneinander auf der Rückbank eines Autos liegen.

Ich fuhr von der Patentstadt aus den Hang hinab und dann weiter über den Storvei, vorbei an Gärten, wo der Sommer von Schnee und Matsch kurzzeitig ins Exil getrieben worden war. Als ich vor dem Tor hielt, traten die Schwestern auf die Treppe, und im Rückspiegel sah ich, wie Thina und Timoteus einander in einer wortlosen Aufmunterung zunickten.

»Du kommst doch mit rein«, sagte Timoteus zu mir.

Ich schüttelte den Kopf.

»Nein danke«, sagte ich. »Das ist eine Familienangelegenheit.«

Timoteus schien etwas sagen zu wollen, aber dann stiegen er und Thina aus. Auf der Treppe standen die Schwestern Schulter an Schulter, und ich musste an Ruth und Esther oben bei der Kiesgrube denken, bei meinem ersten Besuch hier oben. Thina und Timoteus blieben eine Weile vor dem Auto stehen. Langsam streckte Timoteus die Hand nach Thina aus, und alles, was auf der Rückbank so natürlich gewirkt hatte, wurde jetzt von etwas Reserviertem vertrieben. Dann verschränkten sie die Finger miteinander und öffneten das Tor. Wie auf ein Stichwort stiegen die Schwestern die Treppe herab, um ihnen auf halbem Weg entgegenzukommen. Ohne dass irgendwer ein Wort zu sagen schien, legten sie die Arme um Thina und Timoteus, und die vier pressten sich aneinander. Ich wendete und fuhr den Weg hinunter.

Bei Eben Ezer sah ich hinter allen Fenstern weiße kleine Papierbögen. Ein Schreiner hatte mir einmal erklärt, das solle anzeigen, dass die Scheiben nun eingesetzt seien. Ich hielt vor dem Gebetshaus. Maria hatte etwas gesagt, ehe ich mit Timoteus losgefahren war: »Haben Sie den Schnee mitgebracht?« Und jetzt fragte ich mich, vor dem leeren, fast einzugsbereiten Gotteshaus, was sie eigentlich gemeint hatte. War es nur ein alltäglicher Kommentar über das Wetter, oder gab es noch einen tieferen Sinn? Denn war es vielleicht so, dass ich den Schnee in ihr Leben gebracht hatte? Nicht unbedingt als Vorwarnung eines nahenden Todes, sondern als etwas, das sich über das legte, was gewesen war, und es belastete? Mein Handy zeigte mir drei entgangene Anrufe von Lesja und Whole Lotta Love gestern Abend, zwei waren auf die Voicemail umgeleitet worden, und die eine Mitteilung hatte ich zur Hälfte gehört. Ich hätte mich darüber freuen sollen, dass sich eine Plattenfirma so sehr interessierte, dass sie ihre Flipcharts mit Visionen darüber füllte, wie sie das größtmögliche Publikum erreichen könnte. Aber wenn ihnen Strategie nun wichtiger war als Harmonie? That's the name of the game. Always has been. Always will be.

»Ja, was jetzt?«, fragte ich den Rückspiegel, aber der Blick, der mir dort begegnete, war ohne Freude.

Frimann Njoroge musste mich irgendwie im Auge behalten haben, oder er war einfach ein Genie des Timings. Ich hatte gerade erst meine Jacke aufgehängt, als sein BMW vor der Garage hielt. Er hatte den Gürtel seines hellbraunen Kaschmirmantels stramm gebunden. Ich hoffte, dass er stolpern oder jedenfalls anhalten würde, um sich Schnee aus den Schuhen zu schütteln, aber er lief einfach weiter, die Treppe hoch und öffnete die Tür mit derselben Handbewegung, mit der er angeklopft hatte.

»Hier erinnert aber nicht viel an die Bude von Phil Lector«, sagte er und ließ seine Aktentasche auf den Couchtisch fallen.

»Phil Spector«, berichtigte ich ihn. »Der sitzt im Gefängnis. Weil er seine Frau erschossen hat.«

»Whatever«, sagte er, zog ein Blatt Papier aus seiner Aktentasche und hielt es vor mich hin.

»Was ist das?«, fragte ich, ohne es entgegenzunehmen.

»Da du ja offenbar keinen eigenen Anwalt hast, habe ich von meinem einen Vertrag aufsetzen lassen, zwischen Oma, Maria und Timoteus und dir.«

»Jetzt heißt es also Oma?«

»Wie meinst du das?«, fragte er.

»Auf diesen Vertrag habe ich wirklich gewartet«, sagte ich und nahm ihm das Papier aus der Hand.

»Ja?«, fragte er und sah ein bisschen überrascht aus.

Ohne es anzusehen, zerriss ich das Blatt, knüllte die Stücke zu Kugeln zusammen und ließ sie zwischen das Brennholz fallen.

»Vielleicht ist es dir entgangen, aber es hat heute geschneit. Ich wollte gerade im Ofen einheizen«, sagte ich.

Frimann Njoroge trat einen Schritt auf mich zu.

»Dieser Holzhaufen wird in einigen Tagen versetzt. Weißt du, was mich das kostet?«

»Holzhaufen, meinst du das Haus von Maria, Timoteus und Tamar?«

»Deshalb sollst du den Vertrag unterschreiben. Ich sehe nicht tatenlos zu, wie meine Oma betrogen wird. Ich habe mich erkundigt, und wenn so ein Comeback richtig gedeichselt wird, kann man dabei Geld verdienen.«

»Es ist nie gut, sich zu viel zu erkundigen«, sagte ich.

»Mir war klar, dass deine Künstlerseele stärker sein würde als die Vernunft, deshalb habe ich noch weitere Vertragskopien mitgebracht«, sagte er und schob wieder die Hand in die Aktentasche. »Ich gehe erst, wenn du unterschrieben hast.«

»Mach die Tür hinter dir zu, wenn du gehst«, sagte ich, bahnte mir einen Weg durch seinen Raketenabwehrschild aus Parfüm, nahm meine Jacke vom Haken und lief aus der Tür. Er holte mich bei der Garage ein und packte meinen rechten Arm so fest, dass mein Schultergelenk aufschrie.

»Du bist ein Arschloch«, sagte er.

»Arschlöcher gibt es in allen Farben«, sagte ich und bereute das sofort. Für einen Moment glaubte ich, er werde zuschlagen, aber er legte nur seine Aktentasche auf die Motorhaube und zog die Verträge heraus.

»Du unterschreibst jetzt«, sagte er.

»Dann sag mir bitte noch mal, warum.«

»Ich kümmere mich nur um die Interessen meiner Familie«, sagte er.

»Maria, Timoteus und Tamar kümmern sich schon selbst«, sagte ich.

»Unterschreib«, wiederholte er und schwenkte den Kugelschreiber wie einen Taktstock.

»So weit kommt das noch«, sagte ich und schaltete den Autoalarm aus.

»Dann will ich morgen die hunderttausend haben. Das ist ihr oder dein Anteil der Umzugskosten. Wie du weißt, ist eine mündliche Absprache ebenso bindend wie eine schriftliche.«

»Okay«, sagte ich und kam ihm entgegen. »Gib mir die Verträge.«

Ich überflog die Dokumente, bis ich seine Kontonummer gefunden hatte, und riss diesen Teil heraus.

»Du verdammter Halbidiot!«, schrie er, und diesmal schlug er mir energisch gegen die Schulter.

»Sieh morgen mal auf deinem Konto nach. Ich überweise das Geld heute Abend«, sagte ich und gab den Schlag zurück, viel kräftiger, als ich vorgehabt hatte. Ich sah, dass die Sohlen seiner Mokassins ganz neu waren, als er rückwärts umkippte, auf dem Rücken liegen blieb und röchelte, bis er wieder zu Atem kam. Dann setzte ich mich ins Auto und fuhr aus der Garage.

Kapitel 27

Ich legte die Aufnahmeausrüstung ins Auto und fuhr hinaus auf den Storvei. Die Geschwister hatten alles eingepackt, was sie vor dem Umzug des Hauses brauchen würden, aber wir hatten vereinbart, noch drei letzte Lieder aufzunehmen, ehe der Kranwagen kam. Um den Aufnahmen einen anderen Puls- und Herzschlag zu geben, hatte ich einen Bluesgitarristen von jenseits der Bezirksgrenze eingeladen. Wir hatten mehrere Platten zusammen gemacht, und Audun besaß eine einzigartige Fähigkeit, das Lied zu *werden,* das er gerade spielte. Wie ein Charakterdarsteller schälte er alles Unnötige ab, um dann die bestmögliche Deutung jedes Liedes zu finden. Malling hatte sich bereit erklärt, einige einfache Videos zu drehen, und ich bog auf den Parkplatz am Flyktningesee ab, um auf die beiden zu warten, ehe wir im Konvoi hoch in die Hallelujastraße fahren wollten.

Audun hatte sich seit unserer letzten Begegnung noch weitere Tätowierungen zugelegt, und als wir uns die Hand reichten, klirrten seine vielen Ohrringe, aber die genau einstudierte Rockerscheinung konnte doch den Jungen in ihm und seinen Eifer nicht verbergen – er lächelte. Ich hatte gehofft, dass das Timoteus Thorsens Skepsis überwinden würde. Das und Auduns Musikalität. Die Fähigkeit, einem Lied niemals im Weg zu stehen.

Malling trug ein rotes Bowlinghemd, das er sich bei seinem letzten Besuch in Austin gekauft hatte, und er hatte die Haare wie damals nach hinten gekämmt. Ich nahm es als Zeichen dafür, dass der Immobilienmakler in den Musikmodus übergewechselt war.

»Hier müssen wir einfach nach Gehör spielen. Malling hat schon einmal mit den Geschwistern Thorsen gearbeitet, und man sollte dabei vor allem so tun, als wäre man gar nicht da, nicht wahr?«, sagte ich, als wir neben der Garage gehalten hatten.

Malling nickte und konnte sich den Kommentar nicht verkneifen, dass mir das während des letzten Konzerts recht gut gelungen sei.

»Das krieg ich hin«, sagte Audun und hob zwei Gitarren und seinen kleinen Kofferverstärker aus dem Auto.

Ruth und Esther kamen um die Hausecke getrottet, und ich ließ die beiden anderen vor mir durch das Tor gehen. Die Hunde bellten nicht, und nachdem sie unsere Hände beschnuppert hatte, legten sie sich auf die Innenseite des Zauns.

Im Gang waren alle Bilder von den Wänden genommen worden, und im Wohnzimmer waren die Pappkartons aufeinandergestapelt. Die Geschwister saßen noch am Frühstückstisch, und ich registrierte, dass Thina Gjems mit ihnen zusammensaß. Bei dieser Entdeckung wurden meine Bewegungen langsamer, und auf eine seltsame Weise hatte ich das Gefühl, einen Übergriff begangen zu haben, ich hätte klingeln und darauf warten müssen, dass die Tür geöffnet würde. Dann hob Thina fast unmerklich die Augenbrauen, und ihre Mundwinkel verzogen sich zu einem Lächeln.

»Das hier ist Audun, der Gitarre spielen soll, und Malling kennt ihr ja schon«, sagte ich.

»Hast du deine Nähmaschine mitgebracht?«, fragte Timoteus, nickte zu dem Verstärker hinüber und brachte Audun zum Lachen.

»Solange Sie das Ding nicht Höhensonne nennen, bin ich

zufrieden. Der Amp ist ein Wabash von 1950, derselbe Typ, den einer meiner Lieblingsgitarristen benutzt hat. Er hieß Hubert«, sagte Audun.

»Sumlin?«, fragte Timoteus.

Audun nickte und sah aus wie ein Kind, das sich zum ersten Mal allein die Schnürsenkel zugebunden hat.

»Den haben wir in Chicago kennengelernt. Er hat ein Stück mit uns gespielt. ›Der Suchende‹. Er ist übrigens gerade mal achtzig geworden«, sagte Timoteus, und Malling und ich wechselten einen Blick.

»Die alten Sachen sind eben die besten«, fügte Timoteus hinzu und stand vom Tisch auf. »Möchtest du dir mal meine Mandoline ansehen? Das ist eine Gibson von 1942.«

Audun nickte wieder. Timoteus ging in den kleinen Saal, und als er mit der Mandoline zurückkam und sie Audun hinhielt, ließ der Bluesmann seinen Gitarrenkasten mit lautem Knall zu Boden fallen.

Ich fing an, im kleinen Saal alles vorzubereiten. Der Plattenspieler dort war abmontiert worden, die Bücher weggeräumt und die Bilder in Pappkartons gepackt. Als ich zurück in die Küche kam, um den Verstärker zu holen, hatten Audun und Malling am Tisch die Plätze der Schwestern eingenommen. Die Wangen des Gitarristen waren ausgebeult, und er zeigte auf seinen Teller.

»Er hatte heute noch nichts gegessen«, erklärte Tamar hinten am Ofen, während sie in der Pfanne ein Spiegelei umdrehte.

»Haben Sie denn schon gefrühstückt, Jim?«, fragte Maria.

Ich nickte.

»Der Kapitän ist heute von der Werkstatt abgeholt worden. Ich hab es nicht über mich gebracht, die Kupplung selbst auszuwechseln«, sagte sie dann.

»Das kann ich gut verstehen«, sagte ich und hob den Verstärker und eine Gitarre hoch. Als ich meine Last im kleinen Saal absetzte, stand Maria mit dem anderen Gitarrenkasten direkt hinter mir.

»Jim, ich muss Ihnen etwas sagen«, flüsterte sie, als ob die in der Küche uns trotz ihrer Frühstücksgeräusche hören könnten.

Ich nickte.

»Sie haben nicht im selben Zimmer geschlafen«, sagte sie mit zaghafter Stimme, und ich musste ein Lächeln unterdrücken.

»Das höre ich gern«, sagte ich nur.

»Sie müssen warten wie alle anderen«, fügte sie hinzu.

»Das ist sicher richtig«, sagte ich und versuchte, nicht daran zu denken, was ich an dem Abend, den ich größtenteils beim Pumpenhaus verbracht hatte, im Wohnzimmer gesehen hatte.

»Sie wollen heiraten, aber das wissen Sie sicher?«

»Ich habe Timoteus so verstanden«, sagte ich und stöpselte den Verstärker ein.

»Jim«, sagte sie. »Hier wurde ein Gebet erhört. Seit Thina Witwe ist, haben Tulla und ich darum gebetet, dass sie und Timoteus wieder zueinanderfinden. Es heißt zwar, dass nicht immer die Schnellsten das Rennen gewinnen, aber wir hatten die Hoffnung schon aufgegeben. Deshalb ist es nur ein umso größeres Wunder, dass es doch noch zur Hochzeit kommt.«

»Ich weiß nicht viel über Wunder«, sagte ich. »Aber ich freue mich sehr für die beiden.«

»Gleich nach unserem Umzug wird er zur Hüftoperation ins Krankenhaus gehen. Timoteus ist total besessen von dem Plan, ohne Krücken oder Stock zum Altar zu schreiten. Wenn er das schafft, ist das wirklich noch ein Wunder.«

»Das klappt bestimmt. Machen Sie sich da keine Gedanken«, sagte ich und streichelte ihren Arm.

Sie zögerte einige Sekunden, dann nickte sie.

»Ja«, sagte sie. »Da haben Sie recht.«

Nachdem ich den Ton für alle vier eingestellt hatte, schaltete ich das erste Lied ein, das von der vorigen Aufnahmerunde bereitlag, damit wir die Stimmung wiederfinden konnten. Maria, Timoteus und Tamar setzten sich auf die Stühle, während Audun mit dem Rücken zur Wand auf dem Boden Platz nahm und sich die rote Gibson-Gitarre auf den Schoß legte. Ich hatte auch aufgenommen, wie Timoteus das Lied anzählte, und sein Eins-zwei-drei-vier klang wie ein Kommando. Die zitternde Mandoline über der Gitarrenbegleitung der Schwester, und Tamar, die dann »Oh großer Gott« anstimmte, ehe die beiden anderen Geschwister einfielen, sorgten dafür, dass Audun sich gerade hinsetzte. Er schien nicht zu bemerken, dass seine Gitarre zu Boden glitt. Als die Geschwister den ersten Refrain erreichten und gemeinsam alle Kraft aufwandten, als ob sie es schaffen könnten, dadurch den Schwerpunkt des Raumes zu verschieben, senkte Audun den Kopf und starrte seine Knie an, bis das Lied zu Ende war.

»Hören wir noch eins?«, fragte ich, aber er schüttelte nur den Kopf und strich sich mit der Hand durch das Gesicht.

»Wir hängen uns einfach an dieses Gefühl von eben an«, sagte er. Timoteus nickte mir zu, ich öffnete eine neue Spur, und er begann mit einem Lied, das ich bisher erst einmal gehört hatte. Ein Lied, das die Geschwister niemals aufgenommen hatten. »Postlagernd Jesus«.

Ich war lahm,
ich war blind,
jagte nach Wind
und vielen anderen leeren Dingen

vierzig Tage und vierzig Nächte
das Leben war eine Wüste, die ich zu Hause nannte
zwei Schritt zurück und einen zur Seite
weil ich kein anderes Vorwärts kannte.

Aber jetzt werde ich fliegen
Ich werde fliegen
An meine neue Adresse kannst du schreiben
Ich werde fliegen
Ich werde fliegen
Postlagernd in der himmlischen Stadt will ich bleiben.

Das saß ganz einfach. Mehr war nicht zu sagen. Wenn jemand plötzlich die Zimmertür aufgerissen hätte, hätte es trotzdem gesessen. Es war so ein Moment, wo es nur noch darum geht, mit der Aufnahme zu beginnen, und die Stimmung, die alles vorantreibt, löscht die kleinen Fehler und Hintergrundgeräusche aus. Klassiker wie Kris Kristoffersons »Help me make it through the night«, »Sin City« von den Flying Burrito Brothers und »Spanish Harlem Incident« von den Byrds weisen allesamt deutliche Patzer auf, aber sie sind dennoch so bewahrt worden, wie sie sind, eben weil der eingefangene Augenblick kein zweites Mal hergestellt werden könnte.

Das nächste Lied war um einiges zurückhaltender, aber es gab Malling die Möglichkeit, länger bei den Details zu verharren. Tamars Hände auf ihren Knien, wenn sie saß, Timoteus' Fuß, der den Takt trat, und Marias Hände, die bei den Partien mit Fingerpicking über die Saiten huschten. Ich konnte auch sehen, dass Malling die Geschwister zwischen Auduns tätowiertem linkem Arm und dem Gitarrenkörper filmte, und ich dachte, da haben wir das Cover.

Nachdem wir die drei Lieder eingespielt hatten, zupfte

Audun noch an den Saiten herum, runzelte die Stirn und biss sich in die Lippe.

»War das nicht gut?«, fragte ich.

Er nickte, dann hob er den Kopf und blickte mir in die Augen.

»Ich weiß, dass ich bei diesem Projekt nur Sessionmusiker bin. Kann ich trotzdem einen Vorschlag machen?«

Malling und ich wechselten einen Blick, aber die Geschwister nickten.

»Natürlich«, sagte Timoteus. »Es war eine Freude, mit dir zu arbeiten.«

Audun ging zu dem mittleren Mikrofon.

»Hat von Ihnen schon mal jemand Townes Van Zandt gehört?«

Die Geschwister schüttelten den Kopf, und ich lockerte meinen Hemdkragen.

»Er hatte ein Lied namens ›Two Hands‹«, sagte nun Audun. »Auf Norwegisch ist es als ›Zwei Hände‹ nachgedichtet worden, und wenn irgendwer im ganzen Universum dieses Lied aufnehmen sollte, dann Sie.«

Er dämpfte die Saiten und schlug den Takt mit einem Waschbrettgeräusch an, ehe er anfing, über Hände, Füße, Herzen, Kummer und Jesus zu singen. Erst nach zwei Runden ging mir auf, dass das Lied mit dem Refrain anfing, und inzwischen hatten die Geschwister bereits die Melodie gelernt und summten mit. Beim vierten Refrain kannten sie fast schon den Text.

»Mandolinensolo!«, rief Audun und nahm die breitbeinige Haltung an, die ich schon oft bei seinen Konzerten gesehen hatte. Der Hocker kippte unter Timoteus um, und ich sprang hinter dem Mischpult halbwegs auf, ehe ich begriff, dass er den Hocker bewusst weggetreten hatte. Audun machte einen

Sprung auf ihn zu, und für einen Moment sah es aus, als ob er vor Timoteus auf die Knie fallen wolle, aber stattdessen beugte er sich zu dem viel älteren Mann vor. So blieb er stehen, wie ein kleiner Baum, der versucht, im Schatten eines anderen zu wachsen. Plötzlich hielt Tamar ein Tamburin in der Hand, und als das Lied zu Ende war, schienen die Geschwister Audun etwas beigebracht zu haben, nicht umgekehrt.

»Noch mal. Wir müssen das noch mal spielen, ich konnte die Aufnahme nicht mehr anfahren«, rief ich, ehe das Klimpern der Instrumente verstummte.

»Unter einer Bedingung«, sagte Audun.

»Und welcher?«, rief ich mit einer Stimme, die in den akustischen Instrumenten widerhallte.

»Dann muss Thina in die Hände klatschen, und sie kann zwischen mir und Timoteus stehen«, sagte er.

Ich war total ausgepumpt, als ich vom Storvei zu meinem Haus abbog, und zugleich so aufgedreht, wie ein Mann das nur sein kann, wenn er von einer lotrechten Felswand gesprungen ist. Ich fuhr bis vor die Treppe, schaffte meine Ausrüstung ins Haus und suchte mir die Nummer von Frimann Njoroge.

»Ich habe übrigens einen Anwalt«, sagte ich, ehe er den Mund aufmachen konnte. »Morgen lasse ich ihn einen Vertrag aufsetzen und dir schicken. Dann ist mein oder unser Anteil an den Umzugskosten aus der Welt. Rock hard.«

Kapitel 28

Es begann wie ein Zittern auf dem Unterdeck.

Nein. Diesmal keine Zeile aus einem Lied. Eher wie etwas über ein großes Schiff, das in eine Untiefe gerät. Genau dieses scharrende Geräusch war zu hören, als das Haus von den Grundmauern gehoben wurde und Sägespäne und Mauerschutt wie ein leichter Hagelschauer in den Keller fielen. Die vier Kräne machten lange Hälse, zwei blaue und zwei gelbe, an jeder Hausecke einen. Das Gefühl, etwas Naturwidriges zu erleben, als der Blick sich plötzlich einen Weg *unter* das Haus bahnen konnte, zwischen Boden und Grundmauern, und die Stämme und die untersten Äste des wogenden Nadelwaldes dahinter fand. Das Haus, das nur ganz wenig von einer Seite zur anderen pendelte, als es den benötigten Meter von den Grundmauern gehoben und dann unendlich langsam auf die wartende Ladefläche gesetzt wurde, ein Tausendfüßler auf Rädern, wie nun jemand sagte. Ich zählte vierzehn Achsen. *Big wheels keep on turning, carry me home to see my kin.* Nein, noch immer keine Zeile aus einem Lied. Sondern aus der Bibel zu Hause auf dem Nachttisch. Die Arche Noah, die vom Wasser angehoben wird. Alle Menschen, die darauf gezeigt, die den Kopf geschüttelt, die im Kreis darum herum gestanden und gelacht hatten. Alle Menschen, die dann einer nach dem anderen in den Wassermassen verschwanden. Die Menschen, die vielleicht entfernte Verwandte des dummen Mannes waren, der sein Haus auf Sand gebaut hatte. Noah, der mit seiner Familie und den vielen Tieren allein auf der Welt blieb.

Die drei Geschwister Thorsen standen Schulter an Schulter dort, wo das Tor gewesen war, und hatten die Arme umeinander gelegt wie Veteranen aus demselben Krieg, aber ich konnte nicht entscheiden, ob sie Offiziere waren, die versuchten, sich einer Niederlage zu stellen, oder einfache Soldaten, die in aller Stille einen Sieg feierten. Obwohl es Samstag war, trugen alle drei ihren Sonntagsstaat.

Am Vorabend hatte Maria mir Bilder aus ihrem Familienalbum gezeigt. Ihr Vater, der mit der Hand den Keller aushob. Kleine Augenblicke, der Zeit entrissen durch die Verschlussklappe einer alten Balgenkamera. Der Vater, der die Hacke über den Kopf hob wie ein Bergarbeiter. Der Vater, der beide Füße auf den Spaten stellte. Der Vater, der Zentimeter um Zentimeter mit Sand gefüllte Holzkästen über den Rand der Grube zog. Auf allen Bildern hatte er einen bloßen Oberkörper. Auf allen Bildern trug er ein Halstuch. Auf allen Bildern lächelte er. Über alle Bilder fuhr Maria mit den Fingerspitzen wie eine Blinde, die ein Buch liest. Dann gab es Fotos von beiden Eltern. Die ersten Rendezvous. Verlobung und Hochzeit. Hand in Hand im ersten Nachkriegssommer. Sie in geblümtem Kleid und Zierschürze, er mit aus der Stirn gekämmten Haaren. Die Geschwister. Eins nach dem anderen auf dem Schoß der Mutter vor dem großen Jesusbild im Wohnzimmer. Jedes mit einer Heugabel. Drei Kinder, die Kartoffeln ausbuddelten. Die auf dem Gemüsefeld Unkraut jäteten, und nicht zuletzt, die spielten und sangen. Schon auf den ersten Bildern mit Instrumenten standen sie alle auf ihre charakteristische Weise da. Die Älteren fast beschützend mit der Jüngsten zwischen sich. Die Gesichter von Maria und Timoteus wurden auf jedem Bild ein wenig ernster, während Tamar niemals ihre kindlichen Züge verlor. Es gab auch Bilder von den Taufen der Geschwister. Timoteus und Maria Hand in Hand am Flussufer, während sie darauf warteten, dass sie nun an der Reihe wären, und Tamar, die allein durch die Luke im Boden von Eben Ezer stieg. Ganz hinten im letzten Album waren Postkarten eingeklebt, die die Geschwister aus Amerika nach Hause geschickt hatten. Die Motive zeigten, dass die Karten von Tankstellen am Straßenrand stammten, und sie stellten oft Sehenswürdigkeiten dar, bei denen ich meine Zweifel hatte, ob sie noch existierten. Das allerletzte Bild zeigte das Grab der Eltern gleich nach der Beerdigung der Mutter.

Die Kräne nahmen jetzt die Ladefläche zwischen sich und setzten das Haus längs ab. Ich dachte, jetzt bricht die Achse durch. Jetzt kippt das Haus zur Seite und liegt dann da wie auf den Fernsehbildern von der Überschwemmung, die es früher in diesem Jahr weiter oben im Tal gegeben hatte. Aber Häuser auf Ladeflächen standen wie Häuser auf Felsgrund. Der rote Sattelschlepper, der für den Transport zuständig war, sah vor der Querwand des Hauses nicht viel größer aus als ein Pickup, und es schien unmöglich, das Gebäude zu bewegen, ganz zu schweigen davon, es von einer Seite des Tales zur anderen zu bringen. Aber der Bauunternehmer hatte den Geschwistern der Reihe nach zugenickt und ihnen allen in die Hand versprochen, dass bei dem Umzug alles gutgehen würde.

Malling war zum Filmen angetreten. Er senkte die Kamera für einen Moment und sagte etwas zu Thina Gjems, die sich ein wenig hinter die Geschwister gestellt hatte.

Ursprünglich hatte ich geplant, die drei im Haus zu filmen, während man die Landschaft hinter den Fenstern vorbeigleiten sah, aber das hatte der Bauunternehmer entschieden abgelehnt. Stattdessen hatte Malling sie gefilmt, als sie das Haus mit ihren Instrumentenkästen verließen und in den Opel stiegen. Dann sollte er dem Haus während seines Weges von den Grundmauern auf die Ladefläche und weiter durch das Dorf folgen. Vor allem zwischen Flyktningesee und Eben Ezer hätte er die Möglichkeit zu einigen langsamen Bildern des Zuhauses der Geschwister Thorsen auf seiner Reise durch das Dorf.

Der Sattelschlepper ließ einen tiefen Seufzer hören, ein kleines Rucken pflanzte sich durch das Haus fort, und die Räder des Sattelschleppers fingen langsam an, sich zu drehen. Malling hob die Hand zu einem raschen Abschiedsgruß und lief vorbei an der Wagenkolonne zu seinem eigenen Auto, das dort stand, wo früher die Holzstapel gelegen hatten.

Für einen Moment verspürte ich einen Stich der Reue, einen Blueston des Zweifels. Was machte ich hier eigentlich? Und warum? Lesja Overli und ich hatten am Vortag ein längeres Telefongespräch geführt. Ich sagte, wir müssten noch überlegen, der Vertragsentwurf, den er geschickt hatte, sei in Ordnung, aber wir hätten auch andere Angebote. Das stimmte nicht. Lesja hatte gesagt, dass wir natürlich über die Tantiemen für Plattenverkauf und Downloads und über die Höhe des Vorschusses diskutieren könnten. Ich hatte geantwortet, es gehe hier nicht um das Geld. Das stimmte. Als Lesja anfing, über den Crossoverappell der Geschwister zu sprechen, hatte ich das Bedürfnis, sie zu beschützen. Lesjas Vorschläge würden sie dermaßen ins Rampenlicht rücken, wie ich es bei den anderen Künstlern, mit denen ich zusammengearbeitet hatte, nur selten oder nie erlebt hatte. Das Problem war, dass die Musik, die für mich das eigentliche Wesen der Geschwister Thorsen ausmachte, ihrer Vermarktung fast im Weg stand. Und es schockierte mich, dass ich mich nach so vielen Jahren in der Branche noch immer schockieren ließ. Die Leute wollen nicht das, was wirklich ist. Sie wollen eine sorgsam gecastete Dokusoap-Ausgabe der Wirklichkeit.

Ich ging hinüber zu den Geschwistern und Thina Gjems, die in den Keller schauten, als wäre er ein frisch ausgehobenes Grab. Es roch wie geteerte Eisenbahnschwellen im Sommer.

»Alles in Ordnung?«, fragte ich.

Die Schwestern nickten und starrten zu Boden, nur Timoteus schaute mir ins Gesicht.

»Ein jüdisches Sprichwort sagt, wenn du deine Wohnstätte wechselst, kannst du auch dein Glück umkehren. Auf irgendeine Weise habe ich diese Vorstellung immer wunderbar gefunden, aber nie ganz daran geglaubt«, sagte er.

»Wir wohnen noch immer im selben Haus«, sagte Tamar.

»Spiel hier nicht den Unglücksraben. Lass uns losfahren und sehen, wie es geht«, sagte Maria, und wir drehten uns alle fünf um wie auf Kommando. Das Haus verschwand gerade oben am Hügelkamm aus unserer Sichtweite.

Timoteus Thorsen ging hinüber und redete beruhigend auf Ruth und Esther ein, die an der Anhängerbefestigung von Thina Gjems' Land Rover angebunden waren. Dann ließ er sie hinten ins Auto springen. Für einen Moment glaubte ich, er wolle zum Kapitän weitergehen, aber stattdessen öffnete er die Wagentür für seine zukünftige Gattin. Zum ersten Mal sah ich Timoteus Thorsen bei etwas, das als galant aufgefasst werden konnte, und Thina Gjems deutete einen Knicks an und nahm hinter dem Lenkrad Platz.

Maria enterte den Opel und setzte damit zu Tamar und mir zurück. Plötzlich schien die Jüngste der Geschwister Thorsen vergessen zu haben, wie man eine Autotür öffnet, dann begriff ich, woran sie dachte.

»Sie sind heute in der Hierarchie wohl eine Stufe höher gerückt«, sagte ich.

»Ich bin befördert worden«, sagte sie und setzte sich auf den Beifahrersitz.

Ich nahm hinter ihr Platz und registrierte, dass auch dieser Tag noch nicht besonders genug war, um die Plastikplane von den Sitzen zu entfernen.

Maria fuhr vor den beiden anderen die Straße hinunter, und wir holten die Hauskarawane unten bei der Kiesgrube ein. Sie hielt die Hand wie zu einem altmodischen Blinker aus dem Fenster, um Thina ein Zeichen zu geben, und dann überquerten sie die Bahnlinie, kurz bevor die Umzugswagen auf die Hauptstraße abbogen.

Bei den Häusern zum Flyktningesee hin waren nur wenige Menschen zu sehen, aber je weiter wir uns Eben Ezer näherten, umso mehr kamen dazu. Die allermeisten grüßten, wenn wir vorüberfuhren, und Tamar hatte die ganze Zeit die Hand erhoben, wie um sämtliche Zuschauer zu segnen. Ich warf einen Blick aus dem Rückfenster, als das Begleitfahrzeug mit dem Warnlicht auf dem Dach gerade in den Storvei abbog.

»Woher wissen die alle von dem Umzug?«, fragte ich.

»Bei den Leuten hier im Dorf sind zwei Fähigkeiten besonders gut entwickelt«, sagte Tamar. »Sie sehen weit und hören gut.«

»*So* gut können sie doch bestimmt nicht sehen.«

»Es ist kein Geheimnis, dass wir auf der anderen Seite des Tales ein Grundstück gekauft haben. Gestern wurde zudem oben bei uns das Wasser abgestellt. Die Leute reden, und ab und zu wird aus zwei plus zwei vier, sogar in diesem Dorf«, sagte Tamar.

Auf dem Parkplatz vor Eben Ezer hatten sich vielleicht zwei Dutzend Menschen versammelt, einige hatten Campingstühle mitgebracht, und alle schauten den Storvei hinunter. Gleich hinter dem Flyktningesee machte die Straße eine kleine Biegung vom Wasser weg, danach führte sie dann auf gerader Strecke zum Gebetshaus. Es war ein perfekter Ort für Übersichtsbilder, und Malling hatte sich mit dem Kamerastativ ein Stück vor der Menge aufgestellt.

»Wollen wir hier anhalten und ein bisschen zusehen?«, fragte ich.

Maria nickte im Rückspiegel und bog ab. Ich sah, dass das Papier von den Fenstern entfernt worden war und dass die äußere Holztäfelung einen Anstrich bekommen hatte. Der Mann mit den dünnen Haaren war mit irgendetwas an einem Fensterrahmen beschäftigt, während der Langhaarige sich oben auf dem Dach über den Schornstein beugte.

Wir stiegen aus dem Auto und warteten auf Timoteus und Thina, ehe wir neben Malling traten. Ich konnte jetzt hinter der Kurve das Haus zwischen den Baumwipfeln ahnen. Die Dachziegel sahen aus wie der Brustpanzer eines vorhistorischen Wesens, das sich langsam eine Schneise durch das Dorf schlug. Dann hatte das Haus das Wäldchen hinter sich gebracht und die gerade Strecke erreicht, und alle Ähnlichkeit mit riesigen, klobigen Tieren verschwand.

Immer mehr Menschen strömten zusammen. Aus einem Haus wurde eine ältere Frau in einem Rollstuhl geschoben. Die Sonne ließ ihre Kopfhaut unter den dünnen watteweißen Haaren leuchten, als sie auf uns zugefahren kam. Ihr liefen die Tränen über die Wangen, während sie den Geschwistern der Reihe nach die Hand gab.

»Ich weiß noch, wie euer Haus gebaut wurde«, sagte sie und streichelte ihnen zitternd die Handrücken. Tamar gab sie dazu ein Zeichen, sie solle sich bücken, und auf den Lippen der alten Frau glaubte ich jetzt, eine Bitte um Entschuldigung zu lesen.

Jetzt war das Haus so nah, dass wir das Geräusch des Sattelschleppers hörten, und das Dröhnen pflanzte sich als Vibrieren durch meine Füße und meinen ganzen Körper fort. Die Menschen um mich herum hörten auf zu reden. Sie sprangen von ihren Campingstühlen auf, als hätten sie Angst, nicht alles mitzubekommen, und einige zogen ihr Handy hervor und fingen an zu filmen. Die alte Frau berührte Tamars Ellbogen, und die wiederum versetzte ihrer Schwester einen Rippenstoß. Zusammen packten sie die Frau unter den Armen und halfen ihr beim Aufstehen. Auf dem Dach des Gebetshauses hatte sich der langhaarige Mann aufgerichtet, und als das Haus Eben Ezer fast erreicht hatte, legte er die rechte Hand zu einer Art Salut an die Stirn.

Und in dem Moment, in dem sich Lastwagen und Gebetshaus einander genau gegenüber befanden, ertönte ein Knall wie bei einer Fehlzündung. Eine schwarze Rauchwolke quoll zwischen den Hinterreifen hervor, und bis auf eine Art rhythmisches Ticken des Motors wurde es ganz still. Ich konnte sehen, dass sich der Fahrer vorbeugte und versuchte, das Auto wieder zu starten. Nichts passierte. Um mich herum fingen alle an zu reden, leise zuerst, dann schwoll es zu einem gleichmäßigen Summen an, wie das erwartungsvolle Raunen unmittelbar vor Konzertbeginn. Im Führerhaus schlug der Fahrer zweimal mit der flachen Hand auf das Steuer, dann hob er sein Handy ans Ohr. Hinter ihm sammelte sich eine kleine Reihe von Autos, und das Begleitfahrzeug setzte zurück mit einem Geräusch, als ob sich die Gangschaltung durch den Boden nach unten presste.

»Ja, ja«, sagte Timoteus mit neutralem Tonfall. »Wir müssen uns wohl aufs Hotelleben gefasst machen. Oder hast du einen anderen Vorschlag, Jim?«

Ich zuckte mit den Schultern und fühlte mich auf eine Weise schuldbewusst wie zuletzt als Kind.

»Ich seh mal nach, was hier los ist«, sagte ich und lief zu dem Mann im Begleitfahrzeug, der nach hinten gegangen war und die Tür des Sattelschleppers geöffnet hatte.

»Ist es ernst?«, fragte ich.

»Hoffentlich ist nur der Dieselfilter verstopft. Wir haben schon fast zwei Dutzend Häuser in ganz Ostnorwegen auf diese Weise versetzt, und so ein Problem hatten wir noch nie«, sagte der Mann.

»Wie lange kann das dauern?«, fragte ich.

Der Mann sah den Fahrer an, und der schüttelte den Kopf.

»Schwer zu sagen.«

»Bestenfalls?«, fragte ich.

»Eine halbe Stunde.«

»Und schlimmstenfalls?«

»Es kann eine Leckage im Druckluftsystem der Bremsen vorliegen. Dann müssen wir vielleicht einen neuen Sattelschlepper anfordern und das Haus hinüberhieven. Schlimmstenfalls muss es die Nacht über so stehen bleiben, oder jedenfalls bis in den späten Abend.«

Hinter uns fing ein Auto an zu hupen. Nicht zusammenhängend, keine langen Stöße, aber genug, um für eine unruhige Stimmung zu sorgen.

Ich drehte mich zu den Geschwistern um, aber ich sah sie nicht mehr am Straßenrand. Ich dachte, sie seien vielleicht zu Thina Gjems nach oben gefahren, doch beide Wagen standen noch an der alten Stelle. Der Kofferraum des Opels war geöffnet.

»Ein jeglich Ding hat seine Zeit, und alles Vernehmen unter dem Himmel hat seine Stunde«, konnte ich Timoteus Thorsen mit lauter, klarer Stimme sagen hören. Zuerst begriff ich nicht, woher die Stimme kam, aber dann entdeckte ich ihn zusammen mit seinen Schwestern auf der Treppe des Gebetshauses. Sie hatten ihre Instrumente geholt und sich in Konzertpositur aufgestellt.

»Für uns kam die Zeit, zu brechen und zu bauen, gleichzeitig. Obwohl es ja gerade so aussieht, als ob das Brechen besser gelingt als das Bauen. Aber ich bin sicher, dass es sich nur um einen vorübergehenden Rückschlag handelt. Alles kommt zu dem, der sich nicht beeilt, nicht wahr? Egal, wenn der Wagen, der unser Haus transportiert, schon Probleme haben muss, dann hätte es wohl kaum eine bessere Stelle dafür geben können als gerade diese. Wir waren einmal bekannt als die Drei Singenden Geschwister Thorsen, und hier drinnen – jedenfalls in dem Lokal, das früher hier lag – sind wir zum ersten Mal öffentlich aufgetreten. Wann mag das gewesen sein?«, fragte Timoteus und sah seine ältere Schwester an.

»Vor zweiundsiebzig Jahren«, antwortete sie.

»Vor zweiundsiebzig Jahren«, wiederholte Timoteus. »Jetzt sehe ich, dass Eben Ezer aufs Neue in Gebrauch genommen werden kann, und hier drinnen haben wir gelernt, zu gehen, zu fallen und wieder aufzustehen. Es war ein Ort mit vielen Zeigefingern, aber auch mit offenen Armen.«

Timoteus schlug einen Akkord auf der Mandoline an und stellte die G-Saite ein wenig anders ein. Niemand redete jetzt noch, und der Fahrer des ersten Autos in der Schlange hinter dem Haus war ausgestiegen und lehnte an der Motorhaube.

»Es ist eine Weile her, dass wir zuletzt hier drinnen waren«, sagte Timoteus und warf den Kopf in den Nacken.

»Zweiundfünfzig Jahre und zehn Monate«, sagte Maria.

»Ja, zweiundfünfzig Jahre sind vergangen, aber das ist bloß ein Sandkorn im Uhrwerk der Zeit. Ich hoffe, ihr werdet aus diesem Haus etwas mehr machen als nur ein Dach und vier Wände. Zugleich haben meine Schwestern und ich es immer ebenso wichtig gefunden – wenn nicht wichtiger –, Gott hier drin zu haben«, Timoteus Thorsen schlug sich auf die Brust, »wie, dass er dort drinnen ist.«

Wieder legte er den Kopf in den Nacken.

»Ein Weiser hat einmal gesagt, wenn es nicht mehr Gerechtigkeit gibt als bei den Priestern auf dieser Welt, dann wird der Weg ins Himmelreich lang und steinig. Deshalb sage ich gern, selig sind alle, die wagen, ihren eigenen Weg zu gehen und für das zu stehen, woran sie glauben. Es kann die Liebe sein, Gott oder dass man weit, weit weg reisen muss, ehe man nach Hause zurückkommen kann. Für mich hat das alles immer zusammengehangen. Meine heilige Dreifaltigkeit, wenn ihr so wollt.«

Er fasste die Mandoline besser und machte sich erneut am Stimmschlüssel der G-Saite zu schaffen.

»Deshalb, meine Damen und Herren, habe ich jetzt einen Wunsch an euch alle«, fügte er hinzu.

Auf dem Parkplatz wechselten die Menschen Blicke und traten ein bisschen unruhig von einem Fuß auf den anderen.

»Ich habe, wie ihr seht, zwei Schwestern. Maria«, er streckte den Arm nach ganz rechts aus, bis alle anfingen zu applaudieren, »und Tamar«, und er zeigte zur Mitte, zu noch lauterem Applaus.

»Ich selbst heiße also Timoteus.«

Diesmal redete er einfach weiter, ohne auf Applaus für sich selbst zu warten.

»Wir haben immer unsere Ehre darein gesetzt, für die auf der hintersten Bank zu spielen. Wir haben nie für die gespielt, die im Tempel ganz vorn stehen. Aber jetzt sind wir drei über achtzig.«

»Neunundsiebzigeinhalb«, fiel Tamar ihm ins Wort, hob die Hand, und alle fingen an zu lachen.

»Fast achtzig also«, sagte Timoteus unangefochten. »Egal, ich hoffe, ihr könnt ein bisschen näher treten, damit wir noch immer für die auf der hintersten Bank spielen können.« Er legte eine kleine Pause ein, ehe er hinzufügte: »Gott allein weiß, wie viele Lieder wir im Laufe der Jahre gelernt haben, aber dieses hier ist neu. So neu, dass wir es nicht einmal geschafft haben, es selbst zu schreiben«, sagte Timoteus, und beide Schwestern lachten.

Timoteus machte einen Doppelschlag auf der Mandoline, wie auf einem Rhythmusinstrument, und dann markierte er den Takt, während die Geschwister unisono sangen:

Wir haben zwei Hände, und mit denen schlagen wir den Takt,
wir haben zwei Füße, mit denen tanzen wir in den Himmel,
und wir haben ein Herz, das füllen wir mit Jesus,
nie wieder werden wir ins Unglück geraten.

Die Leute klatschten ab der Mitte des ersten Refrains mit, und als der zweite kam, trampelten mehrere den Takt. An der Längsseite des Gebetshauses wurden zwei Fenster geöffnet, und die beiden Schreiner schauten heraus. Autotüren gingen auf, weitere Zuschauer strömten herbei.

Es war, als hätten die Drei Singenden Geschwister Thorsen den Ort niemals verlassen, sondern wären immer auf dem Weg zum nächsten Auftritt gewesen. Vielleicht nicht auf großen Bühnen, meistens auf gar keiner Bühne, aber unterwegs zum nächsten Haus im Dorf, wo jemand krank war, wo jemand einsam war, wo jemand soeben allein geblieben war. Wo jemand die Richtung im Leben verloren hatte. Vor jedem Haus hatten die Geschwister auf der Treppe gestanden, die Stimmung ausgelotet und sich wortlos zu dem vorgefühlt, was sie sagen wollten, was sie spielen sollten.

Wer war ich also, das alles aufzuwühlen? Sie vor ein Mikrofon zu setzen, sie vor eine Kamera zu stellen, sie wieder in die Welt hinauszuschicken?

»Tausend Dank. Nicht übertreiben«, sagte Timoteus und

hob abwehrend die Hände, als der Applaus kein Ende nehmen wollte.

»Ich weiß nicht, wie bewandert ihr in der Schrift seid, aber es steht geschrieben, dass sich eine auf einem Berg erbaute Stadt nicht verstecken lässt. Und es steht geschrieben, dass niemand ein Licht anzündet und es in eine Kammer stellt, in der sich niemand aufhält. So ist es auch mit der Liebe. Das hier ist noch ein neues Lied, aber diesmal hatten wir wirklich Zeit, um es selbst zu schreiben. Zeit genug. Das heißt, Tamar hat es geschrieben. Das Lied heißt ›Wer die Sonne weinen sieht‹.«

Die Geschwister rückten dichter zusammen, standen dann Schulter an Schulter da und beugten sich vor, wie um ins selbe Mikrofon zu singen. Tamar mit leicht geschlossenen Augen, während die beiden anderen Blickkontakt hatten und einander mit angedeutetem Lächeln belohnten, während sie ihre Stimmen um die ihrer kleinen Schwester schlangen. Wenn die Geschwister plötzlich aufgehört hätten zu spielen, hätte man einen Engel atmen hören können. Aber sie hörten nicht auf. Sie trugen ihr Lied mit einer Innigkeit vor, die ich bei den Aufnahmen nicht im Entferntesten hatte einfangen können.

Ich musste an das Gespräch mit Jethro Tull denken, als er erzählt hatte, Timoteus sei eigentlich zum Prediger berufen gewesen, aber nicht alles sei so gekommen wie geplant. Ich war in meinem ganzen Leben noch bei keiner Andacht einer Pfingstgemeinde gewesen, doch Timoteus Thorsen hatte sein Publikum eindeutig im Griff wie ein Rocksänger. Ihn sahen sie an, als das Lied zu Ende war, sie drängten sich zusammen, um näher an ihn heranzurücken.

»Dieses Lied begleitet uns schon seit der Sonntagsschule. Vielleicht erkennen es einige von euch«, sagte Timoteus über den Applaus des Publikums hinweg.

Bei »Der dumme Mann« klatschten die Zuhörer von Anfang an, und als plötzlich der Motor des Lastwagens mit dem Haus ansprang, drehten sich die meisten gerade so lange um, bis sie festgestellt hatten, woher der Lärm stammte, bevor sie dann wieder den Geschwistern Thorsen ihre volle Aufmerksamkeit widmeten. Ohne den Halt, den die Kiesharfe geliefert hatte, war das Lied lockerer, und Timoteus ließ sein Mandolinensolo doppelt so lange dauern wie sonst. Die Geschwister rundeten das Lied ab, indem sie die letzte Strophe zweimal a cappella wiederholten, und wenn sie es gewollt hätten, hätten sie ihr Stück zu einem richtigen Stadionrockabschluss ausdehnen können. Aber sie wechselten nur einen Blick und hoben den letzten Ton zu etwas, das mit dem Himmel verschmolz.

»Danke für die Aufmerksamkeit, und wenn es dem lieben Gott gefällt, sehen wir uns vielleicht wieder«, sagte Timoteus. Dann bahnten sie sich einen Weg durch die Menschenmenge. Mir ging auf, dass sie sich genauso bewegten wie in der Kirche in Kongsvinger, wo ich sie zum ersten Mal gesehen hatte.

Der langhaarige Schreiner sprang aus dem Fenster, lief auf mich zu und reichte mir die Hand.

»Danke, dass Sie die Geschwister dazu gebracht haben, das Gebetshaus einzuweihen. Die haben mir eine richtige Gänsehaut an den Leib gesungen«, sagte er.

Ich gab keine Antwort, nickte nur und nahm seine Hand, während ich dachte, dass es so gewesen sein musste, damals, als Eben Ezer bis zum Rand gefüllt gewesen war und die Menschen sich vor den Fenstern drängten, um mitzuerleben, was drinnen geschah.

Auf der Straße setzte sich der Lastwagen mit dem Haus jetzt wieder in Bewegung, und ich lief zum Opel und setzte mich auf die Rückbank. Maria drehte den Zündschlüssel um, und dicht gefolgt von Thinas Land Rover drängte sie sich hinaus auf die Straße und fuhr los in Richtung Patentstadt.

»Dann weiter nach Hause«, sagte Tamar und lächelte.

Ich räusperte mich.

»Diese ältere Dame im Rollstuhl. Haben Sie die gekannt?«

Die Schwestern wechselten einen Blick, und Tamar nickte.

»Wissen Sie noch, wie ich zum ersten Mal bei Ihnen zu Hause war, als wir vor Eben Ezer gehalten haben?«, fragte sie.

»Ja.«

»Die Frau im Rollstuhl war eine von denen, die Maria und mich als Gefallene bezeichnet haben, als wir uns die Haare abgeschnitten hatten. Sie hat dann angefangen zu trinken, nachdem ihr Mann eine Neue gefunden hatte«, sagte sie.

Später an diesem Abend standen wir alle fünf im kleinen Saal und sahen die Sonne hinter den Hügeln gegenüber derjenigen Seite untergehen, an die die Geschwister so viele Jahre hindurch gewöhnt gewesen waren. An den leeren Wänden um uns herum erinnerten mich die von den Bildern hinterlassenen Abdrücke auf der Täfelung an weiße Flecken auf alten Landkarten. An Orte, bei denen niemand sich die Mühe gemacht hatte, sie zu entdecken.

Kapitel 29

Der Mittwochnachmittag hatte sich in seiner ganzen Trägheit über das Dorf ausgebreitet und trieb die Menschen in den Schatten von Häusern und Sonnenschirmen. Ich war auf dem Weg von der Arbeit nach Hause und hatte neben mir im Auto Badehose und Handtuch liegen, aber am Flyktningesee standen die Autos dicht an dicht, deshalb beschloss ich, mich in den Kolk unterhalb meines Hauses sinken zu lassen. Bei Eben Ezer lud der Langhaarige gerade Farbeimer in den Range Rover, und er gestikulierte eifrig, als er mein Auto erkannte. Ich hielt hinter ihm an. Mir ging auf, dass ich seinen Namen noch immer nicht wusste und dass es jetzt nur noch peinlich wäre, mich vorzustellen.

»Fertig mit der Arbeit?«, fragte ich, nachdem ich aus dem Auto gestiegen war.

Er nickte und stellte den letzten Farbeimer auf die Ladefläche.

»Hab eben den letzten Anstrich erledigt und räume auf«, sagte er und lehnte sich mit verschränkten Armen an seinen Wagen. Die Ränder der Tätowierung an dem einen Ellbogen waren ein bisschen verblichen, als ob er ihn auf die Flächen gestützt hätte, die er angemalt hatte.

»Diese Hausversetzung war der Wahnsinn«, sagte er nun. »Darüber werden die Leute im Dorf noch lange reden. Und über die Musik auf der Treppe auch.«

»Ja«, sagte ich. »Ich glaube nicht, dass ich sie jemals besser singen gehört habe. Vielleicht klang es so gut, weil sie so angefangen haben. Keine Mikrofone, keine Verstärker oder Gesangsanlage. Nur die Geschwister Thorsen, so unplugged, wie das überhaupt nur möglich ist.«

»Wir hoffen noch immer auf ein Konzert mit ihnen im Gebetshaus, aber ich weiß nicht, ob sie über das Honorar verhandeln würden. Glauben Sie, sie wären dazu bereit? In Eben Ezer wird doch nie Eintritt genommen«, sagte er.

»Ich glaube, die Begeisterung, die sie auf der Treppe erregt haben, kann es leichter machen, sie über die Türschwelle zu schieben. Versuchen Sie es einfach noch mal, aber so schnell wird es nicht möglich sein. Timoteus lässt sich an der Hüfte operieren.«

»Dann warten wir das ab. Ich hoffe, bei ihm geht alles gut. Arbeiten Sie mit den Geschwistern Thorsen an irgendetwas?«, fragte er, ließ die Arme sinken und steckte die Hände in die Tasche.

»Wie meinen Sie das?«, fragte ich und verlagerte mein Gewicht von einem Bein aufs andere.

»Was sind Sie denn von Beruf?«

Ein Lastwagen sauste vorbei, der Luftzug wehte um unsere Beine, und plötzlich wusste ich die Antwort auf seine Frage nicht mehr.

»Ich bin Elektriker«, sagte ich.

Der Mann nickte, und bei dieser Bewegung rutschten ihm die Haare ins Gesicht.

»Der, der gefilmt hat, ist ein Bluestyp aus Kongsvinger, und als ich euch gesehen habe, habe ich gedacht, ihr hättet mit den Geschwistern ein Projekt am Laufen.«

»Wir sind alte Kumpels und haben ein gemeinsames Interesse an Geschichte. Deshalb haben wir die Fahrt des Hauses aufgenommen«, sagte ich.

»Dann sollten Sie die Kamera holen und da oben weiterfilmen«, sagte er und nickte in die Richtung, in der das Haus der Geschwister gestanden hatte.

»Da ist doch nichts mehr übrig«, sagte ich.

»Haben Sie es nicht gehört?«, fragte er.

»Gehört? Was denn?«

»Das mit dem Fund?«

Ich zuckte mit den Schultern.

»Irgendwer von der Gemeinde war da oben, nachdem das Haus entfernt worden war, und sie haben zwei schwertähnliche Gegenstände gefunden, vermutlich aus der Wikingerzeit. Jetzt ist der Bezirkskonservator eingeschaltet worden. Er wird das ganze Grundstück sorgfältig untersuchen. Das wird dauern, und es führt vielleicht dazu, dass die Kiesgrube gar nicht erweitert werden kann.«

»Wegen zwei Schwertern?«, fragte ich ungläubig.

»Nicht nur, aber ich kenne einen, der bei der Ortsbegehung dabei war, und die Fachleute meinen, dass es auf dem Grundstück möglicherweise ein oder mehrere Flachgräber gibt. Die könnten Skelettreste und Dinge enthalten, die den Toten mit ins Grab gelegt wurden. Und dann könnte eine langwierige archäologische Ausgrabung folgen. In dem Fall sitzt Frimann Njoroge also durchaus nicht auf einer Goldgrube«, sagte er.

»Wie meinen Sie das? Das ist doch das Problem der Betreiber der Kiesgrube.«

»Indirekt ja, aber Frimann hat den Vertrag noch nicht unterschrieben, weil er die Transportkosten für das Haus seiner Großmutter draufschlagen wollte. Da hat er es wirklich geschafft, den Ast abzusägen, auf dem er sitzt, nicht zuletzt weil der Grundbesitzer und nicht der Bezirk für die Kosten einer solchen Ausgrabung aufkommen muss«, sagte der Schreiner.

Zu Hause brachte ich es dann nicht über mich, gleich ins Haus zu gehen, sondern streifte auf der Treppe die Kleider ab, zog die Badehose an und ließ mich ins Wasser fallen. Der Duft von Traubenkirschen kam mit einer kühlenden Brise vom Ufer her, und als ich mich auf den Rücken legte, spürte ich die Andeutung einer Strömung federleicht über meine Haut streichen. Ich blieb liegen und ließ mich treiben, während ich versuchte, das Haus der Geschwister Thorsen durch die regenwaldartige Vegetation in Richtung Patentstadt zu sehen. Ein Lakota-Indianer, mit dem ich einmal zusammengearbeitet hatte, sprach oft über das natürliche Gleichgewicht aller Dinge. Für alles, was man herausnimmt, muss man etwas zurücklegen. Ich fragte mich, ob Frimann Njoroge jetzt ähnliche Gedanken dachte. Hatten Menschen wie er überhaupt eine Art Götter, bei denen sie Geständnisse ablegten, etwas, woran sie glaubten, über das kalkulierte Risiko hinaus?

Dann holte ich Atem, drehte mich auf den Bauch und tauchte unter. Selbst im Kolk war der Fluss seicht, höchstens zwei Meter tief, und das Wasser war klar und durchsichtig. Feinkörniger Sand und Kies bedeckten den Boden, und ein kleiner Schwarm Forellenbrut huschte vorbei. Ich versuchte, mich an einem der größeren Steine festzuhalten, um mein Ohr dem Flussboden zu nähern und die Geräusche in mich aufzunehmen, die vielleicht vorhanden waren, die Dissonanzen, die Bewegungen hier unterhalb des Dorfes, aber meine Finger fanden keinen Halt, und als ich zur Oberfläche hochtrieb, hörte ich nichts außer meinen eigenen Herzschlägen.

Ich setzte die Füße auf den Boden und richtete mich auf. Es stimmte also, dass in alten Zeiten Menschen hier vorübergezogen waren. Lange, ehe jemand angefangen hatte, Kies aus dem Boden zu holen, Wasser in Rohre zu leiten und es nach Kongsvinger zu schicken. Lange, ehe jemand Sägemühlen errichtet und sie wieder stillgelegt hatte. Lange, ehe der Großvater der Geschwister Thorsen die Ufer nach Spuren seiner Herkunft untersucht hatte. Lange, ehe Maria und Timoteus darauf warteten, sich von dem Wasser an den ersehnten Ort führen zu lassen. Und ich fragte mich, ob die Geschichte der Geschwister Thorsen schon mit den Schwertern begonnen hatte. Lange, ehe es in Finnland eine Hungersnot gab und ihre Ahnen sich auf den Weg nach Norwegen machten. Stimmt es, dass Leben und Geschick eines Menschen vor seiner Geburt bestimmt werden? Steht etwas in dem großen Buch, das die Geschwister Thorsen immer als Kompass benutzt hatten, das den Weg bereitet für alles, was geschieht, oder wird alles nur von einem Zufall nach dem anderen gelenkt? Wenn der Großvater der Geschwister diese Schwerter gefunden hatte, warum hatte er sie wieder vergraben? Damit sie niemals gefunden würden, oder damit sie von jemandem gefunden würden, der sich diesen Fund verdient hatte?

Einige Stunden später kam ich bei demselben Windbruch aus dem Wald, den ich vor meiner ersten Begegnung mit Frimann Njoroge gesehen hatte. Auch jetzt hatte ich ein Fernglas um den Hals hängen. Ich hatte mir vorgestellt, dass vielleicht Mitarbeiter des Bezirkskonservators am Werk wären oder dass der Grundstücksbesitzer selbst dort herumstrich, ruhelos durch die Wut, die er ganz bestimmt verspürte. Ich hob das Fernglas, aber auf dem Grundstück war kein Mensch auszumachen. Es war seltsam, hier zu stehen und nach etwas zu suchen, das nicht mehr vorhanden war. Abgesehen von der Garage und einem Holzschuppen hielt nichts den Blick auf, nur die unebenen Reste der Grundmauern. Aber es war auch etwas Neues dazugekommen: Ein rotes Plastikband von der Sorte, wie die Polizei es benutzt, umschloss das Grundstück.

Ich hängte mir das Fernglas wieder um den Hals und ging abwärts auf das Grundstück zu.

Die Schatten der Bäume reckten die Hälse in Richtung der Kellersenke, und ich war fast schon ganz im Verlassenen, im Aufgegebenen versunken, als zwei Waldtauben mit einem Geräusch wie beim Zerreißen eines Stoffstücks mit den Flügeln schlugen. Auf das Plastikband war der Buchstabe R als Rune geschrieben, und der geringe Zweifel, den ich noch gehabt hatte, verflog vollständig. Der Ort, an dem die Geschwister Thorsen aufgewachsen und später zusammen alt geworden waren, war jetzt ein offizielles Kulturdenkmal. Möglicherweise nur bis auf weiteres, aber eben doch ein Kulturdenkmal, und etwas daran kam mir sehr richtig vor. R für Rock. Runenrock.

Waren die Geschwister über diese neueste Entwicklung schon informiert? Sie hatten die Sache mit keinem Wort erwähnt, als ich am Vorabend mit ihnen gesprochen hatte. Vielleicht wussten sie nichts vom Besuch des Bezirkskonservators, vielleicht wollten sie sich kurz vor Timoteus' Operation nicht damit befassen müssen, oder vielleicht ging dieser Ort sie jetzt nichts mehr an. Plötzlich war mir so klar, als ob sie es mir gesagt hätten, dass die Geschwister Thorsen nie wieder einen Fuß an diesen Ort setzen würden.

Ich ging durch den kleinen Nadelwald, wo mich die Hunde gejagt hatten, und setzte mich an den Rand der Kiesgrube. Unten sah ich die Kiesharfe an derselben Stelle wie beim ersten Mal und fragte mich, ob es schwer wäre, sie zu starten. Ob ich sie in Gang bringen könnte, wenn ich das wirklich versuchte. Dann blieb ich sitzen, bis alles Tageslicht das Dorf verlassen hatte und der graue Dämmerschein am Himmel dem Abend etwas Unerlöstes gab. Ich dachte wieder an den Lakota-Indianer und daran, dass nicht nur Frimann Njoroge etwas aus dem Dorf genommen hatte, aus der Landschaft hier, sondern dass das auch für mich galt.

Am nächsten Tag musste ich erst um ein Uhr arbeiten, deshalb blieb ich sitzen und hörte mir die dreizehn Lieder an, die ich mit den Geschwistern Thorsen aufgenommen hatte. Wenn man Musik einige Tage liegen lässt und sie dann wieder hervornimmt, klingt sie oft anders, lebloser, zahmer. Adrenalin, Anspannung und Eifer, die die Aufnahmesituation prägten, sind verschwunden. Es kam bisweilen vor, dass ich bereute, die Musiker nicht härter angetrieben zu haben, dass ich sie nicht aufgefordert hatte, das Lied noch einmal zu spielen. Ich hörte alle Aufnahmen durch, dann zog ich die Badehose an und schwamm über den Baklengselv hin und her, bevor ich die Lieder erneut hörte. Die Dynamik war natürlich anders bei denen, an denen Audun mitgewirkt hatte, aber die Intensität war dieselbe. Es gab keine Ruheorte, keine Zwischenstücke, keine Melodien, die auf einem Album als Füllmaterial dienen könnten. Das hier waren dreizehn Lieder, die die Tiefe des Menschen ausloteten, die aber zugleich eine Hoffnung verbreiteten, eine Linderung, ein Begreifen der Tatsache, dass es die Dunkelheit ist, die die Sterne so hell leuchten lässt. Nachdem »Zwei Hände« zum zweiten Mal verhallt war, schaltete ich den CD-Player aus und ging zum Fenster. Ich war zu Hause. Ich war am Ziel. Wenigstens einmal im Leben war ich der Zeitlosigkeit, die jede große Kunst in sich trägt, so nahe wie möglich gekommen, diesem Seltsamen, das durch die Farben eines Gemäldes, die Sätze eines Buches oder die Melodieführung eines Liedes niemals verschlissen oder verbraucht wirken kann.

Ich stand schon in der Tür, als das Handy klingelte. Es war Tamar, und so wie sie Atem holte, ehe sie etwas sagte, wusste ich, dass jetzt etwas folgen würde, das ich nicht hören wollte.

»Jim?«, fragte sie mit tonloser Stimme.

Ich nickte und riss mich zusammen.

»Ja.«

»Es geht um Timoteus. Die Ärzte hatten bei der Operation Probleme damit, seinen Blutdruck stabil zu halten. Als sie fast fertig waren, ist er zusammengebrochen. Wir wissen nicht, ob er das überleben wird.«

Kapitel 30

Die Plastikplane war von den Sitzen des Opels entfernt worden. So ein Tag war das also. Ein Tag, der lange auf die Geschwister Thorsen gewartet hatte. Der Wagen hatte den ganzen Vormittag draußen in der Sonne gestanden, und das Vinyl des Sitzes brannte durch den Stoff meines schwarzen Anzugs, als ich mich hinter Maria setzte. Sie nickte nur, und mich überwältigte plötzlich der Gedanke, dass ich mich niemals ins Leben der Geschwister Thorsen hätte einmischen dürfen, ich hätte ihnen niemals den Vorschlag machen dürfen, das Haus zu versetzen. Gerade an diesem Tag hätten sie diesen Weg nehmen müssen, die Straße in die Welt und zurück, wie immer, seit sie klein gewesen waren. Maria hätte den Wagen langsam durch die Felder fahren lassen müssen, durch die Kiesgrube und dann den Storvei entlang über die Bahnlinie. Die heiseren Pfiffe der Lokomotive waren das Geräusch ihrer Kindheit gewesen, und Timoteus hatte erzählt, dass er nie begriffen hatte, ob dieses Signal die Menschen ans Ein- oder ans Aussteigen erinnern sollte. Ich fragte mich, was er denken würde, wenn er den Zug jetzt hören könnte.

Gerade an diesem Tag, in dem Moment, als die Vorder- und die Hinterräder des Opels sich jenseits und diesseits des Schienenstranges befanden, hätte Maria lange genug stehen bleiben müssen, damit wir das Zittern des sonnenheißen Stahls unter uns spüren könnten, wie über dem Spalt zwischen zwei Kontinentalplatten. Wir hätten Lieder über Züge hören müssen, Lieder über Leben, Tod und Auferstehung, aber stattdessen herrschte im Wagen eine Totenstille, die ich so noch nie erlebt hatte. Der Flyktningesee, die Kurven hoch nach Setermokrysset, Overaas, die Hauptstraße nach Kongsvinger, das alles lag seltsam verzagt in dem, was jetzt zu meinem neuen Leben wurde.

Wir hielten vor der Kirche und gingen durch die Tür, dort hinein, wo es angefangen hatte. Niemand sonst saß in den Bankreihen, und oben beim Altar war die Pastorin noch dabei, sich anzukleiden. Wir ließen uns vom Küster das Faltblatt mit den Liedern geben, dann schritten wir nach vorn zu unseren Plätzen. Die Pastorin kam uns entgegen und reichte uns beide Hände, während sie nickte und uns in die Augen blickte, als ob sie gelernt hätte, dass sich das zu solchen Anlässen eben so gehörte.

Bruchstücke aus den letzten Monaten stürzten auf mich ein. Timoteus, der behauptet hatte, ebenso totgeboren zu sein wie Picasso. Timoteus im Bürgerhaus mit der zerstörten Mandoline in der Hand wie mit einem Tier, dem er soeben den Hals umgedreht hatte. Timoteus, auf den in Sheboygan geschossen wurde und der eine Nacht in einem Kaninchenstall verbringen musste. Tamar, die wütend wurde, als ich sagte, er habe dem Tod ein Schnippchen geschlagen. »Das kann niemand«, hatte sie gesagt. Maria, die immer die letzte Seite im Buch zuerst las. Vergangenheit und Gegenwart, durch denselben Fleischwolf gedreht. »Die größte Freiheit, die ein Mensch besitzen kann, ist, nicht zu wissen, wohin er unterwegs ist«, hatte Tamar auf eine alte Postkarte geschrieben, die sie mir gegeben hatte, nachdem wir die letzten Lieder aufgenommen hatten. Wenn das wirklich stimmte – passte das dann zu ihrem eigenen Namen, der in den Grabstein ihres Mannes und ihres Sohnes eingraviert war? Vielleicht war es gar kein Gegensatz, sondern eher das Gegenteil. Die Zeit mit den Geschwistern Thorsen hatte mich gelehrt, dass Leben und Tod eineiige Zwillinge sind.

Ich blieb sitzen und sah zu, wie sich die Kirche füllte, zuerst die Bankreihen am Mittelgang, dann die in den Seiten des Kirchenschiffes und am Ende die auf der Empore, und ich fragte mich, ob hier jemand auch heute mehrstimmigen Gesang erwartete.

Die allermeisten Gesichter konnte ich nicht unterbringen, aber ich erkannte den Lensmann Markus Grude. Ich sah auch die alte Dame im Rollstuhl. Malling war allein gekommen und saß direkt hinter Maria. Und ich entdeckte Jethro Tull, der sich in einen Anzug mit deutlichem Siebziger-Jahre-Schnitt geklemmt hatte.

Als die Kirchturmglocken anfingen zu läuten, fühlte ich mich wie betäubt, und ich musste die Augen ganz fest zukneifen, um das Gefühl zu verdrängen, dass ich die Gemeinde unter Wasser anstarrte. Dann trieben die Anfangstöne des Organisten alle auf die Beine, und Timoteus beugte sich zu mir vor und flüsterte etwas so dicht an meinem Ohr, dass ich vor lauter Kitzeln kein Wort verstehen konnte.

»Was?«, flüsterte ich.

»Hast du den Ring?«, fragte er.

»Zum dritten Mal, ja«, sagte ich in dem Moment, als Tamar und Thina Gjems, die bald Frau Thorsen sein würde, die Kirche betraten.

Ich weiß nicht, wie viele Hochzeiten ich schon besucht hatte, aber hier erlebte ich zum ersten Mal alles vom Altar her. Die anderen Bräute waren um die dreißig oder jünger gewesen, aber keine war so hinreißend wie Thina Gjems. Als ich sie besucht hatte, während Timoteus im Krankenhaus lag, hatte sie mir erzählt, dass sie in all den Jahren das Brautkleid aufbewahrt hatte, in dem sie vor zweiundfünfzig Jahren hatte heiraten wollen. Sie hatte es zuletzt an dem Tag anprobiert, an dem Timoteus mit seinen Schwestern nach Amerika aufgebrochen war. Ich weiß nicht viel über Tüll, Stoffe und Schnitte, aber dieses Kleid wirkte zeitlos, es konnte gar nicht aus der Mode kommen, und als Tamar Thina durch die Kirche führte, ging Thina nicht, sie schritt. Sie hatte sich die Haare zu einem kleinen Dutt hochgesteckt und mit einer Art Netz voller Perlen umwunden, und die Ärmel des Kleides endeten in einer Lasche um die Daumen, die ihre Hände aussehen ließen wie die weißen Flügel eines Vogels. Sie war fast nicht geschminkt, nur ihre Lippen waren ein wenig röter als sonst, und ihre Haut leuchtete.

Timoteus verbreitete Sonne und Regen zugleich. Das Lächeln furchte sein Gesicht, und die Haut um die Augen sprang zu Lachfältchen auf, während auch Tränen über seine Wangen liefen. Er machte keinen Versuch, sie abzuwischen, deshalb wurde das Revers seines Smokings noch blanker, während Thina und Tamar den Mittelgang hinter sich brachten. Als sie die Altarbank erreichten, trat Timoteus einige Schritte vor, verneigte sich vor seiner Auserwählten, reichte ihr den Arm und führte sie zu den Stühlen, auf denen sie und Tamar zu Beginn der Zeremonie sitzen sollten.

Er bewegte sich unbeschwert, aber ich wusste, was ihn das kostete. Als wir ihn vom Krankenhaus abgeholt hatten, hatte sein Gesicht die Farbe alter Watte gehabt, und ohne ein Wort hatte er Marias Taschentuch genommen und sich die Schweißperlen von der Stirn gewischt. Die knappe Stunde, die wir in der Kirche gesessen hatten, hatte ihm seine Gesichtsfarbe zurückgegeben, und ich glaube, wer ihn Arm in Arm mit Thina sah, würde nicht glauben können, dass die Hüftoperation nur drei Wochen zurücklag.

Die Pastorin bat um Gottes Gnade für das angehende Ehepaar und sprach dann über Erbarmen. War dies hier neue oder alte Liturgie? Ich konnte es nicht beurteilen, wäre gerne bibelfester gewesen, aber Timoteus ließ sich ohnehin nichts anmerken.

»Gott ist die Liebe, und wer in der Liebe bleibt, bleibt in Gott und Gott in ihm«, sagte die Pastorin, und nun war die Zeit für das erste Lied gekommen. Thina hatte ausschließlich Lieder aus dem Repertoire der Geschwister ausgesucht, und ich hörte einige davon zum ersten Mal ohne dreistimmige Harmonien. Timoteus wirkte zu bewegt, um einen einzigen Ton halten zu können, und Tamar starrte in ihr Liedblatt, als ob sie den Text gar nicht auswendig wüsste. Als der Organist beim ersten Refrain von »So weiß seine Braut« angekommen war, hörte ich sie summen, und obwohl ich an einzelnen Stellen sah, dass sich ihre Lippen bewegten, konnte ich doch kein Wort verstehen. Nur Maria sang laut und deutlich über allen anderen.

Die Schwestern trugen weiße Hosenanzüge und kurze Jacken mit schwarzem Revers, was zu den Hüten der beiden passte, Tamars Kopfbedeckung war jedoch weniger auffällig als die ihrer Schwester. Und ich überlegte, ob es ein Zufall oder sorgfältig geplant war, dass sie in der Art Kleidung zur Trauung erschienen, die sie zu Ausgestoßenen in der Gemeinde gemacht hatte, damals, als die Beatles noch eine Band gewesen waren.

Wenn es wirklich einen Begriff wie die Zeitkraft gab, von der Maria auf dem Friedhof gesprochen hatte, wirkten beide Schwestern in diesem Moment davon unberührt.

Als die Pastorin das Brautpaar segnen wollte, wusste ich, dass Thina darum gebeten hatte, stehen zu dürfen, aber Timoteus ließ sich auf die Knie sinken und zog seine Gattin mit sich. Die Pastorin legte ihnen nacheinander die Hand auf den Kopf, und als sie sich wieder erhoben, griff Timoteus auf eine Weise nach Thina, die mir klarmachte, dass er sie niemals loslassen würde.

Die Gemeinde sprach das letzte Amen, und Timoteus küsste die Braut. Dann ging das Ehepaar durch den Mittelgang, dicht gefolgt von Tamar und mir Arm in Arm. Timoteus ging mit zielstrebigen Schritten, nicht besonders schnell, aber auch nicht auffällig langsam, und Thina und er nickten auf ihrem Weg zum Ausgang immer wieder nach rechts und links.

Im Schatten vor der Kirchentür blieben wir stehen und warteten auf die vielen Glückwünsche, und plötzlich waren die Grimassen in sein Gesicht zurückgekehrt. Thina musste seinen Arm packen, damit sie nicht fielen.

»Geht es?«, fragte ich und trat einen Schritt vor.

»Mir ist es noch nie besser gegangen«, sagte er und lächelte, aber er nahm mein Taschentuch und wischte sich eilig über die Stirn.

Viele wollten dem Brautpaar die Hände drücken, und zum Abschluss wurden auf der Treppe vor der Kirche noch Fotos gemacht. Als das letzte Bild geknipst und das letzte Lächeln gelächelt worden war, stützte Timoteus sich schwer auf Thina, aber er verscheuchte Maria, die versuchte, seinen anderen Arm zu nehmen. Sein Gesicht wirklich plötzlich seltsam leer.

»Tut die Hüfte weh?«, fragte ich.

Er schüttelte den Kopf.

»Nein«, sagte er. »Mit der Hüfte ist alles in Ordnung.«

Und dann:

»Danke, dass du mein Trauzeuge warst.«

»War mir ein Vergnügen«, sagte ich und erwiderte das Lächeln. »Ich bin froh, dass ich die Ringe nicht vergessen habe.«

Ich war absolut nicht darauf vorbereitet, dass Timoteus die

Hand seiner Frau losließ und beide Arme zu etwas um mich legte, das man eine Umarmung nennen konnte.

»Jim Gystad«, sagte er. »Du bist ein Gerechter.«

Ehe mir eine Antwort einfiel, packte Maria meinen Arm.

»Es ist heiß«, sagte sie. »Gehen wir.«

Wir waren die beiden Ersten unserer Gruppe, die das Auto erreichten. Sie öffnete ihre Tasche, nahm ihre Schlüssel heraus und hielt sie mir hin.

»Fahren Sie«, sagte sie.

»Was? Nein! Wieso denn?«, fragte ich.

»Weil es mir richtig vorkommt«, sagte sie und öffnete die Tür zum Beifahrersitz.

Ich setzte mich hinter das Lenkrad und dachte, jetzt wird die ganze Welt ins Chaos gestürzt, plötzlich sitzen alle nicht mehr da, wo sie sonst gesessen haben. Tamar nahm hinter Maria Platz, und Timoteus saß neben Thina in der Mitte. Als ich den Zündschlüssel umdrehte, sank er ein wenig zu seiner Gattin hinüber, und so saßen sie dann da, die Köpfe aneinandergelegt, wie zwei Teenager, die noch nicht ganz gelernt haben, wie ein Liebespaar zu sitzen.

Der Wagen war schwer und steif und die Steuerung mühsamer, als ich es gewöhnt war, aber als wir durch die Storgate glitten, fühlte ich mich wie ein Jagdflieger in einem vernickelten, verchromten, mit allen Schikanen eingerichteten Cockpit.

»Und jetzt müssen Sie zurück ins Krankenhaus?«, fragte ich Timoteus, als wir uns dem Rathaus näherten.

»Nein«, sagte er mit lauter und klarer Stimme. »Ich gehe nie mehr zurück ins Krankenhaus.«

Beide Schwestern drehten sich zu ihm um, aber Timoteus wiederholte nur:

»Ich gehe nie mehr zurück ins Krankenhaus. Wehe dem, der den Weg zu allem verliert, was wichtig ist.«

Meine Bewegungen hinter dem Lenkrad wurden unsicher, und er fand im Rückspiegel meine Augen.

»Fahr mich nach Hause«, sagte er, und wieder hatte ich das Gefühl, dass die Geschwister meine Gedanken lesen konnten.

»Oder nein, wir fahren lieber zu dir«, sagte er.

»Zu mir«, sagte ich. »Aber ich habe nichts vorbereitet.«

»Doch«, sagte er. »Den Baklengselv. Nirgendwo in Skogli ist er so schön wie bei dir.«

Als wir bei Overaas zum Dorf hinunter abbogen, hatte Timoteus die Augen geschlossen. Sein Kopf lehnte an Thinas Schulter, aber er schlief nicht. Sie sprachen leise miteinander, und die ganze Zeit streichelte sie seine Hand, wie um sie zu wärmen. Ich konnte fast nichts davon verstehen, was sie sagten. Schließlich fragte Thina ein wenig lauter, ob er ganz sicher sei, dass sie nicht zurück ins Krankenhaus fahren sollten, und Timoteus öffnete die Augen, lächelte und streichelte ihre Wange. Es war eine Bewegung voller Liebe, erfüllt von der angesammelten Sehnsucht, von dem Verlangen und den Träumen eines ganzen Lebens, die aus seinen Fingerspitzen zu strömen und sich irgendwo in ihr abzulagern schienen. Thina Thorsen riss sich zusammen und lächelte ihr Gesicht mehrere Jahre jünger. Dann schloss Timoteus wieder die Augen, ballte die rechte Hand zur Faust und legte sie sich auf die Brust, wie um darin etwas zurechtzurücken.

»Sind Sie wirklich sicher, dass wir ihn nicht zurück ins Krankenhaus fahren sollen?«, fragte ich Maria leise.

»Nein«, sagte sie. »Ich bin nicht sicher. Timoteus ist es.«

»Ja, aber«, fing ich an, doch sie presste nur den Zeigefinger auf die Lippen.

»Der Tag heute gehört ihm«, sagte sie. »Er gehört Thina und ihm.«

»Aber …«, sagte ich, und wieder unterbrach mich Maria, diesmal, indem sie mir die Hand auf den Ellbogen legte.

»Jim«, sagte sie. »Wenn Sie am Ende des Weges angelangt sind, hilft es nichts, mit einem erhobenen Fuß stehen zu bleiben, um den letzten Schritt auszudehnen. So zu denken liegt Timoteus nicht. Sein Herz kann nicht mehr, aber er ist jetzt am Ziel. Er hat Thina doch noch bekommen. Und wissen Sie, was seltsam ist?«

Ich schüttelte den Kopf.

»Erstes Buch Samuel 16, 17.«

»Und was steht dort?«, fragte ich.

»Tulla hat Ihnen eine Bibel geschenkt, schlagen Sie nach. Aber ohne Sie hätten wir uns heute niemals zu einer Hochzeit versammelt.«

Wir hatten das Tal unterhalb von Setermosvingen erreicht und fuhren vorbei am Bahnhof und durch die Heide, vorbei an Flyktningesee und Eben Ezer. Ich blinkte zu meinem Haus hinunter und achtete sorgsam darauf, den Pfützen auszuweichen, die der kurze, aber heftige Regen des vergangenen Abends hinterlassen hatte. Die Grasbüschel mitten auf dem Weg kratzten mit einem Geräusch gegen den Wagenboden, das mir eine Gänsehaut machte. Ich legte den ersten Gang ein und fuhr so weit an die Seite wie möglich. Ich hielt hinter meinem eigenen Wagen und blieb ein wenig unschlüssig mit beiden Händen auf dem Lenkrad sitzen, während die Schwestern und Thina aus dem Opel stiegen. Timoteus hatte es dabei nicht eilig, er beugte sich zu mir vor.

»Jim«, sagte er und streckte die Hand aus. »Du warst der Beste, mit dem ich je zusammengearbeitet habe.«

»Wirklich?«, fragte ich und versuchte, meine Stimme fest klingen zu lassen.

»Ja. Der Beste. Punkt«, sagte er, und dann ging er hinter seiner Frau her. Sie und Maria warteten auf ihn, aber auch diesmal übersah er den Arm seiner Schwester und stützte sich auf dem Weg hinunter zur Bank am Flussufer auf Thina. Sie nahmen anders Platz als auf der Rückbank: Jetzt lehnte Thina sich an Timoteus, und er legte ihr den Arm um das Kreuz.

Ich wusste nicht, was ich sagen, wohin ich blicken sollte, es war der Tag des höchsten Sonnenstandes, und auf meiner Bank saß ein Mann und würde sterben.

»Wollen wir ins Haus gehen?«, fragte ich.

Beide schüttelten den Kopf. Maria öffnete die Tasche, nahm eine Packung Lucky Strike heraus und klopfte eine Zigarette hervor.

»Was?«, fragte Tamar und trat einen Schritt zurück. »Wie lange rauchst du schon?«

»Seit meinem zehnten Lebensjahr«, sagte Maria und gab sich Feuer. Sie machte zwei tiefe Züge, dann schaute sie mir ins Gesicht.

»Haben Sie die Gitarre noch?«, fragte sie.

Ich nickte.

»Können Sie die holen?«

Ich weiß nicht, was Maria spielte, ich weiß nicht, was Tamar sang, es war eine Melodie, die ich nicht kannte, es waren Wörter, die ich nicht verstand, seltsam kehlige Laute, bei denen ich mich fragte, ob ich hier zum Zeugen vom Reden in Zungen wurde. Dann begriff ich, dann erkannte ich die Melodie. Maria schlug nur den ersten Takt an, statt ihn zu Ende zu spielen, und das gab der Melodie einen ganz anderen Charakter, offener und atmosphärischer. Betonung und Silben waren bei Tamar ein bisschen anders, aber ich verstand schon, dass die Schwestern hier »Wer die Sonne weinen sieht« mit dem Text auf Swahili vortrugen.

Ich wusste nicht genau, wie oft ich das Lied gehört hatte, aber plötzlich konnte ich mich nicht an den Text erinnern, nur an den Titel. Es war, als ob die norwegischen Wörter nicht mehr existierten und als ob das Lied schon immer so gewesen wäre. Ein Feuer, das heruntergebrannt war und eine Schicht weiße Asche über alles gelegt hatte, was einst gewesen war. Trotzdem hatte das Lied seine Wärme behalten, es kam mir gar nicht kalt vor, und ich hoffte, dass Timoteus nicht fror. Beide Schwestern hatten die Augen geschlossen, und ich schloss meine, um mir diese Sonne vorzustellen, um zu begreifen, was es bedeutet, diese Sonne weinen zu sehen. Aber alles, was ich sehen konnte, war das Bild von Maria und Timoteus, das am Ufer aufgenommen worden war, als sie getauft werden sollten. Die Geschwister standen Hand in Hand in ihren langen weißen Kitteln da, und ihre Gesichter wirkten auf eine Weise konzentriert, wie man es ist, wenn man vor etwas steht, das man nur ein einziges Mal erleben wird.

Das Lied dauerte vielleicht drei Minuten, eine Viertelstunde, eine Stunde, möglicherweise noch länger, sie spielten es immer wieder oder hörten niemals auf, machten einfach weiter, bis Timoteus an Thinas Schulter in sich zusammengesunken war. Erst als Thina sich umdrehte und den Schwestern fast unmerklich zunickte, hörten sie auf. Ohne ein Wort legte Maria die Gitarre weg, Tamar nahm mich am Arm, und zusammen gingen wir zum Brautpaar hinunter. Timoteus hatte die Augen geschlossen, und doch schwöre ich, dass er lebendiger aussah, mehr zugegen, als ich ihn je erlebt hatte. Ich fasste ihn unter den Armen, jede Schwester nahm einen Fuß, und dann trugen wir ihn vom Fluss zum Auto hoch. Thina setzte sich auf die Rückbank, und wir legten ihr seinen Kopf auf den Schoß. Als sich der Kapitän in Bewegung setzte, als er einen neuen Kilometer anfing, eine beginnende kleine Meile im Tachometer, blieb ich stehen und schaute ihnen hinterher, bis sie verschwunden waren. Die Geschwister Thorsen hatten soeben ihren Mandolinenspieler verloren, aber sie waren noch immer zu dritt. Zwei Schwestern und eine Schwägerin auf dem Weg zu dem neuen Grundstück, während Timoteus bereits dort weilte, wohin er sein ganzes Leben lang unterwegs gewesen war.

Ich ging ins Haus und nahm mir Tamars Bibel vor. Fand das erste Buch Samuel, Kapitel 16, Vers 17 nicht so schnell. Ich musste ein wenig hin und her lesen, bis ich begriff, dass es um König David ging, einen der größten Liederschreiber aller Zeiten.

»Da sprach Saul zu seinen Knechten: Seht nach einem Mann, der des Saitenspiels kundig ist, und bringt ihn zu mir.«

Ich ließ die Bibel an dieser Stelle geöffnet auf dem Tisch zurück und holte mir die Dose aus feuerfestem Stahl, die ich schon bereitgelegt hatte. Dann legte ich alle meine Aufnahmen der Drei Singenden Geschwister Thorsen hinein. Die dreizehn Lieder auf einem Speicherstick und einer gebrannten CD. Am Ende packte ich meine Sicherheitskopie dazu und löschte alle Dokumente auf der Festplatte. Ging hinaus, griff mir den Spaten aus der Garage und fing an, in ausreichender Entfernung zum Fluss ein Loch zu graben. Edvard Munch ließ seine Bilder draußen stehen, um sie abzuhärten, und erst wenn sie Wetter und Wind ausgesetzt gewesen waren, holte er sie wieder ins Haus. Erst dann waren sie bereit, in die Welt gesandt zu werden. Vielleicht schwebte mir etwas Ähnliches vor. Vielleicht würde ich die Lieder nach einer Weile ausgraben, um zu sehen, ob sie dem Zahn der Zeit widerstanden hatten.

Das Loch war jetzt tief genug, ich legte die Dose hinein und füllte es auf. Trampelte die Erde fest und legte die Grasbüschel zurück. Schon nach einigen Schritten Abstand war es fast unmöglich zu sehen, dass ich eben noch dort gegraben hatte. Einen Moment lang spielte ich mit dem Gedanken, irgendein Zeichen zu setzen, tat es aber nicht. Wer suchet, der findet.

Ich warf einen Blick flussauf und einen flussab. Die Sonne ließ die Oberfläche zittern, und die Kräusel auf dem Wasser sahen aus wie ein dichtes Gewebe aus Goldfäden. Über mir wölbte sich der Himmel wie eine frisch gemalte Decke. Ich hatte keine Ahnung, ob ich mit der Strömung oder gegen die Strömung weitergehen oder einfach dort bleiben sollte, wo ich war. An diesem Tag spielte das keine Rolle. Maria, Timoteus und Tamar Thorsen hatten mich gelehrt, dass man manchmal aufhören muss zu suchen, um den Weg nach Hause zu finden. Es war so ein Gefühl, von dem ich wusste, dass ich es selbst mit unter die Erde nehmen würde.

In der Garage stellte ich den Spaten ab und ging ins Haus. Riss das Geschenkpapier von der Zeichnung der Geschwister Thorsen, die ich hatte rahmen lassen und die eigentlich mein Hochzeitsgeschenk hatte sein sollen. Dann nagelte ich das Bild an die Wand mitten zwischen der Tür und dem Fenster zum Fluss. Auf diese Weise würde ich, egal wo im Zimmer ich auch wäre, immer das Cover der besten Platte sehen können, die ich jemals gemacht hatte.

Danke

Bei der Arbeit an diesem Buch haben Per Kjetil Farstad, Lars-Erik Westby, Hans Olav Hagen, Øystein Lia, Håkon Ohlgren, Kjell Andreassen und Bjørn-Olav Amundsen mir sehr geholfen. Tausend Dank.